U0445714

Unicorn
独角兽书系

风暴帝国

红眼与希望

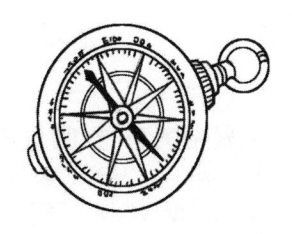

The Empire of Storms
HOPE & RED

[美]琼恩·斯科夫朗/著　邝嘉儒/译

重庆出版集团　重庆出版社

The Empire of Storms (Book 1) Hope & Red
Copyright © 2016 by Jon Skovron
Published in agreement with Jill Grinberg Literary Management, LLC,
through The Grayhawk Agency.
Simplified Chinese translation copyright © 2016 by Chongqing Publishing House Co., Ltd.
All rights reserved.
版贸核渝字（2016）第017号

图书在版编目(CIP)数据

风暴帝国.1，红眼与希望／（美）琼恩·斯科夫朗著；邝嘉儒译.
—重庆：重庆出版社，2017.1
书名原文：The Empire of Storms（Book 1）Hope & Red
ISBN 978-7-229-11666-8

Ⅰ.①风… Ⅱ.①琼 ②邝… Ⅲ.①长篇小说－美国－现代 Ⅳ.①I712.45

中国版本图书馆CIP数据核字（2016）第248675号

风暴帝国1：红眼与希望
FENGBAO DIGUO 1: HONGYAN YU XIWANG
[美] 琼恩·斯科夫朗 著 邝嘉儒 译

责任编辑：邹 禾 许 宁 魏 雯
封面插图：Clownkid666
装帧设计：谢颖设计工作室
责任校对：郑小石

重庆出版集团 出版
重庆出版社

重庆市南岸区南滨路162号1幢 邮政编码：400061 http://www.cqph.com
重庆出版社艺术设计有限公司 制版
重庆豪森印务有限公司 印刷
重庆出版集团图书发行有限责任公司 发行
E-mail: fxchu@cqph.com 邮购电话：023-61520646
全国新华书店经销

开本：890mm×1230mm 1/32 印张：13 字数：335千
2017年1月第1版 2017年1月第1次印刷
ISBN 978-7-229-11666-8
定价：49.80元

如有印装问题，请向本集团图书发行有限公司调换：023-61520678

版权所有　侵权必究

献给我的父亲，里克·斯科夫朗。
谢谢您送给我第一本奇幻小说，看看您开启了什么？

引　子

"我再问你一次，丫头，"托亚说，语气仍然十分温柔，"你叫什么名字？"

她只是盯着他。

"你从哪儿来的？"

还是盯着。

"你是不是……"他甚至不敢相信自己会这样想，更别说要问出口了。"你是不是来自暗淡希望？"

女孩眨了眨眼，仿佛刚回过神来。"暗淡希望。"由于长时间没有说话，她的声音有点沙哑。"对。那就是我。"女孩说话的方式让托亚不禁感到战栗。她的声音与眼睛一样，空洞无比。

"你是怎么跑到我船上来的？"

"那是之后的事了。"女孩说。

"什么事情之后？"托亚问。

女孩看着他，眼神已不再空洞，而是变得十分饱满。饱满得让托亚那饱经风浪的心都犹如绞纱。

"我会跟你说的，"她说，声音如眼睛般湿润而饱满，"我只跟你说。以后我再也不会说了。"

第一章

> 失去一切的人能成就一切。代价虽大,但伟大就是如此。
>
> ——摘自《风暴之书》

1

辛·托亚船长在这些海域从商已经好多年了,类似的事情他见得很多。然而这并没有让他觉得好受一些。

暗淡希望是风暴帝国南方群岛上临近边境的一个小村庄,那里寒冷无比,商船罕至。托亚船长是为数不多的愿意不远千里前来贸易的商人之一。即便如此,一年之中,他也只会来一次。冬季时,由于海面结冰,船只几乎不能靠岸。

鱼干、鲸须、还有用鲸脂压榨出的灯原油都是些好货,即便在斯通匹克和新列文都能卖个好价格。暗淡希望的村民虽然和大部分南方人一样沉默寡言,但他们向来十分友好。他们与这种严酷的环境抗争了几千年,到现在依然屹立不摇,这种品质让托亚十分尊敬。

因此,当看到这座村庄被夷为平地时,托亚不禁悲从中来。商船缓缓驶入狭窄的港口,他扫视了一下岸上的泥路和石屋,没有发现任何生命迹象。

"这里发生什么了,船长?"克雷顿问道。他是托亚的大副,是个好人,一个忠心耿耿的家伙,尽管在工作上不太老实。

"这个地方已经死了,"托亚平静地说,"我们不上岸了。"

"死了?"

"都死了。"

"他们可能是去参加某种当地的宗教聚会罢了,"克雷顿说,"这里这么偏僻,这些南方人有自己的风俗也不奇怪。"

"恐怕不是。"

托亚用一根粗糙的、伤痕累累的手指指向码头。那里高高地立着一个木质标识牌,牌上画着一个黑色椭圆,椭圆尾部拖着八根黑线。

"上帝保佑他们。"克雷顿轻声说,摘下了头上的毛织帽。

"问题就在这,"托亚说,"上帝并没有这样做。"

两人就站在那里凝视着标识牌。周围鸦雀无声,只有寒冷的海风摇曳着托亚长长的毛大衣和胡子。

"那咱们怎么办?"克雷顿问道。

"肯定不上岸。让伙计们抛锚吧,天色不早了,我可不想摸黑在浅滩上行驶。咱们就地凑合过一晚,但千万别出岔子,我们明天天一亮就驶回海上,以后也不来了。"

他们在第二天起航。托亚希望三天内赶到盖尔默尔,再从那里的和尚手里买到足够多的上好麦芽酒,以弥补这次航行的损失。

然而就在出航的第二天晚上,他们发现了一名偷渡者。

当时,托亚正在船长室睡觉,突然被一阵猛烈的敲门声吵醒。

"船长!"克雷顿喊道,"守夜人他们……发现了一个女孩!"

托亚呻吟着。睡觉前他喝了太多格罗格酒,现在他感到头痛欲裂。

"女孩?"他缓了一会儿问道。

"是,是的。"

"天杀的。"他咕哝着,从吊床上爬下来,挨个儿穿上冰冷潮湿的裤子、外套还有靴子。在南海的习俗里,女人上船就意味着倒霉,即使是小女孩。这个大家都知道。托亚一边考虑着如何摆脱这个偷渡者，一边打开了门。他意外地发现门外只有克雷顿一人，一遍又一遍地转着手中的毛帽子。

"嗯？那女孩呢？"

"在船尾。"克雷顿回答。

"怎么不把她带过来？"

"我们，呃……就是，伙计们没法说服她从索缆后面出来。"

"没法说服她……"托亚叹了口气，想知道他们为何不直接把她打晕后拖出来。倒不是因为是一个小女孩，水手们才不忍下手，恐怕是暗淡希望的缘故。估计大伙儿看到那村庄的恐怖命运之后，对天堂的憧憬比平时又强了几分。

"好吧，"托亚说，"带我去见她。"

"是。"克雷顿说，因为没有被船长责骂，明显松了口气。

托亚看到水手们围在囤备用索具的货舱前。舱口敞开着，大伙儿盯着黑暗的舱内，窃窃私语，不停比画着各种祈祷手势以驱走霉运。托亚从其中一个伙计手上取过提灯，伸手照亮了货舱，寻思着究竟为什么一个小女孩会让他的水手们如此害怕。

"嗨，丫头。你最好……"

托亚发现女孩死死地挤在沉重的索缆后面，肮脏不堪，看上去饿坏了。除此之外她与一个正常的八岁女孩无异。用南方人的审美来说算是可爱：白皙的皮肤，脸上有些雀斑，头发的颜色金得发白。但如果你看到她的眼睛，就会浑身起鸡皮疙瘩：她的眼神十分空洞，甚至比空洞还空。她的双眼就像两池寒冰，仿佛会吞噬你身体的所有温度。它们是苍老的眼睛，是破碎的眼睛，是看过太多悲惨的眼睛。

"我们试过拉她出来的，船长，"其中一个水手说，"但她挤在里面死活不肯出来。还有，呃……她……"

"行了。"托亚说。

他在舱口单膝跪下来,强迫自己一直看着她,不论他多想别开眼睛。

"你叫什么名字,丫头?"托亚问道。语气平静多了。

女孩看着他。

"我是这艘船的船长,"他说,"你知道这说明什么吗?"

慢慢地,她点了一下头。

"这说明船上所有的人都要听我的话。包括你。明白了吗?"

再一次,她点了点头。

托亚把他那长满毛的棕色手臂伸进货舱。

"好了,丫头。现在我要你从里面出来,抓住我的手。我保证,在我的船上没有人会伤害你。"

很长一段时间过去了,没有任何动静。然后,女孩试探着伸出瘦得皮包骨的小手,任由它被托亚的大手吞没。

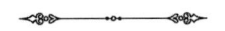

托亚把女孩领回他的房间。他猜测,如果没有那帮貌似凶神恶煞的水手盯着她的话,她应该会开口说话吧。于是他递给女孩一张毛毯,还有一杯热格罗格酒。他知道不应该给女孩喝这样的东西,但除了淡水以外,船上没有其他可喝的了,而淡水实在太珍贵,托亚不想浪费。

现在,托亚坐在书桌上,看着坐在床上的女孩。她的肩膀紧裹着毛毯,小手捧着的酒杯冒腾着热气。她抿了一小口,托亚本以为格罗格酒辛辣的味道会让她畏缩,然而她却直接咽下,继续用那空洞、破碎的双眼盯着托亚。那是托亚见过最冰冷的蓝眼睛,比大海还要深邃。

"我再问你一次,丫头,"托亚说,语气仍然十分温柔,"你叫什么名字?"

她只是盯着他。

"你从哪儿来的?"

还是盯着。

"你是不是……"他甚至不敢相信自己会这样想,更别说要问出口了。"你是不是来自暗淡希望?"

女孩眨了眨眼,仿佛刚回过神来。"暗淡希望。"由于长时间没有说话,她的声音有点沙哑。"对。那就是我。"女孩说话的方式让托亚不禁感到战栗。她的声音与眼睛一样,空洞无比。

"你是怎么跑到我船上来的?"

"那是之后的事了。"女孩说。

"什么事情之后?"托亚问。

女孩看着他,眼神已不再空洞,而是变得十分饱满。饱满得让托亚那饱经风浪的心都犹如绞纱。

"我会跟你说的,"她说,声音如眼睛般湿润而饱满,"我只跟你说。以后我再也不会说了。"

事情发生时,她正在村外的岩礁上玩耍。她就是这样逃过一劫的。

她一直很喜欢那些岩礁。她喜欢在那高低错落的黑色巨礁上攀上翻下,看着浪花拍击着海岸。每次她从一块礁石上跳到另外一块时,妈妈总会提心吊胆。"你会受伤的!"妈妈总会这样说。而她也确实受过伤。而且是经常。她常常会磕到粗糙的礁石上,弄得小腿和膝盖都布满了痂和疤痕。但她并不在意。她就是喜欢这些礁石。当大海退潮时,她总能在它们的底部发现各种各样的宝藏,半淹没在灰色沙子之中。像蟹壳呀,鱼骨呀,贝壳呀,幸运的时候,还会有一些海玻璃呢。这都是她最最珍爱的东西。

"这是什么?"有天晚上她问妈妈。她们刚吃过晚饭,一起坐在火炉旁取暖。她吃了很多炖鱼，心里既满足又温暖。她举起一片红色的海玻璃，好让火光把它的颜色投射到墙壁上。

"那是一块玻璃，小傻瓜，"妈妈说，手指熟练地修补着爸爸的渔网，"一块被大海擦亮的玻璃。"

"为什么它会有颜色呢？"

"我想是因为大海想把它打扮得漂亮一些吧。"

"为什么我们没有彩色的玻璃呀？"

"噢，那只是北方的花哨东西罢了，"妈妈说，"在我们这里一点用都没有。"

妈妈的话让她更加喜欢这些海玻璃了。她收集了足够多的海玻璃，用麻绳把它们串起来，做成一条项链。爸爸生日那天，她把项链送了给他。爸爸是一个粗犷的、寡言的渔民，他用皮革般的手捧着它，警惕地盯着那条明亮的，由红、蓝、绿三种颜色组成的海玻璃。但当他看着女儿的双眼，发现她是多么地自豪，是多么地喜欢这玩意儿时，他那布满皱纹的脸咧成了一个笑容，然后小心翼翼地把项链系在了自己的脖子上。其他的渔民为此嘲笑了他好几个星期，但他每次都只是用长满老茧的手指摸摸项链，只是微笑。

那一天，当他们来到村子的时候，大海刚退潮，女孩正在岩礁下寻找着新的宝藏。她远远就看到了他们的桅杆，但她正专注地寻找着海玻璃，根本没有理会。直到她跳到一块礁石上，筛选收集到的贝壳和骨头时，才注意到那些船有多奇怪。它们四四方方，每条船都鼓着三张帆，四边排满了大炮，跟商船完全不一样。她一点都不喜欢这些船的样子。她扭过头来，才惊讶地发现村庄的方向升起了一团团浓浓的黑烟。

女孩奔跑起来，瘦小的双腿飞快地搅乱海沙，她掠过茂草，穿过杂树林，奔向村子的方向。如果家里着火了，妈妈是不会帮她拯救那箱藏在床底下的宝藏的。她脑海里只有这个念头。她花了太多太多的时间和精力去收集这些宝贝了,她不能失去它们。对她来说,它们是最珍贵的。或者说她是这么认为的。

快到村庄时,她发现火势已蔓延了整个村子。有很多她不认识的人,清一色穿着白金色制服,头戴钢盔,胸挂护甲。她在想他们是不是军人,但军人不是应该保护人民的吗?而这些人却挥舞着剑和枪,把所有村民都赶到了村子中央。

一看到枪,女孩猛地停下脚步。她以前只见过一把枪,是村子长老萨姆卡的。每到新年除夕夜,他都会举着那把枪射向月亮,将月亮从沉睡中唤醒,把太阳带回来。然而这些军人手中的枪却截然不同。除了木质手柄、铁质枪管和击锤之外,还有一个旋转弹膛。

女孩正犹豫着是应该走近点还是要躲起来,萨姆卡突然从他的石屋里跳出来,怒吼一声,向最近的士兵开了一枪。中枪的士兵脸上瞬间出现一个大洞,随即倒在了泥潭中。另外一个士兵发现情况立马抽出手枪向萨姆卡射击,可是射偏了。萨姆卡得意地笑着,但士兵随即射出了第二颗子弹,根本没有重新上膛。萨姆卡一脸惊讶,捂着胸口倒下了。

女孩差点哭出声来。但她努力地咬紧嘴唇,强忍着泪水,趴下来躲在茂草之中。

她在那冰冷泥泞的草地上趴了好几个小时。她不得不使劲地咬紧牙关才让牙齿停止颤抖。她听到士兵们呼喊着彼此,还有一些奇怪的锤击和拍打的声音。有时还能听到一些村民的哀求声,他们乞求士兵们告诉他们,自己究竟犯了什么错,激怒了皇帝。然而唯一的答复是一声猛烈的掌掴。

不知过了多久,天暗了下来,村里的大火也已经熄灭。女孩艰难地挪动着早已麻木的四肢,蹲起来看了一眼。

只见在村子中央多了一顶巨大的帐篷,比村里任何一间石屋都要大上五倍。士兵们围着帐篷站成一圈,手里举着火炬。她到处都看不到乡亲们的踪影，于是小心翼翼地爬近了一些。

她看到一个高个子男人站在帐篷的入口。与士兵不同，他穿了一件长长的白色兜帽斗篷，手里捧着一个大大的木箱。一个士兵掀起帐帘，斗篷男人与另外一名士兵走了进去。过了一会儿，他们出来了，但斗篷男人手上的木箱已经不见了。守门的士兵把帐帘扎起来，用一张网把入口严严封死，任何鸟虫都不可能飞进去。

斗篷男人从口袋里拿出一个笔记本，士兵们搬出一张小桌和椅子，摆在他的前面。男人坐下来，一名士兵递上羽毛笔和墨水，随即他便在笔记本上写了起来，时不时停下来抬头朝帐篷里看。

帐篷里开始传来尖叫的声音。女孩这才明白，村里所有人都在那帐篷里了。她不清楚他们为什么会尖叫，但那叫声实在太恐怖了，于是她又赶紧趴到泥地上，紧紧捂住耳朵。尖叫声只持续了几分钟，但过了好久好久，女孩才敢再一次抬起头看。

现在天已全黑，除了帐篷门口前的一盏提灯之外，周围已伸手不见五指。士兵们已经离开了，只剩下斗篷男人还在笔记本上涂涂写写。他时而抬头看向帐篷内，时而低头看看怀表，时而皱眉。女孩正琢磨士兵都哪儿去了，便发现停靠在码头的方形船灯火通明。她竖起耳朵，依稀能听到男人们吵吵闹闹的声音。

女孩悄悄地在茂草丛里爬到离斗篷男人最远的帐篷一端。不是因为怕他发现，事实上，他写得如此专注，哪怕女孩从他身边走过，也未必会注意到。虽然如此，当她从草丛里爬出来，溜到篷壁的时候，还是紧张得要命。等她来到帐篷旁边，发现帐篷的底部被紧紧地钉在地上，只好用力地把篷布扯出来一点，从空隙里钻进去。

帐篷里更是一片漆黑，空气炎热而混浊。乡亲们全都躺在地上，双目紧闭，一个连一个地被铁链捆在粗大的帐篷柱上。帐篷中间摆放着斗篷男人的木箱，盖子开敞。而箱子周围则散落着许多大如飞鸟的黄蜂尸体。

在远端的角落里，女孩发现了她的爸爸妈妈，跟其他人一样，一动不动。女孩迅速来到他们身旁，强烈的恐惧感灌满全身。

就在那时，爸爸微弱地动了动身子，女孩一下子松了口气。或许她还能救他们出去。女孩轻轻地摇了摇妈妈，但毫无反应。她又摇了摇爸爸，而他只是微弱地呻吟一下，眼珠动了动，但始终没有睁开。

女孩检查了周围，看能不能解开铁链。突然耳边传来一阵巨大的嗡鸣，她转过身，发现一只巨蜂正在她的肩膀上方徘徊。只见巨蜂马上要叮上女孩了，突然一只手从她的脸旁掠过，一掌拍中了巨蜂。巨蜂一翅破损，胡乱地转了一阵，掉落在地上。女孩转回身来，原来是爸爸醒了，但仍一脸痛苦。

他一把抓住女孩的手腕。"逃！"他微弱地说道，"快逃。"接着他使劲地推了女孩一把，女孩一屁股坐在了地上。

女孩看着爸爸，虽然惊慌无比，但还是想干点什么让他没那么难受。她周围的人也与爸爸一般，痛得五官都拧成了一团。

这时，她看见爸爸脖子上的海玻璃项链奇怪地跳动了一下。于是她走近看了看，项链又跳了一下。忽然，她的爸爸拱起了腰，眼睛和嘴巴张得老大，像要喊叫一般，然而喉咙只发出了"咯咯"的声音。紧接着，一条粗如指头的白虫破颈而出，不一会儿，更多的白虫密密麻麻地从他的胸膛和腹部钻了出来，女孩的爸爸立即鲜血直流。

女孩的妈妈也醒来了。她喘着气，双眼圆睁，不停转动，皮肤下面有无数的东西不停地蠕动着。她伸出双手，呼唤着女儿的名字。

在她四周，村民们都痛苦地挣扎着，身上的白虫破肉而出。一瞬间，地面上便爬满了这些恶心的东西。

女孩的本能让她想拔腿就逃，但她却握住了妈妈的手，看着妈妈不停痉挛。那些白色虫子正在妈妈的体内把她一点一点地吞噬掉。女孩一动不动,一直注视着,直到妈妈不再动弹。然后她才跌跌撞撞地站起来,从篷壁底下溜出去,跑回茂草之中。

她在远处静静地观察着,直到黎明,士兵们扛着粗麻袋回来了。斗篷男人走进了帐篷,过了一会又走出来,在笔记本上添了几笔。他如是重复了两遍,然后对其中一个士兵说了些什么。那名士兵点点头,打了个手势,于是扛着粗麻袋的士兵先后进了帐篷。等他们出来的时候,麻袋都鼓鼓的,还能看到有东西在里面不停地蠕动。女孩估计袋子里装的就是那些白色虫子。士兵们扛着麻袋回到船上,剩下的士兵则把帐篷拆掉,把里面的尸体留在原地。

士兵们把铁链从一具具尸体上解掉,斗篷男人则在一旁静静地看着。躲在草丛里的女孩牢牢记住了斗篷男人的模样。棕发、鼠脸、瘦下巴、左脸上有一块烧痕。

最后,他们在码头留下了一个奇怪的标志牌,然后乘着方形船走了。等到他们从视线中消失,女孩才从茂草丛中爬回村子。她花了好些天,或许是好几个星期,把所有的村民都一一埋葬了。

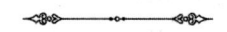

❧━━━━━❧

辛·托亚船长看着女孩。在说起整件事的时候,她一直都双眼瞪直,满脸恐惧。但现在她的脸又变得十分空洞,像在货舱时一样。

"那是多久前的事了?"托亚问。

"不知道。"女孩回答。

"你是怎么上船的?"他问,"我们没靠过岸啊。"

"我游过来的。"

"这么远?"

"是。"

"那现在我要拿你怎么办?"

女孩耸了耸肩。

"船上可没有小女孩待的地儿。"

"我得活着",女孩说,"才能找到那个男人。"

"你知道他是谁吗?你知道那个标识是什么意思吗?"

女孩摇了摇头。

"那是皇帝的生物法师的纹章。你最好不要靠近他,离他能有多远就多远。"

"不。"女孩平静地说,"总有一天,不管怎样,我也要找到他。然后杀了他。"

辛·托亚船长知道自己没法把她留在船上。相传只要有女人上船,哪怕是八岁的女孩,都肯定会把海怪吸引过来。如果他要留这个女孩在船上,船员们肯定会极力反抗。但他也不打算把女孩扔到海里,或者把她丢到荒芜的岛上。第二天,他们来到盖尔默尔,托亚找到了文成武僧团的首领,一位叫河洛的老和尚。

"这个小女孩经历了非常可怕的事情。"托亚说。两人站在修道院的石院中,一座高耸的黑色石庙在他们上方若隐若现。"她的内心已经扭曲了。当一名修道士可能是她的唯一出路。"

河洛双手伸进黑袍之中:"我很同情她,船长。真的。但文成武僧团只收男学徒。"

"她可以当一名仆人啊,"托亚说,"她是个农民,能吃苦的。"

河洛点点头。"是可以。但等她长大到亭亭玉立的时候又会怎样呢?兄弟们肯定会分心的,特别是年轻的那些。"

"那你就把她留到那个时候。至少你可以照顾她几年,直到她有能力照顾自己。"

河洛闭上双眼。"这里的生活很不容易。"

"她能应付过来的。"

河洛看了看托亚。让托亚意外的是,河洛突然笑了,他的双眼闪烁着光芒。"我们会收留这个可怜的孩子。一点点混乱是会改变武僧团。但或许是变得更好。"

托亚耸耸肩。他从来就看不透河洛,或文成武僧团。"你说是就是吧,大宗师。"

"那孩子的名字是?"河洛问。

"她不肯说。我猜她多半是不记得了吧。"

"那我们应该叫她什么呢,这个从噩梦里走出来的孩子?作为她的临时监护人,我们应该给她起个名字。"

托亚船长想了一会儿,一边捋着胡子。"要不就用她的村子命名吧。至少让她记住点什么。就叫她暗淡·希望。"

2

莎蒂那天晚上喝醉了,醉得连自己的家都回不去。但她也不能就在这儿过夜。

"酒馆打烊了,莎蒂。"吊带玛琪说。

莎蒂抬头看着玛琪,努力维持着眩晕的视线。吊带玛琪是"落汤鼠酒馆"的保镖和保安。她身高六尺有余,"吊带"的外号是因为她的身材实在太庞大了,只有穿上吊带,裙子才不会掉下来。玛琪是新列文贫民窟中最受敬畏的人之一,天堂圆环、银背镇以及锤子角的所有人都知道,就是她在维护着酒馆的秩序。无论哪个笨蛋在那儿闹事,她都会将他的耳朵活生生撕下来,不许他们再来酒馆,让他们蒙羞终生。玛琪甚至还把她撕下来的耳朵分别用小瓶子一个一个地装起来,收藏在吧台后面。

"莎蒂,"玛琪说,"该走了。"

莎蒂点点头,东倒西歪地站起来。

"今晚有地方呆吧?"玛琪问。

莎蒂胡乱地挥了挥手,拖着无力的双腿走过木屑地板。"我能看好自己。"

玛琪耸了耸肩,开始把椅子倒扣在酒桌上。

莎蒂跌跌撞撞地走出落汤鼠,微弱的街灯闪烁不定,她眯着眼看了看四周,看有没有熟人肯收留自己过夜。但街上空荡荡的,这说明警察们刚刚来过,或者是就快来了。

"去他的。"她诅咒着,挠着肮脏凌乱的头发。

她歪歪斜斜地走下街道,直到看到一个简陋的木质招牌,上面写着"水手之母客栈"。那是一家臭名昭著的客栈,但她可是羊头莎蒂,是天堂圆环、银背镇以及锤子角上出了名的、最了得的、仍活在世上的盗贼、贪财者和女流氓之一。她自己的名声也不好。没有谁会笨到把她拐到船上当奴工的。

她踉踉跄跄地走进客栈,要了一间房。客栈老板叫巴克斯,是一个瘦削的家伙,肌肉有些下垂。他猜疑地看着莎蒂。

"放心啦,不会胡闹的。"莎蒂说,用指头戳了戳老板的前额,留下了一个浅浅的指痕。

"自然不会。"巴克斯那瘦削的、下垂的脸咧出一个笑容,"我自己就能搞定你。咱不想有什么……误会,对吧?"

"很好,"莎蒂说,"那,带路吧,老板。"

巴克斯带她爬上破烂的楼梯,走进一个昏暗的走廊。走廊里充斥着各种各样的声音,有人笑,有人哭,甚至还有某个混蛋在这种时候拉起了小提琴。巴克斯打开尽头左边的房门,莎蒂挤过老板,径直走向地上那脏兮兮的床垫。

"要给你来点睡前小酒么?"巴克斯问。

"那真是好极了,"莎蒂说,"或许是我把你看错了。"

"我敢打赌你肯定是。"巴克斯说着,又露出了同样的笑容。

莎蒂倒在了床垫上,裙子、靴子或是匕首都懒得脱了,就那么看着那不停旋转的破烂天花板,直到巴克斯端着一杯看上去很好喝的冷饮回来。

如果不是那么醉的话,在小抿一口之前她便会闻到一阵黑玫瑰的味道。然而,她却一口把酒喝个干净,几分钟后,她的世界都暗了下来。

莎蒂醒来时,发现自己已经不在床垫上了,而是脸朝下睡在一个木甲板上。她花了好几秒钟才感觉到甲板正不停地摇晃。这时,一束阳光从一个圆形窗户透进来,刚好让莎蒂看清楚了情况:原来自己在一条船的货舱里。

"他妈的。"她挣扎着想站起来,却发现手脚都被脏兮兮的绳子绑住了,只好坐了起来。她想要解掉手上的绳索,但这种姿势连绳子都抓不住。再说了那是一种复杂的水手结,莎蒂根本不知道该从哪里下手。

她向后靠了靠,不料背后的东西却发出了一声咕哝。莎蒂转过身,发现原来是一个男孩,同样被捆绑着。男孩衣衫褴褛,满身污迹,大概是某条街上的捣蛋鬼，跟她一样被南拐过来的。

"喂，小子。"莎蒂用她精瘦的手肘用力戳了男孩的肋骨，"起来。"

"滚开啦，菲勒，"男孩喃喃道，"我没什么可给你的。"

"蠢材，"莎蒂说着又戳了男孩一下，"我们他妈被南拐了！"

"什么？"男孩睁开了眼。那是一双明亮的红眼睛，像兔子一样。凡是染上"珊瑚香"毒瘾的女人，她们生出来的小孩都跟这个男孩一样，长着一双红眼。"珊瑚香"真是一种败坏的毒药，极易上瘾，而且会把你的大脑一点一点侵蚀掉。而这些小孩一般都活不过一个月。莎蒂想，大概是这个男孩有种潜藏的魄力，才活下来的吧。之所以说"潜藏"，是因为莎蒂在他身上一丁点儿魄力都看不到。眼前的男孩像一只受罚的小狗，又吵又闹，大颗大颗的泪珠从凌乱的棕发后面的红眼睛中不停滴下来。"我……我……我在哪里？怎……怎……怎么回事？"

"我刚刚不是告诉你了吗？"莎蒂说，"我们被南拐了。"

"什……什……什么意思？"

"你是不是头猪？"莎蒂有点难以置信，"没听说过南拐？在街上混的居然没听说过？"

男孩的嘴唇颤抖着，看是又要哭了。但他却忍住了，这让莎蒂有点意外。他颤颤地吸了口气，说："我在街上混了才一个月左右，不是很懂啊。所以我求求你，告诉我发生了什么事吧！"

莎蒂看着男孩，男孩也看着她。或许是上了年纪心变软了，要是以前，她肯定会马上哈哈地嘲笑男孩，或是向他吐口水。但她只是叹了口气。"小子，你叫什么名字？"

"里希邓特朗。"

"去。真拗口。"

"我妈妈以前是个画家。她很喜欢那个出名的抒情浪漫派画家，里希邓特朗，所以给我取了一样的名字。"

"她死了，是吗？你的妈妈。"

"嗯。"

他们都沉默了。四周一片安静，只有男孩偶尔吸吸鼻子，木船吱吱呀呀，还有船头破浪时轻轻的海浪声。看来这趟航行还挺顺利的。

终于，莎蒂开口了："是这么回事，我们被绑架到去南方群岛的船上了，被迫做他们的仆人。一般来说，他们会先让我们在这里熬一阵子，然后再下来。说不定到时还会在我们身上弄点伤，好让我们明白他们不是闹着玩的。然后他们就让我们选择：要不加入船队，要不就被当成偷渡犯一样扔到海里。"

男孩的眼睛越睁越大，大得像两只红白色的餐盘。

"但是……"他的嘴唇又开始颤抖了，"但是我不会游泳啊。"

"只是这么说而已啦，又不是肯定会这样。再说了，就算你会游泳，现在已经离岸太远了，不可能游回去的，而且还没算那些鲨鱼啊海豹啊什么的呢。"

"我……我……我不想去南方群岛，"男孩呜咽着说，"大家说那里到处都是怪兽，又没有吃的，又没有阳光，也没有人回来过。再也回不来了，一旦……去了那里……就困在那里了……永远的！"他抽泣得特别厉害，声音都要痉挛起来。

莎蒂听得烦了，想给他脑袋来一脚，那样肯定能让他闭嘴。她还想带着男孩逃跑呢，现在都不知道他到底能帮上什么忙。他甚至都不算一个真正的街头混混，他只是一个艺术家的儿子，很可能五岁还含着妈妈的奶头。这样的男孩究竟是怎么能在街上活上一个月的？莎蒂想不通。

但他的确活下来了。而且看上去没怎么挨饿。所以肯定有什么在支持着他。莎蒂纳闷那是什么。

男孩由哭泣渐渐变回抽泣。为了让他不再发出那烦人的声音，莎蒂说："告诉我，里希……不管你叫什么。你的妈妈是什么样子的？她发生了什么事?"

男孩抽泣了最后一下,用肩膀擦干了泪汪汪的红眼。"你真的想知道吗?"

"当然了。"她说着,一边挪动身子,靠在装满土豆的麻袋上,尽量让自己舒服点。等有人下来估计还有好几小时呢,她不能让自己的手脚麻木,到时好采取行动。而且,听听艺术家儿子的故事,再怎么沉闷也算是种消遣。

"好。"男孩的表情十分真诚,"但你必须发誓不会告诉任何人。"

"我以老爸的屁眼发誓。"莎蒂说。

里希邓特朗的妈妈,古莉亚·帕斯汀纳斯,来自新列文北边的一个富裕之家,远离天堂圆环、银背镇以及锤子角的罪恶与暴力。她是家里的次女,虽长得清秀,却异常任性,父亲都已经打消了把她嫁出去的念头了。一般来说,富人家都不会让女人工作的,这就意味着父亲要养着她。

所以,当她说要去加入银背镇的一个艺术团时,父亲喜不自胜。富人家的孩子去涉猎波西米亚文化在当时是十分流行的,那时父亲心里只想着终于可以暂时摆脱这个麻烦女儿了。

让人意外的是,帕斯汀纳斯的艺术天赋十分突出,她一年之内都不会回家了。事实上,她再也不会回去了,因为她已经成为新列文艺术社的大名人,而大名人都很忙。后来,她生病了,严重得已经回不去父亲的身边了。但就算她可以,她也不会。

里希邓特朗的爸爸是一个男妓,继承了他家族长久以来的事业,不管男的女的都一样。他从来不觉得当一名男妓有什么不妥,直到他在一次晚会上遇到了一位黑眼睛的漂亮艺术家。他们交谈了十来分钟后,艺术家宣布要把他从悲催的人生中拯救出来。她刚卖掉了一系列新作品，脸上泛着红光，又因为最近对珊瑚香上了瘾，变得十分大胆。那天晚上，她把男妓带到她的住处，坚持让他放弃卖淫的行当。男妓露出了温暖的笑容，点点头同意了。她是多么地有魅力，多么地有激情，男妓愿意为她做任何事。

后来，他们就在一起了，艺术家负责画画挣钱，男妓就负责烧菜做饭打点家务。有那么一段时间，他们是幸福的。但里希邓特朗的出生让一切都改变了。当上父母后什么都会变得不一样。他们的儿子天生就有一双红眼，大家都说有珊瑚香毒瘾的女人生出来的孩子才是这样。朋友告诉他们，孩子肯定活不过一周。也许那孩子确实有某种潜藏的力量吧，也许是因为他父母无时无刻的照顾，用尽一切办法让他活下去。他们连饭都不吃，就为了凑够钱买她姐姐从上城带来的药。后来，情况实在太糟了，里希邓特朗的爸爸提议重新工作来帮补开销，但妻子拒绝了。她开始拼命地作画，画得如此疯狂，以致于她的手永远地被颜料染色了。许多年以后，艺术评论家们都认为这段时间就是她的巅峰时期。

历尽万难，里希邓特朗真的活下来了。就在他们为他庆祝一岁生日的时候，他们知道最苦的日子过去了。

不幸的是，他妈妈用的颜料里包含了一种水母的毒素，微量虽无害，但经过日积月累，毒素早已渗入皮肤，开始侵蚀她的神经。加上珊瑚香的毒瘾，她画画越来越困难了。到里希邓特朗两岁的时候，她已经握不稳画笔了。他的爸爸再一次提出复工，而她再一次拒绝。这一次，她教里希邓特朗画画，让儿子替她作画。她帮儿子戴上皮手套，以免他落得自己一样的下场。等儿子学成后，她便让他去画画挣钱。里希邓特朗四岁的时候，无论向他描述什么东西，他都能够精确地画出来。那以后，里希邓特朗每天都在家里花好几个小时在画纸上涂涂画画，而他的妈妈就躺在一张破旧的蓝色沙发上，用颤抖不停的手遮住双眼，轻轻地向他描述脑海里的画面。而爸爸则负责做饭给他们吃。

里希邓特朗十分珍惜他们在一起的光阴，他也十分骄傲自己能够用艺术帮到妈妈，那位伟大的艺术家。然而随着时间流逝，生活变得愈发困难了。里希邓特朗的妈妈非但没有戒掉毒瘾，相反地，因为儿子的病，同时由于身体越来越差，她的毒瘾反而更深了。等到里希邓特朗六岁的时候，妈妈的描述已经毫无逻辑，所以大部分的画都是他自己编造的。虽然他有妈妈的手活，但灵感却不及妈妈。画作说明了一切，人们都说帕斯汀纳斯才尽了。

这一次，他爸爸没有说出来，而是直接复工。虽然他变老了，生活削尽了他的光华，但他还算得上英俊，能挣到足够家用。他以匿名的方式购买妻子的画作，好让妻子觉得还是自己在支撑着这个家。里希邓特朗知道这一切，但当他攒足勇气向妈妈坦白的时候，妈妈已经病得神志不清，听不懂他的话了。或许其实她听懂了，他不确定。因为他坦白的那天晚上，妈妈吸入了太多的珊瑚香，去世了。

后来的一段时间，里希邓特朗和爸爸一直以同样的方式生活着。但到了第二年年末，他发现爸爸变得又瘦弱又苍白。他不知道爸爸是生病了，还是因为妈妈的死而煎熬成这样的。不管是什么原因，他的爸爸好像不打算让自己好起来。

在他八岁生日后还不到一星期，里希邓特朗发现爸爸在睡梦中去世了。他帮爸爸洗干净身上的污秽和血迹，把床单烧掉，离开了。

"那你是怎么在街上混的？"莎蒂问，"你什么都不懂，怎么就还能活到现在？"

他耸耸肩。"后来我遇到一帮男孩，他们让我加入的。因为我很擅长拿东西。"

"什么意思？很擅长拿东西？"

"我的手比其他人快很多。可能是因为画画的原因吧，我也不知道呢。但拿些钱包啊，手表啊之类的东西对我来说很简单。而且从来没有人发觉。"

莎蒂两眼发光。"这个天赋真是宝贝啊。"她看了看自己手腕上的复杂绳结，"别说你能解开这东西。"

"应该能。"他说。

"绑着手也可以？"

"我试试吧。"男孩说。

"干吗不呢。"莎蒂说。

终于，一个水手下货舱来检查了。那时太阳已经西落，只有淡淡的月光映入窗口。还没看到人，他们就听到声响：水手走下楼梯的笨重脚步声，还有他的自言自语。

"女人和小孩做船员，这一趟真是遭罪。"

水手年纪稍长，油腻的黑头发和胡子上掺杂了一些花白。他穿了一件羊毛衣，大腹便便，还有一点瘸。莎蒂与男孩并肩坐在地上，绳子明显地缠在手腕上。水手眯着醉醺醺的眼睛猜疑地看着莎蒂，莎蒂则装出一副茫然的样子。

"听好了，你们俩，"水手说，"你们是自愿来这里工作的，我们这条船叫野蛮之风号。只要你们乖乖地听船长和我的话，等我们回到新列文，你们就可以走。我们可能还会给你们工钱。不然的话，我们就把你们煎了去喂鱼。就像这样。"他用粗糙的巨掌狠狠地扇了莎蒂一记耳光，把她的嘴唇打裂了。"下次就不会这么客气了。明白了吗？"

莎蒂笑了，任鲜血从嘴角流出。"你知道人们为什么叫我羊头莎蒂吗?"

水手弯腰凑近莎蒂,呼吸里尽是恶心的格罗格酒的味道。"是因为你长胡子吗?"

她用额头狠狠地撞向水手的脸。水手瞪着莎蒂,鲜血从折掉的鼻子喷涌而出。莎蒂把松垮的麻绳抖落,伸手从靴子抽出匕首,利落地由下而上刺进水手的下巴。她慢慢地扭动匕首,水手在她旁边不住痉挛,血花在脸上喷溅。接着莎蒂把匕首往下一切,水手从脖子到锁骨的位置立马裂开了一条大口。她拔出匕首,任由那家伙痉挛着倒在地上。

莎蒂用袖子擦了擦脸,然后俯身抽出水手的剑。

"拿着。"她把匕首递给男孩,"上面肯定还有很多人。看来要把他们全干掉了。"

男孩盯着手里的匕首,上面依然沾满鲜血。

"红眼。"她说。看男孩没有反应,她用力拍了一下男孩的后脑勺。"跟你说话的时候要看着我。"

男孩傻愣地眨眼看着莎蒂。

"红眼。现在起你就叫这个名字。你来当我的搭档,行吧?"

男孩的眼睛睁得大大的,用力地点头。

"好,那现在咱们就去告诉那帮家伙喽,咱们没兴趣做船奴!"

甲板上一片漆黑,只有月亮的银光照耀。值夜的水手看到他俩冒出来时十分惊讶,但还没来得及说上一句话,就被莎蒂用剑一把插到眼睛里,一命呜呼。他抽搐着倒下,莎蒂费了点劲儿才把剑从水手的头骨里抽出来。大部分水手不是喝醉了就是睡着了,或者喝醉后睡着了。莎蒂不在意。这是他们活该。她不会使剑,一路杀来她都是又砍又削。等到他们来到船长室时,莎蒂已经气喘吁吁,手臂酸痛,六个水手的血溅了她一身。船长室木门紧闭,于是莎蒂用剑柄重重地砸在门上。"滚出来!你这个胖猪人渣!"

"莎蒂!"红眼突然尖声叫道。

她转过身,看到一个戴着宽边帽的男人正在三米以外举枪瞄准自己。但他还没来得及开火,枪便"啪嗒"一声掉在地上,双手抓住突然插在胸口的刀柄,表情痛苦。

红眼手上的匕首不见了。他羞涩地笑了笑,红宝石般的眼睛在月光下闪着光。"我本来是瞄准他的枪的。"

莎蒂咧嘴笑了,拍了拍红眼的背。"干得好,红眼。我就知道你是有种的,虽然你看起来就是个艺术娘们儿。好了,是时候调转这破船了。新列文还有那么一个混蛋,我要好好地给他上一课,为什么没有人敢南拐我羊头莎蒂。"

不得不说,把船开回新列文确实有点棘手。船上只有莎蒂和红眼两人,而且他们根本就不懂怎么航海。幸好那时刚好顺风,他们好不容易回到了码头,还差点把船撞毁,万幸的是莎蒂认识一些码头的人,在他们的帮助下船安全靠港了,这才没有把他们自己或任何人淹死在海里。

莎蒂简单地谢过水手们,接着跳下码头,手里依旧握着染血的剑。红眼快步跟在后头,满怀期待地看看他的新晋英雄是怎么报仇的。

现在天色尚早,巴克斯还没开始在水手之母客栈忙活,莎蒂径直走向落汤鼠酒馆。他们来到酒馆门前,莎蒂一手拍开了大门,大喊:"巴克斯!你这条奸诈的屎虫!"

巴克斯抬起瘦削下垂的脸,视线从酒杯上移到酒馆门口。酒馆里顿时鸦雀无声,大家的目光在巴克斯和莎蒂身上来回移动。

"这不是羊头莎蒂嘛。"巴克斯故作镇定地说,"没想到还能见到你啊。是不是丑得连水手都不要你啦?"

"我现在就让你变得比我刚杀掉的那些水手更丑!"说完,莎蒂举起剑冲了过去。

巴克斯一开始觉得难以置信,因为是个人都知道不能在落汤鼠里胡闹。但看着莎蒂越奔越近,他才觉得惊恐万分。

就在这时,吊带玛琪不知从哪儿冒了出来,一把抓住莎蒂握剑的手,猛地一提,把莎蒂整个人提在半空,像头野兽一样怒吼了一声。她狠狠地把莎蒂的手砸在桌子上,震得斟满麦酒的杯子四处乱飞,逼莎蒂放下手中的剑。

"你明知不能在这里胡闹的,莎蒂。"玛琪咆哮着说。

"我必须要他知道!"莎蒂说,一边扭着手腕想挣脱玛琪的铁掌,"我要让所有人知道,没有人可以南拐我羊头莎蒂!"

"我明白,"玛琪说,"但所有人也必须知道,包括你,谁也不可以在我的酒吧杀人。现在给我滚吧。"

大家都知道玛琪喜欢莎蒂。她给了莎蒂一个台阶下,莎蒂本来大可以领情,事情到此就结束了。但是莎蒂却没有。

"我要让大家知道我的厉害!"说着莎蒂猛地扑向巴克斯。

吊带玛琪哼了一声,依然紧紧抓住莎蒂的手腕。她猛地把莎蒂拉回来,用另外一只手按住莎蒂的头,弯下腰。随着一下湿润的撕裂声,莎蒂鲜血四溅,她的耳朵被玛琪生生咬了下来。

莎蒂撕心裂肺地哀号,把吧台后面的玻璃都颤动了,声音里充满愤怒和痛楚。莎蒂捂着伤口,玛琪则叼着莎蒂的耳朵,还有一些咬下来的头发。莎蒂冲出酒馆,强忍住羞耻的泪水。

所有人都看着玛琪。她平静地走到吧台,拿出一个空瓶子,把耳朵吐到里面,然后塞到她的收藏品之中。

红眼注意到莎蒂那把染满血的剑还放在桌子上。他不知道接下来会怎样,但他知道莎蒂应该还需要它。于是他飞快地穿过酒馆,这时巴克斯也正要转身拿那把剑。然而巴克斯还没来得及抬手,红眼已经把剑夺走，冲出去追莎蒂了。

他看到莎蒂正蹒跚地走回码头。她捂着受伤的地方，一边哭一边咒骂，血还不断地从指间渗出来。

"发生什么了？"红眼的声音有点沙哑。

"我已经完了，"莎蒂号哭道，"羊头莎蒂，被当众羞辱。吊带玛琪收藏了我的耳朵，我永远也不能在那里混了。"

"那我们现在怎么办？"红眼问。

"我们？"她歇斯底里地说，"我们现在怎么办？"她举起手，看着就要扇红眼一巴掌。但她的手却在半空中停了下来。她站在那里，眉头紧锁。"我们。"她又说了一遍，这一次语气平静了许多。她望向码头，野蛮之风号仍然停靠在原来的地方。"我们。"她轻声低语，然后咧嘴朝着红眼笑了。

"我们即将开启新事业，我的最佳搭档！谁还会稀罕肮脏的天堂圆环、银背镇还是锤子角？以后还有大把新鲜的玩意儿等着我们呢！羊头莎蒂可能是完蛋了，但海盗女王莎蒂的旅程才刚开始！"

3

盖尔默尔的海岸是一连串参差不齐的黑岩，经过海浪的常年冲刷，表面已经变得光滑无比。靠近内陆的地方，那里的土壤发黑，虽十分坚硬，但只要充分耕耘，便是丰富肥沃，可种植各种作物，尤其是大麦和啤酒花。修道院的和尚用它们酿造出来的棕色麦酒可是冠绝整个帝国。

整个岛屿大部分都用来种植作物了，唯独最中心的部分例外。那里是文成修道院，几百年前由帝国历史上最贤明的大宗师之一——真知玛纳伊的众门徒依着黑岩修凿而成。长长的方形建筑闭合成一个巨大的四合院，院子中间是一座寺庙。修道院的南边是和尚们的宿舍，大宗师的房间也在那里，虽互相分隔，仍不乏朴素。修道院北面是厨房，酒坊则建在西边。

很多男孩来到修道院的黑铁门时，眼神都充满了恐惧。大宗师河洛已经见惯了。他们大都是富人家惯坏了的孩子，因为太难管教，被父母送过来当文成武士。河洛还记得，在过去，成为文成武士是一件很光荣的事情，在那时甚至是一种流行。而现在这些被送来的孩子却不一样。他们要花上好几年才能领会到来修道院的意义，以及河洛和其他宣誓兄弟将要赋予他们的是什么。话虽如此，河洛已经接受了现在的事实。

但是，他却不知道该对这个女孩有些什么期待。她是完全新鲜的事物，不管对河洛还是武僧团来说。托亚船长带她来到大门时，她只裹着肮脏的破布，深邃的蓝眼睛仿佛要把身边的一切吞噬掉。

"你好，孩子，"河洛对女孩说，"我是大宗师河洛。欢迎来到文成修道院。"

"谢谢。"女孩的声音几乎听不见。

"那，祝你好运，河洛。"辛·托亚伸出他粗厚的、毛茸茸的手。

"一路顺风。"河洛说着，温暖地握住托亚的手。

托亚离开之后，河洛把所有的武僧和学徒都聚集到四合院。大家都注意到了河洛身边的女孩，尽是惊讶、疑惑和不悦。

"她叫暗淡·希望，由于生物法师的所作所为，不幸成为孤儿，无家可归。"河洛说，"她将会在这里生活一段时间，帮忙干些杂活。等到她足够年长与坚强,我们就会让她离开。"

出于对大宗师的敬重,没有任何人出言反对,但河洛能够听到一些叹息,不过这也在预料之中。一直以来,从来没有任何女人踏入过修道院半步,不管几岁。而现在,这帮人即将每天都要和一个女孩生活在一起,很可能还是好几年,河洛可以理解他们的心情。

"好了,解散。"河洛平静地说。大家纷纷散开,不时还回头看看河洛和希望。河洛发现,看着大家怎样应对这一改变确实挺有趣的。

《风暴之书》上说,世界上只有一个天堂,但地狱却有很多。每个地狱都是唯一的,但与其他地狱一样残酷。书上说,这是因为人类的苦难无穷无尽,而人类制造苦难的方式也同样无穷无尽。

大宗师河洛经常想起这句话。他认为,对于那些刚加入文成武僧团的年轻人来说,可能盖尔默尔本身就是一个地狱。这里坐落在南方群岛的中心,远离繁华的大都市,远离他们童年时舒适奢华的家,远离斯通匹克首都的温暖和阳光。

对于一些年长的兄弟来说,单单改变就是一种地狱。他们已日复一日、年复一年地过着刻板如一的生活,突然多了这么一个意料之外的东西,他们似乎有点惊慌失措。只要那女孩没有影响到他们的生活,他们倒还不怎么介意。但如果女孩打扫了他们的房间,他们就会向河洛抱怨,有时甚至抱怨女孩把房间打扫得太干净了。用餐时,只要女孩把食物盛到他们的盘里,他们就会向河洛抱怨,甚至是因为女孩给他们盛得太多了。

而对于其他兄弟来说,地狱就是有个女人突然在他们面前出现。当她从他们身边经过,穿着那宽大及脚的、老旧镶边的黑色僧袍,如幽灵一般静默苍白,双眼淹没在兜帽的阴影中,河洛甚至不觉得她是一名女性。然而,不知怎的,只要她在场,兄弟们就无法专注,甚至连最简单的任务也无法集中精力完成。

《风暴之书》说,从一个人的地狱中可以看出他的本质。同样,他对苦难的反应也能说明很多。有趣的是,河洛发现,虽然有的人抱怨希望,有的人选择忽略她,但还是有人尝试跟这个瘦弱金发的"苦难制造者"成为朋友。这些好心的兄弟又是哄又是送糖果,却被希望深不可测的蓝眼睛盯得支支吾吾,最后灰溜溜地走了。

观察了几天之后,河洛又回到他的研究和冥想之中。然而,另一种对苦难的反应在兄弟们中间悄然浮现了,但河洛却没有及时发现。那是残酷。

暗淡·希望来到文成修道院已经一个星期了,她不会说自己很开心。她甚至不知道自己会不会再说这个词了。但她过得很舒服。她有一张温暖的床,一天还有三顿饭。

她其实不知道文成的师兄们在做什么。他们冥想、念经、练武。每天晚饭前,他们都会聚到寺庙里祈祷。这一切在她的家乡都是陌生的。事实上,比起和这些安静的和尚生活,希望更熟悉在托亚船长船上吵吵闹闹的日子。

但是,她却十分了解自己的工作。陋室要打扫干净,简餐要准备好,朴衣要缝好洗净。干这些活并无乐趣,但沉浸在这些千篇一律的事情中却能让她找到一种平静。她十分珍惜这种平静,因为在其他的时间里,她的思绪都被死亡和强烈的复仇欲望压得沉重不堪。尤其晚上最糟。她躺在厨房的草席上,思绪就开始变得沉重,压得她透不过气。当终于睡着时,无休止的噩梦却又来袭。

"喂,乡下妹。"

希望站住了。她刚打扫完外屋,正要走回厨房。她转过身,看到克伦特正斜靠在宿舍的门口。克伦特大约十三岁,是众多年轻兄弟中的一个,还在训练期。当初河洛给她布置任务时,曾提过她大部分的职责都是为年长的兄弟服务,年轻的兄弟必须处理自己的事务。所以当克伦特喊她时,希望有点意外。

"叫我吗?"她问。

"没错,就是你,笨蛋,"克伦特说,挥手示意她过来。

希望不知道要怎么办,只好走了过去。

"进来。"克伦特转身走到屋里。

希望跟着走了进去。宿舍只是一个单间,木地板上整齐地排列着均匀相隔的草席,草席上统一摆着一个圆柱形的枕头。克伦特脱下黑色长袍,希望在一旁看着。他里面只穿了一件小内裤,上半身和两条腿都裸露着。他身材虽瘦,但肌肉紧绷,胸上几乎无毛。

克伦特把长袍卷成一团,塞到希望的手里。"给我洗干净了,再拿回来。"

希望很清楚,年轻的兄弟应该自己洗衣服,但她不敢说出来。"是的,师兄。"

克伦特抡出手一巴掌扇在希望的脸上。"我不是你的师兄。叫我师父。"

希望抬头盯着他,全身被一股黑暗的愤怒填满。她想象着他痛苦地尖叫着,白虫撕破了他的皮肤。但她知道自己现在无能为力,她只是一个脆弱的小女孩。所以她把愤怒咽回去,说:"是的,师父。"

克伦特信步走回自己的草席躺下来,然后拿起一本书。"快去快回。"

希望抱着那团染满汗味和酒气的长袍,走到厨房外的洗衣盆边。她使劲地把衣服在洗衣板上搓,想象着那是克伦特的脸。然后她把长袍再晾在厨房里正在燃烧的煤堆上烘干,幻想着炽热的煤球在克伦特裸露的胸膛上燃烧。她知道这样想不对,但这让她心里舒服。可是,当她捧着干净整洁的长袍走回去时,那种无助的愤怒又吞噬了她。

克伦特还躺在草席上，仍旧只穿着内裤。希望把长袍放到克伦特脚边。"还有什么吩咐吗，师父？"

克伦特从书的后面探眼看着希望，随后站了起来。他没有理会洗好的长袍，而是走到希望面前。他比希望高了将近一米，希望的视线刚好与他的胸膛平行。希望盯着他的胸膛，因为相比之下，她更讨厌克伦特的眼神。她虽然读不懂他的眼神，但那却让她毛骨悚然。

克伦特脱下希望的兜帽，胸膛起伏得越来越快。他用手捋起希望的一绺头发。希望全身发抖，她不知道是因为害怕还是厌恶。

"兄弟克伦特！"

希望扭过头，让头发摆脱克伦特的手。原来是文涂，年长的兄弟之一。文涂站在门口，脸上布满皱纹，眉毛紧蹙。"不要穿着内衣站在那女孩面前！太无礼了！"

克伦特慢条斯理地后腿几步，装傻地笑着。"是的，师兄。"说完弯腰拿起长袍，套在头上。

他把袍子拿到鼻子一闻，眉毛立马锁到一块。"呸，这厨房的臭味！难道你想我跟下人一个味道吗？"

"对、对不起，师父，"希望结结巴巴地说，"你要我快点，所以我就把衣服晾在煤堆上烘干了。我不知道——"

克伦特又扇了希望一掌。

"师弟……"文涂不赞同地说。

"没把你打晕算你走运！"克伦特对希望说，拳头高举，"给我滚出去，你这个肮脏的乡下妹！"

希望一路奔回厨房后面的草席，蜷起身体。她很想哭，但没有一滴眼泪，脑海里只有暴力和复仇的黑暗念头。她以为克伦特是修道院里最残酷的兄弟了。

然而，她只是还没有遇到莱克洛克。

暗淡·希望最喜欢的就是打扫寺庙。它的地板、墙壁还有圣坛，都是用岛上的黑岩做成的。黑岩被抛光之后，摸上去就有一种庄严而光明的感觉。她喜欢那些祈祷烛的味道，燃烧时有一种淡淡的茉莉清香。但她最最喜欢的是，寺庙上方那些高高的彩色玻璃窗。她看不懂窗上的图案是什么，只知道那是一些奇怪的生物和穿着黑甲的勇士。那些色彩让她想起了送给爸爸的那条项链。她没想到自己还能享受这么美丽的东西。希望看到还有一块小燃屑没有打扫，阳光透过彩色窗户照进来，仿佛把它晒得更暖了。

"所以说这就是你偷懒的地方啊。"一个低沉的声音说。

希望把视线从窗户上拉回来，看到一个身材矮小、肌肉精壮的兄弟。他叫莱克洛克。他双臂交叉地站在那里，表情严肃。希望知道莱克洛克在武僧团里位居第二，地位仅次于河洛，而且所有的兄弟都怕他。

"每天打扫寺庙是我的责任，师父。"希望说。

"我没看到你在打扫。"莱克洛克向她靠近一步，"只看到你无所事事。我们给你吃的、穿的，整个世界都抛弃你的时候，我们给了你一个容身之所。而你就是这样报答我们的？"

经过克伦特那一次，希望学会了为自己辩解是很危险的，所以她只是低头鞠躬，道歉道："对不起，师父。"

"你虽然还是一个丫头，但你满嘴谎言，跟女人一样。"莱克洛克平静地说，眼神轻蔑。他走到橱柜旁，打开一个装满各种东西的柜子，从里面抽出一根长长的手杖。他一边检查手杖一边说："其他人可能会被你迷惑，可我不是。我知道你的真面目。你就是一个肮脏卑鄙的恶魔，想要彻底摧毁这里的秩序。净化吧。"

就在那个阳光斑驳的初秋下午,河洛正在潜心冥想,忽然被女孩的尖叫声惊醒了。他急匆匆地从房间里出去,奔过阳光灿烂的四合院,冲进庙里。他看到暗淡·希望蜷缩在地,脸被压在冰冷的石地板上,黑袍已被鲜血浸湿。莱克洛克的身影几乎笼罩着她。他挥动着粗壮的肩膀,手里的杖棍重重地打在希望的背上。又一声刺耳的尖叫。

那一刻,河洛才明白,他并没有拯救这个女孩。他只不过是把女孩从一个地狱带到另一个地狱罢了。同时,他也发现了一个属于自己的新地狱,一个让无辜的人遭受痛苦的地狱。虽然他没有亲手挥舞着那杖棍,也没有主动要求船长把女孩带过来,但当他看着女孩苍白的脸的时候,他明白到自己不能再在这个地狱多呆上一秒。

莱克洛克再次抢起手杖,但这一次河洛绝不会再让它落在女孩身上了。只稍一眨眼工夫,河洛便化成一道模糊的黑影,迅速将他兄弟手里的杖棍夺下,同时一脚踢向莱克洛克。莱克洛克被地上的女孩绊了一下,但他双手先着地,借着力道拱身翻了个跟斗,双脚落地。他转身面向河洛,但大宗师瞬间用手杖顶端戳中他的喉咙,力道刚好让他咳嗽不堪,暂时失声。

河洛看着他艰难地喘息,过了一阵,才平静地说:"你有什么话要说吗?没有?那么让我来明确告诉你,今后不许你再伤害这个女孩。她的哭声打扰了我的冥想,她流在寺庙里的血让我生厌。明白就点一次头,如果想再挨一次打,就点两下。"

莱克洛克的脸沉下来,涨成了紫红色。他把嘴唇抿成一条直线,点了一次头,站起来离开了寺庙。

河洛低头看着脚下颤抖不已的小女孩。他突然很想去安慰她,把她抱在怀里,慢慢地摇着她,直到她进入甜美的梦乡。但那只是一闪而过的冲动。毕竟，河洛不是一个慈爱的、温柔的老人。他是文成武僧团的大宗师，是帝国最厉害的武士之一。因此，他静静地走到圣坛前方的冥想垫上，跪了下来。

很长一段时间，他们都保持着那种状态。女孩趴在地上，老和尚则无声地跪着，背对着女孩。

终于，女孩用几乎听不到的声音说："师父……谢谢你救了我。"

"我不是什么师父，孩子。我是一个老师。"

女孩停下来想了一会儿。接着河洛听到她跪爬着靠近了一点。"你会教什么？"

"很多。虽然不是每次都成功。我曾教过莱克洛克学会克制，但显然我失败了。"

"他是在惩罚我。"

"惩罚是用在罪恶身上的。告诉我，你有什么罪过才招致这般毒打？"

"我……不知道。他说我是恶魔。"

"我知道了。那你感到罪恶吗？"

女孩没有回答。

"过来，面向我跪下。"河洛说。

女孩警惕地爬过去，绕到河洛前面。河洛看到女孩的黑袍都被血液黏在背上了，但她好像一点都不怕痛。女孩学着大宗师的样子跪下来，面向着他，但头垂得低低的。

"看着我，孩子。"河洛说。

女孩抬起头看着河洛，而河洛也深深地看着女孩那双令人难忘的眼睛。这是他第一次这样做。

"我看到你内心的黑暗，"河洛说，"但我不意外。黑暗会催生黑暗。"

女孩依旧没有做声，只是继续看着他。

"你会害怕心中的黑暗吗？"

她的表情仍然没有改变,但泪水开始在眼里打转。

"我可以教你怎样控制那股黑暗。我可以教你利用它成为一个伟大而强大的武士。"就在说出这些话时,河洛的心脏开始飞快地跳起来。他将要做的事情,《风暴之书》和文成武僧团是明令禁止的。但当他说完的时候,他看到女孩的脸上透出了光明,犹如新世界的第一缕晨曦般透彻,河洛便知道,兑现这个承诺,所有的冒险都值得了。"你想我教你这些吗?"

"是的,我想!"女孩说,任由眼泪落下脸颊。

"要说'是的,大宗师'。"河洛纠正。

"是的,大宗师。"

"这条路不容易。一路上你还会忍受很多苦难。有时候你甚至会恨我,甚至会觉得我跟莱克洛克一样残忍。这样你还愿意学吗?"

"是的,大宗师!"女孩大声喊,脸蛋湿润,泛着红光。

"很好。那现在我们就开始你的第一堂课吧。"

"我准备好了,大宗师!"女孩绷直身体,仿佛快要跳起来。

"你的第一堂课,是呼吸。"

她微微偏着头,愣了一下。"只是呼吸吗,大宗师?"

"呼吸是最重要的。它是生命的根本。在掌握呼吸之前,你什么都做不到。作为一名武士,不能肆意欢乐,不能放任恐惧,虽无法无感无情,亦不能被其左右。若想达到这种境界,须练就沉稳之呼吸。所以现在,你必须慢慢地、深深地呼吸,直到平复内心汹涌的情绪,归于平静。"

"是的,大宗师。"暗淡·希望答道。

老人和小女孩面对面地跪着,寺庙里除了他们的呼吸,一片宁静。

4

莎蒂知道，仅靠自己和一个八岁小孩是不可能驾驶一只船的。即便是像野蛮之风号这样小的单桅船。问题是，她已经在落汤鼠酒馆丢尽了脸，她以前的朋友不会跟她有半毛钱关系了。所以想要组建船队，她就必须去天堂圆环以外的地方，招募那些不了解的人。

万幸的是，她在锤子角有一些人脉。不管是吊带玛琪还是落汤鼠酒馆，还是耻辱，那帮人都不会在乎。公牛麦基是一个打手，脸是方的，莎蒂和他在空虚峭壁上待过一段时间。跟麦基一起的还有一个又高又瘦、眼睛凹陷的家伙，叫斯宾纳。他要么是麦基的表弟，要么就是他的男友，又或者两样都是。莎蒂还认识一些银背镇的人，以前她在那里帮大力士吉克斯运过毒。鸟笼艾佛利是一名演员，是个自以为很帅气的家伙。维尔吉肖是个哑巴，但打架很厉害，还很会拉小提琴。

莎蒂很久都没有试过需要向一个男人证明自己了。她不比任何一个男人差，而且很可能更有能耐。羊头莎蒂的名声就是她最有力的证明，这也是为什么她如此迫切地想保住这一名声的原因。现在她要从头再来了。不过她之前就已经成功过一次，再来一遍肯定能做得更好。所以，她只花了一个星期就搭建了一个船队。现在只剩下一个问题：他们没有一个人知道怎样驾船。直到芬恩出现。

那是一个早晨，天气十分晴朗，这在新列文实属罕见。野蛮之风号仍被绑在同一个码头，莎蒂则站甲板上，提着绳索，瞪眼看着她的船员。"有谁知道这绳子是连到哪里的？"

"我想它是连到前面的。"公牛麦基说。

"才不是，我看到它之前是绑在右边的。"斯宾纳说。

"是谁把他弄开的？"莎蒂问。

"抱歉，是我。我之前被它绊倒了。"鸟笼艾佛利说。

莎蒂瞪着他。"演员不都是很优雅的吗。"

"那东西叫作索具，不叫绳子，"一个陌生的声音传来，粗犷而开朗，"还有，船的前部叫作艏，艏的右边叫作右舷。"

一个男人出现在码头上，对着他们微笑。他的皮肤被晒成深深的棕色，脸上还戴着一只黑色眼罩。

"是这样吗？"莎蒂说，目光移向这名陌生人，"说得好像什么都懂哦。"

男人看来一点都不在意莎蒂的语气。"你不认得我了，是吧？"

莎蒂斜眼看着他。"我应该认得你吗？"

"我和你在火药大厅后面的巷子里滚过几次床单。"他顿了一下，期待着莎蒂的反应。一会儿之后，他又加了一句："那时我还有两只眼。"

莎蒂挠了挠凌乱的头发，最后摇摇头。"不。我在那巷子里搞过很多男人，但我不记得你。"

男人的微笑僵住了。

"但你是圆环人吧？"

他的微笑又回来了。"土生土长。今天你走运。我在码头弄船有一段时间了。"

"我怎么就幸运了？"

"我听说有一个自称莎蒂船长的女士正在组建船队，准备开展新事业呢。看来你已经找到一帮有料的人了，但你还需要一个真正懂船的人。"

"那个人就是你，对不？"

"正是。"

莎蒂思考了一会儿。"你叫什么名字？"

"码头的人都叫我芬恩先生。"

"那好，我就叫你失踪芬恩。"

"因为我这只失踪的眼睛吗？"

"是因为在我瞎弄着这艘破船的一个星期里你他妈滚哪儿去了！"说完，莎蒂向他伸出手，说道："欢迎加入野蛮之风号。"

芬恩接过她的手，跳到船上，笑容更加灿烂了。"那么，我们这是要搞什么大计划呢？"

"噢，我没告诉你吗？"莎蒂说，"海盗。我们要称霸沿海。"

"海盗？"失踪芬恩很意外，"在新列文？从来没有人做过。"

莎蒂拍了拍他的背。"哥们儿，这就是我们为什么会成功的原因。"

失踪芬恩没有撒谎，他十分熟悉船活，只消几个小时，他就把船准备好了。他给每一个船员安排了任务，并指导他们怎么做，然后跟莎蒂一起策划航线。

"好了，"芬恩卷好地图，"我们可以出航了。"

"还没。"莎蒂用手指轻轻敲着海图分规的一只脚，"我最好的搭档还在外面帮我干个小活呢。他应该马上回来了。"

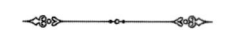

红眼一整天都坐在水手之母客栈外面，假扮成一个乞丐，等待着合适的目标出现。到了日落的时候，他甚至还讨到了一些铜板。最后，他一直寻找的目标出现了。一个戴着宽边船长帽，穿着高及膝盖的长筒黑皮靴的男人走了过来。

红眼等他走进客栈，便迅速把铜板装到口袋里，起身尾随。他踏进客栈，刚好看到那双黑皮靴从楼梯走了上去。

"喂，小子，你在做什么？"

巴克斯从前台探过身来，猜疑地看着他。

"噢，呃……"红眼这才意识到自己应该事先准备好托辞的，"就是我的，呃，叔叔，还有……"

"不，我认得你。你是那个跟着莎蒂的红眼睛小子。你想干什么？"巴克斯从前台后走出来，卷起衫袖。"你别想着对我的客人搞什么小动作。"

红眼在街上混的时间虽短，但他看出来巴克斯准备动手了。于是他二话不说，拔腿就溜。他逃到拥挤的街上，躲在一辆运货马车后面，探出脑袋，透过人群看看巴克斯有没有追出来。他等了几分钟，确定没有危险了。但现在该怎么办？红眼已经不可能溜到客栈里而不被巴克斯发现了，可他也不能就这样回到船上。莎蒂吩咐让他带一顶合适的船长帽和一双皮靴回去，作为加入船队的测试。她可不想白白养着没用的人。

"在干啥呢，里希？"

红眼抬起头看，原来是菲勒。菲勒是红眼以前扒手帮中的一员，手艺很烂，也从来不见他有何长进。但他比同龄的孩子都高出一个头，所以菲勒说什么其他人都照办。

"我现在叫红眼。"红眼自豪地说。

"谁说的？"菲勒问。

"羊头莎蒂。"

"噢。"菲勒看上去很佩服。他还算灵通，听说过莎蒂的大名，但谢天谢地，他还没灵通到知道她最近被羞辱了。"你现在跟她混了？"

"是啊，所以我现在没时间……"红眼突然灵光一现。他上下打量着菲勒，咧嘴笑了。"不如这样，好伙计。"他把手搭在菲勒的肩膀，尽量表现得很轻松。莎蒂经常也这样搭着红眼的肩膀,通常这种时候都是要他做什么事。"你来帮我完成莎蒂交代的任务,怎么样?"

"我?"菲勒的眼睛瞪圆了,"帮羊头莎蒂?"

"没错,"红眼说,"到时候我会在她面前帮你美言几句的。"

"好。我要做些什么?"

"跟我来。"红眼带着菲勒回到水手之母,绕进客栈的后巷。太阳已经下山了,除了有住客的房间透出一点亮光,整条巷子一片漆黑。

"这里真是黑得可怕。"菲勒说。

"一点都不。"红眼心不在焉地说着,一边检查着有光亮的窗户。就在二楼他发现了目标,中间起左边第一扇窗户。他看到老水手脱下帽子和大衣,然后灯就灭了。"好了,菲勒。你站在这里。"红眼让菲勒站在窗户正下方。"然后像这样抱着手。"红眼十指交叉,手心向上。

菲勒按着要求照做了。"然后呢?"

"等一下我向你冲过去,你把我抛到窗户上去。"

菲勒抬头看了看窗户。"我不知道能不能把你抛到那么高。"

"好吧,那就到窗户下面的小平台吧?"

菲勒眯着眼。"哪有什么小平台啊。"

"就是把一坨鲜红的马屎扔过去,你也看不见。"

"才怪,马屎我肯定能看到。"

"你就相信我吧。那儿有平台。把我抛上去,我能抓住。"

菲勒耸耸肩,然后伸出双手。

红眼往后退,直到贴在窄巷的墙壁上。接着他向前助跑,一脚跳上了菲勒的手上。同一时间,菲勒用力向上一抛,红眼便高高跃到空中。

菲勒说得没错,窗户实在太高了,但红眼已超过了窗户下方的平台,它就嵌在墙上一个平整的空白处。他咬住嘴唇,忍住呜咽,同时手不断在墙上乱抓,寻找任何可以抓住的东西。他在空中下落了一阵,感觉心都要跳出来了。这时,他的脚尖终于落到了平台上,但他晃了一下,眼看马上要向后掉下去了,红眼感到一阵眩晕。他马上展开双脚,膝盖向外弯曲,就像一只壁虎一样粘在墙上,终于找到了平衡。

"没想到还真有一个平台啊,"菲勒在下方看着说,"但你要怎么爬到窗户上面呢?"

红眼还没想到这么远。他伸长脖子向上看,试着估算距离。看来貌似只稍一跳便能够着窗户了,但如果失手了,他就会掉下去。红眼看不清离地面有多远,他也知道自己很可能真的就会掉下去,但他不想让莎蒂失望,他一定要成功。所以,他把膝盖弯得更低,腹部和大腿紧贴着粗糙砂石墙壁。

"你不是要——"菲勒说。

没等他说完,红眼便跳了起来,手臂尽可能地向上伸展,努力伸向窗台。他做到了。

"我的天。"菲勒明显被红眼吓了一跳。

红眼用手指抓住窗台,把自己挂在半空,同时双脚在墙上不断蹬刮,好找到一个借力点。他的手指已经累得发麻,他觉得快撑不住了,刹那间怀疑和恐惧流遍全身。就在这时,他想起第一次帮妈妈画画的那天,他一把鼻涕一把泪,倍感挫败,用哀求的目光看着妈妈。"我没你画得好!"妈妈低头看着他,像往常一样努力地挤出笑容。"只要你相信自己会成功,那你就肯定会有机会成功的。可是,如果你认为自己会失败,那就肯定会失败。所以,还没开始尝试之前,绝对不能让自己失败。"

红眼还没有掉下去。他还没有失败。但自我怀疑的阴影还在纠缠着他。他必须想想其他事情。但他的手指已像火烧一般刺痛,几乎要流出眼泪了。这时,一个新画面浮现在他的脑海。莎蒂咧着嘴对红眼笑,脸上溅满了水手的血。我就知道你有种,虽然看上去就是个艺术娘们儿。

去他的艺术娘们儿。他已经目睹了妈妈去世,接着是爸爸。但他在银背镇的街上活下来了,接着在新列文也是。他要向莎蒂证明,他一点儿都不娘,他就是个纯爷们儿。于是,他咬紧牙关,把自己慢慢地拉上了窗户的平台。

"你成功了,里希——我是说红眼!"菲勒说。

"闭嘴,你会暴露我的。"红眼嘘声说,不坚定的情绪早已消失殆尽,而是充满了前所未有的自信。他透过窗户望进去,马上发现了一个新难题。当房子灯灭时,他以为那个船长已经睡觉了,但现在借着月光,红眼发现他虽然是在床上,但却没有睡,而是跟一个女人在翻滚。

当然了,红眼知道性是什么。作为一个男妓的儿子,他很早就知道了这些事。有一次他问爸爸为什么隔壁街的猫咪变得那么胖,爸爸漫不经心地解释说它怀孕了。红眼是个好奇的孩子,于是不停地追问爸爸一连串问题,最后,他们终于谈论到了人类的性交行为。以爸爸的解释,红眼还以为性交是很温柔的,而且包含了很多深情的耳语。但现在,红眼看到的完全不是那么一回事。

只见船长用手支撑着身体,光秃的头上大汗淋漓,毛茸茸的肩膀被月光漂白。他面向窗户,但双目紧闭,仿佛十分痛苦。他把女人压在身下,剧烈地抽动着下身。因为角度问题,红眼只能看到女人的后脑勺,还有一边丰满柔软的乳房。她的一只手在床边毫无生气地晃动着,有那么一瞬间,红眼还以为她已经晕过去了。但当他把耳朵贴在窗户上时,他便听到了船长粗鲁的淫叫和女人尖锐的叫床声:"噢,帅哥,快用你的大蟒蛇帮姐败败火!"

总而言之,红眼当场断定性交是恶心的。不过,有了这些噪声和混乱,红眼就很有机会在不被发现的情况下溜进去再溜出来。

他扭头对菲勒说:"待会儿准备好帮我下去。"

"怎么帮?"菲勒问。

"就是……我叫你做什么就做什么。"红眼这样回答,因为他自己也不知道该怎么下去。说完,他小心翼翼地推开窗户,然后溜了进去。他蹑手蹑脚地爬到床边,看到船长胡乱扔在一旁的靴子和帽子,还有他的衣服。叫床声越来越大了,船长的动作也愈发猛烈,连床都开始嘎吱地叫起来,仿佛在抗议一样。红眼把靴子和帽子放在船长的大衣上,然后卷成一团,以便带走。准备开溜时,红眼偷偷抬头瞟了一眼。这回他看到女人的脸了,圆圆的、红红的。尽管她呻吟得很卖力,却面无表情,一直盯着天花板,像极了一个演腻了同一个角色的演员。红眼的爸爸以前经常说性是如何地激情如何地温柔,难道他撒谎了吗?红眼现在才意识到,原来大人们那样说是为了保护他而已。来到天堂圆环之前,大人们也一直想保护他。这也许是为什么红眼这么喜欢这里的原因。虽然这里又艰苦又卑劣,但没有人会把他当成一个玻璃人。

女人毫无神气的眼睛转动了一下,视线从天花板转移了下来,看到了红眼。红眼待得太久了。女人惊讶得眼珠子都快跳出来了,她喊道:"有个小孩!他妈的有个小孩在这里!"这一次她倒真情流露了。

红眼跳上窗户,怀里抱着战利品。如果船长当初警惕点的话,他很轻易就能够抓住红眼,这样红眼就完蛋了。但现在他兴致正旺,似乎对什么事情都满不在乎。直到胯下的女人一巴掌扇到他的脸上,对他大喊:"他把你的衣服都偷走了,蠢货!"

这时,红眼的半个身子已经在窗外了。船长愤怒得炸开了脸,奋起身扑向红眼,不料双腿却被毛毯缠住,摔了个狗吃屎,只能光着屁股咒骂。

"接住我!"红眼从窗户跳出来,大声喊道。

"什么?"菲勒本能地伸出双手,目瞪口呆地看着红眼急坠下来。他俩撞到了一块儿,双双跌在鹅卵石街上。他们惊魂未定,迟迟没有起来。直到船长毛茸茸的身体从窗户探出来,在楼上咒骂着他们。

红眼站起身来，一手抱着衣服，一手把菲勒拉了起来。

"没伤到哪里吧？"红眼问。

菲勒摇摇脑袋，魂魄还没回来。

"那他妈跑啊！"

二人撒腿便在巷子里飞奔起来，留下暴怒的船长还在大声诅咒。他们跑了好几个街区，最后在一个拐角停了下来，气喘吁吁，咧着嘴朝对方大笑，像疯子一样。

"你，"菲勒举起手指在红眼脸前摇了摇，"简直是个疯子。"

红眼喜欢菲勒说他是个疯子，笑得更开心了。"你说得可能没错，但战利品是我的喽！"他把那卷衣服举得高高的，十分自豪。

"你要这些东西来干啥？"

"这是给莎蒂的。我们要离开天堂圆环了。"

"离开圆环？"菲勒不解地盯着红眼。

"莎蒂搞到了一艘船，我们要当海盗了！"

"海盗？像戴尔·贝恩一样？"

"当然了！像戴尔·贝恩一样！"红眼说，看上去对自己十分满意。他握住菲勒的手。"好了，兄弟。你帮了我一个大忙，我一定会告诉莎蒂的。后会有期！"说完，他便动身往码头跑去，手臂夹着战利品。

回到野蛮之风号的时候，红眼看到索具都已经安装好，船帆也已经绑好在桅杆上，准备好临风招展了。

"来得正是时候。"莎蒂一边说，一边帮他上船。"我都开始琢磨是不是给你的任务太难了呢。"

红眼把衣服递给莎蒂。"看，我帮你搞到了一顶帽子，一双皮靴，还有一件大衣！"

"嗯，不错嘛。"莎蒂打开那团衣服，检查着里面的东西。"这些看上去都很不错，值得我等你这么久。做得好，红眼。我还是没有看错你的。"

红眼高兴得脸上发光。

"遇到什么麻烦了没?"

红眼的脸"唰"地一下红了,低下头支支吾吾:"噢,呃……"

莎蒂皱眉了。"不会有一队皇军来追杀我们吧?"

"不,不是那样的。"红眼迅速解释,"就是……我在偷衣服的时候,那个船长正在和一个女人做爱。可是那跟我爸爸说的一点都不一样。他们很吵,很恶心,而且一点都不温柔。"

莎蒂笑了。"别太操心了,我的搭档。做爱跟偷东西一样,是有很多种方式的。等你长大些我再跟你解释吧。现在去睡会儿吧,我们明天天一亮就出发。"

黎明时分,微红的晨曦还在海面流连,野蛮之风号已经驶出了新列文的海岸。失踪芬恩掌着舵,海盗女王莎蒂一副船长打扮,昂首阔步地走过甲板。她的靴子有点大,必须用皮带扎在脚踝上才不会滑落;宽边帽上的羽毛在投靠新主人的过程中被折弯了;还有大衣也太大了。尽管这样,船员们也没有说一句不是。

"你看起来真迷人,船长。"失踪芬恩说道,看着莎蒂大摇大摆地走向自己。

"可不是嘛。"莎蒂同意道,"还要多久我才能向别人炫耀呢?"

"我们快到银背镇的木匠湾了。从那里到堕落谷之间,会有很多有钱人坐着小舟在游船。"

"钥匙镇也在那里啊。"莎蒂说。

"没错。但是放心,那里的驻军大多都是陆军。虽然他们偶尔会派几艘船去搜查走私犯,但是他们的船不可能比我们的更快。"

"那咱们就去抓些有钱人来玩玩!"

刚过正午,他们便发现了第一个目标,那是一艘沿着海岸航行的小游艇。

"准备喽,伙计们!"莎蒂说着,驾船冲向游艇。她抽出小望远镜,看到游艇上站着三个穿着上好白衬衣的男人,都留着一头精心梳理的发型。他们盯着野蛮之风号,干净秀气的脸上充满疑惑。

失踪芬恩转动船舵,野蛮之风号立即拐了一个大弯,最后与游艇并列。

"伙计们,上!"莎蒂喊。

船头的鸟笼艾佛利与船尾的斯宾纳各投出一条钩绳,钉住了游艇柔软的甲板。

"拉他们过来!"莎蒂再喊。

艾佛利和斯宾纳使劲回拽钩绳,把游艇拉了过来,直到其右舷重重地撞在了野蛮之风号的左舷上。

"看来我们要装些防护板才行。"失踪芬恩喃喃道。

"公牛麦基、维尔吉肖,跟我来。"莎蒂说着,拔出弯刀跳上了游艇。

"我说,友人们啊,"其中一个富翁说,"我认为有海盗登上我们的船了。"

"真够迟钝的,"莎蒂说着,把弯刀抵在他的喉咙上,"还以为需要我亲自向你解释呢。"

"女士,你不能就这样登上男人的船的!"富翁说。

"我猜你是搞不清楚状况吧。"莎蒂下刀把富翁的衬衫切开,留下了一道细细的小伤口,富翁马上大惊失色。"我是海盗女王莎蒂船长。这里是我的海域,我想去哪里就去哪里,想拿什么就拿什么。懂么?"

"你不必伤害我的,"富翁哭诉着,捂着自己流血的胸口。

"谁来让这废材闭嘴,我不想被他影响心情。"莎蒂说。

维尔吉肖默默地用刀柄打在富翁的脑袋上。富翁眼睛向上一翻,倒在了甲板上。

"还有谁要抱怨?"莎蒂问另外两个富翁。

没花多久,他们就把游艇上所有值钱的东西一扫而空。大伙儿登上游艇时,红眼留守在船上,后来被莎蒂叫去帮忙把战利品一一分类。他坐在狭窄的船长室的地板上,把金子银子分开,把容易交换的物品与较难鉴定价值的物品分开。

"我不知道男人还会戴首饰。"红眼拿着一个金戒指,上面嵌着一颗猫眼石。阳光从窗口透进屋里,宝石闪闪发亮。

"有钱人嘛。"莎蒂躺在床铺上,大衣和靴子还穿在身上。

"感觉他们就像一个废人。"红眼说。

"那是你还没见识过那些富婆。她们都不工作,整天就无所事事地坐在家里。想想都让我觉得恶心。"

"你怎么那么了解有钱人?"红眼问。

"在我小的时候,他们经常会来天堂圆环。我每天都能顺到一些钱包,因为他们当中总会有很多蠢货。"

"他们来天堂圆环做什么?"

"那时天堂圆环还是尤里·萨丁管事。他建了好多五花八门的舞厅和戏院,简直是那些有钱人的天堂。"

"那些舞厅和戏院后来怎么了?"

"后来尤里被杀了,大力士吉克斯接管了圆环。他一点都不喜欢舞厅,于是和手下一起把它们全都拆掉了,天堂圆环也就成了今天的样子。他终有一天也会被杀掉的,到时候又会有另一个人来接手。我们只能希望接手的人比前任更好,而不是更坏。"

"那干吗你不接手呢,莎蒂?"红眼问。

莎蒂笑了。"或许我还真会。首先是海岸,然后是圆环。"

红眼一本正经地看着她。"到时候,我还会是你的最佳搭档吗?"

"好了。"莎蒂俯下身,用力弹了一下红眼的鼻子。

"啊!"红眼痛得捂住鼻子。

"说什么傻话呢,"莎蒂说,"一直到我翘辫子,你都是我的最佳搭档。"

5

盖尔默尔图书馆是帝国里藏书量最多的,但在暗淡·希望认得字之前,再多书也没有用。

"你觉得我可以学会读书吗,大宗师?"希望问。她和大宗师一起站在图书馆里,图书馆其实跟河洛的睡房差不多大,但里面从地板到天花板都堆满了卷轴、书籍和羊皮卷。

"为什么不呢?"河洛反问道,抽出一本厚厚的书。

"我家乡里没有一个人会读书。连长老萨姆卡也不会。而我只是一个小女孩。"

河洛严厉地看着希望。"我不准你再说'只是一个小女孩'这样的话。你是我的徒弟,你要按我的要求去做,学习我教你的东西。不能有借口。明白了吗?"

希望垂下头。"是的,大宗师。"

河洛笑了。"很好。那么我们就从这个开始吧。"他举着刚才的书。"《文成武僧团创始人——勇者萧克传》,第一卷。"

希望一开始学得很慢。河洛发现,她那么挣扎不是智商问题,而是因为缺乏自信。但当她入了门之后,她再也不用费尽心思弄清楚每个字的意思了。她学习的欲望真是无穷无尽,她很快就读完了勇者萧克系列的五本书,接着又读完了真知玛纳伊传共三卷书。不到一个月,她就读完了《帝国简史》的全套共十本书。

等河洛认为希望已经掌握了大概的历史观后,就开始让她学习地理与生物。而正是生物这门学科真正地点燃了希望的激情。

"大宗师!"一天下午,希望冲进了河洛的房间,手里拿着一本快要散架的书,眼睛睁得大大的。

河洛当时正在冥想,但并没有被惊动。他重新闭上眼睛,继续冥想,轻轻地问:"怎么了,孩子?"

"你知道吗,"希望说,"世界上居然没有人知道蛇是怎么动的!"

"是啊,孩子。"

"不会是因为魔法吧?"

"应该不是。"

"那么肯定是有原因的。只是大家还没有发现。"

"是的,孩子。"

"我们岛上有没有蛇呢,大宗师?也许我可以发现这个秘密!"

河洛笑了笑,眼睛依然闭着。"你可以去试试。"书籍上的知识如果不拿去实践,又有什么意义呢?后来,希望真的抓了一条蛇回来研究。也许她最终还是没有弄明白它是怎么爬的,但她却学会了怎样处理被蛇咬的伤口。

其他武僧想不透为什么河洛突然花这么多心思去教那个女孩。现在,大家已经接受了她成为他们生活的一部分了,但也仅仅是把她看成一名仆人。几乎所有来自上层社会家庭的文成武僧以前都请过仆人，所以对他们来说，接受希望并不很难。但去教导一名仆人？这样的行为实在让他们感到不解。有的人觉得河洛是出于善良，有的人说他太放纵了，有的人认为他老了，还有人则怀疑他别有用心，例如色欲。事实上，他们都不认为河洛会成功。因此，在冬天的一个下午，当兄弟文涂看到希望蜷缩在灶旁，认真地翻阅着《巴斯图莱纳斯皇帝统治时期的经济贸易史》的复本时，着实吃了一惊。

河洛并不在意他们的惊讶、猜测或谣言，虽然那确实在修道院引起了一些不安，但却让他们忽略了河洛正在犯下的更深的罪孽。修道院是禁止教授女性成为文成武僧的，就算是河洛这样德高望重的人也不行。所以，白天的时候他可以明目张胆地训练希望的心智，而到了晚上，当其他的武僧都睡着时，河洛则偷偷地帮希望进行体能训练。

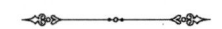

希望发现文成武士们都是在修道院的东边修炼的，那里有一个军械库，一个铁匠铺，还有一个制革坊。那里最大的建筑是一个长方形练功房，墙壁由滑动的帆布门组成，天热时可以打开来透气。练功房的地板由光滑的松木铺成，比修道院其他地方的坚硬黑石地板柔软多了。

夜深的时候，其他武僧都睡着了，河洛就会带着希望来到练功房，帮她进行一系列体能训练，以增强她的力量、耐力和灵敏度。几个月以来，他们就只做了这一项训练。因为每晚结束后，希望已经累得无法做其他事了。

后来，希望已经可以按河洛的标准完成全套训练了，而且还留有一点力气。于是河洛便开始教她近身格斗术。一开始，希望只是对着裹着填充物的木人进行拳脚练习，等她的技术进步了，便直接与河洛对练。尽管年事已高，但河洛的身手依然敏捷，这让希望很是叹服。每天晚上,希望都跟河洛对打好几个小时,这样持续了几乎一个月,她的武功已经如行云流水般了。

希望十分清楚格斗术的意义,但她却更想学另外一样东西。因此,在一天晚上,当他们结束了对打训练后,希望一边用厚布擦去汗水,一边问:"大宗师,我什么时候才可以用剑呢?"

河洛站在窗边,仰望着夜空。几个月的训练以来,他一滴汗也没有流。"为什么这样问呢?"

"我不知道。"她张合着手掌,想象着自己用手握着剑柄的感觉,却难以用语言形容。"我只是……经常会这样想。"

河洛的视线从窗户上拉回来,凝视着希望一会儿。"跟我来。"

希望跟着河洛从练功房走到了四合院。晚风习习,很快就把她的汗水吹干了,竟感到一阵凉意。河洛带着希望来到了寺庙。在晚上,寺庙里是不点油灯的,但圣坛上的蜡烛依然舞动着火光。借着火光,希望看到河洛指了指圣坛前面的冥想垫,于是她安静地走过去,跪了下来。河洛仍旧站在圣坛后面,打开了一个柜子。之前莱克洛克就是从这个柜子拿出手杖来打希望的,所以希望一看到便觉得浑身起鸡皮疙瘩,心中一阵恐惧。但她很快就提醒自己:大宗师河洛绝不会因为她问了一个问题就下手打她的。

河洛并没有拿出手杖。他从柜子里取出一把入鞘的宝剑,双手虔诚地捧着它,使宝剑与地面平行,然后从圣坛走到希望面前,跪了下来。剑鞘是木制的,表面涂了一层黑漆,还有镶金的精致雕刻。剑柄用黑白相间的布缠绕,而剑柄本身和圆头则是由黄金打造。

河洛缓缓地把宝剑从剑鞘中抽出来,刀刃不断发出温柔的嗡鸣。

"这把宝剑名为悲歌剑。它是有史以来最精良的宝剑之一。"他轻轻地挥舞着宝剑,刀刃再次发出了嗡鸣。

希望直直地看着宝剑散发出的冷艳光芒。"它为什么会发出那种声音?"

"这把剑是生物法师逊内拉·雷专门为真知玛纳伊打造的,当时文成武僧团依然和生物法师一起合作,为皇帝效命。打造这把剑的技术已经失传了,但是据说悲歌剑会记住每一个被它杀死的灵魂。而至于你听到的声音……"河洛再次挥舞剑刃,这一次更快了些,而宝剑的嗡鸣声更大了,带有一种庄严、悲哀的感觉。"是它为每一个亡灵哀悼的悲鸣。"

"一把剑真的有记忆有感觉吗?"希望问。

"我不清楚。"河洛回答,"我的导师,智者希尔果如此相信着。虽然,我问他的时候他也承认无法证明。我们只知道,它会发出这样的声音根本没有任何符合逻辑的解释。"他再次把剑插入鞘内,嗡鸣声戛然而止。"好了,既然你问到什么时候才能学习用剑。"河洛把悲歌剑递给了希望。

"我……可以碰它?"

"用你的手握住它。"

希望伸手接过宝剑,它比想象中重多了。

"握住剑柄。"河洛指导她。

希望把手移到那黑白相间的剑柄上,剑尖立刻坠到地上。

"等你可以举起这把剑,我就教你怎么使用它。"

宝剑看起来异乎寻常地重,希望的心也一样沉重。"是的,大宗师。"

"你不相信自己可以做到?"

希望尴尬地别过头。文成武士从不怀疑自己或导师。"它实在太沉了,大宗师。"

"确实很沉。而且你还要练很长时间才能足够强壮。我估计要花上几年。不过我向你保证,暗淡·希望。等你可以像我这样挥剑的时候,你将会成为一个令人生畏的战士。"

一个令人生畏的战士。希望认为那几乎是不可能的。但当她低头看着手中的宝剑时,她便明白到,她就是需要成为那样的人。不管要花多少时间,路途有多艰辛。

※ ※ ※

转眼几个月过去了,暗淡·希望的训练开始见效了,尤其在力量和肌肉方面。为了避免兄弟们怀疑,河洛尽可能多地给她安排了一系列高强度体力活。现在,她要搬酒桶,修理家具,为造革师父展开兽皮,甚至还要协助文成兄弟们干干铁匠活。有的时候,河洛实在找不到合适的事情了,就让希望去把石头从东边搬到西边,再从西边搬回东边。

很多兄弟都以为河洛开始厌烦希望了,就跟他们自己一样。这不是河洛所希望的,但不是所有的兄弟都那么容易上当。

一天下午,河洛一个人在练功房里习武。阳光透过敞开的滑门照射进来,把河洛的影子映在地板上。河洛挥舞着沉重的木剑,缓慢而平稳,呼吸完美地随着动作起落。对于河洛来说,练剑与冥想其实并无二致。

"我可以和你一起对练吗,大宗师?"莱克洛克站在门口,手里拿着木剑,肩膀宽得几乎有门口那么宽。

"可以。"河洛说着,做完了最后的动作。他平静地把剑立于胸前,然后平静地呼吸了一口,算是完成了整套动作。他转过身,面向莱克洛克说道:"来吧。"

莱克洛克把剑举过头顶,冷不防地冲向河洛,河洛随即把攻击挡开。木剑碰撞,发出了巨大的响声。

河洛笑了。"你总会用这招攻我不备。"

"终有一天,这招会奏效的,大宗师。"莱克洛克说,"等它奏效时,就是我领导武僧团之时。"说完,再挥出一剑。

河洛再一次挡开。"你如此急切地想领导武僧团,是要做什么事情吗?"

莱克洛克展开了一系列猛攻,但都被河洛挡开或避开了。"我要带领大家离开这个冰冷的地方。我要让我们再次成为帝国里备受敬重和畏惧的武僧团。"

"如果尊重和畏惧是你所追求的,你已经在兄弟们身上得到了。"河洛说。

莱克洛克继续进攻,一边挥着剑一边说:"我还想得到力量。还有名望。"

"力量的话,我能够理解。"河洛回答着,挡下每一次攻击。"为了保护珍视的东西,每个人都会渴求力量。但名望?名望什么都给不了你,除了烦恼。"

"你说得倒轻松,狡猾者河洛。你将会成为一名伟人,这是板上钉钉的。我都开始要怀疑,你把我们都留在这里,是不是就是为了不给我们机会超越你?"

河洛的眼神变得犀利,开始由防转攻,他使出一连串攻击,让莱克洛克几乎招架不住。"你知道我们为什么要留在这里。一旦我们与皇帝产生矛盾,我们只能选择自我放逐或者揭竿起义。难道你想我们跟皇帝和他的生物法师正面对抗吗?帝国会天翻地覆的。"

莱克洛克用更猛烈的进攻反击。"我们还可以选择加入他们。世道变了,老头。我们必须改变。适者生存啊。"

河洛俏皮地笑了笑。"你不觉得我们正在改变吗?"

两人又来往了几个回合,大家都不说话。木剑撞击的声音在练功房里回荡。

"你最近在用苦力活来惩罚那个丫头,"莱克洛克说,"大家都以为你不喜欢她了。但我知道你不是,大宗师。"

"繁重的工作可以让人忘却沉重的心情,"河洛说,"我认为她能在苦力活中找到平静。"

"你老了，心变软了。"

"我变仁慈了，"河洛说，"这不同。"

莱克洛克后退一步，放下木剑。"我知道你别有用心，狡猾者河洛。而且是跟那个丫头有关。"

"你说得没错。"河洛说，"我在救赎我的灵魂。"

河洛一直都是有话直说的人。很多次，他会说一些连自己都不确定的话，直到说出来之后才知道那是真话。而他之所以被人们称为狡猾者，是因为他总能让别人意外，连他自己也不例外。因此，当他对莱克洛克说暗淡·希望是自己的灵魂救赎之前，其实他之前从来没有这样的想法，但就在他说出来那一刻，他就知道确实是这样。

那天晚上，河洛带着希望来到了那岩石岸边。他们穿着拖鞋，站在狭窄的沙滩上。海风呼啸，吹得他们的黑袍猎猎作响。他们看着粗糙的黑岩石半隐没在黑暗的大海之中，被巨大的海浪不断冲击着。

"好冷啊，大宗师！"暗淡·希望双手环抱，但还是冷得发抖。她的蓝眼睛滑稽地瞪得大大的，河洛忍俊不禁。

"是啊，孩子，确实很冷。你知道为什么吗？"

希望皱起淡淡的眉毛。"什么意思，大宗师？"

"为什么会这么冷，在这个时候，在这个地方？"

"噢，那是因为现在是冬天，而我们在南方群岛，帝国最寒冷的地方。"

"正确。那如果我们坐船去北方，又会怎样呢？"

"会慢慢变暖？"

"是的。你的知识掌握得很好。那么，如果我们要坐船，怎么才知道哪里是北边呢?"

"通过观察太阳确定。它从东方升起,往西方降落。"

"那如果我们在晚上出发呢?"河洛指着那黑紫色的天空。

"我……不知道,大宗师。"

"通过观察星象。你没有学习天文学的书吗?"

"我还没看,"希望承认,"我以为它……不重要。星星们对我们有什么影响吗?"

"等你读了天文学的书后,你就会学到星座。星座是天空中永恒不变的图案。看那里。"他指了指天空中聚成五角形的星群。"那个是勇者萧克的铁拳。还有那里。"他又指了指聚成一小簇的星群,后面跟着一条由星星组成的细线。"那个是巨蛇。还有那里。"他指向一大簇星群。"那个是克拉肯海妖。"然后他转过来面向希望,"学会这些图案,记住它们。它们会指引你。"

"是我们,大宗师。"希望纠正道,"它们会指引我们。"

"当然。"河洛说。

希望凝视着那闪烁的夜空。河洛知道她正在琢磨着什么,所以默默地等着。

"我之前看到过一个符号,大宗师。一个有八条尾巴的黑色椭圆。它看着像一条乌贼,又像是海妖。带我过来的船长说,它是生物法师的标志。"

"他说得没错。"河洛平静地说。

希望点点头,仍旧凝视着天空。"什么是生物法师,大宗师?帝国的史记经常会提到他们,但直到现在也没有人知道他们的真面目。他们是魔法师吗?还是圣人?"

"他们是某种科学家。生物学的奥秘派。他们可以改造生物。"

"怎么改造?"

"使它们变得更大,或更小。比如说,在以前,鼹鼠的体型是比老鼠小的,你知道吗?"

希望摇摇头。

"生物法师可以让生物发展,也可以让它衰退,或者完全把它变成另外一种东西。"

"那,生物法师是好人还是坏人?"

"他们为皇帝做事,不管是好事坏事。"

"那文成武僧团不也是为皇帝做事的吗?"希望问。

"我们侍奉的对象是帝国。这就是为什么我们要来到这么偏远的地方生活和习武的原因。远离皇宫,远离里面的腐败和权力游戏。一个皇帝也许会很昏庸很残暴,但帝国重于皇帝,它值得我们去一直保护它。或许,当时机成熟的时候,你将会成为扶正帝国道路的那个人。"

希望看着河洛。经过几个月的相处和训练,她的眼神温柔了许多,但现在,它又变得深沉、冰冷,跟他们第一次见面的时候一样。"我的父母还有我家乡的所有人被一个生物法师杀死了。"

"我知道。"河洛说。

"我想杀掉皇帝的一个仆人,这样是不是错误的?"

"文成戒律是怎么说复仇的?"

暗淡·希望闭上双眼,仿佛闭着眼就能看到戒律一样。"复仇是一个文成武士最神圣的使命之一。不论迟早,都必须带着荣誉完成它。面对仇人时,武士必须自报姓名,并询问对方的名字。他必须说明复仇的原因,并允许仇人武装自己。只有杀死仇人,复仇才算真正完成。如果复仇失败,则宁愿死去也不带着耻辱苟活。"

"你愿意遵从这条戒律吗?"河洛问。

希望站在那里,依然紧闭双眼,任由海风拽动着自己的头发。"我愿意,大宗师。"

"那么你已经知道答案了。"

6

一个月后,海盗女王莎蒂开始声名大噪。这时,已经很少有游艇出没了,取而代之的是帝国的巡逻舰。相比之下,那些军舰体积庞大,船速较慢,所以野蛮之风号轻易就能摆脱它们。现在的问题是,莎蒂他们要寻找新猎物了。

"我们可以去抢商船。"一天晚上,失踪芬恩提议道,语气也不是很肯定。他和莎蒂坐在船头,看着艳红的落日降下海平线,互相分享着一瓶酒。

"是啊,那些货船又旧又大,"莎蒂满怀期待地说,"简单得很。"

"得手是容易,"芬恩说,"但我们要把货物往哪儿搁呢?再说,要想找这些船,我们就不能再呆在近海了,必须要去更远海的地方,但那里有皇家海军等着我们。"

"好吧。那有没有小一点的货船?在近海附近航行的?"

"往北一点我们也许能碰点儿运气。在辐射港和堕落谷,经常会有很多值钱的东西进进出出。不过我也不是很熟悉那些海域。会碰到什么谁也不知道。"

"都走到这里了,我们还怕什么。"莎蒂说,"再走远一点又何妨!就这么定了!"

第二日，他们便从海岸起航。那天早上可谓危机四伏，东边有钥匙镇的军营驻扎，西边沿岸则潜伏着帝国的护卫舰。但莎蒂他们处于顺风，船走得飞快。到了下午，他们已经躲过了帝国海军最密集的地方，顺利地到达了堕落谷。那是一个平静而富裕的地方，有钱人都住在这里，坐拥着一栋栋华贵宅邸，像蜘蛛网一样延伸开去。大多数宅邸都建在内陆，从海上根本望不到，但偶尔总会有那么几座就建在海边。莎蒂迫不及待地拿出望远镜，看看那些建在海边的豪宅。

"我家里要是能看到这样的景色倒还不错，"失踪芬恩说，跟往常一样站在船舵旁边，"在那里看日落肯定特别棒。"

莎蒂收起望远镜，耸了耸肩。"从这里看那些房子也很棒。我在看有没有什么值钱的东西是可以偷的。"

"那有吗？"

"当然有啦。不过所有的房子都装了铁栏杆，而且每一栋房子都延伸到海面，想爬上去应该很难。"

"而且很可能还会有保镖。"芬恩说。

"确实是。所以我们还是找些朴素点的目标吧。"

晚上的时候，他们来到了辐射港。他们并没有停靠在港口，而是在北面的一个隐蔽的小入海口抛锚了。

"你不是说不熟悉这片海域吗。"莎蒂说。

"我是说我不是很熟悉。"失踪芬恩说，"我之前在一些来堕落谷交货的船上待过，他们也不想被那些皇军港检发现。"

第二天早上，鸟笼艾佛利发现了一艘只比野蛮之风号大一点点的商船，正从辐射港向北出发。

"起锚出航，"莎蒂说，"注意保持距离，直到远离海港。"

商船继续沿着海岸向北行驶，一直来到新列文的北端，便改变航线向东北方航行。

"她要驶向敌水区了,"失踪芬恩说,"我们最好尽快跟上,不然很容易受到皇军护卫舰的攻击。我们这艘船恐怕是挨不了几炮就完蛋了。"

"张开艏三角帆!"莎蒂喊。现在她已经跟芬恩学了不少航海的术语。

斯宾纳展开前帆,帆随即鼓胀起来,船速马上上来了。

莎蒂用望远镜看着商船。"他们也张帆了。看来我们被发现了。"

芬恩咧嘴笑了。"我们要追赶吗,莎蒂船长?"

"那还用说,失踪芬恩。"

他们追逐了近一个小时,一直驶出到遥远的海域,回头望去,新列文已经变成了海平线上的一个黑点。虽然两艘船体积相近,但商船上货物太多,拖慢了他们的速度。野蛮之风号一点一点地追上了它,随即便用抓钩抓住了商船。莎蒂他们发现,船上并不是见惯的歇斯底里的富翁,而是一帮强壮的水手,还武装着短刀,棍棒和尖矛。

"终于啊。"莎蒂抽出弯刀。"能好好干一架了。失踪芬恩,我的船交给你了。红眼,留在舱里。其他人,跟我上!"

战斗打得粗暴,也结束得很快。维尔吉肖用木棒四面乱打,打得水手们脑浆横飞,膝盖破碎。鸟笼艾佛利双手各执一刀,对着软脖子、肚子和腹股沟这些脆弱部位,一进一出,干净利落。公牛麦基挥着巨斧,把靠近的手啊头啊都一一砍掉。斯宾纳则用长矛在每一个水手身上各开了一个洞。在他们的中间,莎蒂挥舞着弯刀,一遍又一遍。不管这些水手有多强壮,他们仍然不是这帮来自天堂圆环、锤子角和银背镇的流氓的对手。

"你们将会被吊死!"商船船长尖声叫喊着。他身材矮小,脸庞通红,留着一小撮胡子。他一直躲在货舱里,直到被公牛麦基和斯宾纳发现并拽了出来。

"是这样吗?"莎蒂问道。

"这些香辛料是运去斯通匹克的!是给皇帝用的!"

"你说皇帝是吗?"莎蒂装出一副折服的模样。"那么,劳烦你帮我海盗女王莎蒂捎个口信给他呗。"她对公牛麦基和斯宾纳使了个眼色,"按住他。"

两人咧开嘴笑了,二话不说把船长按在甲板上。船长绝望地扭动,却无法挣脱。

莎蒂叉开腿跨在船长身上,提起裙子。

"你她妈的要做什么?"船长问道,嗓子都破了。

"这就是我要给皇帝的口信。"莎蒂蹲下来,在船长身上尿了个痛快。船长不停咒骂,而莎蒂的船员们则笑得前仰后合。

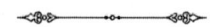

那晚的庆功宴分外热闹。红眼本来已经习惯看见大家喝得烂醉,包括莎蒂。但那天晚上实在太吵闹,红眼觉得有点不舒服,于是走到船尾,却发现失踪芬恩正坐在那里,仰望着星空。

"你怎么不和大家一起庆祝?"红眼问。

"那是因为,作为一个水手,他要知道大海上什么事情都会随时发生,所以至少要有一个人保持清醒,以防意外。"

庆功宴里传来了几声语无伦次的喊叫,芬恩和红眼转过身,看到莎蒂一拳狠狠地打在了鸟笼艾佛利的脸上,后者的鼻子立马鲜血四溅。接着莎蒂揪着他的衣领,疯狂地吻他,血液糊了她一脸。

"你希望自己不用放哨吗?"红眼问。

失踪芬恩耸耸肩,然后转回身子继续看着星星。

"你是不是爱莎蒂?"红眼问。

失踪芬恩淡淡地笑了笑。"你对爱情又知道多少呢,小子?"

"我的爸爸爱我的妈妈。"

"是吗?"

"是。他做什么都是为了妈妈。"

"他告诉你的?"

"不是啦。我看出来的。"

"能看着这些事情长大,是很好的。"

"为什么?"

"因为那说明了你知道世界上还有些更有意义的事,相比起……"芬恩点头指了指庆功宴,"那些。"

红眼并不是很了解失踪芬恩,除了知道他比船上的其他人出海出得更多之外。"你的眼睛怎么了?"

"不是什么愉快的故事。"

"我就没想过它是。"红眼说。

芬恩笑了,摸了摸红眼的头。"你的嘴真尖。希望它没惹上什么麻烦。"

"你不打算告诉我吗?"

"那你用什么来回报?"

红眼想了想。"用我的秘密来换你的,怎样?"

"你怎么知道我的故事是个秘密?"

"因为你从来没有告诉过船上任何人啊。连莎蒂都没有。"

"其实那不是什么秘密啦。只是很私人罢了。"

"秘密都是很私人的啦。不然怎么会叫秘密呢。"

芬恩再一次笑了。"我开始明白为什么莎蒂要把你留在身边了。你真是聪明伶俐。"

"那我们成交了?"红眼追问。

"那就当是吧。但你先说。"

红眼早就想好了自己的秘密,所以他开始热切地讲了起来。"我妈妈死了之后,只剩下我和爸爸。因为工作的关系,他经常不在家。他是个男妓,也就是说,人们花钱让爸爸和他们做爱。"

"我知道什么是男妓,小子。"

"你试过花钱让别人和你做爱吗?"

"当然了。我猜每个天堂圆环的人都试过。"

"我就绝对不会。"红眼说。尽管莎蒂向他保证过并不是所有的性爱都像他看到的那样,但总的来说性对红眼还是没什么吸引力。

"这就是你的秘密?"失踪芬恩问。

"当然不是啦。我爸工作的时候,他就把我托给邻居照顾。她叫老亚米,是一个很好的人。她教我很多东西,好像变戏法啊,玩石头游戏啊之类。"

"你还会玩石头游戏?"

"我肯定能赢你,我打赌。"

"我倒想看你试试。"

"陪你玩是可以,不过你要下银子做赌注。老亚米告诉我,千万不要免费跟别人玩。"

失踪芬恩笑了。"说不定我还真会下注,为的就是要看你输。好了,那你的秘密是什么?"

红眼凑近了芬恩。他感到自己脸上泛起了一抹羞愧的红。"她人那么好,还教我那么多东西。而我呢?我却偷她的东西。她家里的桌子上摆着一个很大的水果盘,每次我过去的时候都会偷偷拿一块,就算我不饿。"

"你还偷了那个船长的衣服呢。"芬恩指出,"还有,你以为我们每天做的都是什么?不是偷是什么?"

"世界上有好的偷和不好的偷。"红眼说,"别以为我不知道区别。"

失踪芬恩看了他一会儿,然后点了点头。"我想你说得有道理。"

"总之,我爸爸死了之后,我去找过她,不过皇兵已经把她关到空虚峭壁了。我也不知道为什么。我也从来没有机会向她道歉。"红眼回味了一会儿,希望还能见到她。但他马上摇了摇头:那是软弱的表现。"到你了。你的眼睛是怎么瞎的?"

失踪芬恩回头望向大海。"那时候我比你大一点,没什么天赋或才艺。跟你想的一样,我的生活并不好,后来不知怎的,我就沦落到露宿码头上了。就是在那里,一个叫布莱克·弗雷德的船长找到了我。他给我吃的、住的,只要我肯替他工作。"

"你就是在那时候成了一个水手?"

"我就在那时候开始学习怎样航船。"

"有什么不同?"

"耐心点,小子。你看啊,一开始我很不适应海上的生活。风一大我就晕船得厉害。我做事也很粗心,弗莱德船长经常都要我回去重新把帆缆绑好,因为我总是随意地把它们缠在栓上就完事儿了。直到有一次,我们在抢风行驶,情况糟糕透了。一条我负责的帆缆松开了,因为我又没有绑好。滑轮被抽到了空中,然后吊钩就不偏不倚地打在了我脸上。"

红眼看了看附近索具上的椭圆木滑轮。每一个滑轮的末端都有一个拇指粗的铁钩。他想象着那样的东西插进自己的眼睛,不禁浑身起鸡皮疙瘩。

"你知道弗莱德船长后来怎么说吗?"失踪芬恩说,"他说,'大海就是一个又可怕又残暴的婊子,而她总会来要她的债。现在你已经提前用一只眼还债了,孩子,所以从现在起,大海会一直把你当成自己人一样欢迎你的'。"芬恩转向红眼,他完好的那只眼在月光下闪着湿润的光芒。"从那以后我就一直在这片海域行船。我再也没有晕船,也再也没有胡乱绑帆缆。"

"你就是这样成为水手的。"红眼平静地说。

芬恩点点头。"从那以后,我一直在想船长说的话。花了好几年我才真正明白,那天他给了我什么。"

"给你?"

"发生了那样的事情以后,我大可以永远地跟船说拜拜了。没有人会怪我害怕大海会夺走我另外一只眼。不过我没有那样想,是因为船长跟我解释的方式。他说的话没有让那件事变得多么可怕,他只是让我觉得很值得。如果你问我,我会说你可以忍受任何苦难,只要它们的发生是有意义的。"

"我的爸爸妈妈都死了,"红眼平静地说,"这也有意义吗?"

"那要看你怎么决定了。如果他们没有死,你还会遇到莎蒂吗?你还会来到天堂圆环吗?"

红眼摇摇头。

"所以说,这个苦难成就了现在的你。一个聪明的小子,一个手艺高超的小偷,一个能辨对错的人。"芬恩笑了笑,"或许它会让你成为新列文有史以来最伟大的盗贼呢。"

"我怎么知道是不是呢?"

"你永远都不会知道。不过也不会有人证明你不是啦,所以你大可以直接说你是就可以了。"

红眼的脸上渐渐露出微笑,他红宝石般的眼睛闪着光。"是啊。"

"它不能让你的爸妈活过来,但它至少说明他们的死并非毫无意义。"

红眼抬眼望着夜空。"新列文有史以来最伟大的盗贼。"他平静地说。他第一次这样说,而且以后还会经常说。

第一次袭击商船就取得了成功,莎蒂迫不及待地想再干一票。他们在北海岸徘徊,寻找着新猎物,最好是装着比游艇的珠宝更值钱的东西。然而,也许那个船长没有吹牛,还不到几个星期,海岸便到处都是

从斯通匹克派来的帝国舰船。

"现在出航不是很明智。"芬恩说,与莎蒂在船长室里分享着同一瓶酒。"我们现在应该低调行事,直到那些皇兵厌倦了像苍蝇一样绕着新列文打转。"

"不,我们只是需要一个新猎物。"莎蒂说。

"比如呢?"

莎蒂喝了一口,"比如我们在东北岸看到的那些小村庄。他们肯定有什么值钱的东西。"

"大概都是粮食和灯油。"

"我们不是也需要这些东西吗?"

"是吧。"失踪芬恩想起了红眼说的话。世界上有好的偷也有不好的偷。"可是,莎蒂,那些人过得比我们好不了多少啊。有的人甚至比我们还糟。"

"咳,别在我面前娘里娘气的,那小子已经够我受了。这样吧,我发誓不会杀人,除非他们逼我。这样总可以了吧?嗯?娘娘腔?"

———◆———◆———

第二天,野蛮之风号开始了它在新列文东北海岸的恐怖统治。那里都是些小地方,大多都只有一条土路。那里的人都穿着朴素的毛罩衫,很多人甚至连鞋子都没有。他们对突然来袭的暴力小旋风完全没有任何准备。当莎蒂握着弯刀来到他们面前的时候,大部分人都只是撒腿就逃。

"比放屁还简单。"莎蒂说,看着几乎比她大两圈的男人落荒而逃。

莎蒂命令红眼看好停在码头上的船,其余的船员四处散开搜刮着值得带走的东西。鸟笼艾佛利在码头附近找到了一间大型储物房,莎蒂让公牛麦基和维尔吉肖把锁撬开。进去一看,他们发现那里除了粮食和灯油之外,还有好几大桶麦芽酒。

"这个就值得拿走嘛。"莎蒂转向对失踪芬恩说,"有时候咱不是为了钱,而是为了更美好的生活嘛。"

他们继续沿岸肆虐了好几个星期,挨村挨户地搜刮。直到有一天,他们来到一个村庄,那里立着一个招牌,醒目地写着"月光花村,人口五十"。可是当莎蒂和船员们进村后,发现别说五十人了,连一个人影都没看见。

"我不喜欢这里。"失踪芬恩说,健在的那只眼猜疑地半眯着。

"可能他们早就逃跑了?"鸟笼艾佛利说。

"如果不是有人事先提醒,他们又怎会逃跑呢?"芬恩问道。

"谁会提醒他们?"斯宾纳问。

"可能是其他村的人。可能他们相互认识呢。他们住得又不是很远。"

"我们来找找他们把宝贝都藏在哪里吧,赶在逆风之前离开。"莎蒂说。

村里有好几间储物小屋,每一间都敞着门,里面空空如也,除了村子另一头的那间。公牛麦基轻易地就把那把又旧又锈的锁撬开了。可是里面同样空无一物。

"干吗要锁着一间空屋?"芬恩说。

莎蒂嘀咕着什么,扭头往船的方向走回去。透过村子的重重屋顶,可以看到野蛮之风号的桅杆,但除了桅杆之外,莎蒂还看到了两束黑黑的浓烟正绕着桅杆缓缓升起。

"船!"失踪芬恩失声道。

"红眼!"莎蒂全速向码头跑去,泥土在她的高筒船长靴后方飞溅。她高举着弯刀,仿佛可以像吓跑村民一样把大火吓灭。等她赶到码头的时候,船帆已经烧成灰烬了,焦黑的桅杆塌在一旁。海水和大火似乎很合得来,正把船的残骸一点一点吞噬掉。放火的八成是那帮村民,现在早已逃之夭夭了。

"噢,天啊,红眼!"莎蒂把帽子和弯刀丢在一旁,踢掉靴子,把大衣扔到沙滩上。她正要冲到残骸里,却听见一个男孩的声音从码头那边传来。

"这里,莎蒂!"红眼的脑袋从一个空酒桶里冒了出来。

"他妈的,臭小子!担心死我了!"莎蒂大步走向红眼,双拳紧握。

红眼一脸惊讶。"什么啊,难道你觉得我蠢到连着火了也不会跑吗?"

莎蒂顿了顿,想了想。"我确实这样想了。抱歉,你还没笨到那个地步。"

红眼狡猾地笑了笑。"如果我说我还顺手救了一点钱出来,你都要夸我聪明了吧?"说着,他举起了一个小袋子,然后摇了摇,让它叮叮当当地响了起来。

"你真的是我的最佳搭档!"莎蒂把他从酒桶里提了出来,然后紧紧地抱着他。

这时,其他船员也赶到码头了,大伙儿注视着剩下的残骸一点点地沉入大海,满脸愁容。

"好了,全完了。"失踪芬恩说。

"不是全完了,"莎蒂抱着红眼说,"我们还活着呢,还有兄弟们,还有足够的钱回家。"

"家?"红眼问。

"没错。我们一起回天堂圆环吧。"接着,她缓缓地唱道:

尽管阴冷又湿潮,
且阳光从未照耀。
但它仍是我的家。
愿上天保佑圆环!

巴克斯正坐在落汤鼠酒馆里，悠闲地喝着酒。他抬起头，看到一个身影映黑了门口。

"不会又来吧……"他低声抱怨。

羊头莎蒂站在那里，就像几个月前一样，还有一个红色眼睛的小子跟班。一开始，巴克斯还以为自己看错了，毕竟莎蒂就是在这个酒馆当着所有人的面被羞辱的。可是现在，她就站在那里，看上去又累又脏，不过比上次见她时要好多了。她平静地走进酒馆，神情喜悦，整个酒馆顿时安静了下来。

"嗨，巴克斯，别来无恙啊。"她经过时对他说，然后抛了个媚眼。

她刚走到一半，吊带玛琪冒出来了。巴克斯一直都想不透，身材如此庞大的女人是怎么做到突然出现的。但现在她就站在那里，俯视着莎蒂，两手的拇指插在吊带裙里。

男孩看上去害怕极了，往后缩了一步，但莎蒂只是点点头。"嗨，玛琪。"

"你来这里干什么，莎蒂？"

"我是来恳求你的宽恕的。"莎蒂的声音清晰响亮，整个酒馆都听到了。

"我的什么？"玛琪问道，一脸不解。

莎蒂单膝跪了下来。"你一直都对我很好，玛琪。又公平，又真实，比大多数人都要好。上次我来这里的时候，脑子坏了，心里想的全是报仇。我毁了你对我所有的好。我知道错了，我永远都会为我所做的感到抱歉。我只想知道，你会原谅我吗？"

吊带玛琪高高地站在莎蒂面前，双手抱胸，面无表情。酒馆里鸦雀无声，大家都想看看玛琪会说什么。然而她什么也没有说。片刻之后，她转身走到吧台后面,拿出装着莎蒂的耳朵的那只瓶子,又绕到吧台前面,默默地把瓶子递给了莎蒂。

莎蒂盯着手里的瓶子,充满疑问。吊带玛琪从来没有把她的耳朵战利品还给它们的主人,这在天堂圆环闻所未闻。

玛琪对着她点点头,然后走回吧台后面,给自己倒了一杯威士忌。

莎蒂慢慢地站起来,手里紧紧握着瓶子。"好吧,这事儿真值得庆祝,刚好我当海盗的时候赚到一点钱,这样吧,下一轮我请了!"

整个酒馆立马沸腾起来,大伙儿兴奋得不断用拳头捶击着桌子。

莎蒂回头看了看巴克斯。"后会有期了,老伙计。"说完邪恶地笑了笑。

在接下来的很多年里,那是巴克斯最后一次在落汤鼠酒馆如此悠闲地喝酒了。

那天晚上,莎蒂沉浸在赞赏与麦酒里,心情畅快。

"是时候让你喝酒了。"她在桌子旁坐了下来,倒了一杯麦酒给红眼。气泡在大啤酒杯里不断往上冒。

红眼盯着酒杯,眼睛瞪得大大的。

"来,尝一小口。"

红眼吞了一大口,随即不断颤抖。"我以为会很好喝。"

莎蒂笑了。"它原本什么味儿就是什么味儿。我喝过好的也喝过不好的。好了,我的最佳搭档,你有什么打算?"

"打算?"红眼一边问一边闻着酒杯,琢磨着自己还能不能再喝一口而不呕吐,不过又有点担心莎蒂会让他再喝一口。

"我们又回到了圆环啦,一切又回到从前啦。只是我们现在更老了,更聪明了,更敏锐了。所以说,你打算做什么?"

"我以为……"红眼的心脏快速跳动,快要受不了了。"我以为我还会和你一起。"

"噢,天啊。你总不能一直跟着我的屁股转吧。我还会在这里,你也仍然是我的最佳搭档。只是我不再是你的船长了,你是时候开始自己做决定了。"

"我不知道做什么好。"

"那么,你想要做怎样的人呢?"

"新列文有史以来最伟大的盗贼。"红眼想都没想。

莎蒂正喝着酒,听到红眼的话,差点没呛到。她笑翻了天,差点从椅子上掉了下来。

红眼紧紧握着酒杯,一脸尴尬。他抿了一口酒,"很白痴,对吧。"

"白痴?"莎蒂说,"那是我听到过最棒的事了。我也毫不怀疑你的能力,只要你尽力,总有一天你一定会成功的!"

第二章

随着青春与天真被经验取代,心智亦将被怀疑蒙蔽。能于乱世中重新找到目标的人将会奋起,决不退缩。

——摘自《风暴之书》

7

"你知道我为什么每天晚上都可以很快入睡吗?"大宗师河洛问道。

他盘腿坐在黑石圣坛前面,烛光包围着他。最近几年,河洛真的上年纪了,难以跪坐。但他年老的脸上依然挂着祥和的微笑,蒙眬的眼睛依旧温雅。

"不,大宗师,我不知道。"暗淡·希望发现自己很难集中注意力来听河洛说话,因为她已经劈叉挂在半空一个小时了。她两只脚跟分别架在两根木桩上,身体下方摆着一堆烧红的煤块。希望知道,往往就在这种时候,河洛会把最重要的知识传授给她。他曾说,当身体紧绷时,思绪是放松的。所以她双手合十,深呼吸,忘掉双腿与小腰上的酸痛,将注意力集中在河洛那温柔而干燥的声音上。

"我的方法是,"大宗师说,"在席子上躺下来,闭上双眼,然后问自己,一生中有没有做过一件真正有意义的事?我把所有做过的事情都回顾了一遍,就在我想到最特别的那一件时,我就对自己说,'是的,我做过。'然后就可以安然入睡了。"

"是正义的睡眠吗,大宗师?"

"也许吧。你知道我想到的是哪件事吗?"

多年的训练里,大宗师跟希望分享了许多他年轻时的事迹。希望继续在木桩上保持平衡，想到了她印象最深刻的那些。"是不是你阻止了豺狼领主们的暗杀行动，拯救了皇帝？"

"那一天确实很值得纪念，"大宗师同意，"但不是最有意义的。"

希望皱了皱眉，蓝色的眼睛迷失在思绪之中。"是不是……你从一群巨型鼹鼠中把女豪杰玛蒂尔斯救出来这件事？"

"这件事也很重要。不过还是不对。"

"不会是你在壁画洞穴杀掉大海盗戴尔·贝恩吧？"

河洛摇摇头。"你想错了方向。这些事虽然都很重要，很鼓舞人心，但没有一件是足以让我安享晚年的。"

"那……对不起，大宗师。"希望垂下头。"我不知道。"

河洛的笑容依然文雅且温暖，他依然闭着眼睛，"事实上，我也不指望你会猜到。这也是我问你这个问题的原因。孩子，能让我每天晚上都心绪宁和的，是我收你为徒这件事。"

"我？大宗师？可是——"

"尽管风险很大，但我知道我必须这样做。正是这个勇敢的决定给予我平静。我一直都知道这一晚终究会来临。我还知道，当它真的来临时，我们已经准备好了。"

"准备好什么，大宗师？"希望问，白皙的脸上眉头紧锁。"今晚很特别吗？"

"今晚本身并不特别。特别的是将要发生的事。"

"今晚会发生什么事？"

大宗师睁开双眼，笑容消失了。"到我这里来，暗淡·希望。"

"是的，大宗师。"希望弯曲双腿，把自己撑起来，然后轻轻跃过炽热的煤堆，落在大宗师面前，单膝跪地。

"坐下来。"大宗师说。

希望点点头，盘腿坐了下来。

"闭上眼睛，"他说，"告诉我，你听到什么？"

"煤块燃烧迸裂的声音，老师。"

"还有呢？"

希望全神贯注地听了一会儿。"我听到猛烈的北风吹打着寺庙屋顶下方的窗户。"

"很好。还有呢？"

"我听到……"希望凝神细听，声音越来越大。是人的声音。是四合院里愤怒的声音。是靴子重重踏在石板上的声音。是利剑抽出剑鞘的声音。她猛地睁开双眼。"大宗师！他们冲我们来了！他们要伤害我们！"

"是的。"

"但他们是你的兄弟！"

"如果我早几年把你送走，也许今晚的事就不会发生了。可是我不忍心在你潜力初显的时候就断了训练。"

"他们知道了，大宗师？"

"是的。"

希望把额头重重地磕在冰冷坚硬的地板上。"我辜负了你，大宗师。我应该隐藏得更好的。"

"不，孩子。让我们暴露我们的不是失败，而是成功。在过去的八年里，我每天晚上都按文成武僧团的方式去训练你。我早就料到，终有一天，你的武功将变得如此高强，连最简单的一个动作都会暴露我们。在这个世界，你不再是一个仆人。你已经成为一名武士。这并无羞耻。只是，我们违背了武僧团最古老的戒律之一，就必然会有这样的后果。"

院子里愤怒的声音愈发近了。

希望跳将起来，蹲伏着。"我会面对他们，大宗师。我不害怕。"

事实上，她渴望跟他们对峙。八年了，她帮他们洗衣做饭，帮他们给盾牌上油，给武器抛光，还有无数件愚蠢的、毫无意义的工作。确实有些人待她不错,但大多数人都把她当成牛一样对待,有的人甚至对她还很残酷。对于这些人,世界并不留恋。如果她今晚要死,也要把他们一同带走。

"别急,我最亲爱的徒弟。"河洛说,"你要先帮我做一件事。"

"乐意效劳,大宗师。"

河洛把手伸到圣坛后面,拿起一把带鞘的剑。

"你知道这把剑吗?"

"当然知道,大宗师。它是悲歌剑,世上最精良的宝剑之一。"

兄弟们开始用拳头捶打寺庙的大门。他们叫嚣着,要求把"那个女孩"交出来。

"我现在要你对悲歌剑起誓。你今晚不会跟兄弟们对抗,以后也不会找他们报仇。你必须逃离这个地方,在这个世界上寻找你的道路。我已经在码头上准备好了一条小舟,上面的物资足够你撑到最近的港口。"

"可是大宗师,我——"

"发誓!"

希望不情愿地把手放到大宗师的手上。她看着河洛疲惫的灰色眼睛,说道:"我发誓。"

他又浮现了平和的微笑。"很好。好了,为了让你记住誓言,把剑带走吧。"

"我不能带走悲歌剑!"

拳头擂门的声音现在变成了缓慢的、有节奏的撞击声。他们正在破门。

"这是为师对你的最后要求,"河洛说,"明白了吗?"

希望垂下头。"是的,大宗师。"

"我已为你倾尽所有,"他说,"此生无憾。"

木头破碎的声音响彻寺庙,大门被砸开了。

"亵渎者!"门口传来一声喊叫,兄弟们身穿文成武士的黑色皮甲拥进了寺庙。

"现在,快走!"河洛说。

河洛的话让希望想起了父亲。他神情痛苦,叫她快走,让她逃命。希望不想离开,她不能把大宗师留在这里。事情又在重演。武士们的喊叫、乡亲们被生物法师的虫子撕破内脏的呻吟,在希望的脑海里交织成一团……

"希望!"大宗师河洛声音沙哑,把希望从回忆中惊醒。"你必须走了!马上!"

"大宗师,别这样。"眼泪充盈她的眼眶。"求你,别再让我一个人活下去。"

河洛用干枯的手抚摸着她的脸,悲伤地笑了。"对不起,我的孩子。你必须忍受。"

暗淡·希望收回眼泪,点了点头。她把悲歌剑挟到腋下,兄弟们开始包围。她跳到一面墙上,再借力跳到对面的墙,几个来回之后,终于来到了寺庙屋顶下面的窗户。她用剑柄打碎玻璃,飞身跃出窗外,跳上了屋顶。

"别让她跑了!"其中一个人说。

那人跟着跳上去,大宗师却突然出手,抓住他的脚,把他拽了下来。

"河洛!你已经让自己蒙羞,让大宗师的头衔蒙羞,让整个武僧团蒙羞!"莱克洛克说,粗壮的肩膀因激动不断起伏。"你必须在所有人面前接受公平审判。马上让开!否则,我现在就把你宰了。"他把剑往前伸,其他武僧也跟着这样做,河洛立即被一圈锋利的剑刃团团围住。

年老的大宗师站在那里,独身一人,没有武器,只有脸上的微笑。

"你可以试试。"

希望弓身沿着屋顶奔跑，黑袍在夜晚寒冷的空气中不停翻飞。她听到了痛苦的叫声和刀枪碰撞的声音，于是停下脚步。她可以干掉至少三个，甚至四个，直到自己被击倒。但悲歌剑在她手里十分沉重，她的誓言也同样如此。如果她回去，大宗师肯定会很失望，这会让她感到痛心，远远比挨刀子痛得多。所以，她重新迈开了脚步。

跑到寺庙屋顶边缘的时候，她纵身一跳，借着惯性跳到附近的树上。她敏捷地顺着一根根树枝跳下来，轻盈地落在地上。她扫视了院子一番，发现没有人，便离开大树的掩护，直奔大门。几乎快到门口的时候，她听到了拔剑声。希望立即闪躲，同时举起仍在鞘内的剑。剑刃击中木质剑鞘，声音响彻空荡的院子。她打了个滚，最后以防御的跪姿停住，举剑防备。

是克伦特。他站在希望面前，执剑挡在大门前面。很明显，他知道大宗师肯定会帮希望逃跑，因此留在后面。在所有的兄弟当中，克伦特是对她最残酷的一个。因为她是女孩吗？或者因为她是仆人？不过这些都已经不重要了。

但她已向大宗师河洛发过誓，不会与其他兄弟为敌。

"让我过去，克伦特。"

"别以为你和一个蠢老头在半夜练了那么几个小时，就可以打败我。把你的玩具剑扔掉，跟我回寺庙接受审问。否则的话，我就让你的肠子洒满一地。"

"玩具剑？"希望缓缓起身，"我知道现在天色很黑，月光也很暗，不过，你真的认不出这把剑吗？"她把宝剑平举，一手捧着剑鞘，一手捧着剑柄。

克伦特瞪圆了眼睛。"不……他怎能……"他摇着头，"这只会加深你的罪行。要么投降,要么去死。"

希望点点头。"既然这是你的选择。"她已听从老师的话尽量不与兄弟对峙。但现在克伦特妨碍了她履行誓言的第二部分,所以他必须被除掉。

希望拔出悲歌,光芒一闪,剑刃即刻发出悲鸣。克伦特举剑格挡,但速度太慢。那是一首短暂的悲歌,当歌声结束时,克伦特的肠子洒了一地。

希望站了一会儿,宝剑是她身体的延伸。她看着克伦特重重地跪在了地上。他一度尝试着把肠子塞回肚子里,但不久便倒下了。希望的剑在月色下泛着红光,这是她有生以来第一次杀人。她本以为自己会有什么感觉。满足。后悔。但她却只感受到了过去的那股黑暗。只是那股黑暗远不能让她害怕,而是让她更加强大。

大宗师河洛教会了暗淡·希望很多东西。不幸的是,他只在理论上教过了她远距离航海,几乎没有实践过。她从未航离盖尔默尔的海岸几里。当然了,她读过地图,知道附近岛屿的大概位置,而且理论上来说,她也知道自己应该走怎样的航线,以便在物资用完之前到达最近的港口。然而,经过两天的海上航行,四周已经看不见大陆,粮食也只剩一天的分量了。希望不得不承认自己迷路了。

她环视空荡荡的海面,刺眼的阳光在海面上闪闪发光,她不得不眯起眼睛,白皙的皮肤被晒得有点发红,一阵凉风拂过她金色的长发,稍稍缓解了热浪。

她离港口应该还有不到半天路程,但整个世界仿佛都消失了——没有陆地,没有人,什么都没有。唯一能够昭示生命迹象的,是那偶尔浮出水面的一连串气泡。

希望打开了包,仅存的粮食和水都在里面了。大宗师没有为她准备一张地图，那或许会帮得上她，或许也不会。阳光直直地从头顶照射下来，现在她甚至不确定自己的方向是否正确。指南针肯定能派上用场，可大宗师也没有准备。

大宗师准备的是一套文成武士的黑皮甲。靴子、裹腿，还有一件厚得足以缓冲箭矢和子弹、又足够轻便而不妨碍动作的外套。手部和腿部的皮甲都均匀地裹着带扣的皮带，可以用来放些额外的武器，受伤的时候还可以用来止血。

希望起初发现这套皮甲的时候，并没有马上意识到那是给她的。毕竟，只有真正的武僧团兄弟才有资格穿上它。希望一直认为，就算她已经习得了最高等级的武功，皮甲对她来说都是可望不可即的。不过，那是她见过的最小的皮甲。她想起有一天晚上，大宗师仔细地度量着她的体型。他没有说什么原因，而直接问他又显得冒昧。这套皮甲肯定是大宗师亲手改装的，不然的话皮革师父会怀疑的。也肯定是他亲手给皮甲上油抛光。希望提起皮甲，赞赏地看着它在阳光下闪闪发光。她想象着大宗师用他那布满皱纹的双手一点一点地帮皮甲抛光，这一切都是为了她。

她多希望自己没有留下河洛一个人，让他被自己的兄弟杀害，什么承诺什么责任都见鬼去吧。不过现在已经太晚了。她发过誓不会找他们报仇，所以她连这一点安慰都得不到。她把皮甲抱在怀里，暗暗发誓，将会以大宗师之名穿上它。这是她仅有的了。

希望脱下柔软的僧袍，塞进装食物的袋子里。接着，她暂时停了下来，凝视起大海。又有一串气泡冒出了海面，她奇怪究竟是什么东西吐出来的。一阵风轻轻吹过，只穿着薄内衣的希望感到一阵凉意。她不禁发起抖来，于是把黑皮甲穿到身上。太合身了。

她准备好战斗了。

或者说她当时是这样认为的。现在已经过了整整一天，而她却迷失在了茫茫汪洋之中，孤身一人。她拥有世界上最伟大的宝剑之一，还有一套由世界上最贤明的人打造的最精良的皮甲。但在这场战斗中,希望没有任何敌人,只有大海。

现在怎么办?她不知道要去哪里。而这不仅仅是关于航海,还是她的整个人生:现在怎么办?河洛告诉她必须忍受。可是为什么?

她只知道一个原因。在世界上的某个角落,有个人杀害了她的父母,毁了她的家乡。她要找那个人报仇。可是她不知道他是谁,只知道他是一个生物法师。而现在这世上只剩下希望独自一人,除了书上读到的,别的一无所知。她怎么可能找到那个人?

她又看了看海面,发现远方有什么东西。一开始,那只是一个小小的黑点,希望还以为是一座小岛。后来那个黑点迅速变大,她这才发现那个东西是冲着她来的。不消一会,她便从细节上认出来那是一条商船。只见它的两面船帆在桅杆上鼓得满满的,船头的女性人像装饰在阳光下闪着金光。希望在前帆顶端看到一下闪光,定睛一看才发现上面有个人在用望远镜看着自己。船上还隐隐约约传来水手们互相叫唤的声音。当商船靠近时,船帆松弛下来,船速也渐渐慢了下来。

一个戴着蓝色宽边帽、身穿羊毛航海大衣的高个子探出船舷。他脸上长满了黑灰掺杂的卷胡须,仅仅露出一丁点儿脸来,那是希望见过最黑的一张脸。

"啊嗨!"高个子喊道,"我是卡迈克尔船长,这是我的船。根据海商法,所有在帝国商会登记的船长都要救助海上的遇难者。你需要我的救助吗?"

"我迷路了,"希望喊回去,"你能告诉我往哪边走能到最近的港口吗?"

"可是可以,但你用那样的小船过去恐怕要好几天。"

"好几天?我剩下的补给只够用一两天。"

另一个留着长胡子的水手对船长说了些什么,但希望听不见。船长转过身，面无表情地对着他。随后又转回身面向希望。

"我可以把多余的补给给你，"他说，"但你现在在深海区，坐着那样小的船，皇带鱼肯定会找你麻烦的。"

"皇带鱼？"

"一种巨型的海怪，"长胡子喊道，"它们垂直地在海面底下游，盯着海面的黑影，直到它们看到或闻到猎物。而且没人不知道，所有海怪，不论什么品种，都特别喜欢女人的味道！"他转过身对其他船员说，"我们当初就不应该停下来。现在因为她，咱们所有人都有危险了！"

"你给我闭嘴，兰金。"卡迈克尔船长平静地说。

"不然怎样？"兰金反驳，"都怪你感情用事，现在我们都要去拜见阎王老爷了。"他警惕地盯着水面，"我跟你说，它们随时会袭击咱们！"然后他再次转过身对着其他水手说，"别以为咱们在船上就万事大吉了！皇带鱼可以——"

兰金的话还没说完，希望的小船突然震动起来，周围的水开始不断冒出气泡，像沸腾了一般。她高高跃到空中，双脚落在商船栏杆的球状装饰上，稳住了身体。不出一会儿，小船顷刻间粉身碎骨，一张大嘴从水底冒出，上面满是长如手臂的尖牙。皇带鱼升到空中三米，也看不到它的尾巴尽头。它的身躯布满斑点，像一条深绿色的大蛇，有一个人的身体那么粗。只见它在空中扭过头，用那双玻璃般的黑眼睛盯着希望，又跌落到海底。

水手们落荒而逃，纷纷躲到船舱和缆索后面，各种尖叫声、咒骂声和祈祷声交织在空气中。

"它还没完。"卡迈克尔船长说，抬头看着仍然站在船舷上的希望。"你赶紧从上面下来。"

希望淡淡地笑了，在上面俯视着船长。"你赶紧躲到一边。"

皇带鱼再次从海里冲了出来，这一次它弓着身子，直接对准希望俯冲下来。眼见海怪就要把希望一口吞进嘴里，在这千钧一发之际，希望侧了侧身子，皇带鱼扑了个空，从希望身边掠过。同一时刻，悲歌剑抽离剑鞘，在阳光的照耀下发出嗡鸣，由上而下地从鱼鳃部位一进一出，干净利落。鱼头依然张着血盆大口，顺着劲道继续前冲，直到撞上主桅，牙齿深深嵌进了桅杆之中。而无头的鱼身则重重地摔在了甲板上，喷洒着鲜血和海水，一直撞到右舷的栏杆上才停下来。希望这才从栏杆上跳下来，无声地落在船长旁边。

"看到没有？"兰金大喊道，"她引来了一条皇带鱼！其他海怪很快就会找上门来了！我说得没错！"

"是不是她引来的我不知道，"卡迈克尔说，"不过我敢肯定是她把海怪干掉了。"他转向希望。"你有雇主没有？"

"雇主？"

"我的意思是你有没有向谁宣誓效忠？有没有谁付你钱？"

希望摇摇头。

"你不会是想接她上船吧，船长？"兰金说，"一个女人？那会倒一辈子霉的！"

卡迈克尔看了看兰金，又看了看希望，最后再看了看那被斩首的皇带鱼。最后，他对全体发话："不管是男人，还是女人，我不觉得会有多大影响。我看到的是一个战士，一辈子也遇不到几个的出色战士。"他再次转向希望。"怎样？想来我的船上待一段时间吗？"

希望考虑了片刻。这位船长不仅停下船帮她，还叫她战士。他应该是个可敬的人。"你们经常出海吗？整个帝国都会去吗？"

"是的。"

她看了看这艘船。她确实不了解这个世界，这里恐怕是目前最好的学习之处了。

"那好吧，船长，"希望说，"我的剑就暂时为你而战，直到我认为必须要离开的时候。"

"没问题,"船长说,"反正我也阻止不了你离开。"

"船长,不——"兰金踏步向前,但他猛地停下了,因为希望突然挥出宝剑,剑尖离他的喉咙仅有几厘米。

"反抗船长也可以被视为背叛,可以处以死刑。"希望平静地说。

"她有权这么做哦,"卡迈克尔说,"你刚才要说什么来着?"

"呃……"兰金两额冒汗,死死地盯着希望的宝剑,剑上还粘着皇带鱼的黑血。"我是说,船长,不是,请让我第一个欢迎她上船吧,刚才失礼啦。"

卡迈克尔笑了,黑胡子下露出黄黄的牙齿。"还有不同意的吗?"

船上静悄悄的。

卡迈克尔船长赞许地点点头,然后转向希望。"请问你尊姓大名,战士?"

"我叫暗淡·希望。"

"好,希望,欢迎加入女士诡计号。"

8

那一晚,三杯舞厅盛大开幕,红眼当然也不会错过。太阳才刚下山,大街上就已经挤满了各色男女,都想在他们浑噩的人生中增添一些光彩。

"人真是多得可怕。"菲勒一边说，一边靠在墙边观察。八年了，菲勒仍然是红眼认识的人中个头最高的，加上他最近在铁匠铺做学徒，也就成为了红眼认识的最强壮的人之一。他留了个短平头，下巴开始冒出星星点点的胡楂。

"人多才好。"红眼说，一边把遮住红色眼睛的黑发拨开，一边扫视着舞厅。乐队坐在角落里：吉他手、号手、长笛手和鼓手各一名。他们演奏得很好，节奏很快。然而，虽然那么多人挤在那儿，却没有一个人跳舞。那帮男女面对面站成两排，眼睛瞅眼睛，不确定该怎么进行。红眼记得莎蒂说过，在大力士吉克斯管事之前，歌舞厅在天堂圆环还是很常见的，只是后来吉克斯把它们都改成了妓院和毒窝。红眼这一代人从来没有机会体验舞厅。但现在吉克斯死了，天堂圆环迎来了新时代。死脸德廉的时代。

红眼在酒吧见到过德廉。他个头算高，脸十分长，脸色苍白，淡淡的眼珠，还有一头薄薄的、精心梳好的头发。他穿着合身的灰外套，戴着花边领巾，就像女人戴的那种。乍看之下，谁都想不到其实死脸德廉是天堂圆环最有权势的黑帮头领，而且还是大街小巷臭名昭著的冷血无情的走私犯、皮条客、杀人犯，有时候甚至是警察的线人，只要时势对他有利的话。

几年之前，他就搞起了毒品生意，与吉克斯对抗。吉克斯很久都没有受过这样的挑衅了，他当时的反应或许也有点儿过。一天晚上，德廉和他的女人正从酒馆走回家，吉克斯带着一帮杀手在一个小巷里把他们包围了。吉克斯放话说，只要德廉可以看着他的女人被先奸后杀而不流露出半点悲伤的话，就放他走。德廉看完了整个过程，表情像死人一样平静。他的绰号就是这么来的。吉克斯说话算话，当他们尽兴了之后，便让德廉走了。可是之后的每一天晚上，都会有一个吉克斯的手下被神秘地杀死，而且被残忍地分尸。直到最后，在一天早上，人们发现死的人正是吉克斯，被自己的肠子绞死了。德廉从此名声大噪。

开幕式的那天晚上，死脸德廉坐在自己新开张的舞厅的吧台边上，看着一个个像根木桩的人，看上去很不高兴。

"我们来帮老死脸一把，让大家跳起舞来吧。"红眼说。

"什么？"菲勒简直被吓呆了。自从红眼和莎蒂结束了他们的海盗之旅以后，菲勒就一直跟着红眼混，仿佛那是世界上最自然不过的事一样。从那时开始，他已经跟红眼一起经历了很多危险的事，有时候甚至还有性命危险。所以红眼一眼就看出让菲勒当众跳舞对他来说实在是很难，不管他有多忠诚。

红眼拍了拍他最佳搭档的肩膀。"那好吧。祝我好运。"他快速看了看对面的那一排女人，寻找合适的舞伴。要有魅力的，当然喽。同时她还要足够大胆，和他一起跳这个舞厅有史以来的第一支舞曲。这时，红眼看到了她。长长的黑卷发，感情饱满的棕色眼睛，还有完美的高脸颊，丰满的双唇。她没有穿裙子，而是一件羊毛短外套和马裤，更能凸显她的身材。她脚穿高帮皮靴，站得笔直，表明她不想听任何人的任何废话。红眼之前见过她几次，一直想要靠近她。现在正是最好的机会。一举两得。

红眼穿过两排人之间那空空的舞蹈区。虽然舞厅并没有因此安静下来，但红眼感觉人们谈话的声音有所降低。他还感觉到吉他手似乎向他投去了感激的目光。红眼想象得到，有很多人都指望着这个舞会成功，而红眼现在要做的正好可以助他们一把。一举三得。

红眼继续走完那空空的舞蹈区。现在，他就站在那位黑眼睛的危险女孩面前。女孩看着红眼走过来，表情冷静、慎重。红眼露出笑容，说了一句："晚上好。"

"你的眼睛有什么毛病？"女孩问。

"那是一个十分悲惨的故事。就在刚才，它们见证了你的美貌，是多么清新脱俗啊,马上就被心中的热情燃烧成鲜艳的红色了。除非我能够荣幸与你共舞一曲,不然我恐怕它们是变不回去了。"

"是吗,"她说,"也没看见我对哪个帅哥有这样的效果啊。"

"那是因为你还没遇到像我这样的帅哥。请问芳名?"

"他们叫我内特尔斯。"

"谁?"

"那些没有笨到不按我的要求叫我的人。你就是红眼吧。"

"你听说过我?"红眼有点沾沾自喜。

"大多数时间里,你是一个小偷,一个说谎者,和一个骗子。"

"与其说是谎言,不过是些夸张的修饰罢了。"红眼说。

"有的人还说你不是一个真实存在的人呢。还说你是羊头莎蒂与死灵法师做了个交易,然后从某个地狱里收养的,所以你才有红色的眼睛。"

红眼发现自己很快就处于下风,所以努力地保持笑容。"树大招风嘛。"

"我还听说麻烦总会跟着你,忠诚得就像你那个大水牛朋友;还听说你偷了自己奶奶的东西,如果你有奶奶的话;还有皇兵们都用你的形象做标靶练枪;还有,让我想想……噢对了,还听说你老爸是一只鸭。"

红眼想过反驳,然而他不得不承认,她说的大部分都是真话。他可以继续跟她没完没了,但优雅地撤退反而更有尊严。

"好吧,内特尔斯。对于一个没见过我的人来说,我想你还挺了解我的。"然后他转过身,忧伤地慢慢走回他过来的地方。

"我没说我介意这些事呀。"内特尔斯说。

红眼扭过头,隔着肩膀看着她,又笑了起来。"就算我来自地狱也不介意?"

她耸耸肩。"那要看你的舞艺好不好了。"

红眼走回去,向她伸出手。"是天堂圆环最好的。要不要验证一下?"

"有何不可。反正我也站得无聊了。"

他们走入那空旷的舞蹈区,这一次红眼可以肯定音乐家们在对他微笑,因为他们的演奏突然变得有精神了。他们跳了一会儿,红眼的舞艺正如他说的那样精湛,但内特尔斯稍胜一筹。她的动作犹如行云流水,流畅得一个节拍也没跳错。她毫不腼腆,若即若离与人亲密地接触。他们拥在一起,腰腿紧靠,她的胸部贴在红眼的胸膛上,温热的呼吸湿润了他的颈部。她散发着一种檀香和香料的气味。然后她把手滑进他们之间,轻轻地推开红眼,手掌依然贴着他的腹部,脸上露出一个狡黠的笑容。随后她又轻轻把他拉回来,他们靠得如此之近,她那厚厚的睫毛都扫到红眼下巴了。然后她又温柔地把红眼推开,但始终保持在可以触碰的距离。这变成了某种游戏。他能够多靠近她呢?又能靠近多久?

红眼极力克服着大脑里的那股冲动。他分心了。但他的计划奏效了。其他人也纷纷加入舞池,律动起来。他看了一眼吧台旁的死脸德廉,如果他还是不开心,起码样子看上去是满意了。

内特尔斯把红眼拉近,柔软的嘴唇贴近他的耳朵。"为什么我觉得你在这里另有打算呢?"

"我是个复杂的人,"红眼说,"我总会有一些打算。但你是我目前为止最可爱的打算。"

内特尔斯把手指插到红眼的束腰带里,轻轻地往下拽着。"噢,原来我是你计划中的一部分啊?"

"最中心的部分。"

"如果说你也是我计划中的一部分呢?"

"只要我们的计划不冲突,我没意见。"现在,舞池上全都挤满跳舞的人。如果他现在离开,根本没有人会发现。但他还要应付这个扯着自己裤子的女人。他很想把计划留到第二天晚上,转而去追求这位美女。可是如果他想抢劫这个地方,今晚是最好的机会。"不如这样,内特尔斯。如果你现在让我走,不惹什么麻烦的话,我发誓下次一定会全心帮你实现计划,不管你的计划是什么。"

"这个提议不错。"她考虑了一会儿。"好吧。明天中午。火药大厅外面。"

"我会去的。"

"我知道你会。"她松开手,脸上挂着浅浅的微笑。红眼感觉她好像抓住了自己的把柄一样。他很少有这样的感觉,也不喜欢这种感觉。虽说总的来说是不喜欢,然而他内心却有那么一丁点儿部分却十分喜欢。红眼看了她最后一眼,便消失在人群中。

菲勒依然站在那里,身边多了几个人。他比房间里所有人都高出整整一个头,红眼有时候真希望他的最佳搭档不这么显眼。这样的体型经常没什么用,但有时候却能派上用场,特别是当事情变得不妙的时候。但是今晚不会。他的计划天衣无缝。

"准备好了吗?"红眼悄悄地对菲勒说。

菲勒点点头,他们两人便穿过人群,走向出口。快到出口的时候,他们突然转向走廊,走进通向酒吧后台的员工通道。如果他们早点行动的话,铁定会被守卫们看得一清二楚。而现在,人群成为了他们最好的掩护。话虽如此,菲勒还是得猫着身体前进。不出一会儿,他们便从走廊来到了酒吧后面。两个酒保都去了德廉那边,准备随时为他服务。而他们仨全都看着人们跳舞。

他们继续弯腰前进,以免头露出吧台。俩人无惊无险地走了过去,来到与舞厅后街相通的仓库,大桶大桶的白酒和麦酒就是从这里运进来的。仓库地上还有一个很大的木质仓口,菲勒把它撬开,两人顺着木楼梯走进了地窖。地窖与舞厅的建筑面积几乎相当,地板是用泥土压实铺设的,两边整齐地堆满了装酒的木桶和琵琶桶。地窖的天花板很高,红眼可以站直身体,但菲勒还是得佝着腰。地窖中间有一条狭窄的通道,与地窖一样长。通道的远端有一个巨型保险柜，在昏暗的灯光下影影绰绰。红眼认识安装保险柜的人，所以才知道它的存在。他还知道，死脸德廉所有的钱都存在这个保险柜里。

他们无声无息地走在泥土地板上，来到保险柜面前。那是红眼见过的最巨型的保险柜，从地板一直伸到天花板，宽度也一样延伸至两边的墙。太雄伟了。但锁就是锁，如果说有什么区别的话，那就是保险柜的巨型钥匙孔更容易撬开。

菲勒看着楼梯，红眼则拿出开锁工具，开始下手。锁很新，而且油上得很好，加上它的尺寸，这简直是红眼撬过的最容易的锁。没花上几分钟，他便听到清脆的"咔哒"声：得手了。

红眼慢慢地打开巨门，一边说："菲勒，我的老伙计，我们已经——"

但当他看到里面时，他停住了。他得到的情报是对的。里面的钱比红眼之前在任何地方看到的还要多。只是，情报没有提到还有一个全副武装的守卫在里面。

"你好啊，小子们。"布拉克森说道，他是德廉的第二把交椅。他用步枪指着红眼的脸。"德廉有预感肯定会有笨蛋来这里。"

红眼举起双手。"我说我们是在找地方撒尿，你会相信吗？"

"转过去。"布拉克森说。

红眼转过身走向楼梯，跟着菲勒一起，他也一样举着双手。

"上仓库去。"布拉克森说。

红眼和菲勒并排着走上楼梯。

"嗨，红眼。"菲勒说。

"闭嘴，不然老子一枪打爆你的脸，看你还能耍什么花样。"布拉克森说。

当他们来到一楼时，布拉克森让他们站在通向后巷的门前。

"德廉不想他的盛大开幕出什么乱子,所以咱们到外面去……商量商量怎么办。"

"合情合理。"红眼十分自信一旦出了外面,干掉这个家伙便不会太难。

"噢,是吗?"布拉克森被逗乐了。"你干吗不打开门看看呢。"

当红眼打开门,他马上便知道为什么布拉克森会乐了。德廉的另外七个打手正坐在巷子里玩着石头游戏,看上去百无聊赖。但当他们看到红眼和菲勒举着双手站在门口时,他们站起来,脸上的无聊明显褪去。

"抓到了两个撬保险柜的蠢货。"布拉克森对他们说。

"通常不是我负责撬保险柜的。"菲勒说。

"走,不然你就等着撬自己的脑袋吧。"布拉克森用枪戳菲勒的背,接着是红眼的。俩人踉跄地走到了巷子里。红眼察觉到只有布拉克森有枪,其余的都只是拿着匕首和棍子。只要想办法干掉布拉克森,剩下的便不成问题。于是他慢慢地把手挪到脖子后方。

"噢,好了,"布拉克森说,"你不会那么巧在那里藏了把匕首吧?"

红眼感到冰冷的枪口抵在了自己的脖子上,此刻已满是汗水。

"不是啦,兄弟,只是觉得那里痒而已啦。"红眼故作轻松地说。

"那好,让我帮你挠挠,就用——"

就在那时,传来一阵清脆的铁链声,随即布拉克森便倒在了鹅卵石路上。红眼转过头,看见内特尔斯站在身后,拳头缠绕着一根粗粗的铁链。"你的计划不太行啊。"她对红眼说。

红眼拔出绑在后背的匕首,扔向其中一个敌人。匕首径直插入他的眼睛,那人摔在地上,一命呜呼。"开玩笑!我的计划完美着呢。"

内特尔斯甩出铁链,像鞭子一样打在另一个敌人的脸上。她看着他捂着鲜血直流的嘴巴,牙齿烂了一地。"噢,那我还是你的核心吗?"

红眼从靴子里抽出第二把匕首,击中了第三个人的心脏。"这么可爱的人怎能不是核心呢？"

内特尔斯再次把铁链缠绕在拳头上，狠狠地打在了第四个人的肚子上。她敏捷地躲到一边，以免被他的呕吐物溅到。"别表现得好像早料到我会把你从这蠢主意中救出来一样。"

"不然我应该怎样表现？"红眼从腰带上抽出最后一把匕首，躲开了第五个人的攻击，转身一刀插在他的后背。

"比如说，你可以表现得惊讶点。"内特尔斯用缠着铁链的拳头重重打在正呕吐的敌人的脑袋上，把他打晕在街上。

"一个人会因为雨过天晴而感到惊讶吗？"红眼问道，一边割开了刚才那个人的喉咙。"不，他只会感激地笑笑，然后继续忙他的事情。"

内特尔斯摇摇头，但脸带微笑。"你真会说话，就没有词穷的时候吗？"

"暂时还没有。"红眼转向菲勒，只见他正对付着最后两个敌人，两手各抓住一个，一遍又一遍地把他们的脑袋砸在一起。"你弄完了吗？"红眼问。

菲勒最后一次把他们的脑袋砸在一起，松开手任由他们跌到地上。"好了。"

"那么我建议在德廉听到风声之前赶紧溜吧。"

三人随即便在天堂圆环的巷子里飞奔起来。那时候正值晚春，早些时候还下了点小雨，空气依然弥漫着清新的气息——这在新列文市区实属罕见。他们的靴子不断地敲击着鹅卵石路，渐渐远离了三杯舞厅。

红眼本应感到失望。为了这个计划他已经准备了整整一个星期，现在却一无所获。甚至比一无所获更糟，因为布拉克森很可能已经记住他了，这意味着他再也不能在天堂圆环第一个、也是唯一一个舞厅里露脸了。可现在为什么他又那么开心？

他瞄了一眼内特尔斯。或许这一晚也没那么失败。她是一个不错的伙伴，聪明，身手好，而且还很漂亮。

他们跑了十条街才停下来缓一口气。

"那么，今晚还有什么计划吗？"红眼问内特尔斯。

"原本的计划是在德廉的新舞厅里跳支舞，但很明显那已经不可能了。"

"抱歉。"

内特尔斯耸耸肩。"是我好奇。我的好奇心时不时就会作祟。我实在忍不住想要知道你们两个在搞什么鬼。"她试探性地看了他一眼，"尽管如此，如果你觉得自己有责任的话，我就给个机会你补偿一下呗。"

"噢？那我要怎么补偿你呢？"

她伸出手，像之前在舞厅那时一样用手指勾住红眼的束腰带，把他朝自己拉近。"继续我们没做完的事呗。能找个安静的地方不？"

"是的，呃，当然能。"红眼向菲勒投去请求的目光。

菲勒不解地望着红眼一会儿，然后突然露出恍然大悟的表情。"噢，对。我今晚就去亨尼和双胞胎那儿过夜。"

"我欠你一个人情，小菲！"红眼说。

"必须的，"菲勒赞同道，"那晚安喽。"说完便转身离开了。

"那么，我们……"红眼的声音越来越小，内特尔斯倾着身子，把嘴唇压到红眼的脖子上。红眼词穷了，有史以来第一次，真的。现在只剩下燥热与欲望填满他的身体。红眼低头看着内特尔斯，她的双唇轻微张开，被伸出的舌头湿润。红眼紧紧握住她光滑紧致的上臂，忘情地吻她。内特尔斯则一把抓住红眼的头发，他们的嘴唇压得更紧了。他们就像两个饥饿的人儿，贪婪地吞食着对方的热度，怎么也不满足。

最后是内特尔斯打断了亲吻。她用柔软的嘴唇扫过红眼的脸颊，问："那个安静的地方呢？"

红眼只能凭着意识走回家。尽管他已经在这些街上混了八年，现在它们对他却是那么陌生。红眼觉得仿佛整个世界都被施了魔法,所有的困惑和复杂都一扫而空,只剩下他对这个漂亮女孩的渴望。红眼搂着内特尔斯的肩膀,而她则搂着红眼的腰。这样的走路姿势很别扭,但红眼担心如果自己放手,魔法就会消失。

不知怎地,他们就这样走回了红眼的房子,攀上摇摇欲坠的楼梯,走进了他与菲勒共用的房间。门一关,他们便疯狂地拥抱起来,笨拙地脱掉对方的衣服。一瞬间,房间便只剩下粗重的呼吸和皮带解开的声音,身体撞到木地板的声音,还有被汗水湿透的皮肤相互摩擦,接着分开又重新交合的声音。

红眼一直都不喜欢性,他的处子之身也比绝大多数男人坚持得更久。虽然之前他也试过亲嘴和爱抚,但对那个多毛船长的记忆一直挥散不去,他实在无法进行更进一步的尝试。

然而现在,在对这个女孩的渴望下,那段记忆"啪"的一声便消失得无影无踪。红眼是如此地渴望得到她,以致于连手都发抖了。她那完美的脸蛋,那紧致的脖子,那光滑的肩膀,那坚挺的乳房,那平坦的腹部,有力的双腿,天,就连她的脚趾头在红眼看来都像一副艺术品。他想要她的全部。他压在她的身上,用自己的身体覆盖着她,这样他们炽热的身体就能互相交融,直到变成一个火炉。内特尔斯引导他进入自己的身体,而他所有的花言巧语都浓缩为一个重复的字:"啊,啊,啊,啊。"

"红眼,为什么你床上有一个没穿衣服的女人?还有菲勒哪儿去了?"

红眼睁开双眼,淡淡的晨曦从唯一的那扇窗户里透进来。床垫上,内特尔斯就躺在他的身边,毛毯半露半掩地盖在他们身上。小蜜蜂,他们邻居的六岁女儿,正俯视着他们,瘦小的手臂交叉在胸前。

"去你的,蜜蜂。"红眼呻吟着,扯起毛毯盖住自己和内特尔斯。"我没教你敲门吗?"

"我敲了。你没反应。"

"你就没想过那可能是因为我不想被打扰啊。"

小蜜蜂斜眼看着红眼,仿佛他说的话狗屁不通。

"她是谁?"内特尔斯一头乱发被阳光染了一层颜色,红眼觉得很好看。但她的眉毛皱得像一片乌云。

"我叫吉莉,大家都叫我小蜜蜂,因为我总是忙匆匆。我就住在隔壁,而且经常来看红眼和菲勒。你又是谁?"

内特尔斯瞪眼怒视着红眼,"你干吗让她进来?"

"我没有。"红眼疲倦地说。

"她有钥匙?"

"更糟。我教她撬锁了。"

"你干吗要教她?"

"我不知道。她不知道为啥一直缠着我。"

"我想让他教我怎样扔飞刀。"小蜜蜂说。

"听到了吗?"红眼说,"相比之下,撬锁还算是好的了吧?"他又对小蜜蜂说:"好了,你这只小鼹鼠。我需要点私人空间。你回家吧。"

"我妈妈不见了。我想是豺狼领主抓走她了。"

红眼叹了口气。小蜜蜂的妈妈,贾茜,经常酗酒,而且对男人的品味也很差。她不是一个靠得住的家长,而这也不是她第一次没有回家。如果没有红眼和菲勒照顾的话,小蜜蜂甚至有可能几天都吃不上一顿饭。

"我肯定不是豺狼领主,蜜蜂。你干吗不去落汤鼠酒馆,看看普林会不会雇你帮她擦酒杯呢?我等会儿在那里和你会合,然后一起去打听你妈妈的下落。"

"为什么不能是我帮你,然后你给我钱呢?"

"因为我现在不需要你的帮忙,而且我也没有钱。走吧走吧。"

小蜜蜂朝红眼吐了吐舌头，转过身，用力地把门关上，走了。

红眼转过头，发现内特尔斯正奇怪地看着自己。"干吗？"

"天堂圆环有很多关于你的流言，但是都没有提到原来你是一个暖男笨蛋啊。"

"我们都有缺点嘛。"红眼把手探进毛毯里，摸着内特尔斯裸露的屁股。"再来一次怎么样？"

内特尔斯想了一阵，然后噘起嘴："不啦。你还欠我一个全心全意的承诺呢，就在你在舞会上放我鸽子之后。"

"哦，对……"

"这么快就忘记承诺啦？"

"我记性很差。"他无邪地笑了，"这是我另一个缺点。"

那是天堂圆环最常见的天气，阴冷、大风。大街上人头攒动，还挤满了马和货车，有时候还有四轮马车。红眼和内特尔斯悠闲地走在街上，与匆匆的行人形成鲜明的对比。天堂圆环就是这么小的一个地方，就算你不认识一个人，你也会知道谁认识那个人。

"你认识托诗吗？"内特尔斯问。

"认识啊。我和她在码头下面亲过几次嘴。"红眼回答。

"她几个月前开始卖身了。在天堂一角。"

"真的吗？但愿她的床上功夫比吻技要好。她亲嘴的时候总爱打我的脸。"红眼做出一张痛苦的表情。

"客人们可喜欢她了。"

"你也是那里的妓女吗？"红眼问。

内特尔斯瞪了他一眼。"我的样子他妈哪里像妓女了？"

红眼安抚性地举高双手："我不知道妓女还有专门的样子嘛。"

"当然有。她们全都一副花枝招展的模样,什么都不会做,而且还一直抱怨。"

"所以说……你是那里的保镖?"

她很意外。"你怎么知道的?"

红眼唯一一次听到爸爸抱怨做男妓,不是因为客人,而是因为那些尖酸刻薄的、反应迟钝的妓院保镖。"碰巧猜中而已啦。那么说,你认识帅哥亨尼咯?"红眼问。

"亨尼?几年没见过他了。"内特尔斯说,"他现在成帅哥了?"

"不是啦。去年他想打劫一个仓库,不料被里面的看门狗咬掉了鼻子。所以现在大家都叫他帅哥亨尼咯。"

内特尔斯吃吃地笑了。"话说回来,你是怎么认识亨尼的?他不像是你喜欢的朋友类型啊。"

"在我刚来圆环的时候,他和我还有菲勒都是同一个扒手帮的。"

"什么意思,'刚来'?"

"我是在银背镇出生的。八岁的时候爸妈去世了,然后我就混到这里来了。"

"噢。"内特尔斯说。

"怎么了?"

她耸耸肩。"只是没想到你不是一个真正的圆环人罢了。"

"那么……"红眼心里感到一丝悲伤,因为内特尔斯说他不是真正的圆环人。不过他没有表现出来。"你的计划是什么?"

这时候,他们已经来到了火药大厅。那是天堂圆环最大的建筑,各色人马都最喜欢聚集在这里。那里同时也是圆环最古老的建筑,有着肮脏发黄的大理石圆拱。大厅外面,各色商贩的帐篷把建筑团团围住,有卖食物的,卖布料的,卖衣服的,还有其他各种各样的工具和小武器,几乎所有的商品都是偷来的。火药大厅还有其他东西可以卖,例如性交啊，毒品啊，还有杀手，但这些交易都是在大厅里面进行的。

"你在这里人脉广，"内特尔斯说，"帮我找一个铁匠，让他改一下我的铁链。价格要实惠的。"

"简直易如反掌。"红眼急切地想表现出自己的人脉有多广。"我的最佳搭档，菲勒，他是一名铁匠学徒。"

"就是昨晚和你一起被我搭救的那个？"

"就是他。"

"嗯，早知道我就跟他回家了。"

"才不会呢。对你没什么好处，"红眼说，再次试图隐藏心中的痛。"菲勒更喜欢帅哥。"

"噢，好吧。"她说，"既然我昨晚出手相助，他应该多少给我优惠一点。"

红眼带她走过一连串帐篷，小贩们不停地招呼他们，推销着他们的水果、刀具、衣服，甚至是锈迹斑斑的旧枪。在最末端便是铁匠的帐篷，比其他的大上两倍左右。帐篷是用皮革而不是帆布搭建的，以免被火苗点着。

铁匠师傅总是认为红眼会让他最优秀的学徒分神，不过红眼也马上承认他说的确实没错。他一直都搞不懂菲勒，为什么有更容易的赚钱方法摆在那里不用，却偏要选择这个受人尊敬的职业呢。而菲勒所能给出的最好解释是，他只是喜欢干铁匠活罢了。这让红眼无话可说。

红眼那天的运气不错。当他和内特尔斯走进帐篷的时候，铁匠师傅刚走开，留下菲勒打理店铺。菲勒赤裸着上身，只穿戴着一张皮围裙和厚厚的皮手套，在铁毡上不断地敲打着一把即将成型的斧头。

"嗨，"菲勒说，脸上浸满汗水，"这个快做好了。"说完又继续挥舞着铁锤。

红眼他们在一旁等着，店铺里热气逼人，铁锤的撞击声不禁让红眼有些难受。他实在搞不懂菲勒怎么就喜欢上这事儿了。内特尔斯看上去则没那么无聊。她安静地站在那里,看着挂在帐篷壁上的一件件成品。

最后,菲勒把斧头浸到水里,帐篷里马上飘散着白花花的水蒸气,变得更热了。但好歹锤击的声音总算停了。

"怎么啦?"菲勒一边问一边用毛巾擦脸和脖子。

"你还记得昨晚那位女士,内特尔斯吧?"

"当然。"

"她想升级一下她的铁链。"

"那条铁链挺粗糙的。"菲勒转向内特尔斯,"你想怎样升级?"

"我想让它……的末端变得更高效。"她把铁链放在小桌上,"例如加个铅锤什么的。"

菲勒提起铁链一端。"你想它更有杀伤力?"

"正是。"

"你想让被它打中的人挂掉?"

"只是有时。总不能因为顾客一捣乱就把他们干掉吧。但是有的人是要给他的脑袋来一下才听话。不过有时候还是直接干掉比较好。"

菲勒拿起铁链的另外一端,仔细地检查了铁链的两端。"要不在一头加个铅锤,另一头加把剑,怎样?"

"剑?"内特尔斯问。

"很小的剑,像刀一样的。"

"菲勒,这主意太棒了!"红眼说。

"不知道啊……"内特尔斯说,"那样会很难投。我不知道能不能投得准,不然剑就没用了。"

菲勒点点头。"那就换一条更小、更轻的铁链,这样就容易多了吧。"

"但那样的话就是一件全新的武器了。"内特尔斯的皱着眉头,"那要花多少钱啊?"

"昨晚我欠了你一个人情。你把材料弄来，剩下的我免费给你做。"

"所有的都免费？"内特尔斯问。

"当然了。值得上我和红眼的小命了，对吧？"

"太值了！"内特尔斯说，"这样吧，我带你去免费享受一次天堂一角的服务。我们那里也有不少帅哥的，你懂的。"她伸出手来，"你说呢？"

"好啊，当然好。"菲勒握了握她的手，"你真慷慨。"

菲勒埋头继续工作，红眼和内特尔斯则离开了那闷热的帐篷。

当他们走到外头时，红眼松了口气。"他怎么能在那儿忍受那么长时间？"

"我也不清楚。"内特尔斯黑色的眼睛明亮又有神。"好了，回头见。"

"什么？你要去哪儿？"红眼问。

"去找材料啊，还用说吗。"

"哦。要帮忙吗？"

"不用啦。我搞得定。再说了，你不是要去见你的小蜜蜂，帮她找妈妈吗？"

"是哦，我想是的。"红眼承认，"那，回头见？"

"你会经常见到我的。"

"真的吗？"

"当然。你最好的朋友要免费打造我的梦之武器呢。在完成之前，我都会经常在他附近晃悠的。"

"噢，是的。"

"喂，不要爱上我了噢，银背镇的艺术小子。"

"谁爱上你了，"红眼反抗道，"我只是……喜欢你，罢了。"

内特尔斯伸出手摸摸红眼的脸。"你真可爱。昨晚很棒。我想我们很快会再来一次。这样说你好受点了吧？"

红眼咧嘴笑了。"好极了。"

她调皮地拍了拍红眼的脸颊。"那就好。现在快去帮那个可怜的小女孩吧,暖男。"

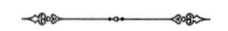

红眼一边走回落汤鼠,一边暗自寻思,自己是不是真的有点爱上内特尔斯了。爱情是很不好的东西吗?她有时候说话虽然难听,却也有趣。而且她身上有种特别的东西,就像一种隐形的魔力,让红眼时时刻刻都想碰到她。但有一件事是肯定的:她觉得爱情是不好的东西。所以如果不想失去她的话,红眼就必须按着她的心思来,不管他的内心有多澎湃。其实这对他来说也不是什么难题。天堂圆环的大多数人都会隐藏自己的感情。红眼之所以不能一直做到那样,按莎蒂的说法,是因为他那"软弱的艺术家"童年造成的。

红眼走进酒馆,看见小蜜蜂正在吧台后面,用粗糙的刷子擦着麦酒酒杯。普林,酒吧的侍应,则站在一旁看着。

"嗨,小普林,"红眼说,"让小孩子干活,自己却两手晃啊晃,真有你的。"

普林耸耸肩。"我跟她说,'给你五块钱,我帮你一起刷;给你十块钱,你就自己做。'是她自己贪心,不能怪我。"

红眼侧头点了点吧台的另一边,示意让她过去,好方便说话。普林皱着眉,跟着红眼走了过去。

"你昨晚上班了吗?"他轻声问。

"如果你称之为上班的话。"普林说,"三杯舞厅不是开幕嘛,这里苍蝇都没有一只。对了,你听说了吗?不知道哪个蠢货想要抢劫那里。"

"没听说。"红眼漫不经心地说。

普林的眼睛瞪直了。"就是你,对不对。我发誓,要是你想在这里下手的话,哪怕只是想想,我会——"

"小普林,我亲爱的麦酒供应商,我绝对不会!"红眼说,"落汤鼠对我来说就像第二个家。"

"确实没错。"

"我不是想跟你说这个。既然昨晚那么少人,你记不记得见过小蜜蜂的妈妈?"

普林回想了一会儿。"对,她来过,但没呆多久。她来的时候已经醉了,骂着什么死脸德廉是一条毒蛇啊,是一个骗子啊什么的。我告诉她别再喝了,她还讲了其他的什么事情。虽然她和布拉克森有过一腿,但总不能这么诅咒他的老板吧。"

"然后她就走了?"

"是啊,在骂了我一顿之后。真是谢天谢地。然后我看到她透过窗户跟街上的一队皇家巡逻兵说了几句。应该说是骂了他们几句。"

"然后呢?"

普林耸耸肩。"我没再看了。来了一个客人,而她也不会再烦着我了。我猜应该是皇兵把她抓了吧。"

"很可能把她带到号子里等死了吧,"红眼说,"我打赌她还在那儿。"然后他探出吧台喊道:"嘿,蜜蜂。等你做完了,我们就去把你妈妈从号子里赎回来。"

她停下手中的活,夸张地叹了口气。"又来?那我们不用着急了。"

⁂

天堂圆环有这么一句俗语:每个圆环都有一个洞。随着时间推移,这句话变成了所有地方都不完美的意思。但它原本的意思是特指"号子",是皇家警察局的大型监狱的别称,就位于天堂圆环正中央。红眼觉得这些历史很有意思,虽然他不觉得其他人也这么认为,除了小蜜蜂。可能这就是他们玩得来的原因吧,尽管他们有很多不同。

"你怎么知道这些历史的?"他们去皇家警察局的路上,小蜜蜂问。

"我在书上读到的。"红眼回答。

"你会读书?你是怎么学会的?"

"在我像你这么大的时候,我妈妈教我的。"

"你可以教我吗?"

"或许吧。它不像撬锁那么容易学。"

"我还是很聪明的,红眼。"

红眼笑了。"你确实挺聪明的,小蜜蜂。"

天堂圆环的皇家警察局又小又简陋,据说它以前刚刚相反,冠冕堂皇。但是人们三番四次地放火烧掉它,后来政府也不想费心费力去重建了,于是就随随便便盖上了这个最便宜、最简陋的建筑。说来也巧,自那以后再也没有人去放火烧它了。

红眼和小蜜蜂走进了主门。前室很小,只有一个皇兵百无聊赖地坐在桌子旁。他的白金制服连纽扣都没扣上,而且皱巴巴的。

"下午好,警官。"红眼愉快地说。

皇兵猜疑地看着他。"我认识你吗?"

"不认识不认识。"红眼殷勤地说。其实他们完全有可能见过面,而且不是在什么好的情况下。"我们只是来把这个女孩的妈妈从号子里赎出去而已。"

皇兵伸手在桌子上取过一张纸。"名字?"

"我叫吉莉,大家都叫我小蜜蜂,因为我总是忙匆匆。"

"我是问你妈妈的名字。"他不耐烦地说。

"噢,她叫贾茜。"

皇兵由上而下地浏览着名单。当他看到底部时,红眼觉察到他的眉毛跳动了一下。"你确定是贾茜?"

"我当然知道我妈妈的名字了。"小蜜蜂自大地说。

但他却没有被惹恼。他所有的烦躁都不见了，取而代之的是同情。他清了清嗓子，然后把视线定在红眼身上。"她，咳，自愿去服役了。"

"她什么？"红眼问。

皇兵看了一眼小蜜蜂，只是一眼。然后他又看着红眼。"如果这个女孩有什么亲戚的话，就带她去他们那里吧。"他咽了一口口水，"直到她的妈妈服役期满，当然了。"

"你见过贾茜没有？"红眼严正地问道，"你知道你说的话有多滑稽吗？"

皇兵紧绷着脸。"我不认识她。文件上就是那样写的。我只知道这么多。"

"少跟我废话。你知道的不止这些。"

皇兵抽出一支手枪。"我只能告诉你这么多。现在你必须离开。而且别再谈起这件事。对任何人都不可以。这是为了你和她好。明白了吗？"

红眼站在那里盯着皇兵，拳头攥成一团。

"红眼，他在拿枪指着你。"小蜜蜂说。

"我知道，蜜蜂。"

"我们该走了。"她说。

"你听到了。"皇兵试图摆出一副严厉的样子，但在他表情的背后几乎有一种恳求。"走。"

红眼拉着小蜜蜂的手，转身大步走出了警察局。

"很奇怪，哈？"小蜜蜂说。

"是的。"红眼同意。

"她是想让帝国变得更好，对吧？人们当兵就是要这样做嘛。"

"是吗？"红眼的神情依然沉重。

"比起做一个臭烘烘的酒鬼，当一个皇家士兵好多了，是吧，红眼？"

红眼不认为贾茜去参军了。她不可能这样做，而且军队也绝对不会要她。她唯一可能的去向就是成为生物法师的实验对象了。没有人会"自愿"做这种事。可是告诉小蜜蜂对她有什么好处？贾茜可能已经死了，或者更糟。最好让蜜蜂认为她妈妈正穿着皇军制服，威风凛凛地在某处当兵吧。所以他只是回答："是的，小蜜蜂。"

这就是圆环。时不时就会有人被生物法师掳走。他本应该就这样接受现实的。

9

女士诡计号是一艘中型双桅横帆船，她承载的买卖遍及全国。卡迈克尔船长雇了一支十人的船队，希望不知道为什么，但在工作时间里只有一半的船员在工作。剩下的则懒洋洋地坐在甲板上，一边喝着格罗格酒，一边玩着石头游戏。

"其实，天气好的时候，只要四五个人就可以让船跑起来了。"希望问起时，卡迈克尔这样回答。他轻松地用长满老茧的手掌握着舵轮，深棕色的眼睛注视着海平线。"风和日丽的时候，航海看似很简单，可是大海是变化无常的，只稍一阵风她就会背叛你。天气变坏的时候，多出来的人手就能决定你是生存下来，还是死在海里。"

"被天气杀死？"希望怀疑地问。

他会心地笑了。"你很快就能见识到了，如果我的鼻子没闻错的话。

它一般都不会错的。"

"你能闻到风暴?"

"风暴要来的时候,空气会有一种特别的气味,水面也会异常地平静。看那里。"卡迈克尔指了指他们身前的那片暗绿色的斑驳水面。"能看到那里吗?它像不像是在屏着呼吸,准备突然袭击?"

希望摇摇头。

"你才刚刚上船呢,迟早会明白的。好了,帮我告诉兰金,我们要把船舱封起来。这场风暴会很猛烈。"

希望所能看见的唯一一朵云还远在天边,看上去不大可能那么快就飘过来,如果真的会发生风暴的话。但她还是穿过甲板,来到船的前部。大多数船员就聚在这里。太阳正猛烈地照射下来,而且一整天也没什么风,所以水手们都脱光了上衣,露出了瘦削但有力的肩膀,在汗水的反射下闪闪发光。有两个人正在为石头游戏而争个不停,其他人则不断地插话发表意见。当希望经过的时候,争吵爆发成了争斗。两名水手互相拳打脚踢,又是拉扯又是咬的,充满了粗暴和野性。而其余的人则在一旁看热闹起哄。兰金靠在扶手上看着这场打斗,脸上露出愉快的微笑。

当希望来到他身边时,她说:"船长说要你——"

"一边去,等到他们打完再来。"兰金头也不回地朝希望挥挥手,继续享受着他们的打斗。

自从第一次见面之后,他们的关系并没有任何好转。但兰金是船上的大副,全体船员都服从于他的权威之下,除了希望。船员们不会听希望的话,所以她没有办法,只能等他们打完。

希望看着那粗暴的厮打,无比怀念修道院的安宁与平静。莱克洛克和克伦特虽然残酷,但他们至少是可以预测得到的。希望几年前就学会了如何避开他们。然而,在这条船上,醉酒斗殴随时都可能爆发,而且毫无目的，仅仅是为了解闷。这帮水手没有任何礼节、纪律可言，或者就她能分辨的来看，他们也从来没有清醒过。起初，她很难分辨谁醉着谁醒着，直到她终于发现他们所有人都是醉的，从早到晚。希望记得，文成戒律里有一条是告诫不要过量摄入烈性饮料。和尚们酿造麦酒，在冥想的时候也会喝，但他们是细细地品味每一口。然而这些水手则是猛一口就把格罗格酒灌进胃里，像喝水一样。如果他们对味道有什么评价的话，也只是皱着脸表示不好喝而已。在任何工作时间里，一半的船员看上去几乎连站都站不稳，更别说航船了。希望很好奇他们究竟是怎么把船从一个港口开到另一个的。

"好了，南方妹。"兰金说。这时打架的俩人已重重地坐在甲板上，筋疲力尽，谁也没有赢谁。"你刚才想干什么来着？"他不耐烦地看着希望，好像一直在等的人是他似的。

"船长说让大家封舱。大风暴要来了。"

兰金的眼都瞪圆了。"他妈的，刚才你怎么不说？"

"我试过——"

"没时间跟你这种人废话。"兰金吹响了挂在脖子上的六孔哨，尖锐的声音划破天际。"听好了，你们这群蠢货！太阳下山前，我们要抢风行驶！船长对风暴的预判从来没有出错，而这一次也不会有错。如果你们今晚不想抱着螃蟹鱼虾睡的话，就马上给我滚去封舱，然后各就各位！"

他再一次吹响哨子，所有的船员立马站立起来，神情警觉，神志清醒，仿佛被哨声施了咒语一样。他们向四方分散开去，目标明确。

希望看着兰金，为他给那帮人带去的突然间的转变而感到一点震慑。"我可以做什么？"

"除非你们文成武士可以一刀杀死飓风，不然的话就一边凉快去。"

希望看着水手们东奔西跑地忙活着，心里为他们的蜕变感到惊讶。他们封死了所有舷窗，闩上所有的门，绑好所有的缆索，并把所有零散的物件装在沿着甲板建造的小隔间里。做完这一切之后,他们便等待着。

通常来说,他们等待的时候都会喝酒、吵闹还有打架。但是现在,他们只是默默地站在自己的岗位,有的在甲板,有的则在索具上。他们的眼神保持警惕,神情严肃。天色很快暗了下来,其中一个水手开始小声吟唱。接着另外两个水手也跟着哼起来,强风中随即回响起幽灵般的旋律。然后,站在缆索上的梅菲尔德,那个除希望之外身材最小的、最年轻的船员,开始用清脆的男高音高歌:

不管海风吹向何方,
它也从不为我改变方向。
水手的日子总不太平,
只为了追寻这大海的美好。

天上的云,之前看着还远在天边,现在却在快速地翻滚而来,仿佛一面巨型毛毯被扔到了天空。暗绿色的海水开始波浪起伏,泛起了星星点点的灰白色浪花。闪电像蛇一样跨越了天空,随即响起了震耳欲聋的雷鸣。

爱谁也好,恨谁也罢,
就算老婆又如何。
我的心向往自由,
就像大海一样奔放辽阔。

水手们停止唱歌。整个世界似乎都屏着呼吸。接着,暗灰色的天空破裂开来,雨水随即"哗哗"地倾注而下,重重地打在希望的脑袋、肩膀和腰背上。甲板突然湿透,巨浪重重地拍击着船身,一层又一层的海水涌入希望前进的方向,希望艰难地行走着,她一手抓船,一手自防。这是希望第一天上船时卡迈克尔对她说的话,现在又浮现在脑海。希望之前并不明白,但现在,海浪已经深及她足踝的位置,在下面拽着她的脚,仿佛要把她拉下船,她立即明白了。一只手要一直紧紧抓稳船身,同时另一只手要时刻准备挡开帆缆或荡过来的下桁。

好不容易,她终于来到船舵,船长站在那里,迎着倾泻而下的暴雨,高高地昂着头。

"打起精神,伙计们!收紧斜桁帆!"他在风暴里喊。

船骑着巨浪起起伏伏。很快,海浪涨得如此之高,船落到浪谷时连天空都看不见了,只有一堵卷曲的沧浪之墙。当他们再一次骑到浪峰时,强风狠狠地打在白色的船帆上,击起了像鼓鸣一样的声音。

"收起船帆,免得被撕碎了!"卡迈克尔咆哮道。

希望透过湿透的金发看着水手们爬上索具,收起船帆绑在帆桁上。强风猛烈地拽着他们攀附着的湿缆,但他们却没有被甩到海上,希望很是惊讶。只见他们慢慢地把船帆一张一张收起来,脚下的桅杆在烈风中不住摇摆。

"桅杆弯了?"希望对卡迈克尔喊。

"是啊,它们必须得这么柔软,不然的话,要是遇上这样的狂风,它们就会像干树枝一样折断了!"他喊回去。

水手们几乎把所有帆都收好了,只剩下顶部的黑帆——希望学会了叫它作主顶桅帆——在风中胀得像一只鼓。突然它裂开了一个口,强风就疯狗一样地撕扯着它,从裂口中向外扒开,把帆向一侧拧弯。水手们迅速地滑落到甲板上,同一时间,主顶桅开始向一边弯去,它弯得低低的,顶端几乎与海面成了四十五度。

"把帆割掉!不然它会把桅杆连根拔起!"卡迈克尔喊道。

兰金坚定地朝船长点点头,雨水不停地从长胡子的尖端滴下。他从腰带里抽出一把刀,用牙咬住,然后开始爬上像钟摆一样摇晃不停的主桅。

"他是怎么抓得住的?"希望喊。

卡迈克尔笑了。"你怎么说兰金都可以,但他是一名真正的水手,手指都长了鱼钩!"

兰金慢慢地爬上主桅。每当船到达浪峰时,就有一股强风打在他的身上。这时他便会抓紧桅杆,等到船降落到浪谷,稍微有了掩护的时候,才开始继续上爬。终于,他爬到了顶端,把帆缆割断。船帆立即被吹到空中,跌落在海上,转眼便消失在翻滚的灰浪之中。兰金滑下来,落在船员们等待的手臂之中。他们欢呼着,在巨浪和雷鸣的咆哮中快活地唱起了一首新歌:

风暴中的水手,
像风中的尘埃一样渺小。
最好知道将要去何方,
否则大海会把你一口吞掉。

日落时分,风暴终于过去,海面趋于平静,雨势逐渐减弱,乌云也渐渐散开。天边露出了金黄色的落日,在阳光下,大海仿佛变成了烧融的黄金。阳光照射着滴着水的缆绳,在船上投出一条条美丽的彩虹。之前马不停蹄的水手们,此时都停了下来,抬高脸庞迎向太阳,闭上眼睛,脸带微笑。

"怎么样,希望?"卡迈克尔问,"还会瞧不起天气吗?"

"再也不会了。"她不仅仅是说天气,还有这帮男人。当必要的时候,他们展露出了无畏的勇气和不计后果的坚韧。希望从来都没有见过,连在文成武士的身上也没有。那一天,大海和水手都赢得了希望的尊重。

"喂，南方妹！"兰金喊道，"谢谢你没有挡道！"

希望意外地发现，就连兰金也赢得了她的一点尊重。虽然她不知道这份尊重到底能维持多久，兰金便会把它挥霍掉。

那天晚上，水手们喝得比以前都更醉。他们大吃大喝，又唱又叫，狂欢了好长时间。在之前的几天晚上，希望都和他们保持着距离，因为他们的粗俗和下流时常让希望感到不悦。但是那天晚上，希望看着他们，开始明白，在他们的粗言秽语和暴力背后，蕴含的是最真挚的兄弟情义。她之前已经同意了在这条船上呆一段时间，学习这个世界和生活在里面的人。而她现在终于发现，过去的这些夜里，她就这么远远地站在一旁，并不是好的学习方式。但话说回来，她可以和这些人成为同伴吗？

"他们可能会像鲟鱼一样脏，像海鸥一样吵，"卡迈克尔在希望身边坐下来，"但在重要关头时，他们真的是棒极了的船员。"

"你不是应该和他们一起庆祝吗？"希望问。

"作为船长，必须要和手下保持一定的距离。不能和手下们混得太熟了，不然他们就不会再听你的话了。"

"这样很孤独。"希望说。

"我想是的。"卡迈克尔望向那闪着星光的黑色海面。"但只要有大海，一个男人是从来不会真正孤独的。"

"你把大海说得好像有生命一样。"

"它是有生命。"

"但它只是水而已。"

"大海不仅仅是水。它还有水草和天气。海面以下和海面以上的生物。所有的一切，包括你和我，我们都是大海的一部分。"

"我没有觉得自己是任何事物的一部分。"希望安静地说。

"那你的文成武僧团呢？"卡迈克尔问，"难道你不是他们的一部分吗？"

希望不知道答案。她不是，而且永远都不可能是一个真正的文成武士。她的性别决定了这不可能，她早就知道了。但是河洛从来都没有这样说过，而且他还为希望打造了这套皮甲，从这一点就可以看出，他确实把希望看成一名文成武士，胜过任何言语。一想起河洛，希望便觉百感交集。世界失去了一个伟大的人。她不想与杀害了河洛的兄弟团为伍，就算他们改变主意接受她。

希望在想，或许她可以成为大海的一部分。她可以吗？如果她可以，大家又会接受她吗？

他们在第二天就到达了港口。卡迈克尔船长把船缓缓驶进码头，希望惊奇地看着一栋栋房子，有的有两层高，围着整洁的围栏。这里比她的家乡和盖尔默尔修道院加起来的面积还要大。

"这是什么城市？"希望问。

"没有人会把凡斯港叫作城市的。"卡迈克尔说，"这里是一个特大的交易站。"

"城市比这个还要大？"

卡迈克尔笑了。"大得多。"他清了清嗓子，对全体船员发号施令："大家卸下货物！好换点钱回来！"

水手们又回到了烂醉如泥的状态，但一提到钱，他们又马上两眼发光。他们快手快脚地把船固定在码头，然后把货物卸到平台上。码头主管检查了一下货物，然后在卡迈克尔递过来的文件上签字。

卡迈克尔举起文件让希望看。"现在我们要把这个拿到皇家贸易委员会，用它来换钱。"

凡斯港的街上挤满了商人，有的衣着华贵，有的简单朴素，但所有人都干净整洁。希望在女士诡计号上生活了一段时间，由于洗澡是极其奢侈的事情，她现在才意识到自己看上去有多邋遢。她的皮肤沾满了焦油和海盐，金色的头发由于长时间被海水浸湿，已经搅成一团。但是她把这些想法都抛到脑后，因为现在的首要任务是保护船长的安全，于是她仔细地观察着大街，手掌放在剑柄上。

"你可以放轻松点，南方妹，"兰金说，"这里不会出乱子的。"

"这里确实看上去很有秩序。"希望承认。

"这里是人们做生意的地方，没别的了。"卡迈克尔说，"住在这里的人都是商人和他们的家人。这里是帝国东南部最大的交易港。如果你想在东南区域做生意，就来凡斯港。"

"说通俗点，这里就是钱的地方。"兰金说。

"这么说，这里对小偷来说诱惑很大啊。"希望说。

"也许吧，"卡迈克尔说，"如果没有皇家海军常年驻扎在这里的话。"他指了指对街上的大型方形建筑。在它的黑色木门上方，挂着一张巨大的招牌，上面写着"皇家商贸委员会"。招牌上还印着帝国的徽章，一道闪电和一波巨浪交叉在一起。"虽然没有斯通匹克或新列文那么瞩目，但凡斯港是帝国最重要的港口之一。好了，是时候做生意了。这是我作为船长最不喜欢的部分。"

卡迈克尔领着他们走进皇家贸易委员会的前门，屋里十分昏暗，只有窗口透进来的微弱阳光。几个人懒散地靠在墙壁边的长椅上。在房子的另一端，一名身穿白金外衣的皇家官员坐在一张巨大的木桌后面，桌上只有一盏小油灯。一个男人站在桌子前面，手里拿着帽子，安静地跟官员讲话。卡迈克尔毕恭毕敬地站在他们身后一米的地方，默默等待着。

木桌两边各站着一名皇家士兵，他们的黄金护胸在油灯的灯光下闪着暗光。希望一看到他们便警觉起来。自从家乡的大屠杀以后，这是她第一次看到这种制服，它们还是跟以前一模一样，连最小的细节都没有改变。她感到心中蔓延起黑暗的复仇欲望，于是深吸一口气把它抑制下去。

"不喜欢皇兵，是吧？"兰金轻声地跟她说，继续等着。

"皇兵？"希望轻声地问。

"皇家士兵。还以为你们文成跟他们关系比较好，但你刚才牙关都咬得咯咯响了，所以我猜你是和他们有什么过节吧。"

"我不信任皇家士兵。"她承认。

"这么看来，我们还是有共同点的。"

希望想问他什么意思，但他们前面的男人已经离开，卡迈克尔走上前去。

"我是女士诡计号的船长卡迈克尔。我有货要交付。"他把皱巴巴浸满盐渍的签名文件放到桌子上，用粗糙的手笨拙地把它抚平。

官员用食指和拇指捻起文件，眯着眼费劲地辨认着因暴晒而褪色的墨水笔迹。"灯油、鲸须、腌肉……和木材。"

"是的。"卡迈克尔说。

官员点点头，把手伸到桌子下面，然后数了一小堆硬币出来。"一枚金币，二十枚银币。"他一边说一边把硬币推给卡迈克尔。

"谢谢，大人。"卡迈克尔说，"有什么新来的货物要运吗？"

"这周的生意很惨淡，"官员说，点头指指坐在长椅上的水手们。"他们有的已经等了好多天了，但还是没有像样的货单。"他在桌子上的一堆文件上翻了翻，最后抽出一张。"我手头上只有一张运单，是把粮食和酒运到黎明曙光的。"

"黎明曙光？"兰金问，"但是——"

"我接了。"卡迈克尔说。

兰金闭上嘴巴,但希望能看出来他很怕那个地方。那个官员看上去也很惊讶。

"这一趟你能应付得来吗?"他问。

"可以。"卡迈克尔说。

官员耸耸肩,在运单上写了些什么,然后递给了卡迈克尔。"把这个拿给码头主管,他会负责帮你装货。"

"十分感谢,大人。"卡迈克尔转身向门口走去,希望和兰金跟在后面。

他们一回到大街上,兰金就说:"你不是吧,船长,他妈的黎明曙光?"

"我从来没听说过那个岛。"希望说。

"那是帝国东部边境的军事哨站,"卡迈克尔说,"黎明之海前面的最后一片土地。"

"那是个鸟不生蛋的地方!"兰金说,"要是在那儿碰到麻烦,你只能求老天爷保佑了!"他的眼睛睁得大大的,不停地环视四周,仿佛只要说出那个岛的名字就会马上被变到那里去似的。

"我不惹麻烦就行了。"卡迈克尔说。

"你知道去那里要经过断崖岛吧?"兰金说。

"我能应付断崖岛。"

"我听说断崖岛有海盗出没。"

"我也听说过。"卡迈克尔承认。

"海盗?像戴尔·贝恩那样的?"希望问。她只知道一个海盗,就是那个被他的恩师绳之以法的大海盗。

兰金呸了一口唾沫。"那群混球跟戴尔·贝恩完全没得比。毫无荣誉,毫不留情。他们跟禽兽没什么两样。我听说,他们抢劫一条船的时候,会杀光所有船员。然后他们不是把尸体扔到海里,而是统统吃掉。"

"去黎明曙光确实冒险。"卡迈克尔承认,"但我们需要换一个新的主顶桅帆,光这就能花掉一大半刚赚到的钱。而且,我们大概很快就要换一个新的主桅。我们需要这笔钱啊。在有其他运单之前,我们就能回来。不然就会跟这里的人一样无所事事,还要付那个荒谬的码头过夜费。再说了,如果我们碰到海盗,希望都可以摆平的,不是吗?"

"当然了,船长。"希望这样说,因为她知道那是船长想听的。但她对自己的能力有点怀疑。她的武功还从没有经过测试。她唯一算得上战斗经验的就只有与那个孤身的、狂妄自大的文成武士,还有那条大笨鱼的对决。一想到有新的对手,希望感到一阵恐惧。可是相比之下,她更感到一种战斗的欲望,和相信自己是一名真正的武士的自信。

戒律上说,一个文成武士决不能嗜战。所以当他们回到船上时,她试图把战斗欲望都抛诸脑后,可它却一直缠着她,从等待装货开始,一直追到她的梦境里面。在她的梦里,希望把穿着白金制服的海盗一个又一个地砍倒。

10

布力加·林好不容易来到了莫拉克·托尔圣殿。然而他万万没想到,那里只有一堆风化的碎石。传闻莫拉克·托尔——第一个真正的生物法师,在帝国诞生前几个世纪就建造了这座圣殿,作为武僧团的知识宝库。但在帝国早期,莫拉克·托尔去世很久以后,在文成武僧团的首领勇者萧克的强烈要求下,生物法师委员会的主席伯恩尼斯·维命人把圣殿拆除了。他们说,有的知识实在太危险了,是不应该存在的。但布力加·林就是要寻找这种知识。

在过去的十年里,由于受到来自黑暗之海以北的外族入侵的威胁,生物法师委员的焦虑急剧升温。帝国里每一个生物法师都在疯狂地寻找一种新武器,以昭示帝国的实力远在南侵的外族人之上。但老一辈的思想太狭隘太保守了,他们就是那样。但布力加·林不是。他在斯通匹克实习的时候,知道了莫拉克·托尔的遗址依然存在,而且自黑暗马赫的时代开始一直保持着原样。他建议导师们去探索遗址,因为如果黑暗马赫能找到重要的东西,那他们也可以。但导师说那是白费力气,因为那里只剩下一片残垣断瓦而已。尽管这样,布力加·林还是期待着能找到更多东西。然而等他拽着小船来到岸边时,他只看到了一片废墟。

那是一个很小很小的岛,大概呈长方形,宽不过四分之一里。它的四边是灰色的沙子,中部长满了暗绿色的青苔,覆盖在一堆堆石雕的残骸上。整个岛就只有这些东西,其他什么都没有了。

布力加·林叹了口气,泄气地坐在其中一根覆满青苔的石柱上。他之前还申请带上一队皇家护卫过来,但被委员会否决了,现在他不禁感到庆幸。要是他们看到这番惊喜,肯定会狠狠地嘲笑他的。皇家护卫对老一代生物法师有一种近似恐惧的尊敬,但对新上任的生物法师的态度则完全不一样,尤其是那些没有什么名声的。确实,布力加·林的转化术一直都不怎么样,就连他的学术成绩也是马马虎虎。既然知道自己缺乏天赋,他就用决心和努力去弥补。因此,他一定要在这堆废墟里找到有用的线索,不然就死在这里。

于是他开始在莫拉克·托尔的遗迹里搜索。他真的差一点就死了。一开始他很小心地分配供给,但十天之后就吃完了。不过他没有放弃,而是设法从肮脏的青苔里榨出雨水,硬是保住了性命。实在饿得不行了,就吃青苔。这些青苔虽能充饥,却是致幻的,他时不时就会产生幻觉,虚实难辨。不过就算是这样,他还是没有放弃。最后,有一天下午,布力加·林又看到了幻觉。天上的云好像在张牙舞爪地怒吼,而地上的石头仿佛一脸痛苦地渐渐融化。就在这种虚虚实实的状态下,他找到了一条地下通道。

他花了好长时间才确定地道不是幻觉。那些幻视一波接一波地来来去去,就在他清醒的间隙里,他辨认出了地上有一块正方形石板,上面嵌一个巨大的金属环。由于长时间缺乏粮食,加上致幻的青苔,布力加·林已经变得十分虚弱,但是他用船舵做成杠杆,费尽力气把它撬开了。他爬进了黑暗的地下室,喃喃自语地说着要让他们后悔质疑了自己。可是没过多久,他便觉得自己是不是有点高兴得过早。地下室里竟然空空如也。虽然那里排满了书架,然而上面只有厚厚的灰尘。除此之外,天花板和地板上还布满了烧焦的痕迹,仿佛有人放火烧了整个书房一样。

布力加·林瘫软地跪倒在地。他低头看着身上的白色法师袍,现在已染满了泥土和青苔。青苔的毒性又发作了,一阵阵眩晕冲击着他的身体。他在想青苔会不会要了他的命。他从来没有想过自己会死,直到现在。他们所有人都是对的。他的父母,他的导师,还有委员会。他什么都不是,只是一个自大的笨蛋。

就在这时,他发现了石地板上有一个圆孔。他从一开始就觉得奇怪,为什么地面要铺上石板?干吗不直接保持泥土的样子呢?除非石地板下面藏着什么。

布力加·林发现,圆孔旁边的石头上还刻着文字。于是他俯下身子,挣扎着用眩晕的视线开始阅读。那些文字好像波纹一样起伏着,他花了好久才看清了那段简单的文字,又花了更长的时间去弄懂它的意思。

勇于蔽目走进黑暗之人将在黑暗中迷失，黑暗亦将迷失于他。

这不是什么好兆头。大家都知道，很多古时的生物法师都在自己的寺庙里设了很多机关，而"迷失于黑暗"看起来就是个威胁。只是那句话的后半段让他踌躇不定：黑暗怎么可以迷失在一个人身上？可能是青苔的毒素扰乱了他的思维，他完全弄不明白它的含义。他坐下来仔细考虑了很久，还是毫无结果。他两次站起来想要离开，但马上又记起这是他最后的希望。他要么把手伸进洞里，要么就两手空空地回到斯通匹克，被导师和同行嘲笑。

"今生和来世都给我下地狱去吧。"他说了一句，然后跪下来，把手伸进了洞里。

11

小蜜蜂在锤子角有一个姨妈，是她收留了小蜜蜂。红眼觉得把她留在这个鬼地方很是不妥，大家都知道这个社区到底有多糟。但就像菲勒说的，他们别无选择。红眼曾提议要收留小蜜蜂，但菲勒听到后只是睁大了双眼，仿佛在说他是不是脑子进水了。红眼不得不承认，他们确实不是照顾小女孩的料。万幸的是，小蜜蜂还有相熟的人。或者应该叫她吉莉。现在没有人会叫她小蜜蜂了，红眼一想到这就十分苦恼。因为在天堂圆环，一个名字是有分量的，不管它是你自己选的，还是别人帮你起的众人皆知的。而在圆环，名字可以流传下去。

然而红眼对于小蜜蜂的疑虑并没有持续多久，特别是送走她之后。因为没出几天，他的思绪和精力就全都花在琢磨怎样才能多见内特尔斯几面上去了。

在菲勒打造她的锁链刀——内特尔斯这样命名她的新武器——期间，她想待在菲勒的身旁，但又不想碍手碍脚，于是就整天待在火药大厅里。大厅的内部是一个巨大的空间，里面有桌子，有椅子，还有凌乱地分散在四处的帐篷。那里是一个很受欢迎的地方，赌徒在那儿玩石头游戏，妓女在那儿接客，凶手也把尸体丢在那里。火药大厅里没有公正，也没有皇兵。政府几年前曾试图镇压这里，但经过五天激战，他们损失惨重，于是就放弃了。有的地方就是无法征服。

"我在想给自己弄一样专属的武器。"红眼说，当作是打招呼，然后在内特尔斯旁边坐下来。

"嗯？"她回应道，嚼着从外面一个商贩那里偷回来的烤鱼。

红眼抽出一把飞刀，高高举在面前，仔细地打量着。"当我扔出飞刀时，有时候会用刀柄击中目标。虽然我瞄准头部的话，仍然可以把敌人打晕，但如果我瞄准其他部位，例如胸口的话，那就只会把敌人给惹毛了。所以我在想，不如把两边都做成飞刀，这样我就不用担心刀柄的问题了。"

"但是那样你就没地方抓住飞刀了，蠢货。"内特尔斯说。

"我也考虑过这个问题。"红眼露出狡黠的笑容，"你看啊，我不需要抓住它，我只需要把它掷出去。如果在飞刀的中间开个孔的话，我就可以用手指勾住，然后直接从鞘里扔出去。"

"如果把孔做成硬皮革，它有可能会扁了或者堵住了。"内特尔斯说，"最好做成金属的。像一个铁环一样，这样你就可以轻松地把手指穿过去了。"

红眼喜出望外。"真是棒极了,内蒂!还可以把铁环作为两片刀的连接!三个零件,容易得很。菲勒肯定可以马上帮我打造几个。"

"等他做完我的锁链刀之后。"内特尔斯说。

只要和内特尔斯见面了,红眼就会想尽办法延长他们相处的时间。他会带她去附近一些有趣的小地方,例如苹果林庄园地底下的池塘。有时又会带她去落汤鼠喝喝小酒,玩玩石头游戏。或者带她去码头,问芬恩借几把鱼竿去钓鱼。有时候,内特尔斯会跟着他的计划走。有时候她会说:"算啦,咱们不如去你家滚床单吧。"还有时候她会直接说不感兴趣。每到这时,红眼都会很失落,但他不会表现出来。因为他知道她会觉得他软弱,说他是一个娘娘腔艺术家或者软蛋。但有一次,红眼希望内特尔斯跟他一起行动,因为那是一次工作。

"这一次是什么?"内特尔斯问,和红眼在落汤鼠角落里的一张桌子旁坐下来,把闪闪发亮的新锁链刀缠在手上。菲勒的手艺真的很不错,锁链又薄又轻,连接得又紧密,一点都不容易断裂。刀两面开刃,稍微比内特尔斯的食指长一点点。

"是这样的。"有新计划的时候,红眼最高兴了。"你知道玛纳伊大街那个肉店老板吗?自称为萝卜人的那个?"

"我知道那个肉店,"内特尔斯说,"但没有见过那个老头。"

"因为你不是个善于交际的人,内蒂。你要和人们聊聊天。保持微笑,保持亲近。"

她摆出一个酸酸的表情。"太费劲了。"

"磨刀不误砍柴工嘛。"红眼说,"我之前跟萝卜人聊天,知道了他在潮汐巷还开了一家面包店。他常常抱怨两家店隔得太远了,往两边运东西实在麻烦。听到这里,我就忍不住想,他究竟在运些什么东西呢?于是我就在两家店之间的必经路线上观察了几个晚上。知道我发现了什么吗?我发现面包店里面并没有保险箱!那里空间不够,全都摆满了烤箱。所以，等面包店关门之后，那里的一个女店员就会把白天赚的钱全都转移到猪肉店里。"

"你自己就可以抢劫女店员啦。"内特尔斯说，"还要我做什么？"

"我才不会稀罕面包店一天赚的钱呢。不，我的目标更大！那就是肉店的保险箱！"

"要怎么做？"

"我刚才说了，那个女店员会把钱带到猪肉店里。猪肉店的人看到女孩来了，就会打开门让她进去，然后带她到保险箱的地方。而这个女店员呢，身高刚好跟你差不多，头发也很像。"

"我明白了，你打算先打劫那个女店员，然后让我伪装成她的样子，找到保险箱，拿走里面的钱。"

"我会跟着你到肉店。等你下手的时候，我会帮你对付里面的大块头，不论他们有几个。一进一出，易如反掌。"

"从来都不会像你说的那么简单。"内特尔斯翻翻白眼。

红眼笑了。"我不想你无聊嘛。"

那天晚上，他们在半路上找到了那个女店员。通常来讲，以这种方式转移金钱实在奇怪，也很不安全。不过从另一面来看，谁又会想到像她这样的弱女子身上有那么多钱呢？而且女店员也演得很到位。她懒懒散散地走着，平常人不可能看出她身上有值钱的东西，或正要去某个重要的地方。如果不是红眼偶然发现的话，他也许永远也不会知道这个小秘密。在天堂圆环生活的几年以来，红眼发现，比起飞刀或撬锁，调查能力才是在这里最有用的生存技能。

现在，内特尔斯在女孩前面的一条小巷里待命，红眼则站在更远的一条街上。算好时间后，红眼开始向女孩走过去。当女孩走过小巷时，红眼正好经过她身边，内特尔斯迅速投出锁链刀的铅锤，正中女孩的太阳穴。红眼在她倒地之前把她扶住。然后他迅速地把她拖到内特尔斯所在的小巷里。内特尔斯围好女孩褴褛的围巾,戴上帽子,拿走了她的钱包。

"最好先不要把钱拿走,"红眼说,"打开保险箱之前他们要先检查。"

内特尔斯将信将疑地看着昏迷不醒的女店员。"说真的,我长得真的像她吗?"

"当然啦。不过你更可爱。"红眼抛了个媚眼。

她皱着眉。"我就要看看,你和你的计划到底有多操蛋。"

内特尔斯向猪肉店走去,红眼则谨慎地尾随在后面,时而隐藏在阴影里,时而混在人群中。太阳快要下山了,皇家巡逻兵逐一点亮了街灯,但还没轮到红眼所在的街区,所以红眼要隐身十分简单。他发现,内特尔斯还特意模仿了女店员的懒散脚步,这让他十分满意。他知道,干这种勾当的时候,普通人是很容易紧张的。幸好内特尔斯不是普通人。

最终,他们来到了肉店。内特尔斯敲了敲门,用的是女店员的暗号节奏。当然,这也是红眼之前观察到的。紧张的几分钟过去后,门打开了。一个高大粗壮的、穿着血迹斑斑围裙的男人低头看着她。

"平常那个丫头呢?"

内特尔斯迟疑了一瞬间,大概是在心里诅咒红眼,但她马上说:"今天被烤箱烧伤了手,所以派了我来。"

男人看着她,红眼屏住呼吸,准备随时跳进去把内特尔斯救出来,如果事情不妙的话。可那个男人只是点点头。

"噢,好吧。"他站到一边,示意让内特尔斯进去。内特尔斯走进去的时候,他说:"告诉老板,他应该多派你过来。"说完用力地拍了拍内特尔斯的屁股。

内特尔斯顿了顿,而红眼再一次屏住了呼吸。她很可能当场就把那男人宰掉。她当然可以这么做,但那样的话计划就泡汤了。

"啊,是啊,我会的。"内特尔斯说,并对男人笑了笑。看到内特尔斯的笑容后,男人十分高兴,但红眼一看就知道那是内特尔斯的招牌笑容：我不仅要杀死你,还要让你生不如死!不禁浑身发抖。同时他也记住了,要把这个男人留给她料理。

等他们进入里面,男人随手就要把门关上。在最后一瞬间,红眼掷出了一把他的新武器:双头飞刀,正好卡在门缝之间。男人拉上门闩,没有发现门有什么异常,因为现在他所有的注意力都在内特尔斯身上了。

他们走进了内屋,红眼已经不能从窗户看见他们了,于是他飞快地来到肉店门口。飞刀在门和门框之间留下了一条缝,红眼刚好可以把开锁器穿过去,然后把门闩推开。红眼打开门,回收了插在门框上的飞刀,潜进里面。

肉店的前部是顾客买肉的地方,那里一片漆黑。红眼听到柜台那边的门里有声音传出来,于是弓着腰,小心翼翼地走过去。门里面是里屋,房间两边都用铁钩挂满了猪肉,中间有一张大桌子,被多年的血迹浸染成暗红色,桌子下面是一桶桶凝固的猪血。除了开门的男人外,还有另外两个同样壮硕的人在里面。

"你叫什么名字呀,小妹妹?"其中一个人问。

"艾尔。"内特尔斯说,尽最大的努力装成很害羞的样子。虽然红眼觉得她装得很不到位,但那几个大块头看起来却很买账。

红眼等待他们打开保险箱时,突然觉得手里一股刺痛。他低下头去,发现手掌裂开了一道口子,鲜血直流。肯定是在扔飞刀的时候割伤自己了,很明显他的技术需要提升一下。

终于,那帮男人不再调戏内特尔斯了,他们打开了保险箱。

"那么,你待会儿要做什么——"这人话还没说完,一把飞刀就插在了他的脖子上。他伸手去抓,却弄伤了手。在他对面的人跟着也倒下了,只剩下开门那个人。他震惊地盯着地上的两个同僚,在血泊中不停抽搐。

"你这个奸诈的婆娘!"他抡起巨拳向内特尔斯打去。内特尔斯躲到一边，投出锁链刀，刀刃直接插进了男人的手腕。紧接着她用力一拽，刀刃随即抽出，男人瞬间失去了平衡。他磕绊地走了几步，内特尔斯飞起一脚，踢中了他的脑袋。男人被踢得踉跄后退，脑袋眩晕，疯狂地挥动完好的那只手。内特尔斯找到空隙，掷出锁链刀的铅锤，正中男人裆下。男人无力地呻吟了一下，便跪在了地上。

内特尔斯站在他的面前。"我今天饶你一条狗命，你给我去告诉所有的男人，在得到允许之前，别碰女人的屁股！知道了吗？"说完，她双手抓住男人的头，狠狠地砸在自己的膝盖上。男人"扑通"一声倒在地上，昏迷不醒了。

"干得好。"红眼说。

他们把保险箱里面的钱装进袋子里，内特尔斯问："你的手怎么流血了？"

"扔飞刀时割伤的。我还没想好怎样才不会割伤自己。"红眼承认。

"弄清楚之前，你可以戴上手套啊，这样你就不会在完成任务之前先把自己搞死了。"

红眼摇摇头。"戴上手套的话，手指就不能穿过刀孔了。"

"那就把手指的部分剪掉呗。那样还是可以保护手掌的吧，不是吗？"

"好主意。"红眼看着自己割伤的手。

"这个也是。"内特尔斯说，点头指了指保险箱。

红眼对她微笑："真的这样想？"

"是啊。回报大，风险小。谁会想到银背镇的娘娘腔艺术家可以在天堂混得那么好呢。"

红眼想了想，决定把她说的话当成是赞美。内特尔斯通常在干完一票后都会性欲旺盛，所以他不想破坏了气氛。

天堂一角的顶楼是非娼妓员工的宿舍。内特尔斯和清洁女佣共用了一间房，她叫艾普希。艾普希的男人是一个水手，经常出海。当他靠港的时候，艾普希就会和他在水手之母里过夜。现在水手之母不再干南拐的勾当了，只是一家纯粹的旅馆。她上一周都待在那里，所以红眼和内特尔斯就有了一个只属于他们的空间。这样的结果是，他们没日没夜地滚床单。那天晚上也不例外。

如果你问红眼，和内特尔斯滚床单爽不爽，他肯定会说很爽，尽管他没有什么可以对比的经验。没哪个男人是不喜欢滚床单的，根本问都不用问。等他们尽兴之后，两人依然汗流浃背、大气直喘，红眼就会伸手去抱内特尔斯，可是内特尔斯每次都会把他推开。每到这种时候，红眼总会感到伤心，一种孤独闷在肚子里发泄不得。每当有这种感觉，他就想去填补心中的空洞。内特尔斯不喜欢拥抱，她早就说得一清二楚了，连牵手她也不喜欢。所以红眼只好用说话来填补空洞。大多数时候，他们就那样躺在床上，房间里伸手不见五指，红眼就会一股脑地把脑袋里的想法都说出来，想到什么说什么。而内特尔斯就会嗯嗯啊啊地敷衍过去。但是在抢劫肉店的那天晚上，红眼正唠叨着自己是怎样讨好萝卜人，怎样套出有用信息的时候，内特尔斯却打断了他。

"所以说，你的爸妈是来自银背镇的？"

"我的爸爸是那里的男妓，跟他的妈妈一样，还有他妈妈的爸爸也一样。他们是银背镇历史悠久的娼妓家族，一代代人一直都为艺术社团服务。有的人把银背镇的娼妓尊称为慕斯，因为他们大多都异常俊美，而且还启发了很多画家和音乐家。我的爸爸也是。"

"那你的妈妈呢？"

如果是在别的场合、别的时间，红眼会更谨慎地回答这个问题。他并没有那么傻。但在那个时候,他仍然沉浸在计划、打斗、钱和性爱的兴奋之中,而且他是如此迫切地想填满心里的空洞,所以他什么都交代了。

"我妈妈来自堕落谷。"

"这么说她又蠢又没用咯。"

"不是的。没骗你。因为她我才会读书识字。我还会画画,虽然现在我不怎么画了。"

"肯定很好吧,生来有那么多特权。"

"什么意思?"

"没什么。所以说,你的妈妈也跟那些富家女孩一样,来到银背镇,梦想着要成为著名的画家喽?"

"她就是一个著名画家。直到她病了。"

"因为珊瑚香?你红色的眼睛说明了一切。我从来没见过红眼睛的人,除了婴儿之外。"

"不仅仅是毒品,颜料也是罪魁祸首。在最后的日子里她真的病得很重。"

"她叫什么名字?"

"古莉亚·帕斯汀纳斯。"

"有钱人就爱这么花哨的名字。"

"那是充满感情的名字。"红眼心不在焉地说。

"像她那样体面的有钱人,居然把自己的儿子叫作红眼,真是够奇怪的。特别是你的眼睛。挺有针对性的,不是吗?"

"红眼是莎蒂收留我的时候帮我起的。"

"那你的本名是什么?"

"答应我不要笑。"

"我为什么要笑?"

"我不知道。答应就是了。"

"好吧。我答应你。"

"我的本名叫里希邓特朗。"

然后他们沉默了好久。

"内蒂?"

他听到一阵窸窸窣窣的声响,透过被子他能感觉到内特尔斯在不停地发抖。终于,她爆发出巨大的笑声,红眼从来没听过她笑得这么大声。

"抱歉,抱歉!"她在爆笑的间隙喘着气说,"我只是没料到,"接着又是一阵爆笑。"这样的回答!"

"嗯哼。"红眼感到自己一阵脸红,太羞耻了。

"你是说真的?当真?"

"是的,那就是我的本名。你可以问问菲勒。他是……"红眼在想,要不要继续跟她分享更多的真相?这也许不是一个好主意,但说出来的话,内特尔斯也许能领会到这是多么重要的一件事啊,也许还会知道她把他伤得有多深。"他是唯一一个知道这件事情的人,除了你之外。"

"我能理解为什么!"内特尔斯说着,又爆发出了新一轮大笑。

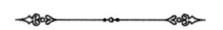

第二天晚上,红眼和菲勒坐在他们的房间,一起喝着普林给的一扎麦酒。早些时候,他们帮普林赶走了一些在落汤鼠闹事的醉鬼,麦酒就是他们的报酬。夏天的炎热突然袭来,整个新列文就像一个火炉一样。他们俩人在窗边并排坐着,让微风和麦酒带走炎热。

"内蒂今天来店里了,让我帮她的锁链刀做了些调整。她说昨晚的那一票正好测试了一下武器。"

"是啊。"红眼表示同意,"我的飞刀也很好用。就是割伤了我的手掌。"

"所以你今天才跟布林默要了这双手套?"

"是啊。"

菲勒大大地喝了一口麦酒。"还有。她问我你本名是不是真的。"

"是啊,我昨晚告诉她了。"

菲勒把麦酒递给红眼,说:"你知道吗,她笑了。我告诉她是真的,她走着路也差点呛到了。"

红眼抿了一口。"是啊。"又喝了一口,然后还给菲勒。"她昨晚也笑了。"

"你爱上她了。"菲勒说。

"才不是。"红眼不假思索地说。

菲勒怀疑地看着他,又灌了一口。

"就算是又怎样?"红眼问,"那不是坏事吧。"

"如果她没有爱上你,那就是坏事。"他把麦酒还给红眼。

红眼皱着眉,把拇指插在酒瓶口,来回地一插一拔,发出"嘣嘣"的响声。他自己也十分怀疑。但是有的时候,怀疑只会让人更想去相信。"她肯定也爱上我了。"

"才不呢。她只是喜欢你,喜欢和你滚床单。但她并不爱你。"

"你怎么知道?"红眼忍不住有点不耐烦。

"因为她看你的眼神跟你看她的眼神不一样。"

有的时候,红眼的花言巧语和敏捷思维能让他做事比别人都更快更好。但有的时候,菲勒仅仅用最简单的方法就能直截了当地解决事情。如果连红眼这个最熟悉、最信任的朋友也这样说的话,那就肯定是事实,红眼只能认命。

他伤心地看着菲勒。"我该怎么办?"

"直接去问她呗。或许是我错了。不管怎样,你到时候就知道了。"

"但如果我和她是命中注定的呢?你不觉得我们很般配吗?"

"不。"菲勒说,"一点也不。"

红眼看着他,红色的眼睛里充满意外。"我以为你喜欢内特尔斯。"

"我是喜欢她。但她不理解你。"

"你说得我好像是某种娘娘腔艺术家一样。"红眼苦涩地说。

菲勒叹了口气。"答应我,等你跟她谈完,如果事情变得不愉快,你去见见莎蒂。"

红眼长长地喝了一口麦酒,然后把脑袋靠在窗沿上,让晚风吹拂自己那冒汗的额头。"好。但事情不会发展到那种地步的。到时候你就知道。她只是隐藏着感情而已,就像其他正宗的圆环人一样。但她肯定是爱我的。"

红眼爱天堂圆环,甚于银背镇,那个他度过早期童年的地方。也甚于野蛮之风号,尽管上面有他最快乐的回忆。当然还甚于堕落谷,他甚至见都没见过那个地方。的确,在红眼的一生中,特别是他年幼的时候,他偶尔会幻想着他的姨妈米娜拉会突然出现,把他带到上城的奢华老家里。红眼依稀记得,妈妈尚在人世的时候,姨妈来探望过几次。她的年纪比妈妈更大,观念更加保守,但样子几乎和妈妈一模一样,只是谈吐和举止更加文雅温柔。在红眼遇到莎蒂前的几个月,他特别眷恋那种温柔。但现在,红眼知道那只不过是一个脆弱的、受惊的小孩做的梦罢了。现在,如果他想起姨妈,也不过是在琢磨为什么她从来不来看他,而大多数时候,他很庆幸她没有来。

红眼爱着天堂圆环,但也有一些时候,天空是阴沉的,雨水并没有把肮脏的大街冲净,却把泥巴、垃圾和粪便熬成一锅臭气熏天的汤。也有一些时候,街上的每一张脸都充满了饥饿与敌意,婴儿等待着永远不会回来的妈妈,小孩在腐烂的马尸旁玩着无聊的游戏。每当这些时候,红眼就会逃到屋顶上面去。

在上面,他可以把整个社区尽收眼底,如果云朵没有压得太低,还可以看得更远。屋顶上,空气的气味是不一样的,没有被街上的污水污染。而且屋顶上很安静,吵闹的声音被清新的海风过滤,褪作朦胧的低语。有那么一瞬间,红眼甚至可以假装世界上的烦恼都已经烟消云散。

屋顶一直是红眼的专属圣地。菲勒虽然不肯承认,但他确实有恐高症。而红眼也一直没有分享这个临时避难所的对象。直到他遇见了内特尔斯。他一直在考虑什么时候才是最好的时机,现在他知道了,屋顶就是他表白的最好地方。他决定就在屋顶向内特尔斯表白,问她愿不愿意做他的女朋友,和他白头偕老。

天堂圆环的大部分屋顶都是尖的,但红眼知道每一个平坦的屋顶,知道哪些可以站得下两个人。红眼已经选好了地方,那是最完美的、最有象征意义的。就是不太容易上去。

"你说我们要干什么来着?"内特尔斯问,站在小巷里,将信将疑地抬头望着门上方的雨篷。

"要帮忙的话,我可以先上去,然后扔一条绳子下来。"他真的带了一条绳子,以防万一。

"我不需要帮忙,蠢货。我只是不明白我们为什么要这么做。"

"到时就知道了。"红眼神秘地挑着眉。

内特尔斯叹了口气。"好吧。"

他们爬上雨篷,摇摇晃晃地走过壁架,来到一个窗台上。从窗台上轻轻一跳便可以抓到一个晾衣绳的滑轮。抓住滑轮之后,他们要把腿晃上去,用脚跟搭在雨水槽上面,然后卷起身让手够着雨水槽,最后把自己拉上屋顶。

"去你的。"内特尔斯揉着双手,"你究竟是怎么琢磨出这条路子来的?"

"我试了很多遍。"红眼说,"但如果这么容易的话,每个人都会上来了,不是吗?看看这景观,告诉我值了。"

他伸出双手,示意内特尔斯看看那些向四面八方延伸出去的屋顶。迷雾笼罩着那座古老的寺庙和其他的屋顶,红眼觉得这样更有魅力。虽然离日落还有一点时间,但街上的灯已经亮起来了,为浓雾增添了一点点冰冷的光芒。

"嗯。"内特尔斯说。

"还有,你看看那里。明白我为什么特意挑了这个屋顶了吧?"他指向了下方的一个十字路口,露出炫耀和狡黠的笑容。

内特尔斯顺着方向望去,表情难以读懂。

红眼耐心地等待着。

终于,内特尔斯摇摇头。"不好意思。还是不懂。为什么是这个屋顶?"

"因为这里能看到我们第一次接吻的那个十字路口呀!"

"噢,对。是吧。"内特尔斯又看了一下,然后搓起手掌来。"有点儿冷。我们为什么上屋顶来着?"

"呃,我只是……"原因是那么地明显,但红眼就是没法组织语言。"是很特别的原因。对我们来说。"

她点点头。

"然后……"红眼的心跳加速,掌心开始流汗,嘴巴突然变得干燥。他真的紧张了。可能是因为菲勒在他脑袋里种下了怀疑的种子,也可能是因为内特尔斯显然没有领会到浪漫屋顶这一套。不管是什么原因,红眼发现自己想说的话卡在喉咙里了,只能直直地看着她。

内特尔斯眯着眼盯着红眼,双手抱在胸前。"你的行为太古怪了。发生什么了?"

"我知道——我——抱歉。"红眼结结巴巴地说。然后,他深深地吸了一口气,重来一遍。"你是我遇到过最好的女人。你能永远成为我的女人吗?"说完,向内特尔斯伸出手。

内特尔斯盯着他伸过来的手,仿佛认不出这只手一样。她盯得越久,红眼的心就沉得越低。

"我喜欢你,红眼。"最后她平静地说,"我喜欢和你在一起。也喜欢和你滚床单。我甚至可以说,在我认识的所有人当中我最喜欢你。除了我自己。我最喜欢的人是我自己。我不是任何人的女人,以后也不会。如果那是你想要的,那你要在别的地方找找了。"

红眼盯着内特尔斯。虽然他还站着,但在内心,他已经崩溃了。

"懂吗?"她问。

"懂了。"红眼淡淡地说,"是我的错。"他转过身,慢慢走开。

"好啦,别像个娘儿们似的,里希。"内特尔斯揶揄道。

那真是她说过的最糟糕的话,红眼不再走路,他跑了起来。

"红眼?别这样!我只是开玩笑!"

但红眼没有理会。他跳到另外一个屋顶上,继续奔跑。几个月以来,他想方设法地靠近这个女人,但现在,他却不能忍受诗在她的附近。他一直跑,从一个屋顶跳到另一个屋顶,就算遇到很陡的屋顶也不停下,只是顺势滑过去。直到他来到一个地方,距离太远了他跳不过去。他发现下面是一列长长的帐篷,原来他已经来到火药大厅了。他并没有想要来这里,但或许是他内心深处的某个部分把他吸引到这个地方来了。或者更明确地说,被这里的某个人吸引了。

在火药大厅的一边摆着一组桌子,老家伙就聚在那里。红眼在他们之中找到了莎蒂,只见她斜靠在一张桌子上,两只脚伸到走廊。圆环的

生活很艰难，过去的八年已夺走了她的光华。她乱糟糟的头发几乎全都灰了，皮肤松弛了许多，牙齿还掉了好几颗。但她的目光依然锐利，思想依然敏捷。最重要的是，她还活着，这比起她的许多同龄人来说好多了。在天堂圆环，如果不够精明的话，没有几个人能活到这个岁数。所以不管是谁，只要能活到这个岁数，都能受到别人的尊重，而且一旦坐在大厅的角落里，就没有人会去打扰他们，不管他们是在追忆过往，还是在干别的事。

"你看上去真是糟糕透了。"莎蒂说。

红眼一屁股坐在她旁边，一脸沮丧。"我就是一个彻头彻尾的大笨蛋。"

"是的话就见鬼了。"莎蒂说，"究竟是怎么回事？"

"有这么一个女孩……"

"噢，我们终于要聊女人啦？"莎蒂庄重地说，"直说吧。谁干了什么？"

"她不想我做她的男人。她——她甚至没有说为什么。"

"她肯定有解释的，只是你听不懂罢了，又或者是你不想听。"

"可能是因为我太丑了。"

"鬼才是呢。"

"可能她不喜欢我的眼睛。有的人认为我是魔鬼，就因为我有红色的眼睛。"

"世界上有很多蠢货。你爱上的这个女孩，她蠢吗？"

红眼摇摇头。

"所以她不可能觉得你是魔鬼。"

"那可能是因为我不是真正的圆环人。"

"你干吗这样说？"

"是她说的。当我告诉她我来自银背镇的时候。"

"那她就是胡说八道了。告诉我,你有没有照顾好你的兄弟?"

红眼点头。

"如果皇兵或者有谁想剥夺我们的自由,想摧毁我们的圆环,你会不会挺身而出?"

"当然会了。"

"那你就是个真正的圆环人。"

"所以你不会因为我来自银背镇、在堕落谷有亲戚而觉得我有优越感咯?"

"噢,我确实这样觉得。"莎蒂说,"但那不代表你不是一个真正的圆环人。在我看来,那只意味着你要比别人付出更多。你读的书多,你很聪明。你比大多数人都更明白这个世道,更重要的是,你知道怎样去修正它。只要你坚持下去,一直让人们看到你的品质,你肯定能在圆环赢得一个席位。

红眼离开了火药大厅,脑海里还回响着莎蒂说的话。虽然没有减轻失恋的痛,但至少给了红眼一点希望,他的确适合这里。

这时,红眼发现大厅外的市场有情况。此时正值傍晚,太阳还没下山。通常来说,这种时候市场里都会很旺,但现在每一个帐篷都大门紧闭,仿佛要刮台风一样。可是现在刮的是微风,根本就不是台风。

很快,红眼便看到了这场台风的真面目。一队皇兵正沿着帐篷肆意搜刮,那些来不及打烊的店铺都遭到了皇兵的破坏。虽然皇兵一直没有对火药大厅下手,但他们却时不时对市场进行突袭,挥舞着警棍警告人们,安全的天堂也可以马上变成囚笼。圆环就是这样。现在,红眼最好的选择就是继续走,感激被打的不是自己。

但是他却停下来了。或许圆环就是这样,但红眼知道这是错的。这就是莎蒂一直在告诉他的事情。他应该比任何人都更清楚，这一切都是错的。他现在做的也是错的。任由皇兵对大家拳打脚踢，抢大家的东西，例如萝卜人，甚至是死脸德廉。确实，德廉是一个凶残的卖毒品的人渣，但他是在为这个社区做贡献，他也是这个社区的一分子。这些侵略者，这些帝国走狗才是真正的敌人。必须要给他们好好上一课，让他们知道圆环究竟是怎样的。

红眼戴上新做的无指手套，悄悄地穿梭在帐篷之间。等靠近皇兵后，他看到了受害者。就在那一刻，他知道了不管事情将会变成怎样，他都会感谢自己没有一走了之。因为皇兵们正在铁匠铺大肆破坏，而且他们抓了菲勒，逼他跪在帐篷前面。红眼看到他的嘴角流血，一只眼睛肿了起来。

"制造武器给你们那帮人渣杀掉我们，是吧？"其中一个皇兵嘲笑道，一脚踢到菲勒的肚子上。

菲勒往后倒下去，然后再慢慢地起来，满脸憎恨。他本可以成为一名体面的铁匠学徒，但是他拒绝了，因为他不想为皇兵官员卖力，所以现在皇兵找上门来了。不用说，他们破坏铁匠铺的时候肯定没料到菲勒会顽强反抗。但由于皇兵之前杀害了菲勒的父母，所以从那以后，只要有皇兵在，菲勒就无法控制自己。

其中一个皇兵从铁匠铺里走出来，戴着一个厚厚的铁匠皮手套，从熔炉里拿出一根灼热的拨火棒。"你以后不用再打造武器了，因为你马上就要瞎了。"

说时迟那时快，红眼的飞刀瞬间插中了那个皇兵的手臂。皇兵一阵痉挛，把拨火棒摔到了脚上，烧焦了靴子的薄皮。紧接着又有三把飞刀插进了三个皇兵的脖子。菲勒抓住第五个皇兵的头，狠狠地一扭，把他的脖子折断了。

"你们这群杀人犯！小偷！人渣！"手里插着飞刀的皇兵叫喊道。他把步枪举高,对准红眼,大滴大滴的血从他手臂上流下来。"我要杀死你们,让这里干净些!"

红眼的飞刀已经用完了,而菲勒距离太远了赶不上。皇兵拉开枪栓,虽然手臂剧痛难忍,但枪口却一直没有离开红眼。

就在这时,一阵金属的声音传来,内特尔斯的锁链刀突然出现,刀刃插入皇兵的耳朵。她猛力把锁链一拽,皇兵的枪便打偏了,他也随即抽搐着倒在了泥泊中。

"谢了,内蒂!"菲勒说。

红眼没有说话,小心地看着内特尔斯。他不知道要不要谢谢她出手相助,也不知道自己该有什么样的感觉。

"你刚才那样跑掉,我就知道肯定会惹上麻烦的。"内特尔斯一边说,一边盘起锁链,擦掉刀上的血。

红眼依然没有说话,只是默默地从一具具尸体上收回飞刀。

"这样,"她说,"我只是想轻松、快乐地滚床单,你想要的是爱情。我们都不能给对方想要的,我很抱歉。但不管我们以前是怎样的关系,也不管现在又是什么关系,我都会在你身边,帮你走出困难。懂吗?"

她向红眼伸出了手。

这不完全是红眼想要的。但圆环就是这样,你不可能总能得到你想要的东西。内特尔斯不会成为他想要的女人,但她是一个难得的战士,而且在圆环,如果有人要跟你结盟你却不接受,那就是绝对的笨蛋。

因此,即使红眼的心还是有点痛,但他还是接过内特尔斯的手,紧紧握住。

"懂了。好吧。彼此彼此吧。"

12

去黎明曙光需要航行四天,希望用冥想和习武来消磨时间。虽然她是一名文成武士,可不管她再厉害,在海上也只有这两件事可以做了。船上的其他人都有很多任务,而希望的唯一任务就是等待他们不想发生的事情发生。她甚至都不确定自己能不能做好这个工作。

"你看上去很焦虑。"卡迈克尔说。当时已经是出海的第二天下午,阳光灿烂。他轻松地握着舵轮,棕色的脸庞迎着太阳。"连你的脚步声都显得很不耐烦。"

"我希望自己可以帮上忙,"她说,"可是我对船或航海一窍不通。"

"你可以学。"卡迈克尔说。

"怎样学?"

"从简单的开始。去问问其中一个船员,问他们在做什么,为什么要这样做。比如说,你可以问问提克斯缆索的事。他是最了解这条船的缆绳的人。你可以向每一个人学习一样东西,很快你就会成为比我还厉害的水手了。"

"能不能像你一样好都是个问题,船长。"希望说,"不过我会试试你的建议。"

船长浅浅地笑了。"祝你好运。"

于是希望去找提克斯,最后在前桅上找到了他,那时他正在把一根粗粗的缆绳绑紧。提克斯身材矮小,秃头,眉毛像两只被压扁的毛蜘蛛。

"你可以跟我说说你在做什么吗?"希望问。

提克斯防备地看着她。"为什么呢,小姐?"

"我想要学怎样航海。"

他脸上的一只毛蜘蛛扬了起来。"没什么好学的,小姐。好了,不介意的话,我要去绑另一条缆绳了。"

希望又去找桑卡克。桑卡克长得很高,脸部下垂,几乎没有下巴。她在船尾找到了他。他坐在凳子上,工作台上放着一面帆,手里拿着一根连着线的大针头。

"你在补那面帆吗?"希望问。

"嗯。"他头也不抬地应了一下。

"它是在刮飓风时撕坏的吗?"

"嗯。"

"你能教一下我怎么补吗?"

"嗯。"

希望又问了好几个问题,但每一次都是同样的回答。最后,她放弃了,转过身去找船长。兰金刚好来船舵接班了,希望只好走回船长室,轻轻地敲了敲门。

"谁?"

"希望,船长。"

"哦。进来吧。"

希望进去后,发现卡迈克尔正坐在一张小桌子旁,手里拿着羽毛笔,面前摊开着一本航海日志。

"嗯?"被胡子遮盖的脸上露出了微笑。

"他们好像不信任我。"希望说。

"他们确实不信任你。"

"他们觉得我拉不动一条帆缆？修不好一面帆？"

"他们从来没有见过女人上船，除了船长的老婆。而船长的老婆也从来不会做什么有意义的事，只会咒骂船长是一个恶心的、粗鲁的酒鬼。当然了，他们看过你杀掉皇带鱼。如果下一次又有皇带鱼袭击的话，他们肯定会直接找你的。但是要说你能做他们的工作，凭他们的榆木脑袋是不可能想到的。不过到最后，有些人会想通的，然后其他人也会想通的。"

"你怎么知道？"

"我不知道。但作为船长，他的职责就是经常说一些他希望发生的事情，就好像它真的会发生一样。"他的笑容更灿烂了。"喏，看到了吗？我正在教你船长的职责呢，至少是个开头嘛。"

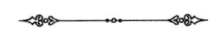

第二天，希望继续尝试，挨个地问那些船员，但她不是被忽略就是被轰走，除了兰金，他直接就笑了她一脸。经过几小时的尝试，希望又沮丧地回到了船舵，卡迈克尔的身边。

"你这样黏着我一点用都没有。"船长告诉她，"他们需要习惯你在他们身边。所以你必须呆在他们身边。"

于是，希望只好无奈地回到船员的身边。这一次，她没有急着问他们，而是静静地看他们工作，听他们工作。刚开始的一两个小时，他们看上去很不习惯，但过了一段时间，他们似乎已经忘了她的存在，只是继续忙碌着。她光靠观察就学会了一些东西，还通过听他们的对话学会了其他事。他们说话一点礼貌和谦逊都没有，一开始让希望很不舒服。但时间一久，她就慢慢习惯了，就像他们习惯了她一样。

第四天早上,女士诡计号到达了断崖岛。希望和兰金、提克斯还有桑卡克一起站在左舷船头上,眺望着远处参差不齐的灰色礁石,礁石由南部延伸至北边,足足有一英里长。它们从海里突兀地冒出来,直插进无云的蓝天,与海流不停对抗着,底部激起无穷无尽的白色泡沫。

"我听说那些礁石是从炼狱里升起来的,它们把地狱的热量也带了出来,所以周围的水沸腾了。"提克斯说。

"我听说礁石是生物法师制造的,作为抵御恶魔的一面盾牌。"桑卡克说,"是那些恶魔的愤怒让海水沸腾了。"

由于很少听到"生物法师"这个词,希望一听到便心跳加快,但还是保持着沉默。

"别犯傻了。"兰金说,"生物法师不能改变石头,只能改变有生命的东西。是个人都知道。"

"噢,是吗?"桑卡克怒视着兰金,"现在你又成了生物法师专家了是吗?我敢打赌你一个生物法师都没见过。"

兰金不屑地看着他一会儿,才开口说话。"见过一次。我还在新列文的时候。"

大家沉默了一会儿,提克斯和桑卡克交换着眼神。然后提克斯清了清嗓子,问:"那么,他们是不是和大家说的一样坏?"

兰金苦笑道:"呵,我选择了和你们这帮可怜虫来到这鸟不生蛋的地方,你觉得呢?"

当他们距离断崖岛还有一百码的时候,卡迈克尔调整了船的方向,使船与礁石平行,驶向北边。等他们来到断崖岛的北端时,卡迈克尔喊道:"我需要一个人在高处观察!"

女士诡计号没有一个正规的桅杆瞭望台,但梅菲尔德利索地爬上前帆的绳梯,来到前桅上面的顶桅横杆。上去之后,他叉开腿跨坐在桅杆上,双脚勾着桅横杆,抽出望远镜。

梅菲尔德就位后,船长把船头转向了东边,断崖岛便移到了船的左舷。接着,船又行驶了一阵,他们终于看到了断崖岛远东边的情况。

"这简直就是船的坟墓啊。"提克斯低声说。

在那参差不齐、冒着白泡的灰色礁石上,塞满了大大小小的船,从单桅帆船到巨型的三桅皇家战舰。甚至还有一些奇怪的船,希望看不清那是用金属还是木头做的。

"为什么这么多船?"希望问,但没人回答。

突然,他们的船倾斜到一边,并开始不断地摇晃。一阵低沉的木头吱呀声从船的内部深处传来。

"有什么东西在扯着龙骨……"兰金靠着围栏探头看向水面,接着又抬头看向礁石。最后他回到大伙身边,脸色惨白。"水流在把我们往礁石那边拽!"

"全员听好了!"卡迈克尔在船舵前咆哮,努力地保持舵轮稳定。"准备强行转向!"

"提克斯,去帮船长转向,"兰金说,"如果我们再不调转船头,龙骨就会折断,到时我们就死翘翘了!桑卡克,去把甲板下面的人叫醒。要想脱离水流,我们就要用上所有的人手!"

兰金吹响了一声刺耳的口哨,所有人立即行动起来,熟练地完成一个又一个任务。希望再一次觉得自己很没用,除了眼巴巴地看着大家奋力调转船头、脱离断崖岛之外,自己什么都帮不上。

船艰难地慢慢旋转着,随着船身一点点地转向逆风,船帆不停发出噼噼啪啪的声响。好不容易,他们终于把船尾对向礁石群,船帆再次鼓胀起来。

"把所有帆解开!"卡迈克尔喊道。

水手们开始爬上桅杆去解开额外的帆,张开船尾的斜桁帆和船首的所有艏三角帆。希望走到船尾左舷看着礁石,试图估量他们有没有在向前走。一开始,他们好像被锁住了,止步不前,风力和水流的拉力刚好抵消。但是后来,他们的船开始以几乎难以察觉的速度向前挪了。

"就是这样,伙计们!"卡迈克尔说,"继续保持,我们很快就能脱险了!"

就在这时,在上面的梅菲尔德大声喊:"右舷有船靠近!"

希望迅速跑到右舷,兰金紧跟在后。一艘小型的单桅帆船直奔他们冲来。

"海盗。"兰金说,"我他妈早就警告过他了。现在海盗逮到我们了,而且我们还被水流困住,逃不掉了!"

"那我们就战斗。"希望说。

"用什么战斗?"兰金嘲笑道,眼睛始终没有离开那只不断迫近的船。"或许你已经发现了,我们这艘船连一门大炮都没有!"

"为什么不装?"

"只有皇家海军才可以装大炮啊!你也知道我们的船长是不会违法的,就算要赔上他和整个船队的性命!不然你以为那个皇兵为什么会问我们能不能应付?因为通常只有不当值的海军才会接这种单子!但是我们的船长,他就是想挣那么一点小钱,这样他就可以存钱退休了。记住我说的,那个老头会害死我们所有的人!"

希望觉得兰金肯定是害怕了,所以他才会突然说出这么叛逆的话。"镇定点,"她冷静地对兰金说,"你有没有望远镜?我想探一下这帮海盗的底子。"

兰金摇摇头,目光依然固定在海盗船上。"船长有。"

希望迅速地来到船舵,只见船长还在稳着舵轮,神情十分坚定。

"可以借一下你的望远镜吗,船长?"希望伸出手问。

卡迈克尔点点头,从大衣里抽出望远镜,递到希望手上。

希望把望远镜拉到最长,透过圆孔窥向海盗船。她在那小船上数到了三十个人头。

"那里挤满了人，"希望报告，"船头到船尾都架满了大炮。"

"好。"卡迈克尔说。"他们不会用大炮的，因为我们没有大炮抵挡，他们可以把我们整条船据为己有。他们应该会靠近我们，抛出抓钩，把自己拉过来，然后登上这里。"

希望继续观察着敌船。船上几乎人人衣衫褴褛，看上去都饿坏了，好像还染了坏血病。海盗船长拿着一把老旧的燧发手枪，有的人佩了剑或刀，大部分人则只有木棒、铁锤或扳手。

"他们看上去不怎么厉害。"希望说。

"他们不需要很厉害。他们人数比我们多三倍，他们只要像蝗虫一样碾压过来就够了。我们确实武器更加精良，可说句实话，对于打架，大家比海盗们可好不了多少。"

希望顺着前桅向上望，目光落在梅菲尔德坐着的顶桅横杆上。她想起之前遭遇暴风的时候，整条桅杆都弯曲了，却没有折断。

"船长，如果我们把所有货物都放在右舷，并叫所有人都靠在右舷栏杆上的话，能不能把船倾斜到右边，让桅杆斜向海面？"

卡迈克尔皱着眉。"应该可以。怎么了？"

"只要你帮我，我用性命发誓，今天你任何一个船员都不需要和海盗开战。"

他默默地看着希望，看不透她在想什么。"好吧。毕竟我就是因为这些事才雇用你的。"

"谢谢，船长。"

卡迈克尔抬起头，开始咆哮："听着！所有人马上去仓库，把所有货物一件不漏地搬到右舷！然后回来在右舷栏杆边上排成一列！拿起武器准备战斗！"然后小声地对希望说，"以防万一。"

"当然了。还有，你该叫梅菲尔德让路了。"

卡迈克尔不解地问:"让路?"

虽然水手们对船长的命令有点困惑,但还是照做了。在这种情况下,对船长的命令有所迟疑的话,很可能会命丧大海。很快,货物都按要求转移好了,船身向右舷倾侧。接着大伙儿又回到甲板上,沿着右舷栏杆一字排开,这样船倾斜得更厉害了。

希望向后退了几步,正对着前桅。她看着海盗船开始转向,在海面上划了一个大圆弧,然后抢风调向,直到与女士诡计号平行。当两条船的船头连成一条线的时候,希望冲上了倾斜的桅杆。快到顶端时,她看到两个海盗一前一后地站着,手里拿着抓钩,准备抛出去。两只船还有大约二十尺的距离,如果被抓钩连上,两只船就会贴在一起,这样海盗就可以登上他们的船。希望决不能让这发生。

希望跑到桅杆末端,用力踩下尖端,借着弹力把自己弹射出去,跃过了两船之间的空间。她在空中翻了个筋斗,然后重重地踩在拿着抓钩的人身上。海盗们顿时爆发出惊讶和骚乱的叫喊,声音大得几乎盖过了悲歌剑出鞘的嗡鸣。

在这四天的航行里,希望一直怀疑自己在真实战斗中的能力。但当第一个海盗挥着斧头向她冲来,她发现他的动作是如此缓慢和笨拙,她甚至都不用躲闪攻击。希望马上明白到,这场战斗她已经赢了。她现在终于体会到,河洛对自己多年的训练是多么非同一般。她在船上穿梭,如冰冷的南风一样迅捷锋利,心中没有一丝傲慢、嗜血或愤怒,只有对那位不仅赋予了她生命,更牺牲自己性命来救她的人的深深感激。每一天,她都要努力让河洛的牺牲更为值得。

希望挥舞着悲歌剑,剑刃被鲜血浸湿,船上悲鸣四起。这时,她听到海盗船长在身后扳开了手枪的扳机,于是她迅速转过身,在船长开枪的瞬间挥剑将子弹弹到空中。海盗船长呆呆地看着希望,嘴巴张得大大的,手里还握着冒烟的手枪。希望走向他,从一群逐渐散开的海盗中间杀出去,最后站在了船长面前。海盗船长慌乱地摸索着佩剑,正要拔出来时却被希望一下击落。希望举起剑尖顶着他的喉咙。

"若请求宽恕,便饶你一命。"希望说。因为有特权就有责任,而且取走这些饥饿绝望的人的性命毫无荣誉可言,也没有必要。河洛也会希望她这样做。

船长的脸怒成一团。"我宁愿死,南方婆娘!"

希望干净利落地刺穿了他的喉咙。这也是河洛希望的,仁慈不会有第二次机会。接着,她抽出宝剑,把船长的血甩到船员的脸上。船长的尸体随即瘫倒在甲板上,希望扭头看着剩下的十一个人。"今天还有多少人想死?"

"我恳求你,女士,"其中一个人说,"求你宽恕我吧。"

海盗们没什么值钱的东西。卡迈克尔没收了他们的小箱钱币,让他们装好船具,然后拖着他们的船一直来到黎明曙光。他们在军事哨站靠岸时,一个穿着白金制服、表情严肃的士兵接见了他们。

"嗨,我们运来了你们的货。"卡迈克尔说,"还有一些海盗的残党。"

"都交给我们吧。"士兵淡淡地说,然后向码头末端的矮楼打了个信号,一小队卫戍士兵便从里面走了出来。领队的士官简洁地下达了一些指令,士兵们便将海盗残党押到码头上,用铁链将其一个个绑起来,将他们带走。

等到卸完货物,收到报酬后,卡迈克尔转向他的船员。

"咱们不在这里逗留了。这破地方连一个酒馆都没有。准备起航吧。"

当船员们爬上船的时候,希望对卡迈克尔说:"我不喜欢把海盗交给士兵。他们要对海盗们做什么?这里不像有监狱的样子。"

"这就是法律,希望。我们得尊重它。"他叹了口气,用一只手的食指和拇指揉着太阳穴,"虽然活得越久就越难做到。"

等所有人都上船之后,卡迈克尔环视着大伙儿,然后大声地说,确保大家都能听见:"顺便一提,你违背了给我的承诺,希望。"

"船长?"希望的心突然降到了冰点。

"你说过,今天我的任何一个船员都不用和海盗开战。但是我却看到了其中一个人单枪匹马闯入了那帮嗜血的混蛋中,用最壮烈的方式把自己处于危险之中,为的就是避免同伴受伤、或者被杀。"

希望心里百感交集,竟一时说不出话来。她感受到了解脱,困惑,尴尬,还有喜悦。"船长,我——"

"现在,再也没有人会说,"卡迈克尔船长目光扫视着所有人,"暗淡·希望不是我们船队真真正正的一分子!"他转向希望,胡子里露出一个灿烂的笑容。"过来,你这个该死的小东西。"说完,他紧紧地抱住了希望。

有很长一段时间,希望都没有被人拥抱过了,她也不得不强忍着拧断船长脖子的冲动。对希望来说,河洛曾扮演了很多美好的角色,但他从来都不是一个真情流露的人。自从希望的父母去世后,她就没有感受过这种亲密而温暖的感觉了。她是这支团队的一分子,是大海的一分子。船长正赋予她一个归宿,而希望明白到,她现在不仅渴望它,而且需要它。

"谢谢你。"她轻轻地对船长说。

船长咯咯地笑了笑,然后站开一步,对所有人说:"好了,准备出航吧!从海盗船拿的这些钱在我口袋里很不安分,我们越早到达凡斯港,我就可以越快把这些钱统统花掉,请大伙儿大喝一顿!"

船上的人热烈地欢呼起来,并各就各位。希望满怀期待地站着,其他人开始忙活起来。

"这边,希望女士!"提克斯在主桅索具那边喊,"帮我弄弄这条帆缆，可以不？"

希望笑了。"我的荣幸，提克斯先生。"

13

布力加·林不知道自己身在何处，也不清楚自己是怎么来到这里的。但有一件事他是确信无疑的：他的发现足以改变世界。

醒来时，他发觉自己睡在一张小床上，身上还穿着脏兮兮的生物法师白袍。那里看上去好像是一个军队营房，房间里整齐地排着二十张同样的小床，只是所有的床都是空的。这时，阳光从窗户照了进来。

他实在太虚弱了。他发现身旁的桌子上放着一杯水和一些面包干，于是抓起面包就吃，再一口气把水都喝完，心里有一种说不出来的滋味。

"感觉好些了吗，先生？"一名皇兵走进屋里对布力加说，腋下夹着头盔。布力加注意到，他的肩膀配有流苏，说明他眼前的是一名上校。

"是的，上校。"布力加说，一边擦着嘴角的面包屑。他还在努力地拼凑着零碎的记忆，这还得谢谢那些该死的青苔。"我昏迷了多久？"

"大约两天，先生。你当时躺在一只没有舵的船上，被海浪冲上岸来，几乎就要死了。一个渔民发现了你，认出了你身上的长袍，于是跑来我们这里求助。"

这么一说，他就隐约记起来了。当时，他爬出了地下通道，歇斯底里地大笑着,跌跌撞撞地回到岸上,把船推到海里,就这样出航了。他不清楚自己在海上漂了多久,但肯定没多少天,不然他早就饿死了。居然可以被海流带到一个有人居住的岛上,真是运气。或许这是命中注定。

"谢谢你对我的关照,上校。"布力加说,"我会确保你得到丰厚的报酬。"

"很抱歉没有帮你换一身干净的衣服,先生。"上校用眼神示意了一下布力加·林身上又破又脏的长袍,"你当时拼命地攥着那本书,每当有人想把它取下来,你就会变得……呃,很不高兴。"他咳嗽了一下,"所以我想还是别动它为好。"

布力加的记忆"啪"的一下子全都回来了。"那本书!上校,它在哪儿?!"

"就在那里,先生。"上校指了指地上的黑色大部头书,就在床的旁边。"看来你昏迷的时候它掉到地上了。"

布力加·林弯下身子,伸手把书捡了起来。他的身体还没恢复好,只觉得头晕眼花。他把书紧紧地抱在胸前,直到眩晕感消失。

"你做得完全正确,上校。"最后他说,"这本书将会保护帝国免遭一场极其严重的灾难。"

"很高兴为你效劳,先生。"

布力加·林低头看着那本书。它肯定有五百年历史了,甚至更古老。它里面的知识简直是稀世珍宝,它甚至可以让生物法师比任何时候都更强大。

"我这是在哪里?"他问。

"苏醒大陆,先生。"上校回答。

"好的。"这就说得通了。苏醒大陆是离圣殿最近的岛屿之一,虽然离帝国的中心还有点远,却正合他意。"这里有寺庙吗?"

"有的,先生。不过那儿有点小,而且已经荒废很多年了。"

"那也没问题。"

布力加·林发现的书叫《生物魔法大实践》，每一个实习期的生物法师都要学习。不同的是，这个古老的版本还保留了新版中被抹掉的最终章。这一章说的是生物法术的二重性，即创造与破坏。它还谈到万物相互连接的命脉，不仅是固体物质，还有液体，甚至连空气本身也是。但想要获得这种力量，需要一个特别的生物法师——女生物法师。

当然了，世界上没有女生物法师。《风暴之书》明文规定，禁止生物法师和文成武僧接收女性学徒。因此，如果布力加·林想要估量这个新发现，他就得秘密地培养一个女生物法师，这当然不能在斯通匹克进行了。布力加不禁想，这种事情可能吗？就算可以，那也要花上至少十年。他还怀疑，女人的脑袋理解得了那些知识吗？很可能花了那么多的时间和精力，最后却发现她甚至连生物法术都掌握不了。他或许会觉得这个方法根本不可行。这也能解释为什么后续版本会把这个章节抹掉了。

不过，他还有另外一种方法去试验，一种可以大大节省时间的方法。当然了，这肯定不是什么正统的方法，不过培养一个女生物法师也一样。加上外族南侵的威胁，帝国有时间等这个长达十年的试验吗？很明显没有。所以，为了帝国，布力加必须再一次把手伸进黑暗之中。

又过了一天，布力加感觉好多了，终于可以下床走动。于是上校安排了几个士兵带他去寺庙。这个镇比他想象的小多了，岛上绝大部分的土地都被用来耕种作物。他奇怪这种小地方为什么还需要一整队皇家士兵来驻守。大概是因为这里位于帝国的西北角吧，正好处在黄昏之海与黑暗之海的中间。如果奥克邦塔的军队入侵了苏醒大陆并建起据点的话，很可能连皇家护卫也保护不了斯通匹克了。

上校之前说得一点都没错。那是布力加·林见过的最小的寺庙。那里只有一间房，里面摆着一张跟桌子差不多大的圣坛。不过这也足够了。

他对着那两个带他过来的士兵说："每天带一次食物和水给我，就放在寺庙外面。我在的时候谁都不可以进来。明白了吗？"

"是的，大人。"其中一个士兵紧张地回答。这里远离首都，人们对所有生物法师都同样害怕。这也正合他意。

"很好。退下吧。"

两个士兵匆匆忙忙地离开，然后小心翼翼地把寺庙的门关上。

布力加·林把那本书放在圣坛上，把脏兮兮的长袍和内衣统统脱掉。他光着身子站在那里，阳光透过彩色玻璃照射进来，在他的皮肤上留下不规则的彩色图案。他低头看着自己的阴茎，他觉得它就像一条令人反感的小虫子，又皱又丑。虽然他绝不会承认这一点。他从来没有过任何性事，就连自慰也不喜欢。他一直对此很担忧，因为他知道自己在这个方面很另类。但或许这真的就是命运吧，为的就是此时此刻。

布力加集中精神，然后伸手触碰自己的阴茎。过了一会儿，什么事都没有发生，他怀疑是不是自己把注意力放错地方了，反正这也不是第一次了。就在这时，一阵剧痛从他的小腹涌上来，痛得他双膝跪下，两手扶地。他弓着腰，痛得撕心裂肺。他希望寺庙的墙壁够厚，足以屏蔽掉里面的声响。因为他疼痛难忍，很快就要厉声尖叫了。

他感到头晕眼花，脑袋中的血慢慢地被抽空，聚集到阴茎，使它变得又暖又硬又肿，随着脉搏一次又一次地搏动。这还没完。他凄惨地呻吟着，私处慢慢由温暖变得灼热，从搏动变成持续的压力。他的生殖器继续膨胀，直到阴茎变得像一根发胀的香肠，而阴囊变得则像一个苹果。就在这时，他爆发出毛骨悚然的尖叫声，就像禽兽一样。

接着，他的阴茎炸裂了，大量血液和精子随之迸射出来，阴囊一下子萎缩成一个空空的袋子。他瘫倒在地上，不停地发抖，残留的阴茎和阴囊渐渐枯萎，缩回了他的身体。这一阵痛楚刚要褪去，新一轮疼痛又要袭来。他的胸膛不停颤动、膨胀，皮肤泛起一阵涟漪，胸口逐渐形成了乳房的形状。与此同时，卵巢和子宫也慢慢成型了，为了腾出空间，把其他器官都挤到了别处，布力加感到体内无比扭曲。最后，他残留的生殖器开始聚合在一起，重组成一个凹的形状。

布力加不知道整个转化过程花了多长时间。过了好久，她终于可以站起来，小心翼翼地走到门口，发现门外已经摆着两份食物。她慢慢地把食物吃掉，因为体内的器官还很脆弱。接着她又睡了很长时间，到她醒来的时候，又有两份食物放在外面了。这一次，她吃得更快了。

她在寺庙的小空间里来回转悠，终于找到了一个小银盘，光滑得可以当镜子用。她伸直手举起银盘子，然后看着自己。她的心中有像是有什么东西"吧嗒"一声契合了，然后她想：对了。这让她有点意外。直到现在她才意识到，以前只要她照镜子，心中总会想：不对，就好像镜子里的自己总有哪里不对劲一样。但现在不是了。在她的人生中，她第一次感到完整了。

布力加·林感到很满意，她走到圣坛边上，看着摊开的书。

现在，是时候开始试验了。

第三章

冷漠、庄严,暴风既能夺取亦能给予。不要过分悲痛失去而对潜在的收获视而不见。

——摘自《风暴之书》

14

"嗨,红眼。"莎蒂的声音几乎都哑了。"跟我说说我们当海盗时候的事吧。"

红眼低头看着她。莎蒂躺在脏兮兮的草席上,盖着一张羊毛毯,身体干瘪得像葡萄干。她的头发像晒干的玉米须,皮肤松弛地耷拉在瘦小的骨架上。她已经好几个星期都没离开过这间房子,很可能就要死在这里了。而且很快。

红眼脸上没有流露出一点哀伤。他在莎蒂身旁跪下来,抚摸着她的头发,微微笑着,红宝石般的眼睛在昏暗的油灯下闪烁。

"海盗女王莎蒂的传说啊,"他轻轻地说,"那是我最喜欢的一个故事了!我从哪里开始好呢?"

莎蒂伸出手,摸索着想抓住红眼的手。她的手已经像干枯的树枝一样弯曲,还不停地在颤抖。等红眼一把手伸过去,她便紧紧地抓住。她皱皱的嘴唇无声地张合着,过了一会,她才说:"从……从我丢了耳朵开始吧。"

"暂时地丢了。"红眼补充。

她笑了,嘴巴里一颗牙齿都没有。"对,暂时地丢了。"

"那么,"红眼用夸张的腔调说,"莎蒂的耳朵被吊带玛琪咬掉了。它被装在一个小瓶子里，跟其他的耳朵放在了落汤鼠酒馆的吧台后面。然而，比耳朵的伤口更痛的是，莎蒂被永远驱逐出酒馆了，那种耻辱根本不能用语言形容！那里是小偷和杀手聚集的地方，作为一个名声败坏的女人，莎蒂本来可以混得很好。可现在莎蒂要何去何从？如果不破釜沉舟的话，她很快就要挨饿了。幸运的是……"他停顿了一下，然后期盼地看着莎蒂。

"幸运的是，"莎蒂接着说，这个故事她已经听红眼讲过无数遍。"她比天堂圆环、银背镇还有锤子角的所有人都更加有种。"

"没错。"红眼说，"她策划了一次大胆的新冒险：那就是做海盗！她还有一艘抢来的船，野蛮之风号。所以，她就和她最信赖的大副——红眼，开始把船改造成一艘像模像样的海盗船，组建了一支像模像样的海盗船队。很快，野蛮之风号便在沿海区驰骋，它那令人闻风丧胆的船长，戴着宽边羽毛帽，穿着长靴子，在船舵前昂首阔步，寻找着下一个猎物。因为莎蒂的突然出现，新列文沿海都变得人心惶惶。人们都说莎蒂从不留情，如果你不幸被她逮着了，你就只能自认倒霉！她会把船开到珊瑚礁旁，在船上搭一条木板伸出去，逼你从木板上走出去，直到你掉下去，摔得粉身碎骨，半淹没在珊瑚礁上，一点一点地流血致死，直到冰冷的海水最终把你的尸体吞噬掉。有一次，莎蒂抢了一艘去皇帝私家港口的香料船，船长居然大言不惭地说莎蒂会被绞死！可是莎蒂只是大笑一声，命她的手下把船长按倒在甲板上，然后在他的全身尿了个畅快！"

听到这里时，莎蒂笑了，可是声音异常低沉，接着爆发出一连串剧烈的干咳，鲜血顿时染红了她的嘴唇。

"她成为了海上最有名的海盗之一，"红眼继续说，"仅次于帝国的灾难——戴尔·贝恩。其他海盗早就离开了新列文，只有莎蒂船长继续在沿岸散布着恐惧，自由自在，安然无恙。噢，别搞错了，皇家舰队一直都想抓住她，可是莎蒂船长熟知所有的秘密海道和隐蔽的入海口，帝国的军事手段再恐怖，也比不过莎蒂的足智多谋！

"但所有故事都有结局，海盗女王莎蒂船长的光荣统治时代也一样。最后，有一天晚上，那些老实巴交的农民终于团结在一起，趁着莎蒂上岸打劫一个小村庄的时候，突然从码头四面八方冒出来，用弹弓把燃烧弹投到莎蒂的船上。一眨眼工夫，野蛮之风号就燃起了熊熊烈火。几个小时之后，莎蒂又一次变得一无所有，只剩下身上的衣服。"

红眼顿了一下，看着莎蒂，拨开她脸上的一缕白发。"不过，她会不会就这么放弃，从此过着糜烂的生活呢？"他的语气稍微缓和地问。

"不……"莎蒂轻轻说。

"当然不会！"红眼又变得抑扬顿挫，"她昂首回到天堂圆环，忠心耿耿的红眼依然不离不弃。她走进了落汤鼠酒馆，毅然在吊带玛琪面前跪下，诚恳地请求她的原谅。莎蒂知道，之前想在玛琪面前杀掉巴克斯是自己不对，那样很无礼，而且很不专业，她感到非常后悔。吊带玛琪被莎蒂的真诚和谦虚感动了，于是把她的耳朵连着瓶子还给了她。这是玛琪有史以来第一次，也是最后一次，把她的战利品还回去。那晚以后，莎蒂就一直将那个瓶子用皮绳挂在脖子上，再一次回到了社区的怀抱。因为圆环就是这样。"

"圆环就是这样……"莎蒂重复道，枯萎的手挪到脖子，那个小瓶子就躺在她瘦骨嶙峋的胸膛上。

"尽管阴冷又湿潮，"红眼说。

"且阳光从未照耀，"莎蒂接着说。

"但它仍是我的家，愿上天保佑圆环。"红眼最后说道。

莎蒂安详地笑了笑，慢慢合上了眼睛。过了一会儿，她便开始打起鼾来。

红眼温柔地抚摸着她的额头，轻轻地说："好梦，你个老山羊。"说完,他舒展了一下腿,拍了拍裤子上的灰尘。

"事情就是那样的吗?"一个温柔的声音从门口传来。

红眼转过头,看见内特尔斯正倚在门框上,双手抱胸,长长的黑发披在脸上,十分惹眼。红眼知道她是故意的。

"什么,海盗女王莎蒂的故事?"他抖了抖身上的灰色长皮衣。"差不多吧。有几个地方可能夸大了一点,例如她从来没有逼过任何人去跳珊瑚礁。不过她确实有在那个可怜虫身上尿尿。那真是我见过最搞笑的事了!他就那么一直一边哭一边咒骂着。"

内特尔斯咻咻地笑了。她最近把嘴唇涂成了黑莓色,红眼承认这很适合她。

"那你们干了多久?"内特尔斯问,"我是说你们当海盗的勾当?"

"只有三个月左右。"红眼提起小油灯,灯光在他精瘦的脸上投下影子。红眼咧嘴笑了:"不过那三个月特别开心。"

他在门口停下来,回头看着屋里。地板脏兮兮,没有一扇窗户。他不想把莎蒂留在这里,孤零零一个人。但就算这里是个地洞,也总比像一条狗或一只断脚猫一样死在大街上要好。

"她有你照顾已经很幸运了。"内特尔斯说。

"嗯。"红眼回答。

"在我们寿终正寝的时候,能找个小帅哥来照顾就最好不过了。"

"谁说她寿终正寝了?"红眼尖锐地问,尽管他自己清楚内特尔斯说得没错。

"对不起。没人说。"内特尔斯就是这么好的朋友,通常来说。

红眼看着内特尔斯,她那光滑的额头和高高的颧骨在灯光下十分醒目,黑色的眼睛则闪烁着神秘的光。他在想,几年前他们为什么就没能走在一起,这已经不是他第一次这样想了。

这时,内特尔斯眯着眼,扯了扯着他的皮制长外套。"你这穿的是什么鬼东西,看上去就像一只鼹鼠爬到你背上然后死在那里了。"

噢对了。现在红眼想起为什么了。

"你懂个屁。这是鹿皮大衣,制作精良,柔软得像丝绒一样。"红眼傲慢地说,"你找不到比它更好的了。"

"从哪里偷来的?"

"我玩石头游戏赢回来的。"

"我刚刚就是这个意思。"

红眼叹了口气。"你来这里干吗?"

"我来大厅有私事,菲勒叫我顺道告诉你,今晚就动手。"

"他搞到马了?"红眼满心期待。

"我不知道他搞没搞到什么,"内特尔斯说,"我只负责捎口信,其他的我一概不想知道。你们这两个家伙最近太严肃了。"

"说得好像你不知道一样。"

"我当然知道了。除了你们要做的事。"她摇摇头,"你们迟早都会被吊死的。也许更糟。"

"没那么糟啦。"红眼说,"我们只是——"

"我说过了,我不想知道!"

这时,莎蒂迷迷糊糊地发出几声呻吟。

"小声点啦,我们吵到莎蒂了。"红眼说。

内特尔斯点点头,两人便离开了房间,轻手轻脚地走过铺满灰尘的走廊。走廊两边密密麻麻地排满了房间,有的很安静,有的又吵又闹,有的则透出死亡的臭味。在走廊尽头,他们从狭窄的木梯爬了出去,来到火药大厅的首层。

红眼和内特尔斯正挤过人堆,一个声音传来:"红眼!喂!"

他们转过身,看见一个瘦削的、皮肤松弛的老头正朝他们挤过来。

"巴克斯。"红眼迎过去,热情地握住他的手,"最近怎样?"

"就那样。"巴克斯说,"不过我得告诉你,给莎蒂的药用完了。我一直有给她带药,就像你说的那样,可是现在都用完了。"

"噢。"红眼说。

"你……呃……觉得这样没问题吧?"巴克斯问,"我是说……红眼,这些药看上去没什么效果啊,而且我知道,它们都不便宜,不管你是怎么弄来的。"

红眼摇摇头。"不行。"

"莎蒂是不会让你把所有钱浪费在她身上的。你知道的。"

"那就等她好了再亲自跟我说吧。"红眼说。

巴克斯看了他一会儿,脸上的表情难以琢磨。最后,他笑了笑,说:"她的确把你带成一个正宗的圆环人了。好吧,你把药搞来,我负责喂她吃。"

红眼把手搭在巴克斯瘦骨嶙峋的肩膀上,说:"谢谢你。"

巴克斯耸了耸肩。"只能这么做了。终有一天你会明白的。前提是你运气够好,能活到像我这么老。到时你就会发现,你现在的这帮人,朋友也好敌人也罢,都会变成你最珍惜的人。"

红眼看着巴克斯离开,走到大厅里老头们聚会的角落。

"真不敢相信他居然没有敲诈你一笔。"内特尔斯说,"通过卖那些药或者什么的。"

"是啊。"红眼说,"我问了周围的人,他们都说他每天都准时给她喂药。人变老了就是这么有意思。"

"其实就是软弱吧。"内特尔斯说。"希望我是先死的那个。"

红眼对她笑了。"内蒂,你真的一点浪漫细胞都没有。"

"那是好事。浪漫细胞是娘儿们和笨蛋才会有的。"

而这,红眼心想,也是他们两个走不到一起的原因。

"好吧。"他戴上他的半指皮手套,"我最好去看看菲勒搞定了没有。"

内特尔斯瞟了一眼他的手套。"要动手了呀?"

"这座城市已经等不及重新分配一下财产啦。"红眼笑着说。

她不经意地握了握红眼的手,说:"你最好给我活着回来,就这样。不然的话。"

"不然怎样?"

"不然我就叫死灵法师把你的灵魂招回来,好让我一脚踢碎你那幽灵蛋蛋。"

红眼嘲笑着向她鞠了个躬,便离开了火药大厅。他心想,或许她还是有那么一点浪漫细胞的。

"你确定没问题吗,红眼?"菲勒问,一边挠着凌乱的胡楂,一边看着那匹马。虽然马是他自己赢回来的,但他却好像不怎么喜欢呆在它的附近。

"那还用问。"红眼拍了拍那匹马的粉红色大鼻子。现在他们就躲在中央大街的窄巷里。

"只要左右拉这条缰绳,它就听话了?"菲勒怀疑地眯着眼。

"菲勒,我的最佳搭档啊。"红眼说,"如果我没猜错的话,你肯定是怕了这个大块头。"

"才不是。"菲勒说。

"哪能是呢。"红眼附和道。

"只是……我的表弟,布里格,他之前被一匹马踢到脑袋了,结果现在他就只会唱一些儿歌了,还拉裤子。"

"嗯。"红眼认真地点着头。他伸出手搭在菲勒的肩膀上:"这么说吧,老伙计。我们得一个人负责骑马,一个人负责撬锁,是吧?那么,告诉我,你撬锁厉害吗?"

菲勒摇摇头。

"好，这么说，是我负责去撬锁咯，是吧？"

"是吧。"

"那，如果我去撬锁的话，就不能去骑马了，对吧？所以，如果你不想骑马的话，我们就只能叫第三个人加入了，是吧？而且那个人还得没有被马踢傻的表弟，还得愿意骑这匹野兽。我想想啊，不如叫帅哥亨尼吧。或者内特尔斯也可以，毕竟你还真的邀请她加入了。"

"红眼，我对天发誓，我什么都没告诉她。"

"好吧，就算这样，假如我们真的要多叫一个人加入，那就意味着到时候分成是三个人而不是两个人了。我知道你算数很烂，简单来说，就是我们每人要拿出一半分给第三个人。你喜欢这样吗？"

"不。"菲勒脸上的紧张减轻了不少。

"我也不喜欢。所以啊，菲勒，我的好朋友，放下恐惧，像个男人一样搞起来吧！"

他阴郁地点点头，视线一直没有离开过那匹马。

"如果你喜欢，我们去搞一顶皇兵的头盔也是可以的。"红眼提议道，"虽然不知道对骑马有没有帮助，不过——"

"我才不戴什么破烂皇兵头盔。"菲勒坚毅起来。

"这才对嘛！"红眼拍了拍他的背，"好了，马车一会儿就到了，准备好吧。"

他们已经观察好几个星期了。每天早上都会有一辆马车经过这里，并有两个全副武装的皇兵护送，一前一后，再加上司机，总共三人。因为皇兵有盔甲，红眼没法用飞刀解决问题。再加上马车本身就是一个保险箱，全身由黑铁制成，还上了一把钥匙锁。根据可靠情报，红眼得知锁的钥匙由另一个骑马的皇兵保管，而且走的路线完全不一样。红眼认为这是一个很好的突破口。箱子里面装的是皇室对赌场和舞厅最近收入征收的税金，这些收入还包括了珊瑚香的暗中交易。总的来说，红眼是比较开明的，但是就个人原因来讲，他实在不喜欢珊瑚香的毒贩子，还有从中谋取利益的人。

菲勒已经骑马到指定位置就绪了，红眼一个人留在窄巷里，背贴着墙，凝神听着马蹄铁踏在泥泞的大街上的声音。不一会儿，领头的皇兵骑着马小跑着经过了，头上的镶皮警帽在微弱的晨光下闪着暗淡的光，身上的黄白防暴盔甲在了无生气的街上十分醒目。又过了一会儿，马车巨箱也出现了，马夫看上去一副睡眼惺忪的样子。最后，押后的皇兵也来了。

红眼屏着呼吸，认真听着有节奏的马蹄声，确定垫后的皇兵也经过了窄巷。直到看到他们突然停下来，他终于松了口气，露出微笑。

他从转角处瞄过去，只见菲勒沉默地坐在马背上，挡在马车的前面，来回踱步。他高大的身材总会令人生畏，现在骑着马便更是如此。押后的皇兵跑上前去，和前面的皇兵一起小心翼翼地向菲勒靠近。

"让开。"一个皇兵边说着边拨开了金色制服，露出腰间的手枪。

菲勒什么都没说。

"我们数到三，马上给我离开。"另外一个皇兵拔出手枪，之前那个也跟着拔枪了。

这时，红眼已经悄然无声地来到马车后面，开始撬锁了。

"一。"皇兵说。

红眼迅速地用别针挑着锁芯，发现这把锁很久没有上油了。

"二！"

红眼根本无法想象他们是怎么用钥匙打开这破锁的，这简直就是一个灾难。

"三——"

"三"字还没说完，菲勒立即夹紧马腹，调转马头跑到了下一个路口。

"你继续押送马车!"押后的皇兵对同伴喊道,拔腿去追菲勒。

前面的皇兵向前走了几步,车夫甩了一下缰绳,马车再次启动。

红眼无声地咒骂了一下。马车上根本没有可以坐的地方,他只好用脚勾着马车的支杆,然后叉开脚坐在保险箱上,暗暗祈祷车夫不会扭过头来看。他从来没有在这么颠簸的情况下撬过锁,这根本办不到。他差一点点就成功了,不过马车必须要停下来,哪怕只有几秒钟,他就能撬开。

于是,他坐直身子,尽可能把身体往前伸,直到离车夫的后脑勺只有几十厘米,然后深吸一口气,用尽全身的力量大喊一声:"以皇帝之名,停车!"

车夫吓了一跳,本能地勒紧了缰绳,马车顿时停了下来。红眼马上把撬锁针插进锁孔,随即传来一声清脆的"咔哒"。保险箱的门弹了开来,红眼迅速地伸手抓起里面装满金币的袋子。车夫转过身,笨手笨脚地拿起手枪。红眼跳到地上,同时从袋子里掏出一枚金币,用力把它飞出去,打在马的侧腹。那匹马受到惊吓拔腿就走,车夫往后一倒,重重地撞在了保险箱上,手枪也掉到了泥地上。

"守卫!"车夫大喊。

但等到皇兵调转马头,红眼已经溜到巷子里,并顺着排水沟爬到屋顶上了。红眼在屋顶上看着皇兵试图把马哄进窄巷里,忍不住大声笑了出来。这时皇兵发现他了,抽出手枪就是一枪,但子弹只是划过了排水沟的边缘。现在,红眼从屋顶上溜了,依然哈哈大笑着。

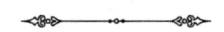

⸻ ❦ ⸻

"以皇帝之名停车?"帅哥亨尼问。

红眼平安无事地回到落汤鼠酒馆,和菲勒一起把钱分了。现在他舒服地坐在他常坐的桌子上,还有他那些酒友。菲勒是一个,不用说;还有没有鼻子的帅哥亨尼;还有双胞胎,布林默和斯丁。其实他们并不是双胞胎,连兄弟也不是,只是他们那姜黄色的头发实在太显眼了,要知道这里的人几乎都是黑头发的,所以人们自然而然就认为他们肯定有血缘关系。等到大家发现他们其实不是兄弟时,他们的名号已经深入人心了。在圆环里,名字总能流传。

红眼笑着对亨尼说:"你是在怪菲勒和我没有邀请你干这一票吗?"

"别逗了,"亨尼向后靠着椅背,"那简直是自杀,就那么简单。你们只是走了狗屎运。不过终有一天,你肯定会被皇兵一枪爆头的,就在你那两只红眼中间。前提还是他们不把你交给生物法师,把你当成白老鼠一样做一些骇人听闻的实验呢。"

"他们不会这样做的,"布林默说完这一句,又不确定地看着斯丁,"是吧?"

"我听说他们真会这样做,"斯丁说,"好像是我姨妈说的?她说她的一个外甥,因为参加了什么游行,被皇兵抓走了。一个月后,等他们把尸体还回来时,那根本就不像一个人类了。"

"你姨妈的外甥哈?"红眼叹着气摇摇头,"你们这帮人啊,比很多人都逊多了,知道不?事实是,我才不在乎他们会拿我怎么样,因为他们根本就没抓到我。"

"菲勒差点被抓了。"亨尼说,"到时候你又会怎么办?你自己冒险是没问题,但你最好的朋友怎么办?"

"菲勒才没有差点被抓。"红眼对那个大块头说,"对吧?"

菲勒耸耸肩。"他马术很好,我很烂。我之所以能够逃掉,只是因为他听到了枪声,才醒悟到我只是一个幌子。"

"跟我计划的一模一样。"红眼说。

"放屁。"亨尼说。

"这样吧，我请大家喝一杯，让酒来净化你们这些恶趣味，怎样？"红眼向普林招招手，"小普林，来一轮黑麦酒，算我的。"

普林对他扬了扬眉。"你付得起吗？"

红眼伤心地对她说："当然了，小普林。你怎能怀疑我呢？"

"经验告诉我的。"普林说，"证明给我看看。"

红眼举高手，亮出四枚亮晃晃的金币，每一枚都夹在指间。

普林瞪大了眼睛，说："那够你喝一整晚了。"

"那还不快给我拿酒来！"

"说真的，红眼。"亨尼说，"无论什么时候，只要你想去抢劫什么店，或者偷什么有钱人的东西，我都是站在你这边的。就算你和大块头西格这样的人闹翻了，我也会二话不说支持你的。但在光天化日之下搞那帮皇兵？那会给社区带来不必要的注意的，那样我们的日子就更难了。"

"你还不知道吗，小亨，那帮操蛋的皇兵是罪有应得。"红眼说，"抢劫穷人简直是荒谬。正是这种狗咬狗的事情才是危害社区的罪魁祸首。与其自相残杀，我们不如团结起来。人多力量大嘛。"

"大块头西格除外。"斯丁说，"绝不能让他加入。"

"去他的大块头西格，锤子角的人都是人渣。"布林默附和道，"我诅咒他们终日不得安宁，死后永不超生。"

"假如有天我们真的跟皇兵开战了，如果跟大块头西格联手对我们有利的话，我会跟他合作的。"红眼说。

"不是吧，你胡说什么。"亨尼说。

"我没胡说。"红眼说，"你看啊，他们其实跟我们一样。或许没我们聪明没我们帅，但他们也一样穷，一样被皇兵瞧不起。"

"但是——"亨尼正要说话。

"算啦，帅哥。"菲勒说，"你这样只会让红眼更加兴奋。是他的上城血统在作祟,他就是忍不住会异想天开。"

"他迟早都会被这些馊主意害死的,包括我们。"亨尼喃喃道。

"但在那之前……"这时普林捧来一盘五杯冒着气泡的黑麦酒,红眼夸张地摆出一个大方的手势,说道:"让我们无醉不归!"

天色慢慢变暗,普林一遍又一遍地给他们斟酒。这次虽然是红眼请客,但他喝得最少。他就喜欢这样,成为这里最聪明的人。他一整晚就只喝了一杯,和亨尼玩着石头游戏,每一轮都赢得越来越轻松。后来,酒吧里的其他人也陆陆续续加入了红眼的盛情款待,红眼就把那天早上的精彩冒险告诉大家,每说一次,故事里的皇兵数量就越多。他从来不会说抢来的钱都花在哪里了,也从来没有人问,红眼觉得这样最好。虽然内特尔斯知道他在照顾莎蒂,这没关系,至少她懂。但这帮猪脑袋?他不指望他们会明白,或是尊重他所做的事。在这件事上,红眼已经习惯了孤独,他也喜欢这样。

夜幕降临了,普林从吧台后面出来,给油灯点火。红眼把脚搭在桌子上,靴子沾满了泥。

"菲勒,我的老伙计啊,"他说,"你觉得你快乐吗?"

"啥?"菲勒眨着醉醺醺的眼睛。

"开心,你开心吗?"

菲勒耸耸肩。"可能吧。从来没想过这个问题。"

"对,这就是关键。"红眼举起一块游戏用的石头,四四方方,十分光滑,上面印着一个数字"4",在油灯下闪着哑光。"不要想太多。"

趁着布林默打哈欠,红眼一下子把石头弹进了他的嘴里。布林默吓了一跳,呛得猛烈地咳嗽起来,斯丁连忙帮忙拍着他的背,亨尼在一旁尖声地咯咯笑起来,菲勒则发出深沉的哈哈大笑。

红眼也笑了。"而我呢?我最想要的都在这里了,其他的都没关系了。"

可是没过一会儿，红眼大概要打自己一巴掌了。因为他不得不承认，接下来出现的，或多或少正是他所渴望的。

先是一个稍微年长的人走进了落汤鼠酒馆。他穿着一件羊毛大衣，走路摇摇晃晃的，红眼一看就知道他是在海上混的。他还戴着一顶蓝色的宽边帽，留着一脸黑色的卷胡须，皮肤几乎晒成了黑色。一开始，红眼对他满不在乎，可接着走进来的人却让他猛地坐直了身子，双脚端端正正地放在地上。

跟在那个水手后面的，是一个跟红眼差不多大的少女，留着一头金发，皮肤白净，还有点雀斑，浑身上下都是南方人的特征。红眼一直以为南方人都是病恹恹的，但他眼前这个少女，身上一点病态都看不出来。她的步伐既流畅又稳健，每走一步都那么自信，那么精确。最特别的是她的眼睛……当她扫视酒吧，阅读着每一个人时，它们就像大海冰冷的深渊，冻结成一把冰匕首，狠狠地插进了红眼的心脏。

"究竟……"他抓住亨尼的手问，"那个美女究竟是谁？"

亨尼顺着红眼的目光看去，笑了。"那个妞？我听说过她。几天前她和卡迈克尔船长一起靠岸的，就是她前面那个人。他以前来过这里好几次，每次都是来卖摩吉西亚的水果。而她很明显就是他的保镖咯。"

红眼感叹："一个穿着黑皮甲的天使啊。"

"你知道那是什么皮甲吧？"斯丁问，"那是文成武僧的制服啊。"

"女文成？"布林默说，"根本就不可能。"

"那你跟她说去啊。"亨尼说。

卡迈克尔船长还有他的保镖径直走到酒吧的后面，在德廉和他手下的桌子旁停了下来。

"你不是说这个船长只是卖水果的吗？"红眼说。

"我哪知道？可能他想做点更赚钱的买卖吧。"

"和德廉做交易？那可不是闹着玩的。"

"可能这就是为什么他要留一个冰美人保镖在身边的原因吧。"

红眼看到德廉仰着头看着水手,皱了皱眉。他又看了看那个天使保镖,眉头拧得更紧了。

突然,又一个水手走进了酒吧,这一个留着长长的胡子。他匆匆忙忙大步走到船长和冰美人身边。死脸德廉看到他的一刹那,脸上立刻变得漠无表情。

"操。"红眼喃喃说。

"我觉得你的天使这下麻烦大了。"亨尼说。

15

他们刚来到摩吉西亚的那天下午,天气十分晴朗。加入女士诡计号的两年以来,希望已经去过很多地方,不过这是她见过的最美丽的小岛。弯弯的棕榈树,光滑白皙的沙滩,跟她家乡的岩石码头完全不同。他们来这里的主要任务是买橘子,卡迈克尔船长说他们可以用两倍的价钱在新列文卖出去。

希望和兰金陪着船长进入了村里,和商贩见面。那是一个井然有序的小社区,房子都是简单的木头和砂浆建起的。泥泞的小路上熙熙攘攘,每个人都好奇地看着他们,但当希望看着他们时,又会马上友善地对她微笑。

水果仓库在村子的中心，那是岛上最大的建筑了。仓库门外有一个人，懒洋洋地坐在一张木椅上，旁边还有一把遮阳伞。看到希望他们走过来的时候，他热情地笑了。

"卡迈克尔船长！"他说，站起来迎上去，"见到你真好。恍如隔世啊！"

"一切都好吧，昂特利。"卡迈克尔紧紧握住他的手。

"当然啦。好得不得了。"昂特利边说边点头，"这几年过得挺有意思的。"

"真抱歉。"卡迈克尔说，"就个人来说，我还是喜欢日子平淡一点，普通一点。这样可以活久一点。"

昂特利殷勤地点着头微笑。"没错没错。唉，虽然很抱歉，但你可以晚点再来吗？"

"哦？"卡迈克尔问。

"我只是刚好很忙。"昂特利指了指身后的仓库。

"很忙？"卡迈克尔那黑灰掺杂的眉毛扬了起来。仓库里可是什么动静都没有。

"是啊。"昂特利说，"你可以晚点再来吧？天黑后怎样？到那时我就帮你装好货了，跟上次一样，是不是？然后我们的买卖就愉快地完成啦。"

"大概可以吧……"卡迈克尔说。

"我知道我给你们添麻烦了，"昂特利依然保持着热情的笑容，"这样吧，如果你答应，我就额外给你九折，怎样？"

卡迈克尔耸耸肩。"噢，那就谢谢你了。那我们天黑后再来吧，正好我也可多找几个人手帮忙把货拉到船上。"

"太好了！"昂特利说，"谢谢你肯通融啊，船长。那晚上见喽。"说完，他匆匆回到仓库里面。

"我不喜欢这样,船长。"希望说,"感觉好奇怪。"

"我也觉得。"卡迈克尔说,"但我们需要这些货。"

于是他们只好回到船上等待。到了晚上,他们又回到仓库那里。这一次希望走在前面,卡迈克尔跟在后面,接着是兰金,最后是桑卡克和提克斯,他们拉着一辆空货车,用来运水果。

村庄没有街灯,一路上也没有火炬,最奇怪的是,连民房里都是一片漆黑。整个村子唯一亮着的,就只有桑卡克他们货车上挂着的提灯,整个小岛仿佛突然被遗弃了一样。

然而并不是。希望隐约看见有几个黑影在动,在提灯的光线外古怪地串动着。

"船长。"希望压低声音,手慢慢移到刀柄上。

"我也看到了。"船长说。

"是什么鬼东西?"兰金问,"看上去不像个人。"

"我不在乎它们是什么,只要不来打扰。"卡迈克尔说,"赶紧走吧。到了村子中心应该就安全了。"

可是当他们来到村子中心的时候,却发现那里也是漆黑一片。一小撮人影聚集在仓库前面,等着他们的到来。

"好了,昂特利。"卡迈克尔说,"我们来了,按了你的要求。不过这么黑,你打算怎么谈生意?你究竟在搞什么花样?上一次交易不是很轻松吗,人人都有钱赚,人人都很开心。你不会是想把我们的关系都搅黄了吧。"

那撮人影依然一动不动,一声不吭。

"哎,卡迈克尔船长啊。"终于,传来昂特利的声音,听着十分不自然,"我现在没有什么打算了。真的。我跟以前不同了。那没有意义。这么说吧,前不久有个人来到摩吉西亚,然后事情就变了。我们变了。需求……变了。"

希望感觉到那些黑影从周围慢慢逼近。"船长,我们被包围了。"

"去你的,昂特利。"卡迈克尔的声音几近疲惫,"你想打劫我们,是吗?想把钱连着货物都抢走,是吗?我告诉你,没门儿。如果你不想谈生意,就让我们回船上,咱们各走各的路。不然话,今晚你们得死很多人。"

"你误会我了,船长。"昂特利说。

他走进提灯的光线内,露出来的是一双古怪的、兽性的眼睛。他全身被汗水浸透,嘴巴扭曲成一种介乎笑容和痛苦之间的表情。其他的黑影也陆续走入了光线下,这下大家都看清楚了。兰金说得没错,他们根本不是人类。他们一个个都瘦得离谱,脑袋滚圆,眼睛硕大,本应是嘴巴和鼻子的地方变成一个弯弯的喙。他们的皮肤被一片片斑驳的羽毛覆盖,最怪异的是,他们没有手,而是瘦骨嶙嶙的的翅膀。

"我们想要的不是你的钱。"昂特利说,"而是你的肉!"说完,他剧烈地颤抖,嘴唇之间突然冒出一个鸟喙,整个脸像个麻袋一样翻了出来,露出潮湿的羽毛和锐利的猫头鹰眼睛。

突然间,桑卡克发出一声尖叫,扔下货车拔腿就逃,可惜没跑出多远,便被其中一个猫头鹰怪物逮到了。只见那头怪物跳起来,扇动着翅膀,虽然没有飞起来,但也足够让它够着桑卡克了。它用爪钳住他的背,用力一蹬,桑卡克便脸朝下地摔到地上。其他的怪物一哄而上,疯狂地用喙啄食着桑卡克,撕下一块又一块的肉。可怜的桑卡克只能不断地挥打四肢,厉声尖叫。

卡迈克尔船长抽出手枪,对准了昂特利变的怪物。"上帝没有怜悯你的人生,但愿他会怜悯你的灵魂吧!"

怪物咧开弯弯的黑喙,猛地扑向船长。卡迈克尔果断开枪,把怪物的脸崩得血毛模糊。

"船长?"希望问。

"给咱们杀出一条路来,回船上去!"船长说着,用枪柄狠狠地砸在另一只怪物的头上。

希望拔出悲歌剑,一挥就把旁边一只怪物的头削了下来。

"兰金、提克斯,"船长命令,"别管货车了。跟着希望,掩护她的后面!"

兰金应命抽出弯刀,提克斯则举起一根短狼牙棒,两人迅速地聚到希望的背后。希望手执宝剑,见敌即砍,慢慢前进。悲歌剑在银色的月光下闪着冷光,像海豚一样在密集的怪物中间游过,由下往上蹿再沉下去,刀光掠过,四肢纷落,猫头鹰怪物尖叫声四起。希望像跳舞一样旋转着,她的肌肉紧致,动作迅速,每一次进攻都发出"呼呼"的声音。她在怪物群中杀出去,耳边仿佛响起了河洛沙哑的声音"行如风,静如松。"

"我的妈,它们没完没了!"兰金大叫,"咱们要死了!"

"闭嘴!给我打!"船长吼回去。

希望没空去看他,他们快要杀出最密集的包围了。话虽如此,他们看到的只是源源不断的模糊身影,希望觉得自己仿佛快要消失了,只听到悲歌剑那恐怖的旋律。猫头鹰怪可能听不懂人话,但它们显然听懂了宝剑的悲鸣,远远地就躲开它的攻击。

好不容易,希望冲出了怪物的重重包围。在他们面前的是那条黑灯瞎火的小路,一直连到码头。

"跑!"卡迈克尔喊。

他们飞奔起来,怪物紧跟在后面。它们跑得不快,但偶尔就会有一只猫头鹰怪从旁边的房子上跳下来,扑向他们。而提克斯每次都会用狼牙棒一甩,把怪物击落,打得它们皮开肉绽。

很快,他们看到船了,船上的灯光有如灯塔。

"船长,我们快到了!"希望趁着空隙回头看了一眼,看到了卡迈克尔没看到的一幕。一只猫头鹰怪扑向了兰金,兰金没有迎击,而是躲到了正在和另一只怪物打斗的提克斯后面。提克斯两面受敌,很快便被扑倒,被疯狂啄下来的鸟嘴撕裂。而兰金却站在一旁,什么都没做。

"懦夫!"希望愤怒一吼,举起剑就要砍向兰金,却被卡迈克尔抓住了手臂。

"上船!"他冲着希望的脸喊道,"马上!"

希望咬牙切齿,但还是转身回到了最前面。这时,一群怪物已超过了他们,开始展开包围。这正合希望的意。只见她狂烈地攻击,把怪物击飞好几尺,撞在了码头的一堆箱子上。箱子被撞散,露出了一个巨大的标志牌,上面画着一个黑色椭圆,还有八条黑线。是生物法师的标志。

希望愣住了。往日的记忆一下子灌入心头。她呼吸困难,踉跄地往前走,伸出手向前无意义地抓着,视线开始模糊。

"怎么了!"卡迈克尔咆哮。

但希望只能喘着气,艰难地指着那个标志牌。卡迈克尔顺着方向看过去,马上皱起眉头。

"我早该料到的。"他抬头对船咆哮,"所有人听着!马上就位!准备起锚开航!"

他跳上船,一部分水手纷纷拿出武器抵御攻击,另外的人则匆忙准备起航。

希望没有跟上去。她直直地站在码头上,艰难地喘着气,身体不住颤抖。她感觉自己又变成了一个小女孩,旧时的黑暗在她内心重新降临。她又看到了母亲在厉声尖叫,身体被白色虫子撕裂。她甚至能闻到那堆尸体发出的腐败味道,还能感觉到自己没日没夜地在冰冷坚硬的土地上挖坟墓的痛楚。终于要埋葬父亲的时候,她低头看着他。他的脸还停留在去世时痛苦而扭曲的样子,仿佛他的灵魂会永远经受那种痛苦似的。她看着那条海玻璃项链,想着要不要把它留在身边,作为对爸爸的纪念。然而它已经不再美丽。它的温度、它的颜色已经被死亡榨干。它最好是留在爸爸身边，一起被埋葬在那冰冷的死亡之地……

"你他妈怎么了？"兰金抓住希望的肩膀，一边害怕地盯着那密密麻麻的怪物。他扭头看着希望，似乎读懂了她的表情。他顿了顿，然后下决心用力打了希望一巴掌。

这一巴掌把希望的意识带了回来。兰金拉着她的手一起爬上了船，水手们马上在他俩身后聚集起来，防御着不断袭来的怪物，好让俩人喘一口气。

兰金指着希望的脸，说："只要你不把提克斯的事说出去，我也会对你的事保密。懂木？"

她脸色变得十分冷酷，但还是点了点头。

"很好。好了，我们赶紧离开这个被诅咒的破地方吧。"

猫头鹰怪物不断地从黑暗中涌出来，冲向码头，仿佛无穷无尽。希望和兰金还有大伙们重新汇合，一起战斗。终于，水手们把帆张开，把缆绳割断，女士诡计号摇摇晃晃地驶出了海岸。

"幸好它们不会飞！"兰金看着小岛快速地远离视线。他朝希望眨了眨眼，仿佛他们是有共同秘密的朋友一样。

过了一会儿，卡迈克尔把希望和兰金叫到他的房间。他们在钉在地板上的桌子旁坐了下来，卡迈克尔和兰金轮流地喝着同一瓶黑朗姆酒，分析着他们现在的处境。

"损失了这批货对我们影响很大。"卡迈克尔说，"我们得马上修船了，本来我还想卖掉这批货来帮补一下维修费的。"

"不能去别的地方进货吗？"希望问。

船长摇摇头。"咱们去新列文就已经很勉强了。我不敢冒险去更远的地方啊，万一遇上暴风，咱就完蛋了。"

"那如果在新列文收点货，然后沿着海岸卖掉呢？"兰金提议，"这样就不用冒险远航了,只要一去一回就能弄点钱回来。"

卡迈克尔叹了口气,挠了挠弯弯的胡子。"走私?"

"我在天堂圆环认识一个人,他一直在招募一些接私活的人,最好船还是皇家警察认不出的。"

船长灌了一口酒,默默地坐在那里,陷入沉思。"没办法了。就试试你的主意吧。起航去新列文,直接过去。"

"好的,船长。"兰金的胡须下面咧开一个大大的笑容,离开了。

希望也起身,准备离开。

"等一下。"船长说,"你没事吧?"

"当然了,船长。"

"我看你好像挺怕生物法师的标志的,刚才。"

"它……让我想起了小时候的事。我以前见过它。"

"当生物法师要改变一个小岛的时候,就像摩吉西亚岛一样,他们就会留下那个标志,用来警告别人那里不安全。看来摩吉西亚的岛民还有一点意识,所以他们才会把标志藏起来。"船长又灌了一口酒,"他们以前都是好人。那里曾是多么友好的一个小岛啊。"

"他们为什么要这样做?"希望问,"那些生物法师。他们为什么要这样对大家?"

"为什么?可能是皇帝要他们做的吧。没什么特别的原因。"他又喝了一口,"至少人们是这么说的。"

"这根本不算什么理由。"

"确实,"他同意,"那不是什么理由。"

那天晚上,希望在吊床上辗转反侧。每当闭上眼睛,她就看到那个标志。黑色椭圆,八条黑线尾巴,就像一只海怪。摩吉西亚离她的家乡有好几千里,她不禁想究竟有多少个村子也遭受了同样的灾难。或许她的眼光太短浅了,一直以来她都只想到为自己复仇。她越是这么想,就越觉得杀掉一个生物法师远远不够。她要为所有受到生物法师的"实验"摧残的人报仇。她要杀掉所有的生物法师。

远远望去,新列文被一层厚厚的浓雾笼罩着,希望在想,里面的人究竟能不能看到太阳。她和卡迈克尔船长站在栏杆后面,看着眼前的城市。那是她见过的最大的城市,单单码头所占的空间就比摩吉西亚整个村子还要大。码头后面有一排排房子,根本看不到哪里才是尽头。

"这里肯定是世界上最大的城市。"希望说。

卡迈克尔笑了,"不,希望。它确实很大,而且还很有特色,但它不是最大的城市。比如斯通匹克,帝国的首都,就比新列文大上一倍。我还听说,黑暗之海那头的城市简直大得无法想象。"

"噢,我以为过了黑暗之海那头就什么也没有了。"希望承认。

"你以为帝国就是整个世界啦?我老爸就是从黑暗之海那头的岛过来的,叫奥克邦塔。他跟我老娘说,他的家乡比整个帝国所有的土地加起来都要大。单单一个岛就已经这么大了。"

"这可能吗?"

"这个世界远比我们想象的大多了。我们渺小得很呢,就像一只蝌蚪那么小。"

"我已经有这样的感觉了,在这么大的城市里。"

卡迈克尔点点头。"虽然新列文不是世界上最大的城市,但它很可能是最艰苦最卑劣的。它会把你生生吞掉,你得注意。它会把一个人的善良统统腐蚀掉,只留下一个冷酷的、狡诈的空壳。"

他们默默地站了一会儿,看着码头工人忙着卸下他们船上的板箱。

最后,希望说:"船长,恕我冒昧,自从靠岸后你一直心事重重。"

"我是在琢磨自己究竟是怎么沦落到这步田地的。"

"船长?"

"要是在五年前,如果你问我要不要在新列文沿海走私些军火或者毒品,我肯定会嘲笑你,甚至会揍你一顿。我一直都努力遵规守纪,做正确的事。但现在……"他摇了摇头,"生活总是能压垮你的,到时你再看看面前的选择,你就会觉得贩毒好像也没那么可耻了。"

"你怎么知道我们要贩毒?兰金只是说他会尽量找点货,什么都好。我不觉得毒品是他的首选。"

"他已经找了好几天了。"卡迈克尔说,"估计是没什么选择了吧。再说了,什么东西是需要走私的?他们在这里制毒,卖到上城去。那些富翁需要消遣嘛。"

"富翁?"

"就是有钱人。跟其他城市一样,新列文大多数人都很穷,钱都在一小部分人手上了。"

"我觉得这是不对的。"

"不对的事情多着呢,希望,我的丫头。"

"就算这样,我们也没必要同流合污啊。"

"或许吧。"

"文成戒律说,宁可带着荣誉失败,也不能带着耻辱成功。否则胜利的美酒就会被玷污,也很难下咽。"

卡迈克尔望着希望,突然笑了。"再过两年,我大概就要被你这套文成戒律洗脑了,它确实是有点道理。我一直都太想保住这艘船了,但如果要保住它就要把它变成一艘运毒船的话,那还有什么意义呢?"

———— ❧ ————

当天晚些时候,兰金回来了,说是终于找到了货。

"什么样的货?"卡迈克尔问。

"能赚钱的货呗。我没问细节。"

黄昏时候,兰金带着卡迈克尔和希望穿过仍然熙熙攘攘的码头,进入了市区。

过去几天,希望早已把码头区域走遍了,这还是她第一次进市区呢。市区比港口还要拥挤,而且肮脏。大街上经常都铺满了齐踝的污泥、垃圾和粪便等秽物,整个地方闻起来比希望闻过的任何东西还要臭。她的家乡虽然又小又穷,甚至一贫如洗,一年也没有多少商人过去做买卖,但大家都把村子打理得井然有序。而这个城市呢,虽然远远看去很雄伟,走近了才发现简直是腐败不堪。

"他们是怎么忍受得了这里的?"希望问。

"很多人就是在这种环境下出生的,对他们来说这里没什么不妥。"船长答道。

"觉得这里不妥的人一有机会就马上出海了。"兰金说。

"我忘了你的家乡在这里,"希望说,"我没有别的意思。"

"没什么。"兰金说,"来吧,这边。"

希望和卡迈克尔跟着兰金穿过七绕八拐的街道,走进了市区的更深处。天色逐渐暗了下来,希望还以为街上的人会越来越少,没想到直到天黑,皇兵把街灯点亮的时候,这里还是人头攒动,形形色色。有摆摊的,喝酒的,还有打架的。夜色掩盖了街道的肮脏,街灯火光跃动,连成一条线,蜿蜿蜒蜒地向前延伸,看不到尽头。

"这里晚上还是挺漂亮的。"希望说。

"你应该去看看上城。"兰金语气里有种莫名的自豪,"家家户户都是煤气灯。"

"难道这里的人都不用睡觉吗?"希望问。

"大城市的生活节奏都不一样。"卡迈克尔说,"我一直觉得这里的人都活得太苦了。"

"我们刚去的那个美丽僻静的小岛也没见得有多好。"兰金说。

"说得对。"船长说。

他们又走了一段路,最后来到一个酒馆前面。酒馆的招牌是一只巨大的老鼠,神情凶狠,经多年风化已经褪色,但"落汤鼠酒馆"几个大字依然清晰可辨。

"我们到了。"兰金说。

"这里?"希望有点意外。透过肮脏的窗户,她可以看到一群衣衫褴褛、贼眉贼眼的人喝着麦酒,吵吵闹闹。"我觉得不太可能在这种地方找到好差事吧。"

"我没说这是'好'差事。"兰金说,"我只是说赚钱的。雇主的名字叫死脸德廉,他在酒馆后排的桌子等着咱呢。"

"你不进去吗?"希望问。

"当然去啦。"兰金点点头,但眼光却游离不定。"我刚才看到一个老相好了,我等一下就跟你们会合,很快。"说完,他匆匆忙忙地跑进了一个小巷里。

"咱们去看看兰金给咱找了些什么货吧。"船长说,"准备好你的剑。"

"我的剑时刻都准备着。"希望说。

酒馆里面跟她想的完全一样。拥挤、吵闹,汗臭和酒腥充斥着整个酒馆。那里的客人看上去就不是什么善类,像极了小偷和杀人犯。在一个角落里,一群跟她年纪相仿的男孩在看着她,窃窃私语。希望想象他们是在讨论等会儿要不要跟踪她,然后抢劫。她倒还希望他们这么做呢,这样她就可以给他们好好地上一课了。

希望跟着船长来到酒馆后排的一张大酒桌旁。那里坐着三个人,玩着石头游戏,看上去只比其他的顾客有钱一点点。卡迈克尔和希望来到桌子旁,仨人同时抬起头看着他们。希望发现,中间那个人看他们的眼神就像一匹狼在盯着猎物一样。

不一会儿,兰金也来了,站在了船长身边。希望看着他,想不明白为什么他非要在这种时候去见一个老相好。他不会不明白这份差事对他们来说有多重要吧。希望再看看桌子中间那个人,他的脸上没有任何表情。

"我看你就是兰金跟我说的那个船长吧。"男人的声音又平淡又粗糙。

"我叫卡迈克尔,我是女士诡计号的船长。"船长伸出一只手。

"我叫德廉。"他没有理会船长伸出来的手,继续说道,"这地方归我管。你明白这意思不?"

"相当明白。"卡迈克尔说。

"很好。"德廉依然面无表情,"我有批货需要运到堕落谷的辐射港,不能被海关或皇兵检查。明天之前就帮你把货装好,你们天亮就出发。"

"是什么货?"船长问。

"不关你事。"

"是我的船,就关我事。"

"是这样?"

"恐怕是的。"

"那我就有点不懂了。"德廉说,"你说你明白这里归我管是什么意思。那我告诉你,整个社区,包括所有码头,所有靠港的船,都归我管。"他又低头看着那堆印有数字的光滑石头,明显已经对这次交谈失去兴趣。"兰金,告诉你的船长,圆环是怎样的。"

希望的注意力一直都集中在德廉和他的手下身上,一有什么动作她都能马上应对。可是她万万没想到,卡迈克尔的手下竟然会背叛他,甚至是兰金。所以当兰金拔出手枪的时候,她犹豫了一秒钟。就是那一秒,兰金扣下了扳机,一枪打在了卡迈克尔船长的眉宇之间。而在下一秒,悲歌剑已经出鞘,将兰金的前臂切下,同时船长的尸体倒在地上。

德廉身旁的两人猛地站了起来,掏出手枪。希望翻身从桌子上扑过去，一剑插进其中一人的脖子，那人甚至都还没上膛。希望转身准备对付另一个敌人，却发现他已经倒在血泊中，脖子插着一把奇形怪状的飞刀。她循着飞刀的轨迹望去，原来是刚才坐在角落的一个男孩。他一头黑发，刘海半遮着眼睛，奇怪的是，那双眼睛居然是红色的。他把头歪到一边，得意洋洋地对她笑了笑。希望马上感到自己不喜欢他。

她转过身再次面对德廉，只见他站了起来，摸索着腰间的手枪，脸上不再漠无表情，而是充满了愤怒。希望挥剑指着他的胸膛，他马上停住了。

"你不能杀我。"德廉怒吼道，"这里是我的地盘。"

希望扫视了一下酒馆，除了在地上呻吟的兰金和红眼男孩之外，其他人都已经跑了。

"看来你的社区抛弃你了。"她说。

德廉冷笑了一声。"他们知道接下来会发生什么，还识趣不要掺和进来。"

德廉话音刚落，突然一群人冲进了酒馆，举枪就射。一颗子弹擦过希望身边，德廉趁机躲到了附近的桌子后面。

新来的枪手继续开火，他们用的是六连发的手枪，希望没想到这帮流氓还用得起这么贵的武器，不过现在也没时间多想，她踢翻旁边的一张桌子，躲到后面作掩护。

这时，她感到有个人向她靠近，便马上挥剑要砍，还以为那是德廉。然而那是刚才出手相助的那个男孩。

"喂啊！"他惊喊道，声音几乎被枪声淹没。"我是你这边的！"

"我怎么知道你是不是？"希望质疑道。

"呃，因为我刚才救了你一命？"

"才不是。"希望说，"他开枪之前，我就能搞定他。"

"好吧，那就让我现在救你吧。"男孩说，"我来帮你脱身。"

希望猜疑地看着他，不明白为什么他会这么想帮自己。她今天已经错信了一个人了，但撇开流里流气不说，希望直觉认为他是可信的。再说了，枪手们轮流开火，桌子已被打得碎片横飞，快要挡不住了。

"你有撤退方案？"希望问。

"我凡事总会留有一手。"男孩说，又露出那种痞气的笑容，估计是觉得那样很帅吧。男孩向吧台大喊一声"普林！"

一个女孩的脑袋从吧台后面冒了出来。

"把地窖的钥匙扔给我！"

女孩快速地摇了摇头。

"别这样，普林！我会把钥匙留在下面的！还有……"男孩犹豫了一下，"我还会留下这个！"他把一袋金币举高，好让女孩看见。

女孩看到那袋金币后，眼睛都瞪圆了，随即又猜疑地眯起了眼睛。

"我会确保他说到做到的。"希望说，"我以勇士之名保证。"

女孩考虑了一番，冒出的脑袋又消失在吧台后面。过了一会儿，一把钥匙从吧台后面飞了出来，掉在了他们脚边。

"哎，"男孩说，"有一个信得过的人在身边，真是连口水都省了啊。"

"快走吧，"希望说，"桌子快顶不住了。"

男孩抓住桌子的一只脚说："用桌子作掩护，咱们去地窖！"

希望点头表示明白，和男孩一起滚动着桌子作为掩护。桌子上出现了越来越多的弹孔，希望从其中一个孔看出去，发现德廉已经不见踪影，估计已经逃了。那些枪手似乎没有逼近的打算，他们也没那个必要。酒吧的桌子已经千疮百孔，很快就要撑不住了。

"跳下去！"男孩打开了地板门，跳了下去。希望趴在门口边上，探头看着黑暗的地窖。她不喜欢就这样撤退，但她心里清楚，替卡迈克尔报仇才是最重要的，她必须要等待时机。这些人无关紧要，德廉才是她的目标。所以，她也跟着跳了下去。

她降落在一片泥地上,四周几乎伸手不见五指。突然,男孩伸手去抓她的手,希望差点把他的手砍掉。

"天,你真能跳。"男孩拉着她的手腕,"这边。"

通常来说,希望是不喜欢被别人碰的,尤其是不认识的人。可现在四周一片漆黑,她什么都看不见,只好让男孩拉着走。她很奇怪他是怎么避开那些箱箱桶桶的。大概是因为他很熟悉这个地方吧,又或许是他那怪异的红色眼睛能在黑暗中看得更清。不管怎样,反正他充满自信,而希望也任由自己被他领着在这冰冷的地窖穿行。上面的枪声在逐渐变小,最后,他们终于停了下来。希望听到男孩在捣鼓着一把锁,紧接着头顶突然就开了一扇门,昏暗的灯光立刻洒了进来。

"这里是啤酒厂,"男孩说,"就在酒馆对面,两个地方的地窖是相连的。他们很快就会发现我们溜了,我们还是赶紧走吧。"说完,他开始爬上铁梯。

"你忘了一件事。"希望说。

"什么?"他向下看着希望,有点疑惑。

"留下钥匙,还有那袋金币。你答应过的。"

他有点窘迫。"噢对。有个信得过的人在身边,不好的地方就是这个。让开点。"男孩跳了下来,拿出钥匙和钱袋,放到地上。"满意了吗?"

"还行。"希望说。

"我也觉得。"男孩说着,又爬上了铁梯。

等希望爬上了啤酒厂,她轻轻地惊叹了一声。整个地方就像一个巨型的机器,堆满了高耸的铜缸,巨大的管道、齿轮、滑轮,还有其他复杂的机械装置。希望从来没见过这样的东西,只能猜想它们的用途。

"很厉害,对吧?"男孩的红色眼睛在昏暗的月光下散发出光芒,"多么雄厚的财力,多么精妙的装置啊,它们提高了效率,人却变笨了。"

希望轻轻地笑了，不由自主地。

"对了，我叫红眼。"男孩伸出了他的手。

"我叫暗淡·希望，"她握住了男孩的手，"大多数人都只叫我希望。"

男孩的那种笑容又回来了。"红眼和希望。多么合拍啊，不觉得吗？"

———◆———

德廉审视着落汤鼠的残骸。要是在以前，这种事是绝对不会发生的。他记得年轻的时候，他还在一路向上打拼，在那时，落汤鼠还有那个令人害怕的吊带玛琪在。他还记得她一边巡查酒馆，随时准备教训那些斗胆捣乱的人。可是有一天，一个生物法师带着一队皇兵来了，他说对天生如此强壮的女人很感兴趣，很想研究一番。玛琪当然不会答应，生物法师动用了整整一队皇兵才把她制服。玛琪算是当地有名望的人，某些方面来讲甚至称得上英雄。在她被抓后几天，人们开始愤愤不平，还爆发了一点骚乱。但是，从那以后便不断有人半夜凭空消失。当然了，每个人都知道失踪的人会有什么下场。德廉还记得，以前他一直都想不透为什么这些生物法师可以这么容易地把一个人弄走。当然，现在他知道了。

这时，德廉听到不远处有人在呻吟。他走过去，脚下的碎玻璃和木屑发出清脆的声音。原来是兰金。只见他躺在地上，紧紧抓住断肢的地方，痛苦地呻吟着。

"德廉，"兰金喘着气说，"你没事真是太好了！感谢老天爷啊！你要帮我，我知道出岔子了，但现在那条船是你的，我还可以做船长啊。你答应过会让我做船长的。我发誓，我一定会是你最好的走私犯！"

"布拉克森，"德廉对其中一个手下说，"过来帮兰金包扎，免得他流血死掉了。"

"谢谢你，德廉！"兰金喘息着说，"我包你满意，我保证！"

德廉没有理他，而是对布拉克森说："把他送给生物法师吧。"

"不！"兰金尖叫，"我求你，不要！"

"但是，老大，"布拉克森说，"我们这个月已经给过他们一个人了。"

德廉耸了耸肩。"多给他们一个又何妨。跟他们搞好关系很重要，特别是最近。"他看向酒馆后面的地窖门，问："刚刚帮那个南方妹的人是谁？"

"应该是红眼，老大。"

"真的？可惜了。我还想着请他当我手下来着。派些狠角色去啤酒厂，日出前把红眼和南方妹干掉。"

16

这已经不是第一次了。夜晚，在天堂圆环迷宫般的窄巷里，红眼被一群荷枪实弹的恶棍疯狂追杀。这样的生死追逐甚至上演了不下五次。但这一次是红眼目前为止最喜欢的，因为眼前的景象。

希望跑在红眼前面，她穿着紧身黑皮甲，修长的双腿和紧致的臀部来回扭动，美得让红眼都想当面跟上帝说声谢谢了，感谢他创造了这个完美的尤物。

突然一声枪响从红眼后面传来，顷刻间一颗子弹在他耳边呼啸而过，打在了前面的墙壁上。

"左!"他对希望喊。希望听到后,像优雅的舞者一样转进左边的小巷,一秒钟都不浪费。

红眼拐弯的时候趁机瞟了一眼身后。竟然有六个人?看来德廉真的很想将他们置于死地。追杀的人也很聪明,他们保持着一定的距离,以免被希望的文成宝剑所伤。再说了,他们有枪,根本不用跟得太紧。

红眼想过停下来跟他们打。二对六,应该没问题。不过这根本解决不了问题,长远来看只会让事情恶化。如果杀掉他们,德廉下一次就会派两倍的人。只要能达到目的,德廉毫不吝啬。所以,红眼需要一个万全的对策。

"右!"红眼喊道。两人又转入另一条小巷。

"我们到底有没有目的地?还是说你还没想好?"希望边跑边向后喊,原本白皙的脸现在红通通的。

"没有人会包庇我们的。德廉的势力太强大了。不过确实有一个人,就算皇帝亲自来追杀也会帮我们的。"

"你那朋友真是忠心。"她说。

"呃,我真不知道该不该叫她为朋友呢……"他指了指前面一扇淡粉色的、没有任何标记的门,"进去!"

希望扭了一下门把,门上着锁。

"噢对,上班时间。"红眼先是慢慢地敲了三下门,又快速敲了三次。门一打开,红眼便拉着希望进去,迅速把门关上。

"这里难道是……"只见屋里摆着脏兮兮的天鹅绒沙发和椅子,墙壁挂着褪色的老旧窗帘,还有一群只穿着内衣的男男女女在里面闲混着。希望惊讶得目瞪口呆,"这里难道是妓院?"

"不是。啊是。得看你是谁。"红眼说,"他们马上就追上来了,现在没时间讨论这个。"

"红眼?"说话的是托诗,她留着一头卷发,躺在一张蛀虫的绿色情趣椅子上。她坐起来,好奇地看着红眼。"发生什么事了?她是谁?"

"没空聊。"红眼说,"内特尔斯在吗?"

"一楼右边,在打扫。"托诗说。

"谢谢。"他说,"我们没来过这里。"

托诗会意地点点头,不过一脸忧虑。

红眼不知道托诗和其他人能够帮他们拖延多久,但他只要几分钟就够了。除非内特尔斯在闹情绪。

"这边。"说着,红眼爬上了木梯。希望跟着爬了上去,尽管她有一肚子的问题,但她现在并没有问出口。红眼喜欢她这一点。

红眼打开了一间房,看见内特尔斯正擦着地板上一堆呕吐物。呕吐物旁边是一个晕倒的水手,再旁边,一个裸男翘着腿坐在床上,抽着烟。

"我只是不明白为什么要我来擦地板罢了。"内特尔斯一边说,一边把那堆五颜六色的东西铲起,"你完全可以自己来。"

"我都告诉你他喝多了。你不踢他的肚子不行吗。"裸男呆呆地看着烟斗冒出来的烟升到天花板。他的头发微卷,是赤褐色的,俊美的尖脸蛋上还有一点点粉状物。"况且,如果我一身臭味,就没有人光顾我了。"

"内蒂,"红眼说,"我们要用暗道。"

内特尔斯转过身瞪着红眼。"干吗?这次又闯哪门子祸了?我发誓,如果你敢把皇兵带过来,我就亲手将你——"

"不是皇兵,"红眼说,"是德廉的手下。"

"德廉?你他妈有病是吧?不是和这个闹矛盾,就是跟那个有冲突。"她指着希望,"还有这个婊子是谁?"

"我们现在能不能别这样?"红眼说,"德廉的手下在追杀我们,他们很快——"

红眼话还没说完,楼下就传来一阵破门声,然后是一群人的怒吼。

内特尔斯沉下脸,说:"你欠我一个人情,明白吗?"

"百分百明白。"红眼说完,锁上了身后的门。

内特尔斯走到房子的另一边,把破旧的梳妆台推到一边。红眼连忙跑过去帮忙。

"你是妓女吗?"希望突然问道,看上去十分疑惑。

这一问把红眼吓得心脏提到了嗓子眼,但他没有作声,而是等着看内特尔斯怎么回答。床上的裸男则忍不住咯咯地笑了出来。

内特尔斯转过身瞪着希望,表情更加愤怒了。她指着自己厚厚的灰色羊毛夹克,布满裂纹的脏皮衣,还有及膝的马靴,说:"我他妈看起来像妓女吗?不想说了,你先走,天使婊子。"她用力推了一下梳妆台,墙后面出现了一个大洞。

"我才是卖身的,金发妞。"裸男说,"内特尔斯是保安。"

这时传来了上楼梯的脚步声。

"该走啦。"红眼催道,"希望,快从暗道里滑下去。我就跟在后面。"

希望皱了皱眉,怀疑地看着墙上的洞。

红眼没法想象她会怎么想这一切。

"你看,你已经相信我到这里了,再信一次又何妨?"

脚步声已经来到了门口,紧接着传来一阵猛烈的敲门声。

"等一下!"裸男喊道,声音听上去很暴躁。

"希望,"红眼低声说,"求你了。"

"别让我后悔。"希望说完,一头钻进了洞里。

红眼转向内特尔斯。

"内蒂,我——"

"省着吧。快走。"她轻声说。

门外又是一阵猛敲,这一次更用力了。

"我说了等一下!"裸男吼道。

红眼刚钻进暗道,便听到一声怒吼,"再不开门我们就踢门了!"内特尔斯把梳妆台推回原位,暗道内便只剩漆黑一片,还有皮衣和暗道铁皮的摩擦声。暗道七转八拐,红眼终于滑了出来,却正正落在了希望身上。

两人的身体贴在了一起,脸蛋只隔了几毫米。希望微张着嘴巴,红眼甚至可以感觉到她轻柔的呼吸。她那深蓝色的眼睛是那么深邃,像一条隧道一直连到他的心房。

"嗨。"红眼笑了笑。

希望咕哝了一声,把他推开。

两人爬了起来。希望看了看四周,不禁皱起眉头。"我们在码头?"

那是新列文最大的港口,停靠着二十艘商船。这时已经很晚,几乎所有的船都已经熄灯。虽然概率很小,但就算德廉的手下发现暗道,追了上来,他们也不可能知道红眼他们跑去那个方向了。

"刚才发生什么了?"希望问。

"跟我来。"红眼说,"我一边走一边告诉你。不过要走慢点,不然会引起注意的。"他看了一眼希望的文成制服,"我们不能暴露行踪。"

"我们现在去哪里?另一个妓院吗?"希望问,两人从码头走回了泥泞的鹅卵石街。过了一会儿,她又说:"刚才那里就是妓院,是不是?"

"一部分是。那里还是个拐子窝。"

"什么?"

"你们南方没有?噢对,当然没有了,你们本来就在南方。这么说吧,拐子窝就是把水手们迷晕或打晕,把值钱的东西都拿走,再把他们卖到船上当苦力的地方。"

"强迫劳工?"希望很惊讶。

"我们这里叫南拐,因为那些船都是去南方的。那些船大多都十分缺人手,因为没有人想去南方。"

"为什么?"

"呃,我是说,南方都没怎么开化,不是吗?"

希望扬起了一边眉毛。"如果你说的不开化是指没有枪战的大街,没有拐客人去当苦力的妓院,那就是了。"

"哎,听着真无聊。"红眼狡黠地笑了笑。通常来讲,这一招对女孩都很管用,但希望似乎不觉得那样很帅。自从跟内特尔斯分手以来,他就经常跟女孩厮混,他很清楚自己给女孩的印象是怎样,还知道怎样取悦她们。可是现在,他那些惯用的伎俩似乎都对希望无效了。于是他决定暂时闭闭嘴,和她一起走在黑暗的大街上,直到琢磨出下一步怎么办。

"所以说,刚才的暗道,"希望说,"就是他们平常用来运南拐水手的通道?"

"然后需要水手的船长就会过来捡走他们。"红眼补充,"很高效的系统。"

"那如果那些船长不付钱就溜了呢?"

红眼笑了一下。"有内特尔斯嘛。虽然这种事时不时会发生,但所有船迟早都会回来新列文的。等他们回来的时候,内特尔斯就会好好跟他们解释,圆环究竟是怎么样子的。"

"她就是刚才说的朋友?或非朋友?她似乎不是很喜欢你啊。"

"呃,我们以前是一对儿。"

"噢。"希望说。

他们继续穿梭在窄巷里,红眼故意挑最长的路线走,一方面是想摆脱潜在的追兵,另一方面是想争取多一点时间和希望一起。他仍然不知道怎样评价她。她有一点点刻板,对生活的阴暗面又天真无知。不过她很聪明,因此和她聊天就特别有意思,比红眼身边的人有趣多了。当然了,她还很好看。红眼觉得,作为女战士,最好的一点就是,她可以杀敌,可以爬隧道,可以转遍整个社区,可以走暗道,最后还能够像花一样美丽。这是一种朴素实用的美丽。

"发生什么了?"希望问。

"哈?"红眼没反应过来。

"为什么你和内特尔斯分手了?你不爱她了吗?"

"噢,呃……"红眼很懊恼自己刚才干吗要提这事儿。他还在说服希望自己是最棒的男人呢,在这种时候旧事重提根本不是他的风格。"哎,我那时太傻太天真了。你知道的。可能人们不是我想的那样吧。"他耸耸肩,"我想,我和她做朋友应该是最好的选择了吧,但跟朋友又有些不同。更像是姐弟。你知道啦,谈恋爱就是这样的。"

"不。"希望说,"我不知道。"

"你从来没有谈过恋爱?"

希望"唰"的一下脸红了,摇了摇头。

"什么啊,"红眼试着笑得更斯文一些,"忙着砍掉男人的手臂,好让他们更了解你吗?"

"是的。"她说,"文成武士必须终生奉献于文成武僧团,身体、意志和内心都是。所以不可能容下其他事或人了。"

"哦。"红眼说,"就是这样,对吧?"

"是的。"希望说着奇怪地看了他一眼,"就是这样。"

红眼点着头继续走,装作若无其事的样子,内心却轰然而塌。这是自内特尔斯以来第一个真正让红眼心动的女孩,一个真正让他在意的女孩。而这个女生却早已发誓终生独身。

"那是最好喽,"红眼说,"反正大多数男人都不靠谱。"

"那你是吗?"她问。

红眼耸了耸肩。"走吧。这边。"

"我们去哪里?"

"火药大厅。天堂圆环最安全的地方。从某个角度来说。"

等他们走进火药大厅,希望又惊讶得瞪圆了眼睛。红眼看得出来她正在努力地克制自己,但最后她还是忍不住了。"那些人正在那里交合!就当着所有人的面!"

"不是所有妓女都可以去妓院上班的。"红眼说,"所以她们只好哪里找到顾客就在哪里干活喽。不幸的是,没有像内特尔斯这样的人保护的话,接客就会很危险。因为你不知道顾客什么时候会变脸。"

"你说得好像很了解似的。你经常来嫖吗?"

"不是啦。我爸爸是干这个的。"

"噢。"她整张脸变得粉红粉红的,十分尴尬困惑。她的样子太呆太真诚了,红眼忍不住笑了出来。

希望眯着眼说:"你刚才是不是骗我的?"

"不是啦,我爸爸真的是这一行的。"红眼说。

听他说完,希望的脸更红了,更尴尬了。红眼笑得更大声了。

"你觉得我的尴尬很好笑吗。"她说。

"是啊。"说完,他又笑了一遍。

"很高兴能让你开心。现在,我是时候——"

"嘿,看来内蒂下班了。"红眼说,不给希望机会跟他说再见。苍天啊,他还没准备好跟这个穿黑皮甲的天使道别呢。"我们最好在她来找我们之前便向她汇报一下,免得她发脾气。"

也许希望也没有准备好道别,也许是她已经习惯了被红眼拉着到处跑。不管是什么原因,现在她又任由红眼拉着自己走到内特尔斯旁边。内特尔斯正坐在桌子旁,擦着锁链刀上的血迹。

"今晚又有动静啦?"红眼扬头示意她手里的武器。

"肯定没你的动静大。"内特尔斯说,"你们现在才到?"

"噢，呃……"红眼吞吞吐吐地说，"只是想确保没有人跟踪罢了。"

内特尔斯看了希望一眼，一边收着锁链一边假笑着说："是啊，当然是了。"

"这个武器真有意思。"希望说，"我可以看看吗？"

内特尔斯怀疑地看着希望，又看看红眼。他耸了耸肩。

"好吧，可以。"说完，她把卷好的锁链扔给了希望。

希望轻松地接过锁链，仔细地端详着。"我从来没见过这样的武器。一半是飞刀，一半是铁锤。真想看你用它。"

"是吗？"内特尔斯眯着眼看着希望，不知道怎么回答。

希望把锁链递还给她。"你要好好爱护它。勇士都应该这样。"

"是啊，好。"内特尔斯回答，看上去有点不自在。"它对我很重要。我会照顾好重要的东西。还有，你说我的武器奇怪，你该看看红眼的。"

"是。"希望说着转向红眼，"我在酒馆的时候见过一次。它看上去像一把飞刀，只是我看不到刀柄在哪里。"

"那是因为它根本就没有柄。"红眼敞开了自己的外套，露出里衬的一排飞刀。他抽出其中一把，自豪地说："我自己发明的。"

"在我的帮助下。"内特尔斯补充。

"我的功劳最大。"红眼说，"不管怎样，我觉得投掷类武器最好是两边都能造成杀伤，这样成功的概率就会大很多。所以我把刀柄改成刀刃了。"

"没有刀柄的话，你要怎么扔出去？"希望的注意力都被飞刀吸引住了。显然，红眼现在只需要说说武器的事情就能激起她的兴趣。

他指了指飞刀中间的圆环。"我只要用手指勾住这里。看着。"红眼用下巴指了指坐在对面桌子的老头，他头发灰白，正啃着一条硬壳面包。红眼一挥手，飞刀便连着老头手中的面包插在了桌子上。

"他妈的！"老头一开始十分愤怒，但看到是红眼之后情绪平稳了很多。"别这样,红眼。我会被你吓出心脏病的。"

"抱歉,尼佩尔。"红眼走过去把飞刀拔出来,并把面包还给他,然后小声地对他说:"我只是泡那边的小妞儿,你懂的啦。"

尼佩尔咯咯地笑着摇摇头:"我当然懂了,小子。愣头青见到女人就会变笨。"

红眼对他眨了眨眼,走回希望和内特尔斯身边。

"竟然调戏老尼佩尔,真无耻。"内特尔斯揶揄红眼。

"他没事的啦,"红眼说,"老家伙的生活偶尔也要有点刺激嘛。"

希望拿过飞刀,更加仔细地打量起来。"你不会割伤手掌吗?"

红眼举高手,亮出无指手套。"所以我才戴着这个。"

"也是我的主意。"内特尔斯说,"虽然现在他已经不需要了。他现在穿着就是为了耍帅。"

"确实很帅啊。"红眼说。

"对对对,跟你的破烂老鼠外套一样帅。"

"是鹿皮外套。"

"不管怎样,"内特尔斯说着又转向希望,"里希是我见过扔飞刀最精准的。甚至可以用神准来形容。"

希望还在认真地观摩着飞刀,听到内特尔斯的话后突然扬起了一边眉毛:"里希?"

"噢,他没告诉你吗?"内特尔斯的脸上露出了狡猾的笑容,"红眼不是他的真名。他的真名叫——"

"内蒂,我可是知道你住在哪里哦。"红眼连忙打断。

内特尔斯大笑起来。过去几年里,红眼一直很后悔把自己的真名告诉她。不过希望看上去并不在意这些。她把飞刀举在红眼面前,微微皱着眉头说:"你有没有想过……再加一把刀上去?"

"啥?"红眼说着把飞刀拿了过来。

"根据你的思路,刀越多,杀伤的成功率就越大。"

"嗯……"红眼摸着飞刀圆环空出来的两边,有点拿不准。"如果再加一把刀,就会失去平衡了。而我也不觉得可以做成四把刀。"

"做成三角形就平衡啦。"

红眼把飞刀举到眼前,眯着眼想象着三把刀平均分布在圆环上的样子。"你真是太有才了!"

希望的脸"唰"的一下红了。她害羞地笑着说:"我只是顺着你的思路去说而已。"

"不管怎样,我下次就让菲勒做一个出来。"

"菲勒是谁?"

"他是我最好的朋友。我们一起在街上长大的。"

"算是吧。"内特尔斯泼冷水道。

红眼瞪了内特尔斯一眼。先是他的真名,现在又这样,她究竟想干吗?

"菲勒,"红眼继续说,"是个铁匠。我负责想,他负责造。内特尔斯的武器也是他做的。"

"想不到你还有一个有正派职业的朋友啊?"希望问。

"噢,我倒不会说他很'正派'……"

"菲勒和皇兵有些过节。"内特尔斯说,"不过总的来说,他是一个可爱的大块头,只是不喜欢皇兵而已。要是哪个皇兵瞪了他一眼,他甚至会给他肚子上来一拳,可能还不止。所以想保住那份受人尊敬的铁匠工作不太容易。"

"所以他现在只做老百姓生意了。"红眼说。

"意思是,他在帮圆环的流氓非法制造武器,"内特尔斯说,"只要他不用去帮红眼的破计划的话。"她转过身瞪着红眼,"说到这个……"

"又来了。"红眼说。

"亨尼说得对。你肯定是想找死。跟德廉对着干?"内特尔斯摇着头,"简直是疯了,就算是你。我只想到一个原因。"她别有意味地看着希望。

"咳,好了……"红眼挤出一个笑脸。他需要转移话题,马上。他飞快地扫视了周围一眼,看到巴克斯愁眉苦脸地在大厅中走过。"巴克斯!你没事吧?"

巴克斯听到后,快步走到红眼跟前。

"红眼,你搞到药了吗?莎蒂她……情况不太乐观。"

"什么?"红眼的心一下子凉了。

"她咳嗽得很厉害,快要喘不过气来了。我觉得……她的时候到了。"

17

希望逐渐明白,像新列文这样的大城市,除了房子多、人们把它称为"家"之外,这里本身就是一个缩小的世界。每个社区都可以看成是一个郡,有着各自的规矩和荣誉准则。在这个缩小的世界里,黑帮首领就是残暴的独裁者,妓女就是朋友,而长着红眼睛的流氓就是生活的惊喜。

希望好奇地看着他,一边跟着他穿行在火药大厅,在不同的人群中走进走出:有睡觉的、喝酒的、赌博的,还有在交合的。她尽可能忽略这些人，只把注意力集中在红眼身上。自从老头跟他说那个叫莎蒂的人快要死后，红眼突然变了个人。他所有的傲慢和装出来的魅力一下子消失了。每个人都有害怕的东西。大宗师河洛曾对她说，从害怕的事物中能看出一个人的品质。德廉的杀手追了他们那么久，也不见红眼害怕。但现在，他眼中透露出的毫无疑问就是恐惧。

老头掀起一扇地板门，他们一行人一个接一个地走了下去。下面一片漆黑，希望看到一星火花，红眼不知道什么时候点亮了一盏油灯。希望这才知道他们原来是在地下室的走廊里。走廊很长，油灯的光根本照不到尽头。走廊的两旁均匀地分布着两排房子，门都是打开的。一些房子里面传来了呻吟和咳嗽声，而每走过一间房子，希望就能闻到一股臭味。

这也是新列文教给希望的另一件事：这里的味道是她闻过最臭的。希望还以为，算上那腥臭的码头，街上的污物，酒气熏天的酒馆，妓院里一身邋遢的客人和恶心的呕吐物，还有火药大厅的林林总总，她已经见识过这个城市所有的恶臭了。可现在当她走在这个地下室的走廊里，另一股恶臭又钻进了她的鼻孔，让她又难受又熟悉。这是希望十年都没有闻过的气味：腐烂和死亡。

这里是人们等死的地方。

他们走在黑暗的长走廊，希望偷偷地问内特尔斯："谁是莎蒂？"

"红眼的导师。"内特尔斯轻声地回答，"他八岁的时候，他爹妈就死了。如果不是莎蒂收留了他，他可能不到一年也跟着归西了。一个人如果不了解圆环，那铁定倒霉。"

"我也发现了。"希望说。

八岁就成了孤儿。真是一个悲哀的巧合。不过也就这样了，只是一次巧合。可是为什么她又会觉得这一切没那么简单？大宗师河洛曾经告诉过她，世界上没有巧合。那些口口声声说自己相信巧合的人，只是拒绝看见万物之间的联系罢了。但是，卡迈克尔船长也说过，那些相信命运的人只是太懦弱了，不愿承认所有事情都是偶然的，生命其实没有意义。到底谁才是对的？希望不禁想。毕竟他们不可能两个都对。

红眼在一扇门前停下来。这个男孩，在枪林弹雨的时候还笑得出口，现在却要鼓起勇气，仅仅是为了踏进那扇门。他站在那里，紧绷着脸，眼睛发直。接着，他扭了一下脖子，发出"咔哒"一声，正了正肩膀，走了进去。巴克斯、希望还有内特尔斯保持着一定距离，也跟了进去。

一踏进屋里，希望马上认定，如果世界上有一个最糟的地方等死的话，这里便是。黑暗，闷热，潮湿，恶臭。这里只是一个又黑又空的洞穴，地还是泥土的。在房子角落，有一个老女人躺在一张腐烂的席子上面。听到他们进来，老女人微微动了一下。然而从她微弱起伏的胸口看来，她最多也只能动一下了。她的脸已经瘦骨嶙嶙，眼眶深陷，双眼布满了血丝。

"噢，红眼……"她微弱地说。

红眼挤出一丝笑容，但别人一看就知道是装的。

"好了，"他温柔地说，"我听说你一直在抱怨住宿条件差呀，夫人。"

"不要开玩笑。"老女人顿了一下，好让呼吸顺些，"我快要……走了……"

"不开玩笑？"红眼突然很生气，但声音依然温柔。"好吧，那我就认真地告诉你，你哪儿都不去。懂木？"

她虚弱地笑了笑。"没有人……告诉我……该……怎么办……"

"我求你，"红眼低声说，突然跪在了她的身旁。他温柔地抚摸着女人稀疏的白发："求你不要离开我。"一滴眼泪流下了他的脸颊。

"真是个……柔弱的……艺术家嘿……"莎蒂艰难地说着每一个字，"真庆幸……没有……完全……改变了你。"

希望想离开。这太难受了。跟她埋在心底的痛太像了。如果这是卡迈克尔，或者河洛，她也会跟红眼一样。她想逃离这场苦难，可是她强迫自己留了下来，就跟一直以来一样。她要见证这一切，见证所有的不幸。

"我还有药！"红眼慌乱地从口袋里摸索出一个小袋子。"这一次肯定有用！我知道。"

莎蒂缓缓地摇了摇头，没说什么。

"就让我来治好你吧。"他从袋子里倒了一些粉状物到旁边的水罐里，搅匀后倒进了一个小杯子里。

希望皱着眉。"他在做什么？"她低声问内特尔斯。

"你看不到吗？他在喂她吃药。"

"可是这不是……"

接着，红眼枕起莎蒂的头，准备喂她喝下去。

"红眼，停手。"她严肃地说，声音比她预料的还要大。

"不，"他头也不回地说，"只要我还活着，我无论如何都要救她，不管用什么方法。"

"可是你用药的方法不对。"

红眼定住了，杯子已经碰到莎蒂的嘴唇。"什么？"

希望在他身边跪下来，"可以给我看看这个药吗？"

红眼感到十分困惑、恐惧、怀疑，还有一点点希望。"为什么？"

"现在轮到你相信我了。"希望说。

红眼很不情愿地放下杯子，把药包递给希望。

希望将药包打开，用力吸了一口。"这个是湿地花磨成的粉。"

"呃，是啊……"红眼说，"给我药的那个人说我需要的就是这个。"

希望把耳朵贴在莎蒂的胸口，凝神听着她的呼吸，接着用手背贴在莎蒂的额头上。

"吐出舌头来。"她跟莎蒂说。

莎蒂打开嘴巴,希望把油灯挪近了点,以便看清楚她的喉咙。

最后她说:"是尘肺。"

"那个人就是这么想的,"红眼说,"所以这个药没错吧?"

"没错,"希望说,"不过他没有告诉你怎么用吗?他是哪门子药师啊?"

"圆环里没有这样的职业。他只是卖药的。他只知道哪些症状可以用哪些药,就这样。"

"整个社区里连一个药师都没有?"希望很惊讶。

红眼摇摇头。

"为什么这样问?"内特尔斯问,"难道你懂药学吗?"

"每个文成武士都必须学会救人之术和杀人之法,这样才能平衡。"

"那我要怎么做?"红眼目光热切。

"首先,她患的是尘肺,这里对她来说是最糟的地方。我们得把她转移到空气好的地方,越高的地方越好。"

"可是外面那么冷。"巴克斯将信将疑。

"那我们就尽量帮她保暖。"希望说,"用毯子裹着她。外面的空气冰凉,应该可以稍微打通她的喉咙,有利于她的呼吸。"

"我知道一个地方,我们可以带她去那里。"红眼说,"还有什么?"

"还要一块厚布,就是毛巾,一个水壶,还有烧水的东西。"

"煮药?"红眼问。

"是。把药煮成蒸汽。她患的是肺病,所以不能用喝的,要用吸的。"

对于红眼的转变,希望再一次感到惊讶。他的吊儿郎当消失了,同时还有他那担惊受怕的脆弱的心。现在的他十分笃定,而且非常坚定地

执行着希望的计划。他像一个船长一样命令着巴克斯和内特尔斯,后者也毫不迟疑地按要求行动。内特尔斯去找毛巾和水壶,而巴克斯则去找菲勒了。

红眼背着莎蒂,和希望一起走在前头。他领着大家来到一个废弃的教堂。希望曾在盖尔默尔的寺庙里待过无数个昼夜,但这还是她第一次亲眼见到帝国的教堂。那座教堂比寺庙大多了,估计能容下几百人。希望在书里读过,朝拜的人都是自带垫子和毛毯过来皇家教堂的,这解释了为什么那里会这么空。唯一的家具只是一张破碎的巨大高背石椅,居高临下地在教堂后面的圣坛上俯视着一切。希望看见一些人潜伏在角落里,但他们似乎认出了红眼,于是默默地让他们通过。

在教堂还未被废弃的时候,石墙上应该挂着画着帝国历史的挂毯,可是现在都褪色了,只剩下一张张长布。教堂以前的窗户应该是彩色的,现在只剩下空荡荡的窗框,任由冰冷的海风吹进来。踩在地上的时候,一块彩玻璃碎片被希望踩裂了,她不禁想起了童年时的海玻璃,还有妈妈说的话。她说,他们不需要这些不实用的北方玩意儿。泛起的记忆涟漪让希望突然觉得胸口一阵空虚。她很惊讶自己居然还会为这么久远的事情如此伤心。她不明白,为什么最近越来越难抑制这些情感了?她不禁想这些伤口到底会不会愈合。或许等她杀死所有的生物法师之后就能痊愈了吧。

希望重新抬起头,看见莎蒂在红眼的背上睡着了。她把手放在莎蒂的背上,透过毛毯,她能感到她微弱的体温。不知为何,这竟让希望感到安心。

教堂的最里面有一条旋转石梯,希望估计它一直连到钟楼上面。石梯很窄,而且没有扶手。

他们爬了一段距离后,希望问:"需要换我来背吗?"

"不用。"红眼嘟囔着回答,脸色通红,满头大汗。

"其实你不用逞英雄的。"她说。

"我不是要当英雄。我只是想背她。继续走吧,还远着呢。"

希望只好跟着他继续爬,随时准备着接住他们其中一个,万一红眼滑倒的话。爬到现在,他们已经离地面很高了。

终于,他们爬上了钟楼。希望发现大钟已经不见了,只剩下一个空空的地方。那里就像船上的瞭望台,连绵的屋顶就是起伏的大海,在正午的阳光下闪着粼光。

"从这里看,这座城市还算不错吧。"红眼扬头示意外面的景色,"从近处看,她就像长满了麻疹,但从这里看的话,她就像一个漂亮的老妇人。"

"喂。"莎蒂说,仍然被红眼扛在背上,"看好你身上的漂亮老妇人啊。"

红眼轻轻地把她放下来,让她躺在风化的木地板上。

"你啊,"他说,"比看起来重多了。"

莎蒂咧嘴笑了,嘴巴里面牙齿已经掉光。"因为我有一颗石头一样冷酷的心啊。"

红眼扑哧地笑了出来。他看着希望,眼神充满感激。"你说得对,新鲜的空气确实对她有好处。"

"但只能暂时缓解症状。"希望说,"接下来的一天,她必须待在这里,按时吃药。这样才能杀死真菌。"

"真菌?"红眼警觉地问,"像蘑菇那样的?"

"应该说更像霉菌吧。它们在肺部繁殖,阻碍吸入的空气在体内流通。如果它们在肺部扩散了,莎蒂就会窒息了。"

"我们不会让这种事情发生的。"红眼说。

"当然不会。"

"喂,你。"莎蒂的声音更加有劲儿了,"你说什么?我的哪里有霉菌来着?"

"你的肺。"希望说。

"你用来呼吸的东西。"红眼补充道。

"我是用嘴巴呼吸的。"莎蒂说。

"你用嘴巴吸入空气之后,空气就会进入你的胸腔,"红眼说,"胸腔里面有两个像气袋的器官,它们就叫作肺。它们的任务就是为你的身体提供氧气。"

"去你的,从哪儿学的鬼东西?"莎蒂问,"肯定是从你那堆书山里读到的。"

"你还会读书?"希望惊讶地问。

"呃,当然了。"红眼有点不自在。

"读了很多吗?"

"我不知道。"他环顾了一下四周,接着说,"我下去看看内特尔斯和菲勒有没有什么东西需要抬上来的。"他转过身对莎蒂说,"你没问题吧?"

"还行。"莎蒂说。

"对希望好一点。她刚救了你的老命。"

"尽量吧。"

红眼对希望说:"她的意思是不会捅你一刀或抢你钱包。至于其他嘛,谁知道呢?如果她冒犯了你,答应我不要把她扔下去。不过她多半都会冒犯你的。"

希望微微笑了。"我答应你。"

红眼离开后,莎蒂用充血的眼睛看着希望。现在她的眼神里已经没有半点虚弱。"好啦,小美女,你的故事是什么?"

"我的故事?"希望问,在莎蒂身边坐了下来。

"每个人都有一个故事。像你这样的小美女,眼睛居然那么沧桑,我敢打赌你的故事肯定不简单。"

"我的故事已经说过一次了,很久之前。"希望说,"而且我发誓再也不会说第二遍了。"

"噢。"

"我没有冒犯的意思。只是——"

"冒犯不冒犯我才不在乎。其他事也是。"莎蒂眯眼看着希望,"不过我很在乎那个小鬼。虽然他满嘴胡言,但内心却像丝绸一样细腻。我不想他的心被哪个南方婊子糟蹋了。懂木?"

"噢,你误会了。"希望说,"我和红眼只是……朋友,也许吧。就连朋友也言之尚早。肯定没别的。"

"你就是这样想的?"莎蒂看着她一会儿,耸耸肩。"哎,我这个老太婆又懂些什么呢?或许你说得对。"

"我确实说得对。"

"很好。"

她们肩并肩地坐在那里,听着海风呼啸,一起看着新列文的天空。

"真有意思,"莎蒂说,"红眼也有一个故事,挺惨的。他也只告诉过一个人。"

"他告诉了你,对吧。"希望说。

"你怎么知道?"

"很明显啊。他很珍惜你,超过世界上的所有人、所有事。"

"珍惜?我?"莎蒂笑了出来,却变成一阵剧烈的咳嗽。

"真的。"希望说,"当时我们还在那个恶心的地下室,他以为要失去你了……"希望停了下来,回想起红眼脸上的悲痛。那种痛她再熟悉不过了。"那时我根本不想看下去。"

"但你留下来了。"

"我一直都会。"

一声低沉的雷鸣在远处响起。

"那你珍惜的人呢?"莎蒂问。

"死了。"暗淡·希望的声音变得很冷漠。她想起了妈妈爸爸,想起了河洛,还有卡迈克尔。她的老朋友,黑暗,再一次占据了她的内心。"我现在已经没有珍惜的人了。只有报仇的对象。"

"向谁报仇?"

"太多了。"

虽然新鲜的空气起了一点作用,但莎蒂依然病得很重。仅仅说了一会儿话,她就已经筋疲力尽。希望用毛毯把她卷起来,就像她妈妈以前做的鱼卷一样,然后静静地看着这个老妇人渐渐入睡。

希望向外面看去,暴风云正在不断逼近。希望不禁想,为什么她童年的记忆会反复地涌上心头?是因为自从进入红眼的世界以来所感到的不平衡吗?还是说她也渴望有个像莎蒂那样的母亲化身?不管是什么原因,她不喜欢这样。她还有很多事情要做,沉浸在过去丝毫没有用处。

过了一会儿,红眼抱着一个装着半壶水的大铁壶回来了,在他身后还有一个年龄相仿的男孩。不过他比红眼高出一个头,大概六尺半高。他留着一头棕色短发,看上去乱糟糟的,嘴巴周围还留着薄薄的一层胡须。他抱着一大堆木头和一条粗毛巾过来了。

"这就是我跟你提过的朋友。"红眼对希望说,"菲勒,这是希望。"

"很高兴认识你。"希望说。

菲勒害羞地笑了笑,埋头开始摆好木头生火。

"内特尔斯呢?"希望问。

"我让她回火药大厅了,"红眼说,"德廉的人很可能会去那里找我们,我让她帮我们望风,以防他们找到这里来。"

"怎么会呢?"她问。

"巴克斯很可能会把我们的位置告诉他们。"

"你不是说他一直在帮你照顾莎蒂吗?为什么现在又要出卖她?"

"因为圆环就是这样。"红眼说,"情况允许的时候,你能帮多少就帮多少。可是一旦老大发话了,他说什么你就得干什么。"

"这是不对的。"希望说。

"每个人都这样。大家都是靠这样活下来的。很少有人会心甘情愿为了大家而惹毛德廉这样的人。我,菲勒,内特尔斯,当然还有莎蒂。没有了。"

"你还为了我而激怒了德廉。"希望说。

红眼没有说什么,他转过身,在菲勒身边跪下来,帮他摆好木头。

"话说回来,"红眼背对着希望说,"你跟了我这么久,这肯定不是第一件你觉得不对的事。卖身啦,酗酒啦,赌博啦,等等。很意外你居然会和我们这帮流氓待在一块儿。"

"文化观念和赤裸裸的背叛是不同的。"希望说,"我承认,跟一个不穿衣服的男妓说话确实会让我很不自在,不过我不认为他所选择的谋生道路是'错'的。可是出卖在乎的人?那就绝对是错的。"

"她说话跟你好像噢。"菲勒对红眼说。

"你,"红眼一边说一边对他摇手指,"净说些没用的。赶紧把火生起来吧。"

希望看着菲勒从口袋里拿出一个火种箱,把一些小木屑撒在木堆上面。他打了一下火石,一串火花落在了木屑上面。

红眼有意避开了为什么要帮她这个问题,希望更加好奇了。她觉得自己已经够了解他了,他肯定对身边的人极度忠心。但他们都是混了很久的朋友,而他们才刚认识,他为什么要把自己算到他的圈子里?天堂圆环是他的整个世界,德廉是这里最有权势的人。他竟然冒这么大的险来帮自己。为什么？

红眼和菲勒生起了一堆小火。菲勒看来对控制火焰得心应手，大概是得益于他作为一个铁匠的锻炼吧。菲勒把水壶架在火上烧，红眼则走到莎蒂身边，轻轻地摇醒了她。莎蒂猛地睁开眼，一开始有点慌张，看到是红眼之后，就放心地笑了，伸出皮包骨的手摸了摸红眼的脸。

希望想起了刚才莎蒂还误以为她和红眼是一对儿。不过希望否定之后，莎蒂马上就让步了，一点都不像一个争强好胜的老女人。可是如果莎蒂是对的话怎么办？毕竟她比希望更了解红眼。如果说，红眼之所以愿意冒这么大的险来帮自己，是因为他……

可是这一点儿都讲不通。他甚至都不了解她。算不上是。

"水烧开了。"菲勒说。

"现在怎么做？"红眼问。

"把药倒进去。"希望回答，"让莎蒂靠近水壶，用毛巾盖着她的头和水壶，不让蒸汽跑了。莎蒂要尽可能用力地呼吸几分钟，能吸多久就多久。"

红眼小心地帮莎蒂把头靠到水壶旁边。莎蒂依然很虚弱，她吸气的时候必须得扶着她。一分钟之后，莎蒂开始剧烈地咳嗽起来。

"发生什么了？"红眼惊慌地看着希望。

"她的身体正在努力摆脱真菌。快把她移到一边。"

红眼刚扶她倚到一边，莎蒂就吐出了一团鲜黄色的痰在地上。

"见鬼。"菲勒棕色的眼睛都睁大了，"她身体里的就是这种玩意儿？"

"这还不是全部。"希望说，"让她休息一会儿，我们还要重复好几次，直到她的肺变干净为止。"

"怎么才知道干净没有？"红眼问。

"她不再吐出这些东西的时候就是了。"希望回答。

他们又重复了三遍。每一次，莎蒂都可以吸更长时间，她的痰也越来越少了。

等他们做完第四次的时候,天空已经变黑了。红眼帮莎蒂躺回毛毯上,菲勒则去加火。希望靠着一条木柱坐下来,闭上眼睛。她深深地呼吸,享受着高塔里的清新空气。

"嘿。"红眼的声音就在她耳边。

她睁开眼,看到红眼在她身边坐了下来,两人的肩膀碰在了一起。很意外,希望居然觉得很安心,所以并没有移开。

"谢谢你,"红眼说,"我想你知道莎蒂对我来说有多重要。谢谢你救了她。"

"很高兴能帮上忙。"希望说,"这样我就算还了你的人情了。"

"你没欠我什么。"他说,"很高兴我帮你了。我……很高兴遇见你。"

"我也是。"希望说,"你很……有趣。"

"有趣?"红眼苦笑,"我还是接受吧,总比无聊好多了。"

"你一点都不无聊。"希望向他保证。

"是啊,因为我带着你愉快地跑了一段,对吧?"

"是啊。那确实……很有乐趣。"她感到一点愧疚,毕竟文成武士是不能追求乐趣或刺激的。不过那的确是事实,那确实很有趣。

"等这事儿结束之后,你大概有很多重要的文成活儿要忙吧?"红眼问。

"噢,"希望的愧疚感更深了,"是啊,恐怕是的。"

"肯定了。"红眼说,"还有,呃……你的那些文成活儿,应该要一个人去做吧?"

"那些事,没有人会愿意跟我一起做的。"

红眼转过脸对着她,红宝石般的眼睛在火光里闪闪发光。"你确定?"

希望看着他,不确定说什么好。也不确定他是什么意思。在这一刻,一切都是那么不确定。

"大事不妙了，伙计们！"内特尔斯的声音从楼梯下面传过来，响得像一条鞭子。"追兵来了！"

三人同时站起身来，同时内特尔斯也来到了楼顶。

"多少人？"红眼问。

"一打左右，全都拿着左轮手枪。"

"他们追过来真是愚蠢至极。"希望说着拔出悲歌剑，"我们占据高地，就算他们有一百人，都要死在这里。"

希望心中所有的焦虑和困惑，像被阳光照射的迷雾般烟消云散。只有这一点，是她可以确定的。

18

生活会给你带来很多失望。有的时候，它赋予了你一些东西，却又马上将它们夺走。红眼明白这个道理。在他看来，这些事都是设计好的，就像一个接一个的冷笑话。但这一次，他决不会让这种事情发生了。他决不会让刚躲过病魔的莎蒂被德廉的手下杀死。

话虽如此，但敌人有十二个，并且全副武装，而他们身后已经无路可退。红眼不知道怎样才能渡过难关，不过在落汤鼠酒吧的时候，希望看上去身手不错。是非常不错。可是如果红眼对她判断失误的话，那他们很快就会遭殃。

红眼把莎蒂移到离楼梯尽可能远的地方,用毛毯把她包起来,以免她受凉。然后,他和希望、内特尔斯还有菲勒一起,在楼梯顶端准备应战。内特尔斯握着缠在手里的锁链刀,菲勒举着短狼牙棒,希望则握着剑,但没有拔出来。德廉的人逐渐迫近,甚至都能听到他们上膛了。

"我们要等他们上来之后再把他们打回去吗?"红眼问。

"不。"希望说,"不能冒险让他们靠近莎蒂。我们中途拦截,他们掉下去就会摔死,我们也有余地撤退,如果需要的话。"

"谁说你可以做主了,天使婊子?"内特尔斯说。

希望耸耸肩。"没所谓。尽管留在这里等吧。不过你们会白等了,因为我不打算让任何人来到这里。"

"什么——"红眼还没说完,希望便握着剑优雅地跳了下去,直接来到楼梯中间。德廉的手下没有料到这一出,他们大声叫喊,慌乱地一阵乱射。希望跳下去的过程中,瞄准了其中一个敌人,她重重地砸在了那个人身上,把他砸晕的同时也缓冲了冲击力。下一秒钟,悲歌剑出鞘,发出可怕的嗡鸣。她往下一层楼梯跳下去,掠过两道闪光,两名枪手一人脑瓜落地,一人手臂分离。

"见鬼,"菲勒说,"她是认真的。"

红眼咧开嘴笑了:"所以趁还来得及,咱们赶紧下去干掉几个吧。圆环的荣耀岌岌可危呀,伙计们。"

三人冲了下去,像普通人一样跑下楼梯。而希望则来回地飞跃在楼梯之间,从未在一个地方呆过超过一秒,敌人根本没有时间瞄准,更别说开枪了。在酒馆里,红眼曾窥见她的优雅和控制力的冰山一角,现在终于能见识全貌了。她就像一股自然之力,如暴风般凶猛,如烈火般迅捷。红眼一直都期待她是个厉害的人,生活终于没有让他失望,甚至还超过了预期。这还是他有记忆以来第一次。

当然了,那可是德廉最凶残的杀手,希望不可能一个人对付他们所有人。红眼也很乐意掩护她的后方,任何人想靠近她,他都一一用飞刀解决。他们从楼梯边上掉下去,捂着自己的喉咙,或膝盖,哪儿的伤更重就捂哪儿。正如希望所说,他们从这里掉下去,就再也站不起来了,不管他们之前伤在哪里。

希望的武功太高强了,加上她那把闪着冷光、不断嗡鸣的宝剑,所有敌人的注意力都集中在希望身上了。所以当菲勒像野牛一样撞过去的时候,他们这才反应过来。菲勒朝四面八方挥舞着狼牙棒,把好几个人打了下去。

"菲勒,小心!"内特尔斯喊道。

不远处,一个杀手瞄准了菲勒,就在他扣下扳机的一瞬间,内特尔斯甩出锁链刀,刀刃直接插在了他的手上,把枪打落。接着她狠狠拽了一下锁链,敌人便失去平衡,磕磕绊绊地到了楼梯边缘。这时,她一脚踩在锁链刀的铁锤一端,再用力一拉,刀刃便抽离出来,敌人也被拽得掉了下去。

很快,枪声就停了下来,德廉的杀手只剩下一人。希望将他按在地上,踩着他的腰,把他整个上身悬空。他吓得胡乱地挥动着手臂。

"求你放过我……"他呜咽着求饶。

"告诉我德廉在哪里!"希望厉声说。

"他在三杯舞厅!他一直都在那儿,大家都知道的!"

"三杯舞厅哪里?"

"三、三楼。他和他最厉害的杀手都在那里!"

"谢谢。"说完,希望用刀柄重重地打在他的脑袋上,将他击晕。她把他拉回来,站起身看着这一地的尸体,表情复杂。

"哈,干得漂亮。"红眼说,"谢谢你留了几个人给我们。"

希望的脸上露出浅浅的微笑。"我就知道你们肯定会跟上来的。不管怎样。"

"像你们这么伟大、这么厉害的文成武士,刚才是不是像游戏一样简单?"红眼问。

希望听到后,脸色马上变了,笑容也消失了。红眼知道自己说错话了。

"杀生从来不是什么游戏。"她擦掉剑上的血迹,把剑收回鞘里。

"呃,对,当然了。"红眼尴尬地说。

"德廉很快就会知道杀手们失败了。"内特尔斯说,"等莎蒂好些,我们就立刻转移,然后人间蒸发,直到风头过去。"

"真是好主意,"希望说,"你们都应该躲起来,等到事情结束。而我认为事情在好转之前只会更糟。"

"看来你是不打算加入我们咯。"内特尔斯说。

"她要继续追击德廉。"红眼说。

"没有人会那么傻吧。"菲勒说。

"他残忍地杀死了卡迈克尔船长。"希望说,"我发过誓要保护他。他是我的船长,还是我的导师。我不会就这样算了的。"

"你不会指望我们加入你的死亡派对吧。"内特尔斯说。

"当然不会。你们都没有宣誓。"

"发没发誓,我都会跟你去。"红眼说。

"别傻了,"内特尔斯说,"你干吗要这样啊?"

"我自有原因。"红眼说,"最显然的是,没有我帮忙的话,希望是不会有机会的。而且我也必须让莎蒂的救命恩人活下来,哪怕只有一线生机。"

"红眼,我很欣赏你的勇气,谢谢你愿意帮忙。"希望说,"不过我不觉得没有你我就会死定。"

"你确定?"红眼问,"你听到刚才那个人怎么说了。德廉在哪里其实不是什么秘密,我们都知道去哪儿找他。所以你觉得为什么到现在都没有人去取他小命？"

"他有重兵把守。"希望说。

"他有他妈一整支军队！"内特尔斯说。

"没错，"红眼说，"就算你的武功是我见过最厉害的，那里可是有上百个全副武装的杀手啊，你不可能全身而退的。"

"那你觉得你能改变局面吗？"希望问。

"我一个人肯定不行。不过我可以帮你组建一支军队。"

"天方夜谭，"内特尔斯说，"就凭你，从哪儿找一支军队？"

"锤子角。大块头西格以前和德廉有过过节。"

"不是吧，"内特尔斯说，"那根本……你不能……"她摇着头，张着嘴却无言以对。

"你要把事情闹大到圆环外面。"菲勒说。

菲勒不是在提问，更像是声明，所有人都沉默了一会儿。内特尔斯和菲勒看着红眼，等着他说些什么。可能他们都觉得红眼做不到吧。而就在说出口之前，红眼自己也不确定能不能做到。圆环已经夺走了他太多太多，这是真的。但同时它也给了他很多。他很出名，很受尊重，如果他愿意，他可以成为德廉的副手之一。终有一天还可能变得跟德廉一样有权势。他骨子里认为这一切都可以发生。但这也是他为什么不能让这一切发生的原因。

也许菲勒是对的。也许是体内的上城血液让他有这么疯狂的想法。可是，就算成为一个垃圾堆的老大，也改变不了他们就活在垃圾堆里的事实。他想要更好的。他不知道为什么他会觉得希望比自己"更好"。她的教育，她的原则，她见识过新列文以外的世界。随便挑一个。而当希望在身边的时候，他要追求更好的想法也显得没那么疯狂了。把各个社区团结起来不仅仅是酒后痴言。它是可能的。这就足够了。

"是的。"红眼说，"我要把事情闹大到圆环外面。"

"真他妈难以置信。"内特尔斯说,"来吧,菲勒。我们走。"说完,她头也不回地走了。"也许我就不应该感到惊讶,毕竟你不在圆环出生。"她背对着红眼说,刻意提高嗓音好让他听到。

菲勒继续盯着红眼。忠心的菲勒啊,他愿意跟着红眼出生入死,但显然这一次他不干了。又过了一会儿,他摇了摇头,跟着内特尔斯走了。

"红眼……"希望问,"你确定——"

"当然了。好了,赶紧找个安全的地方安顿莎蒂吧。"

说完,他便爬上楼梯,希望默默地跟了上去。回到钟楼后,红眼轻轻地摇醒了莎蒂。

"菲勒和内特尔斯呢?"莎蒂问,"他们没受伤吧?"

"他们没事。"红眼说完又加了点火来烧水。

"那干吗你看着快要哭鼻子了?"

"我,呃……"他停下手,转过身看着莎蒂。"我要离开圆环了。"

"嗯。"莎蒂侧头指了指希望。"跟她一起?"

"是。"

"很好。"

红眼惊讶地看着莎蒂。

"你要尽早离开这个破地方。"她说,"而且你的这个南方女朋友比你其他朋友聪明多了。"

"我还以为你想我——"

"成为一个真正的圆环人?别搞笑了。除了会让身边的人老得快死得快,那样的人有屁用?里希邓特朗,你值得拥有更好的,要是你不去追求,就是对我的侮辱。白白浪费了我那么多年的时间,确保你没有饿死或着惨死在街头。懂木?"

"莎蒂……"

"别叫我莎蒂,你这个废物。懂木?"

"是的，船长。"

然后就没有了。他们又煮了一壶药，莎蒂吸了几分钟后，最后她吐出来的痰只有浅浅的黄色了。

"你已经脱离危险了，"希望说，"不过接下来几天你还要坚持每天治疗两次，确保不会复发。"

"我都可以去旅游了吧？"莎蒂问。

"当然啦，只要你想。"

"咱们快走吧。不用多久，德廉就会收到风声，知道你用那把神奇的剑把他的手下都干掉了。而下一次，他会派一大队人马过来。"

※

他们来到码头的时候，莎蒂已经上气不接下气了。红眼说要背着她，但她只是瞪了他一眼便继续走。她说她在码头认识一个人，可以暂时收留自己。

"失踪芬恩？"红眼问，"没想到你跟他还有联系。"自从他们的船被烧烂以后，芬恩就留在码头这边，干着一些正当的活儿，偶尔修修船，有时就去渔船上帮忙。

"我跟所有船员都有联系。"莎蒂说，"我一生最开心就是那时候了，所以只要是有关的人，关系都好着呢。"

失踪芬恩住在码头边的一个小棚屋里。他们到的时候，他正坐在屋外，给一支鱼竿穿线。他看上去跟莎蒂一样沧桑，满头白发。看见红眼他们的时候，他的独眼亮了起来，布满皱纹的脸折成一个热情的笑容，仅剩的几颗烂牙露了出来。

"哎哟，这不就是圆环的明珠吗？"他慢慢站了起来。

"听着，老滑头。"莎蒂沉脸说，"你已经求了我好几年，让我来码头跟你一起了。现在我正好需要一个地方躲躲风头，可能要好一阵子。你是觉得没问题呢，还是觉得我现在又老又丑，你不感兴趣了？"

"是哪个混蛋骗你的，"芬恩说，"你一点都不老，也不丑。我也是，真的。你走运啦，每天都可以看到这么帅气的人。而且不管你惹上什么麻烦，你都可以在这里避风头。"

莎蒂对红眼说："哎，虽然他还是个笨蛋，不过他的嘴巴好使。更重要的是，他这里很安全。"

"你确定？"

"当然了，别傻了。"

"红眼，"希望扫视着码头，眉头紧锁，仿佛在找什么东西。"你知道十二号码头在哪里吗？"

"知道啊。干吗？"

"我要去跟女士诡计号的船员说说情况。他们可能还不知道卡迈克尔船长已经死了。我和他们一起并肩作战过，至少得告诉他们发生什么了。"

"你是说，有一艘没有船长的船？"芬恩问。

"船长昨天在落汤鼠被德廉的手下一枪打死了。"红眼说。

"其实是被兰金杀死的，他的大副。"希望说。

莎蒂眯着眼，看上去很感兴趣。"那个大副现在呢？"

"不清楚。"希望说，"我上次见到他，他还躺在地上流血不止，因为我砍掉他的手了。"

"你不觉得他们会重新选一个船长，把船开走了吗？"芬恩问。

"我们的船需要大修。"希望说，"还能不能出海都是个问题。"

"这样啊。"芬恩别有意味地看着莎蒂。

"带我们去看看你的船呗，"莎蒂说，"我觉得你到时候应该会需要坐船离开这里吧。有一艘能用的船还是不错的。"

"可能吧。"希望疑惑地看着红眼，但他只是耸耸肩，连他也不知道莎蒂在打算什么。

"好了，听着。不是你们想的那样。"莎蒂说，"只要你还跟着红眼一起混，我和你就是好朋友。我琢磨的是这个。芬恩很了解船，一直以来，都是他在修理野蛮之风号。你们两个该干吗干吗去，芬恩和我会把你的船修好的。"

"那不是我的船。"希望说。

"那是谁的？"莎蒂问。

"没有人的。"

"那你直接认了就行了呗。"

"那你修船的报酬是什么？"红眼问。

"很简单。"莎蒂说，"你们走的时候带上我们就行了。"

红眼惊讶极了。"真的？这就是你想要的？"

"我活不了多少年啦，你照顾得我再好也没用。在我最后的日子里，我想去海上晒晒太阳，闻闻新鲜的空气。怎么也算是个不错的选择嘛。走之前我就想多看看这个世界。"

"我会尽快把船修好的。"失踪芬恩说。

红眼对希望说："你觉得怎样？如果我们真的成功了，有艘船还是挺不错的。"

"还是先看看船上的情况再说吧。"希望说，"有的船员可能会反对。"

结果没有任何人反对。因为船上根本就没有人。女士诡计号上面所有人和所有物资都不见踪影了。只要是没被锁起来的东西都被拿走了。

"不出所料。"芬恩说，"他们还要吃饭。他们用完补给了，耐心也耗尽了。然后正好看到其他船在招募水手，有吃的又有钱赚。换做是你，你会怎么做？"

"那我们就这么……把船留在这里？"希望问。

"这个嘛……"芬恩往码头的另一端望去。一个留着黑色胡子的大块头正向他们走来。"还要应付码头管理员呢。"

"你！南方佬！"男人一边走一边吼，"我不管卡迈克尔船长和其他船员怎么样，但你们还欠我两天的码头费。如果天黑之前还不付钱，或者把她开走，我就把她弄沉！别以为我不会！"

"好了好了，我的好哥儿们。"红眼热情地说，"别说什么弄沉这只船啦。我们就说说，每天的停靠费是多少钱来着？"

"五枚银币！"男人愤怒地说。

"那好。我不是很擅长算数啊，但我觉得这个——"他亮出两枚金币，"——够我们停靠，多久来着，一个星期？"

男人顿时定住了，盯着金币。红眼还特意晃了晃金币，好让它们在日照下闪闪发光。

"差不多吧。"码头管理员说。

红眼转向芬恩："一个星期能修好了吗？"

"大概吧。不过根据前桅的弯曲程度，很可能要两周。"

"那好，"红眼说，"保险起见，我们再加两枚。"他又拿出两枚金币，把四枚金币一起放到码头管理员的手中。接着他又拿出第五枚，在男人面前晃了晃。"只要你保证，除了我们四个人以外其他人一律不能靠近。这枚就归你喽。我两个星期后回来，只要船还在这儿，安然无恙，这枚金币就是你的了。懂吗？"

码头管理员热情地笑了笑，变得和善多了。"当然可以了，船长……"

红眼指着希望，说："这才是女士诡计号的船长。暗淡·希望船长。"

"随时为您效劳，希望船长。"码头管理员说，"有什么需要，请跟我说。"

"谢谢你，管理员先生。我会的。"希望庄严地说。等男人离开之后，她问红眼:"那些钱是怎么来的?"

"可能是我把那袋金币留给普林的时候拿了几个吧。"红眼说,"是不是很庆幸?"

希望摇着头,但露出了微笑。"好吧。反正现在说你也太晚了。"

"很好。"红眼说,"现在我们去找一支军队回来吧?"

"在实施这个漏洞百出的计划之前,"莎蒂说,"是不是该考虑一下先填饱肚子、睡足觉呢?"

"老年人的智慧啊。"红眼说。

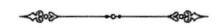

红眼一开始不觉得四个人挤在芬恩的小棚屋里能有多舒服,但结果是,当你连续两天都没日没夜地保住性命——自己的、朋友的,在哪里睡已经没关系了,而且睡前还吃了一顿热腾腾的美味炖鱼汤呢。

因此,红眼和希望在木地板躺下来还没到一小时,就开始迷迷糊糊了。阳光轻柔,从唯一的一扇百叶窗照射进来。莎蒂和芬恩则坐在外面,喃喃地交谈着。

就在红眼快睡着的时候,他听到了希望的声音,又温柔又梦幻。她说:"她说你不是在圆环出生,是什么意思?我说内特尔斯。"

"因为我确实不是啊。"

"那你在哪里出生?"

"银背镇。不过她想说的不是这个。我妈妈是堕落谷的。"

"我还不了解新列文,不知道那是什么意思。"

"意思是她是一个上城的富家女。"

"这个……很不好吗?"

"对这里来说?是啊。"

"她觉得你会有优越感。"

"答对了。"

她睁开眼,转过身看着红眼。"你会吗?"

"我五岁的时候就会读书,而圆环大多数人都没上过学。单单这一点就让我显得很优越。"

"所以他们恨你。"

"内特尔斯恨所有人。我不会觉得她在针对我啦。再也不会了。不过只要我在这里,就得证明自己。证明我不软弱,证明我可以处理好事情。在这里,唯一一个没有怀疑过我的,就是菲勒。"

"但现在……"

"是啊。看着他那样离开……我宁愿被他狠狠打一拳。"

"有在意的人就会这样。"希望说,"如果失去了他们,心里比刀割还痛。"

他们沉默了一会儿,空气里只有莎蒂隐隐约约的笑声。

"我觉得我应该提醒你,"红眼说,"不像在天堂圆环,我不了解锤子角。那里不是我的地盘,所以到时我不会有任何撤退计划,也不会有任何欠我人情的人帮忙。"

"那是好事。"希望说,听起来快要睡着了,"你还有一些有用的品质。"

"你是指我那无法抵挡的魅力吗?"

"我是指你那弹无虚发的飞刀。"

"噢,好吧。当然。"红眼沉默了一会儿,然后接着说,"不过你确实觉得我挺有魅力的吧,对吗?希望?"

可是希望已经睡着了。

19

那天晚上,他们启程去锤子角。根据希望的理解,他们只是去旁边的一个社区而已,但红眼和莎蒂的道别既由衷又粗鲁,让她觉得他们好像是要漂洋过海似的。

现在,希望和红眼走在街上,两旁的汽油街灯熠熠生辉。虽然红眼极力装出一副得意洋洋、无忧无虑的样子,但希望看得出来他其实十分不安。希望的步伐像平常一样稳健,而红眼却是之字形地跳来跳去,有时候还会贴着边上走,仿佛找不到舒服的步调。

"锤子角真的有那么不一样吗?"希望问。

红眼耸了耸肩,眼珠子快速地转动,环顾四周。"你可能看不出来,北方贫民窟对你来说都一个样儿。但对我来说就不同了。建筑不同了,人不同了,做事的方法也不同了。"

"你以前去过那里吗?"

"一两次吧。"

"去那里做什么?"

他咧嘴笑了,"不是什么好事。"

"我们在那里会不会很不受欢迎?"

"锤子角没有受不受欢迎这回事儿。"说完,他捡起一些鹅卵石,扔出一块,不偏不倚地打中了十米外的一个小罐子。"他们那里有一句俗语:'锤子角,最艰苦'。据我所知,这句话一点儿都没错。"

"比天堂圆环还糟?"

"是啊。你看,虽然死脸德廉是一个杀人如麻、心狠手辣的大恶霸,但起码他把圆环打理得有条有理啊。锤子角就没有这样的人。大块头西格是现在最有势力的,但时不时就有三四个帮派跟他叫板。在这种地方,连皇兵都拿它没办法。"

"如果大块头西格和我们结盟的话,会不会稍微对他有利一点?"

"我就是希望他会这样觉得。"红眼说,"最怕的就是,他觉得跟我们结盟会扰乱了他现在的盟友关系。"

"如果他真的这样觉得呢?"

"那他就会杀掉我们。"

"他试试看。"

红眼笑了。"我就喜欢你这一点,人如其名。"

不知道从什么时候开始,希望也渐渐觉得这里确实有点不一样了。鹅卵石街上不但脏,很多都是烂的。房子也是,看上去都很破,好像经历了一场战争一样,到处都是打烂的窗,裂开的门,还有一堆堆从墙上掉下来的砖瓦。街上也没有灯,整个地方仿佛笼罩在阴郁之中。

"我们在锤子角了,是不是?"希望问。

红眼点点头。他不再跳着走路了,而是和希望并肩走着,步速很快。他的手虽然很放松,却时刻准备着,眼睛也机警地察看着前方。

"你有什么计划吗?"希望问。

"我知道去哪里找大块头西格。难的是路上不被人抢劫。"

"机会大吗?"

"不大。"

刚说完没多久,三个男人从小巷里冒了出来,拦在他们前面。接着后面又走出来两个人。

"晚上好呀,小鸳鸯。这么晚还出来散步呀?"一个戴着烂高帽的人说。

"他们肯定是迷路啦。"留着过肩长发的人说。

"可能吧,"第三个人说,他的脸上有一道大疤痕,"等我们拿到东西后,就帮他们指指路嘛。"

"我们真是好邻居呀。"高帽男说,"不过他们好像不是这里的吧。不然我怎么会忘记这个南方小妞呢。"

希望看着红眼问:"他们是想抢劫我们吗?"

"应该是。"红眼说。

"那真是白费力气了,"希望说,"他们有带武器吗?"

"噢,放心好啦,我们的家伙好着呢。真敢说啊,小妹妹。"伤疤男说完,亮出一把小刀,但似乎用来切面包更合适。剩下的人也亮出了同样可悲所谓的"武器":一根顶端有一根钉子的木棒,一只破玻璃瓶,一块砖,还有一个装着石头的皮袋。

"别开玩笑了。"希望迈开脚步向他们逼近。

"够了!"伤疤男吼,挥起小刀捅向希望。

希望抓住他的手腕,用力一扭,伤疤男的身体便向前倒。同时,希望抬起膝盖狠狠地砸在他的脸上。接着,她另一只手握成铁拳,一击打在高帽男的耳朵上,打得他头晕脑涨。她放开手,任由伤疤男倒在地上,再抬起脚踢中长发男的胸口,令他翻倒在地,呼吸困难。接着,她继续向前走。

红眼在后面揶揄道:"看到了吧,伙计们。这位女士就喜欢这样。"

希望身后传来慌乱的脚步声,她知道剩下的两人溜了。

红眼赶上她，问："我很好奇，为什么你不用剑呢？你一招就可以杀掉他们三个了吧。"

"杀掉这帮手无寸铁的小混混对悲歌剑来说是一种侮辱。"

"啥？什么剑？"

"悲歌剑。这把剑的名字。"

"你给你的剑起名字了？虽然它确实是一把好剑，但——"

"我没有给它起名字。这把剑已经有几百年历史了，打造它的技艺都失传了。在我们还没有出生之前，它就有了名字了。"

"听起来好厉害。"

"能挥舞这把剑是至高的荣誉。希望终有一天我能证明自己配得起它。"

"你还没配得起它？"

"对。"希望说，"我还没做过什么真正配得起它的事。"

"那你是怎么得到它的？我知道你不是偷来的。"

"是我的导师托付给我的。就在他被同门兄弟杀害之前。因为他把文成秘技传授了给我。"

"他们干吗要这样做？"

"因为文成戒律是禁止把这些秘技传授给女人的。"

"为什么？"红眼问。

希望看了红眼一眼。从他的表情看来，他是真的不懂。"因为女人是不能接受文成秘技的。"

红眼皱着眉。"为什么不能？"

"因为……我不知道。一直都是这样的。"

"其他地方可能是这样。"红眼说，"但在这里，男人女人没什么区别。如果你打架比别人厉害，别人就会认同你，不会多说什么。"

希望努力回想起以前家乡的生活。"在我小时候，还没有被文成武僧收留之前,我住在一个很小的渔村里。我记得……不多,但我知道我妈妈确实有干活。虽然生活很艰难,但每个人都是平等的,我想应该是这样的。"

"所以是那帮文成和尚给你灌输这种想法的咯?那里的男人真的比你厉害很多吗?"

"不。"希望说,"我只跟一个人交手过,不过他完全不是我的对手。我也看过别人训练,他们没有什么是我不会的。"

"你知道我怎么想吗?那完全就是废话!上城的人也是这样,男人负责工作,女人负责一无是处。都是一派胡言。在下城,每个人都要靠自己。就算是女人,她喜欢干什么就干什么,男人也会尊重她。"

"我喜欢这种观念。"希望说,"这样看来,这里确实比较开化。"

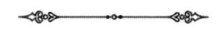

在剩下的路里,再也没有人伏击他们了。希望不知道是他们运气好呢,还是关于他们的消息已经传出去了。

"好啦,我们到了。"红眼在一个仓库的门前停了下来。仓库没有任何标记,窗户里面透着灯光,还传来讲话和嬉闹的声音。他揉了揉鼻子说:"看起来不怎样嘛。"

"你以前没来过?"希望问。

红眼摇摇头。"以前认识锤子角的一个人,是他告诉我这个地方的。"

"他后来怎么了?"希望问。

"在一天晚上消失了。没有人知道发生了什么,传闻是生物法师做的好事。"

"在这里?"希望问。

"大多数在上城。"红眼说,"但有时候他们也会来下城找些新鲜的材料。据说是这样的。我以前认识一个人,小蜜蜂的妈妈……"他摇摇头,"不管怎样,要分清谣言和真相不容易。"

希望本来打算给卡迈克尔报仇之后就离开新列文,可是如果这里有生物法师作恶的话,那她就得多留一段时间。她不知道红眼会不会继续陪着自己。她发现自己很想他会,虽然有点自私。

"应该要敲敲门还是怎么的吧。"红眼说完,握紧拳头在门上敲了一通。

过了一会儿,里面隐隐约约传来一个脚步声,接着门被打开了一条小缝,门后露出了一双眼睛,看上去十分警觉。"你们想干什么?"

"去见大块头西格。"

"呵,凭什么?"

"这个。"红眼拿出一枚金币,在那双眼睛前晃了晃。这肯定又是从给普林的金币里偷偷拿的。希望还以为自己已经盯紧红眼了,但很显然他那灵巧的手指除了会扔飞刀外,别的东西也很在行。

那双眼睛顿时变得放松多了。"好。"

接着,门先是关上,然后又完全敞了开来。一个瘦削的人站在门边,腰间佩着手枪。希望很快发现,大块头西格的手下用的不是左轮手枪。

"谢了,伙计。"红眼说完,把金币扔给了他。

男人接住金币,举起来对红眼说:"这个只能让你通过我这关,能不能见到西格我就管不着了。"

"那它够不够让你给我一点提示?怎样才能和西格好好地聊上一会儿?"红眼问。

"他喜欢玩石头游戏。里面就有一堆人在玩呢。你如果很厉害的话,他应该会想跟你玩玩。"

"是嘛?"红眼摩拳擦掌,一双红眼闪闪发光,"正好我玩得还行。"

男人把金币放到口袋里。"那祝你好运。"

"噢，我从来都不靠运气的。"红眼低沉地笑了一声，语气几近邪恶。

他们穿过了短廊，来到一个宽敞的空间。那里几乎是空的，只有中间均匀摆着的十张桌子，每张桌子上都有两个人面对面坐着。希望不会玩石头游戏，她只在女士诡计号见过几个水手玩过，不过她没兴趣了解具体的规则。

在房子一边，石头火坑的旁边，一个男人坐在椅子上，身旁放着一个锁箱。红眼走过去，又拿出一枚金币对男人说："下一场帮我找个对手。"

男人警惕地看着他，说："你看着不脸熟。"

"刚到这里。"红眼说。

"规则就是不要亮家伙，就算输了。谁要是敢在赌厅里动粗，大块头西格绝对不会放过他。"

"那你放心好了，伙计。因为我根本不会输。"

"是嘛？"男人笑了，"那你应该会一会菜鸟科琳。她一直在等一个体面的高手呢。"

"我不体面，但我可以保证，我是高手。"

"右边最后一张桌子。"男人收下金币，递给红眼一根木条，"她应该很快就收拾那个蠢猪了。"

希望和红眼来到那张桌子旁，看见一个瘦小脆弱的女人，大概三十出头。她的对手则比她更老。

"我不是很了解规则。"希望悄悄对红眼说。

"每个玩家一开始都有二十块石头。一开始先拿出十块石头，排在桌子上。每个石头都标有数字，从零到九。每一回合双方轮流各放一块石头，谁先把所有石头都消掉，谁就算赢。如果你下一块石头的数字比一大，你就可以把它放在数字一的石头上面。如果数字较小，那就放到下面。如果数字一样，那就叠加在一起。一旦你把石头放到某一排，不管是上面、下面还是叠加,都不能再改了,除非你把所有石头都拿回来,重新开始。"

"不是要消掉所有石头吗?干吗要拿回来?"

"当你没有石头下了,就必须拿回一些,这样才能继续嘛。"

"好吧,听起来也不是很复杂。"

"这只是大概而已。但要是你把两排或以上的石头进行加减乘除的话,那就有意思多了。"

"你会数学?"

红眼耸了耸肩,把头别到一边。"兴趣而已。"

那天早上,在他们睡着之前,红眼提过他的"富翁"出身让别人觉得他更优越。可是他非但没有因为会读书、会算数而感到自豪,反而因此觉得尴尬。

"那要怎么玩?"希望追问,"要是答案只能是个位数的话,那就没多少选择了。"

红眼挣扎了一番,好像不想再深谈下去的样子,不过最后还是放弃了。他一脸喜悦,充满童真。"没错,可是如果你合并两排石头,就有一个两位数的数字了,合并三排就是三位数,如此类推。数字越大,你就可以放下更多的石头。"

"明白了。我知道这个游戏复杂在哪里了。"

红眼对她笑了笑,但不是他一贯自以为是的痞笑,而是一种感激。"很多人都不懂。"

就是这个。其他人可能会欣赏他的魅力或飞刀,但希望欣赏的是他的智慧。希望想,自从他的父母去世以后,应该没有人会欣赏他这一点了吧。

"他妈的!"菜鸟科琳的对手吼道,"又是这样,科琳!你是怎么……"

小女人羞怯地笑了笑。"我喜欢数字,卡斯特。只是这样。对我来说它们就像朋友。"

卡斯特咕咕哝了几句,把最后的木条扔到桌上的石头堆里,起身走了。

"轮到我们了。"红眼说。

他们走到桌子另一边,科琳抬起头看了看,皱了一下眉头。"你是新来的。"

"是啊。"红眼承认,坐了下来。

"我一般不跟新人玩。"

"那边的人,"红眼示意了一下刚才的男人,"说你在等高手。"

"你是吗?"她眯着眼看他,嘴唇紧闭。

"试试不就知道了。"红眼说。

"你要怎么玩?"她问。

"没有数字限制。还有其他玩法吗?"

科琳又羞怯地笑了笑。"没有。只要你喜欢这游戏。"

✤ ✤ ✤

他们的对弈已经持续了一个多小时。直到现在希望才知道,原来一局游戏也可以玩这么久。有好几次,双方都只剩下几块石头了,但很快就会被对方拦截,不得不重新把石头拿回来,重新来过。

一开始,希望还能跟上节奏。她就坐在红眼旁边,可以看到他剩下的石头上的数字,所以她有时候甚至可以预测他的一些策略。但随着游戏进行,红眼和科琳都逐渐意识到对方的厉害,游戏的节奏就变得越来越快。到后来,石头被快速地拿走、放下、移动,来来回回,犹如枪林弹雨,紧张激烈。现在不仅仅是数学问题了,这个游戏还蕴含着更深层次的东西。希望想起了战斗时那种灌满全身的自由和鼓舞的感觉。

其他玩家都聚过来围观了,不断地窃窃私语,仿佛说话稍微大声一点就会妨碍了比赛。不过希望知道,就算他们耳边响起一声雷,他们也不会受任何影响。战到现在,红眼已经满头大汗,而科琳的脸都涨红了。虽然两人一动不动,但耗费的精力却一点儿也不少。这里蕴含着某种东西。某种希望可以领悟的东西。但是是什么呢?那种东西呼之欲出,可是就差那么一点点。希望越是想要抓住它,它躲得就越远。

然后,就在一刹那,希望突然明白了。这就是希望要领悟的东西。在沉寂之中,没有刻意控制,而是任由身体去观察、接受、反应。

"好了。"红眼打断了希望的思绪。人群里也发出一阵低语。

希望看向红眼的手,看他有没有消掉所有的石头。他手里握着什么,但是希望看不到。

而菜鸟科琳则掌心向下地将两手平放在桌子上,剧烈地喘着气。"这真是……太值得了。"她慢慢抬起手,在她手下面,是她的最后一块石头。接着,她把自己的木条递了出来。

红眼摇摇头。"我也玩得很尽兴。"他递出自己的木条,"不用给我了,把我的拿去吧,不过你要把我介绍给大块头西格。"

菜鸟科琳十分惊讶。她刚要说话,一个声音插了进来:"不用再贿赂我的人了。你的本事已经替你说话了。"

围观的人群让开一条路,一个身材巨大的人走了进来。那是希望和红眼见过最高大的人,拳头足足有婴儿的头那么大,胸背则厚得像一只熊。他剪了一个短寸头,留着长胡子,黑中带灰。他的鼻子貌似被打折了好几次,眼睛炯炯有神。希望看出来他应该很少发脾气,这种人往往是最危险的。

"看看啊……"大块头西格说,"你是红眼,没说错吧?我听说过你。红色眼睛的大盗贼。"

红眼平静地笑了笑:"过奖了。"

"也不完全是。"大块头西格说,"不知道原来你还是个石头游戏的大师啊。"

"嘿，这点我一般不会张扬。"红眼说，"不然就没人跟我玩了。"

"我跟你玩。"大块头西格示意菜鸟科琳让位，科琳便把她的木条收起来，恭敬地站在一旁。"事先提醒一下，我会赢你。不过输了又不用死，玩一玩还是挺好的，至少对我来说。"

"你喜欢输？"红眼问。

"这游戏很益智，"西格说，"加上，我们玩的时候，你可以跟我解释一下，说服我你不是德廉派来杀我的。我实在是不想杀掉这么有天赋的玩家啊。"

"恕我冒昧，"红眼说着，准备一场新对弈。"如果我是来杀你的，你早就死了。"

"听说你飞刀很准。"西格把他的二十块石头拿走。

"你听说的没错。不过能杀你的不是我。"

大块头西格看了一眼希望。"你的保镖？"

"我生命和灵魂的保镖，可以这么说。"红眼说，"她在教我怎样做一个更好的人。一个不是只会一些小伎俩的人。"

希望听到后十分惊讶。她从来没想过要教红眼或任何人应该怎样生活。可能她对红眼和他的生活方式发表的意见太草率了。毕竟，他怎样生活关她什么事？

"了不起的女人。"西格说。

"你想象不到。"

然而，他有时候就是改不了这么无礼。她忍不住了。"你们两个要说我说到什么时候？当我不存在吗？"

大块头西格礼貌地对她点点头，对红眼说："开始吧。"

"是这样的，"红眼放下了第一块石头，"我身边这位朋友要德廉死。私人恩怨。"

"这样啊。"西格也放下一块石头，表情饶有兴味。

"长远来看,我觉得圆环可以没有德廉。甚至没有他更好。"

"同样的,他也在悬赏你的脑袋哦。"西格说。

"摆脱悬赏也是其中一个原因。"红眼承认,没有任何尴尬的意思,又放下一块石头。

大块头西格也摆下一块。"那你要我做什么?"

"德廉在舞厅里有一支军队。所以我想——"

"你大老远跑来锤子角组军队啊。不过这对我和我的人来说又有什么好处呢?"

"别告诉我你不想德廉死。"

"我想要的东西有很多,"西格说,"可是不可能全都得到吧。习惯了。"

"有道理。不过这不仅仅针对德廉。只要德廉不在了,圆环就对你更有利,到时我们还你人情,帮你铲平这里的对手。"

说话期间,红眼和西格一直都没有停止游戏,两人似乎下得很随意。可是这一回,红眼摆下了一块石头,西格的石头完全被堵死了。红眼不禁得意地笑了笑。

西格大幅度地点着头,认真地观察着桌子上的石头。"你说的都十分有道理。只有一点,你忽略了。"说完,他放下一块石头,原本被堵死的一排被完全打通了。这一招他之前完全没有用过。

红眼扬起眉毛,评价着突变的局势。"哪一点呢?"

"你知道要统治一个社区有多难吗?"西格问,"跟你说,几乎不可能。我就做不到。虽然我没有德廉残忍,但是我更聪明,手下也更忠心。要统治整个社区,一个人是办不到的。"说完,他又放下一块石头。

"你是说有人帮他?"希望问,"天堂圆环外面的人?"

"是。"西格说。

"谁?"红眼怀疑地说,拿起一块石头。

"生物法师。"西格说,"不管有没有军队,我们都不是他们的对手。"

"生物法师?"红眼扑哧地笑了,"简直是无稽之谈。"

"你怎么知道?"希望问西格,她是不会轻易放过任何有关生物法师的线索的。

"他才不知道,"红眼说,"他只是在以讹传讹。"

"我确实知道。"西格说,"因为他们曾经给我提供过一次交易,跟他们给德廉的一样。他们说可以帮我打败其他黑帮,说可以帮我成为整个锤子角的老大,条件是每个月给他们提供一个鲜活的人。"

"用来做实验。"希望的语气很平淡。这些生物法师的爪牙居然蔓延到了新列文的地下世界。这又让杀死卡迈克尔的凶手和她憎恨的人联系起来了。

"是。"西格说,"就是在那个时候,他们告诉我德廉已经接受了交易。他们还说,如果我不接受的话,德廉终有一天会把锤子角收入囊下。"

"那你是怎么说的?"希望想,如果他承认已经跟生物法师联手,要不要当场杀了他?

"我告诉他们,我会靠自己拿下锤子角的,又或者不会。"

希望稍微放松了点。"你很勇敢。"

"也很蠢。他们这样对我说:'你这是不自量力'。接着,他们中的一个,那个脸上有烧痕的混蛋,走到我面前,用一根手指碰了一下我的下巴。就这么一下,我马上感到脸上痛得要命,然后我的牙齿就一颗一颗地在嘴里变成碎片了。"

大块头西格咧开嘴笑,露出两排木牙。

"这个脸上有烧疤的生物法师,"希望的声音低得几乎听不见。想到这个生物法师就是她苦苦寻找了十年的人,她的心跳就飞速加快。不过她努力保持了镇定。"他是不是尖脸,头发是棕色的?"

"你见过他?"西格看着她,兴致又上来了。

"我曾经远远地见过他。"她的声音里充满了黑暗,西格看出来了,所以他只是点了点头,没有追问。

"我怎么知道你说的都是真的?"红眼问,"你可能在撒谎,要不就是他们在撒谎。"

大块头西格的视线又回到红眼身上。"我只是觉得应该向你解释为什么我不想帮你对付德廉而已。你信不信跟我没关系。"

"你应该帮我的。"红眼说。

"为什么呢?"

红眼低头盯着被他们拉下的游戏,一副不知道那是什么的样子。他的思绪已飞到别的地方。虽然他看上去十分轻松,几乎是在笑的样子,但希望看到他脖子上有一根血管在不断跳动。

"因为,"最后他说,"如果你可以证明德廉把整个天堂圆环都出卖给了生物法师,我向你保证,我会在圆环组建一支规模跟你差不多的军队。我们一起推翻德廉。"

他把木条放到桌子上,抬头看着大块头西格。

"不管有没有生物法师,我要亲手杀掉那个叛徒。"

第四章

你眼中的自己只是你的一部分,正如所有的真相也只是冰山一角。

——摘自《风暴之书》

20

内特尔斯把羊毛外套裹得更紧了些。"我不喜欢这样,红眼。"

"这里的麦酒尝起来有点不一样。"菲勒皱着鼻子,闻了闻手上的黑麦酒。

"你们是我最铁的朋友,你们都知道的。"红眼说。

"是吗?"内特尔斯瞟了一眼希望。算上希望,他们一共就四个人。

"当然了。"红眼说,"不然你们也不会跟我来锤子角的酒馆了。"

"就跨了一个社区而已。"内特尔斯说得无关紧要的样子,不过这是废话,因为他们心里明白,这确实很关键。

"这边的麦酒没那么好喝。"菲勒说。可怜的菲勒啊,他实在太紧张了,屁股像卡了刺一样,不停在椅子上挪动,额头早已渗满汗珠。不过这是他第一次来到天堂圆环外面,情有可原。

"不管怎样,"红眼说,"我知道我的要求很过分,我知道你们不想和德廉有什么瓜葛。"他说得很慢,声音压得很低。虽然他们不在圆环,不归路酒馆也没有很多人——天堂圆环的酒馆可不会人这么少。虽然如此,他们还是不敢大声谈论。

"如果不是帮你对付德廉,那我们来这里干吗?"

"你们什么都不用做。"红眼不会怪她这么多疑,"你们什么也不用说，甚至什么也不用想。你们只要看和听就行了。"

内特尔斯向前靠了靠。"那我们要看什么听什么？"

"其实我也不知道。大块头西格提出了一些……指控。他说他会证明那些指控都是真的。今晚，你们两个就作为证人，我们自己也做个判断。"

"你又读了那些间谍书了？"内特尔斯说，"我是怎么跟你说读书的？读书只会让你的头脑变得软弱。"

红眼正要反驳，却看见菜鸟科琳走进了酒馆。多么娇小的女人啊，像老鼠一样，几乎没人看得见她。红眼发现自己居然开始想念她了。对他来说，这是很少见的。

她来到桌子旁，猜疑地看着内特尔斯和菲勒，问："这两个人是谁？"

"他们是来给我作担保的。圆环的人相信他们。"红眼说，"如果西格说的是真的。"

科琳皱着眉头。"等一下会很挤。而且你们要在那里呆很久。虽然会面还有一个钟头才开始，不过最好现在就过去。"

"不用担心我们。"红眼说。

科琳耸耸肩。"好吧，那跟我来。"她转过身向出口走去。

"准备好没？"红眼问希望。

"嗯？"希望眨着眼说。

不知道为什么，希望最近有点沉默。不过红眼没有多想，因为他自己最近也心事重重。他们在码头要保持低调，吃在船上，睡在船上，还要帮忙维修女士诡号。他感觉自己憋着一股劲已经好几天了，就为了这次会面。如果大块头西格说的都是真的，那一切都会不一样了。不过红眼没有说出来，相反，他只是说："是时候躲起来了。你最不喜欢的事情。"

"噢。是啊。"

他们站起来正要跟科琳走,内特尔斯抓住了红眼的手臂。"你确定这样没问题?"

"相信我,内特尔斯。不管怎样,我们都必须知道真相。"

"好吧。你欠我一个人情。"

"我已经欠过你了,前几天你帮我们走暗道逃跑的时候。"

"那就欠我两个。"内特尔斯绷紧脸咧嘴笑了笑,"我就当作是存着,将来找你还的时候我要来些特别的。"

科琳带着他们走出了酒馆,外面又黑又冷。现在快到雨季了,经常会下起冰冷的暴雨。红眼裹紧了皮外套,其他人也一样,除了希望。她似乎一点都不觉得冷。红眼不禁琢磨南方究竟冷到什么程度。

"等一下首领们会从正门进去。"科琳一边说,一边带着他们绕到酒馆后面。"他们会在密室里会面。那里没有窗户,只有一个入口,而且还会有人把守。不过密室的地下有一个狭窄的隐藏空间,你们可以从这里进去。"

酒馆的背面正对着一条漆黑的小巷,下午的时候下了一场雨,现在小巷积满了泥水。红眼观察着建筑的背面,刺骨的水渗进了他的靴子里。"我没看到什么入口啊。"

"当然看不到了。"科琳敲了敲一个墙边的旧酒桶,里面回荡着奇怪的回声。她掀起盖子,红眼瞟进去,看到酒桶下面有一条暗道。

他咧嘴对内特尔斯笑道:"间谍玩意儿!"

"有谁知道这条暗道?"希望问。

"当然是大块头西格了。还有刺头比利,也是个黑帮首领,和西格结盟了。他也知道你们会来。"

"他信得过吗?"红眼问。

"你意思是保守秘密?当然可以。"科琳似乎被这个问题惹恼了,"他也不想锤子角成为第二个天堂圆环。"

"这是什么意思?"内特尔斯活动着肩膀,好像要热身打架一样。

科琳没有理会她。"在那里,会面的过程你们都可以看得一清二楚,听得明明白白。那也就意味着要是你们发出什么声响,上面的人也能听到。如果你们被发现了,西格会装作不认识你们,他希望你们也能这样。"

红眼握住她的手说:"谢谢你。"

她点点头,突然很害羞。"如果你想再来一局……"

红眼笑了。"我就知道去哪里找。"

她笑了一下,匆匆走了。

四人盯着那个酒桶。

"我的老伙计菲勒啊,"红眼说,"等一下你可能要擦伤一点皮了。"

一个接一个地,他们跳进了酒桶里的暗道,然后背贴顶胸贴地地匍匐向前爬,直到来到一个稍微大一点的空间。科琳说的果然没错,那里窄得要命,红眼他们最多只能撑起一拳左右的空间。他们一个一个地爬进去,艰难地转过身,成仰卧的姿势,好从木地板看到上面的情况。房间依然一片漆黑,他们不知道到时候能看到多少。

"别动。"内特尔斯喃喃道,"还嫌不够挤吗。"

他们全都挤在一块,肩并肩地躺在地上。带头的是希望,接着是红眼,然后是内特尔斯,最后是菲勒。一边是前女友,一边是永远得不到的禁欲女神,红眼真不知道这是天堂还是地狱。

"事先警告你,别打什么歪主意。"内特尔斯好像能读懂红眼的心思一样。

"我可什么都没做。"红眼抗议道。

"我还不知道你?你就是一头色狼。"

"我压根就没想。"红眼撒谎道,"不过很明显,你想了。现在谁是色狼了?"

"给我闭嘴,你们两个。"菲勒说。

"谢谢。"希望说。

他们躺在黑暗中,时间似乎过得特别慢。终于,有人提着油灯走了进来,把灯挂在墙上就走了。有了光之后,红眼惊讶地发现竟然可以看得那么清楚。虽然不是什么都看到,但也能看清谁在讲话了。

又过了几分钟,四个人走了进来。红眼一眼就认出了大块头西格。还有一个矮个子,头发是黑色的,像刺猬一样竖着。红眼猜这个人应该就是刺头比利。锤子角的人特别喜欢用一个人的特征来起外号。此外,还有一个老女人,留着骨白色的头发,戴着一只眼罩。最后是一个肤色比卡迈克尔船长还黑的男人。

"没想到你也来啦,西格。"戴眼罩的女人说。

"听说这次会面不容错过嘛,莎恩。"西格说。

"我也是这么听说的,"莎恩说,"虽然不知道为啥。"

"有没有人想过这可能是一个陷阱?"黑肤色的男人说,说话有点口音。

"肯定啊,帕拉。"西格说,"我已经叫我的人不让任何人进来了,除了德廉和那个……客人。"

"是的,那个据说会让我们改变主意的神秘人。"比利说。

四个黑帮首领等了一段时间,低声交谈着。红眼很想扭头看看内特尔斯听到他们提起德廉后会有什么表情,不过他忍住了,生怕连这个细微的动作也会引起注意。在这种情况下,就是连呼吸也显得特别大声,而红眼这才发现,呼吸的时候胸膛的起伏是这么大。

终于,门打开了,德廉领头走了进来。他旁边站着一个穿着白色长袍、腰部系着金色锁链的男人。他的脸被兜帽遮住,红眼知道这是生物法师的制服,虽然他从来没见过。内特尔斯深深地吸了口气,但是没有关系,因为上面的声音越来越大了。

帕拉、莎恩和比利强烈要求德廉解释清楚，他们仿佛都被冒犯了，十分警惕。只有西格，他面如磐石，一句话都没说。

"好了好了，你们先别激动嘛。"德廉摊开双手，"先听我们说。"

"我没兴趣听那个人讲话。"莎恩仅有的那只眼睛冒着怒火。

"德廉，我想不用我提醒吧，这里是锤子角，"帕拉说，"如果我们不保你，出去后你别想好过了。"

"你说得没错，"德廉说，"所以我今天不是以敌人的身份过来这里，而是一个潜在的盟友。"

"洗耳恭听。"帕拉的目光十分坚定。

"别磨叽，"莎恩说，"有话就讲，有屁就放。"

"十分感谢。"德廉出奇地高兴，"你们应该知道，天堂圆环现在归我管了，而且没有竞争对手。一部分得归功于我的努力和人品，还有一部分就是生物法师的功劳。"

虽然红眼之前一直坚持要看到证据，但他心知肚明西格说的都是真话。不过到了此时此刻，红眼没想到心竟然会如此刺痛。一个真正的圆环人居然这样出卖同胞，背叛的耻辱实在难以下咽。他不知道菲勒和内特尔斯会怎么想，毕竟一时间要接受这一切实在太难。

"作为他们帮助的交换，"德廉继续说，"我们只要给生物法师提供一些实验对象就行啦。"

"你的意思是活生生的人吧。"帕拉说。

"以前的话，一个月只要提供一个人。我认为这十分合理。不过，现在情况不同了。"德廉看了看生物法师。

那个生物法师脱下了兜帽。他看上去是那么平常，那么不起眼，红眼甚至怀疑那是不是德廉请来演戏，用来激怒锤子角的。可是当他张嘴说话的时候，声音低沉得像是从海底里发出来的，污秽粗糙得像砂石。

"由于受到黑暗之海以外的外族威胁，帝国现在危在旦夕。"他说，

"皇帝命令我们加快步伐研究新武器、新策略来制敌。所以,我们需要更多的实验对象。而你们将会为我们提供原材料。"

"鬼才会!"比利说。

"我们先别急着下结论嘛。"德廉给生物法师使了一个眼色:让我来处理。他回头对刺头比利说:"详细情况是这样的。我们团结起来,天堂圆环和锤子角一起。然后我们一起拿下银背镇。我的这位朋友,"他摊开手掌指了指生物法师,"会确保我们万事顺利的。这样的话,我们五个人就可以控制半个新列文了。码头归我,所有工坊都归你们。钥匙镇以南的所有东西,我们想拿来怎样就怎样。这样不是很好吗?"

比利摇着头。"你想让我们出卖同胞给生物法师?"

"比利啊,我的老朋友。"德廉说,"咱就明说了吧。世界上总会有一些人是最没用、最底层的,大家都知道。没了他们,世界毛都不会变。"

"我们这是在说多少个人?"帕拉问生物法师。

"具体数字根据情况而定,"生物法师说,"现在的话每月二十人应该够了。"

"每他妈一个月就二十个无辜的人?"比利说,"真不敢相信你们竟然还会考虑。"他依次地看着每一个人,但大家都默不作声。"别管这些恐怖的睡前故事了。生物法师也只是人,跟我们没什么两样。他们只不过是用恐惧和恐吓的手段,还有蠢货们的谣言来控制我们罢了!"

"比利。"西格把巨掌放在他的肩膀上,"现在还不是时候——"

"现在就是时候!"比利甩开西格的手,"我们现在就必须阻止他们,在事情变得严重之前,在他们毁掉我们之前!"他绝望地看看每一位首领,但没有人接过他的目光。

"你完全误解我们了。"生物法师的声音像铁锚划过珊瑚一般。"你以为我们很冷漠?很残酷?很麻木?"他悲伤地摇摇头,"你说我们只是人,这没错。我们深深地感受着一切。我们必须这样。这是对我们所做的事下的诅咒。你们只在乎你的小城市、你的小社区、你的小暖窝，而我们却要操心着整个帝国。我们守护它，关心它，就像它守护和关心你们一样。我们的一切，我们所做的一切，都是以这个为根本。难道你看不到这个大局吗？"

他把手轻轻压在比利身上，眼泪盈眶，表情忧伤。比利很显然没有料到他会如此感情洋溢，只能慌张地盯着他。

"如果你看不到，"生物法师继续说，"不能像我们一样感受，那么也许你才是冷漠的人。"说完，他转身走回德廉身旁。

房子里鸦雀无声，首领们大眼看小眼，拿不定主意。连西格也是。只有德廉一人没有受影响——他仍然面无表情。

就是在这一瞬间，红眼确信了这一切都是事实。

这时，比利突然剧烈地颤抖起来。"怎么……"

还没说完，他的皮肤开始变得惨白，血脉贲张，像一张蓝色的蜘蛛网爬满了他的手上、脸上。接着，他的身体变得僵硬起来，不停晃动。他的眼睛向上翻转，变成两颗冰球，黑色的头发一束一束地掉下来，指甲也从扭曲的手指上脱落。他张大了嘴巴想尖叫，但下巴从一边掉下来，只剩一点皮肉挂在另一边。他的舌头变成一块僵硬的厚肉片，不停地上下拍动。接着，悬挂着的下巴连着舌头一起掉在地上，瞬间粉碎。他的喉咙里发出怪异的声音，眼睛一点一点地从眼窝里挤了出来，脖子上的皮肤裂开，一只手齐着肘部断掉，另外一只手则从肩膀处断开掉落在地。最后，他的双脚也裂成碎片，身体掉落，摔成无数碎片。这以后，空气都仿佛静止了。

这时，德廉向前走了一步，脸上依然漠无表情。"我们会给几天时间，你们考虑清楚。"

"我在想啊,我的人生到底是从哪一刻开始变操蛋的?"内特尔斯一边说着一边把一小片面包扔进池塘,一群眼睛会发光的白鱼立即蹿到水面把面包吸进嘴里。那是一个地下池塘,里面的鱼很少有这般美味可吃。

会面结束后,黑帮首领离开了密室,有人进来把刺头比利的残骸清扫干净。一小时后,红眼、希望、内特尔斯和菲勒心中的震撼才逐渐褪去。红眼告诉科琳,他两天内会联系西格,然后他们四人就回到了天堂圆环。

回去之后,内特尔斯提议他们去苹果林庄园谈谈。庄园名字听上去颇为豪气,因为它很久之前就是一个富翁的宅邸。那时候,新列文还没有分上城下城,现在的下城在以前全都是农田和果园。苹果林庄园在当时是五里内唯一的建筑,孤零零地矗立在苹果树林中间,一切都是鲍麦迪斯家族的财产。不过这都是几百年前的事了。现在,苹果林没有了,而鲍麦迪斯家族的最后一个子嗣也死了,唯一留下来的就是这座宅邸。尽管宅邸的周围凌乱地建起了鹅卵石街和歪七倒八的房子,它依然独特、美丽。

多年以来,苹果林庄园扮演了很多角色,例如,它曾是流浪汉的庇护所,也做过瘾君子的毒窝,还是妓女们的淫店。曾经有一个乐观的商人甚至还把它建成一个酒店公寓,但做了几个月就难以为继了,因为经常有顾客抱怨夜晚闹鬼,而且经常不见东西,例如左脚的袜子,或是外套的一半纽扣。商人甚至还为此请了一个巫师过来驱鬼,结果当然是一点用都没有。不到一年,商人便放弃了,返回了自己的故乡钥匙镇。

最后一个霸占宅邸的是大力士吉克斯,当然了,那是在德廉把他的肠子做成围巾之前。吉克斯声称,他和手下一直都在那里,从来没有见过一只鬼,也没有不见过任何东西。大家都说,那大概是因为比起上城的富翁,这座宅邸更喜欢一个真正的圆环人,人们很快就相信了这种说法。像所有事物一样,庄园变得太古老了,也无人问津太久了,它已变得有点怪异。其中一个怪异的地方,便是这个在地底里的鱼塘。

没有人知道鱼塘是怎样跑到那里的,也没人知道那些像鬼一样的鱼是怎么来的。有流言说是生物法师干的好事,不过大家都避而不谈,虽然大家都知道很多本不应存在的东西都是生物法师搞出来的。很多人不愿去细想,因为这个世界本来就已经够奇怪的了,这样看来,大家也不必担心什么。

地下室空间很大,但大部分已经被池塘占满。水面上唯一的东西是一排书架的最顶层,贴着墙围成一圈。只要小心地从上面吊绳下来,沿着墙边走的话,就可以绕着地下室走一圈。那里又黑又潮,有一种腐烂的海藻味。加上生物法师和闹鬼的谣言,没有人会想来这里。不过红眼和内特尔斯早就习惯了。他们还是情侣的时候经常过来,对他们来说,这里是一个特别的地方。但自从分手以后,谁也没有来过这里了。所以当内特尔斯提议过来的时候,红眼有点意外。

现在,他们四人坐在书架上,双脚垂在黑暗的池塘上方。

"是不是自从遇到红眼之后就开始操蛋了?"内特尔斯若有所思地说,又扔了一小块面包下去。

"不,是开始有趣起来。"红眼说,"不过我知道你为什么会感到困惑。"

"那就是自从这个天使婊子出现以后。"内特尔斯继续说,好像希望听不见一样。

"简直就是废话。"菲勒说。

其他人都惊讶地看着他,连希望也是。

"为什么这么说,伙计?"红眼问。

"现在发生的一切都不是她造成的。"菲勒说,"她只是擦亮了我们的眼睛，好让我们看清楚了，所谓的圆环根本就不存在，哪怕连一秒钟都没有过。"

"你不是认真的吧，小菲。"内特尔斯恳求地看着他，好像想让他收回这句话一样。

"我比任何时候都认真。我也不想的，内蒂，你自己也看到了。天堂圆环最有势力的人居然是皇兵和生物法师的走狗，听着就想一把火把圆环烧掉。什么都没有总比谎话要好。"

红眼还以为内特尔斯会反驳，但她什么都没有说。于是他问希望："那你呢？最近你很安静。"

"不是他。"希望盯着黑色的池塘。

"不是谁？"

"那个生物法师。我原本希望他就是我认识的那个，那个毁掉大块头西格所有牙齿的、带着烧痕的生物法师。"

"为什么？"

她转过头看着红眼，突然间泪水充满了眼睛。红眼呆了一下。直到这一刻之前，红眼都不确定她究竟有没有情感。

"如果说这世界上有谁是我最想杀的，那就是他。他毁了我整个家乡。"

地下室里又陷入寂静，只剩下幽灵鱼吃面包时溅出的水花声。红眼在想，为什么这些鱼不会争抢这块面包呢？这里什么吃的都没有，而且肯定有很多鱼一次面包都没有吃到过。它们不会抓狂吗？它们不会觉得不公平吗？是啊，当然不会了。因为这是鱼，它们生来就是个傻瓜。他想，它们很可能就是瞎的，所以根本就看不到有面包。那如果它们不是瞎的话又会怎样？如果它们突然看到一束强光射到塘底，又会怎样？

"那么，你应该不会反对我们杀了这个生物法师的，对吧？"红眼问。

"什么意思？"希望问。

"跟你做个交易。你帮我干掉德廉，废掉生物法师的整个计划，我就帮你杀掉那个烧疤生物法师。"

希望怀疑地看着他。"我想杀的那个生物法师可能都不在新列文了。"

"那我们修的那艘船不就正好派上用场啦。"

"红眼，我是不会随便给予或接受承诺的。"

"你是说我会咯？"

内特尔斯咳了几下，扬起眉毛看着红眼。红眼自己也承认，她这么做不是没有理由的。一直以来，他撒谎都很有一套，很会利用贫民窟的道德灰色地带来让自己获利。他很喜欢这样。

"我是说，"希望蓝色的眼睛闪着光芒，"如果我们达成协议了，而你又违背了承诺的话，我会杀掉你的。我不想杀你。所以，如果不是认真的话，就不要给我承诺。"

事实是，红眼一直都不确定为了帮希望杀掉德廉自己会愿意付出多少。可以肯定的是，她是他所见过的最迷人的女孩，不管她是不是独身主义。从理论上来讲，他肯定会帮她的。不过到了最后，如果事情变得对他很不利，甚至会因此丢掉性命的话，他大概会马上溜掉。可是现在不会了，因为他心中的灰色地带已经消失，而且摆在他面前的选择也很明确。

"你听到那个生物法师怎么说了。每月二十个好邻居啊。等他们得到满足之后，你不觉得他们会变本加厉吗？难道他们不会一下子就要二十五个人？然后是三十？五十？每他妈一个月就有五十个人会跟刺头比利一样化成碎片啊！不到一年，这里很快就连一个人影儿也没有了，而他们连眼眉都不会抬一下。"

红眼盯着池塘里的幽灵鱼，想点一把火照亮它们的黑暗。

"暗淡·希望。"最后他说，"如果你帮我拯救圆环，我向你承诺，我会追随你到天涯海角，甚至穿过黑暗之海也在所不辞。"

红眼知道，天堂圆环没有多少地方是可以一下子对很多人宣布事情的，其中最大最明显的是火药大厅。他只是不知道要怎么让所有人都停下吃喝嫖赌，专心听他讲话。那里太吵闹了，红眼的计划在这里根本没用，甚至会演变成一个笑话。幸好火药大厅不是唯一一个人们聚集的地方。还有一个地方，叫"烂布朽木"。

烂布朽木不是酒馆，也不是赌场。它是一个剧院。在天堂圆环，能有一座剧院已经很不错了。在银背镇，剧院都是很奢华的，座椅上有天鹅绒抱枕，天花板有汽油吊灯，还有豪华的包厢，和一支全帝国最好的管弦乐队。可是烂布朽木剧院呢，连座位都没有，更别说包厢了。那里只有火炬灯，晚上一烧便浓烟滚滚，观众经常看不到台上的演员。可是再厚的浓烟也妨碍不了那些喝醉酒的、粗暴的观众们大声起哄，抨击着每一出表演。在烂布朽木剧院，人们不仅可以起哄，甚至是受鼓励的。很多时候，演员们还会主动煽动起大家的情绪。每天晚上六点，剧院准时开场，表演各种杂技和表演，一直到凌晨才关门。话剧、民族舞、杂耍还有小丑表演，五花八门，应有尽有。可是要看清所有表演，就必须在舞台的五米之内。红眼对那天晚上的压轴演出十分自信，那肯定是独一无二的，谁都不可能看过。

只要找对了人，给他一笔报酬，红眼很轻松就能拿到那一晚的压轴演出资格。不过这还得谢谢牛鼻萘莉的表演熊突然生病了。然而，要找一群"主演"确实有点难度，于是红眼把帅哥亨尼和双胞胎都拉了过来，问题便顺利解决了。最难的部分当属说服希望。她的小角色不仅重要，而且是整个表演的关键。终于，离演出只有一分钟了，红眼他们已经万事俱备。

红眼故意让观众等了一会儿，直到他们不耐烦了，大声起哄道："快开幕!"帷幕缓缓升起,舞台空荡荡的,只有红眼一个人。观众们立刻安静了下来,因为大家都认识红眼,知道他是社区里一流的神偷、狡猾的流氓、还是个花花公子,石头游戏还玩得很厉害。最近,他又多了一个头衔:死脸德廉的悬赏犯,无论死活。红眼猜,这个新头衔就是观众们安静下来的原因,同时也是让大家害怕自己、怀疑自己的原因。他看到一些人在下面不停攒动,悄悄地把手放到匕首或狼牙棒上,估计是想着潜到舞台后面,趁红眼不注意把他干掉换赏金吧。红眼希望他们不要这样做。起码先别那么快。所以他必须说快点。

"女生们先生们!社区的朋友们!很抱歉压轴表演临时更换了。我知道你们都想看那只蠢熊跳舞。"

"你跳舞也像只熊!"有人喊道。

"过奖了,先生。"红眼满脸堆笑地说,"不过,很抱歉地告诉大家,有一件事大家必须认真听我说。"

"有屁就放啊,红眼!你个软蛋!"帅哥亨尼混在人群中喊道。

"亨尼,你一直都没什么耐心。"红眼说,"那好吧。我就直接说了:天堂圆环被出卖了。"

整座剧院一片哗然。红眼等了一会儿才伸出双手示意大家安静下来。"我本来可以自己告诉你们整件事的来龙去脉,可是那样的话就变成我在自说自话了。相信不用我提醒了,大家都知道我说话有多不靠谱吧。"观众里传来了几声窃笑。"加上,你们是给了钱过来看戏的,我也不想让大家的钱白花了,所以,我特别请来了这个老屁股给大家说。"

红眼对幕后的菲勒招了招手,菲勒心领神会,抓住其中一条升降索,慢慢地将一个人降到红眼身边,却不让他的双脚着地。只见他双手被反绑在背后,嘴巴被一条脏布勒住了。台下又一片哗然,这次有的人很愤怒,有的则很害怕。

"看到大家的反应,"红眼说,"我猜你们肯定有人认得布拉克森吧。

没错,就是他,死脸德廉的二把手。我在想啊,除了他还有谁更适合来给大家讲这件事呢?毕竟这事他也有份的。当然了,我知道他对自己的所作所为有点难堪,肯定是不愿意开口了。所以,我请来了另一个朋友过来,帮他松松嘴巴。"

内特尔斯走了出来,靴子踩在舞台的木地板上,发出响亮的声音。

"试问有哪个男人看到这位美女不想跟她聊聊呢,大家说是吧?"红眼说。

台下几位观众喝起了倒彩,但被内特尔斯狠狠一瞪,又赶紧闭嘴了。

"有劳。"红眼说。

内特尔斯点点头,松开腰间的锁链刀,甩了一下手腕,尖刀便飞出去,切开了布拉克森嘴里的布条,还割下了他脸上的一小块肉。

布拉克森瞬间尖叫起来。"你们都给我去死吧!德廉不会放过你们的!"

"他会拿我们怎么办?"红眼问。

"他会让你们死得很难看!"

"他真的会杀掉我们吗?"红眼问,"你确定他没有其他想法?"

"什么?"布拉克森愣了一下,似乎不是很懂红眼的意思。

"我以为他会把我们,呃,不知道呢,送给什么人呢。"

布拉克森沉下脸,说:"不知道你说什么。"哎,他应该跟德廉学学怎么撒谎的,因为不仅是红眼,大概剧院里所有人都知道他是一个蹩脚的骗子。

红眼对内特尔斯点点头,内特尔斯便再一次甩出锁链刀。现在,布拉克森两边的脸都被割伤了,看上去好像在流血泪一样。

"下一次就是眼睛。"红眼不再嬉皮笑脸了,"好了,现在清清楚楚地告诉我们,德廉会怎样处置那些被他抓住的人?"

布拉克森先是看着红眼,又看看正在擦着锁链刀的血的内特尔斯,最后又看着观众,眼神充满哀求。红眼知道没有人会可怜他。天堂圆环的人有很多品质,但天真和不切实际不在其中。大家开始明白到,这件事真的很严重,而且每个人都会受到影响。

终于,布拉克森垂下了头,看着地板说:"他会把他们交给生物法师。"

剧院里顿时爆发出一阵怒吼和诅咒。暴动持续了好几分钟,红眼等着他们冷静下来。

"好了,为了确认我没搞错,"红眼说,"目前,他每个月都会把一个圆环人交给生物法师,是不是?"

布拉克森点点头,观众马上又爆发出一阵咒骂。人们纷纷把烂水果扔向他,本来这都是留给跳舞熊的。

等大家又稍微平复下来,红眼说:"我真想跟大家说事情到此就结束了,可惜不是。现在事态更严重了。"接着,他把在密室里看到的一切都告诉了大家,包括生物法师每月二十个人的要求,不管这些人是来自天堂圆环还是锤子角,甚至是银背镇。大家的叫喊渐渐从愤怒变成恐惧,红眼知道他的目的达到了。

"别搞错了,上城富翁和他们的生物法师已经向新列文下城的贫民宣战了!他们以为我们是砧板上的鱼肉,任人宰割!圆环也好,锤子也罢,甚至是银背,他们都不在乎。他们就是想榨干我们,直到我们一个不剩。现在我问你们,我们能接受吗!"

"不!"观众们一起喊。

"当然不能!现在是时候与锤子角尽释前嫌了!让我们联合起来,把叛徒德廉赶下台,让生物法师滚出我们的社区,打得他们屁滚尿流!让他们知道,我们不是好欺负的!"

雷鸣般的呼喊在剧院里回荡起来,每个人都义愤填膺。

"你们就是一群蠢货!"布拉克森吼道,在绳子上扭动着,鲜血不停地从脸上滴下来。"你们还不懂吗?我们说的可是生物法师!皇帝的右手!你们没有机会的。我亲眼看过他们的能耐,你们根本无法想象!"

观众们稍微安静了下来,听他说话。

"是的。"布拉克森激动地点着头,"你们从来没有见过生物法师,不过你们从小就听过他们的故事。你们小的时候,你的爸妈都会跟你说'如果你不听话,生物法师就会把你抓走!'哼,他们确实会!我来告诉你们吧,我就亲眼看过这种事,你们听到的所有传闻都是真的!不然你们以为我为什么还跟着德廉混?因为我他妈的以前害怕他们!现在也是!你们也应该感到害怕!"

"没错,"红眼说,"我们的敌人确实是皇帝的右手。可是如果我告诉你们,咱们有皇帝的左手呢?女士们先生们,有请……暗淡·希望。"

这时,希望从舞台上方跳下来,单膝着地,入鞘的悲歌剑平举在面前。台下一阵窃窃私语。

"看到这身皮甲还有这把剑了吧。"红眼说,"不用我说,你们都知道这代表着什么。没错,这是一名文成武士!巧的是,她发誓要杀掉所有的生物法师。想必你们都听过文成武士和他们的誓言的故事吧?"

红眼转向布拉克森。"关于生物法师的事,你说得没错。我们从小就被教育要害怕他们,这不是没有道理。我也见过他们做的恐怖行径。"他再次面向观众说道,"不过,既然我们会因为生物法师的事而恐惧,那为什么不能受文成事迹的鼓舞?他们是独一无二的勇士,坚守着保护所有人的荣誉准则,而不仅仅是富豪和贵族。还记得勇者萧克吗?是他把瓦尔塔村从魔鬼鲨中拯救了出来。还有真知玛纳伊,是他终结了黑暗马赫的统治。还有狡猾者河洛,是他单枪匹马击退了凶狠的豺狼领主。这些文成武士住在遥远的南方群岛,远离壮丽的斯通匹克,跟帝国最穷的人一样生活着。为什么?因为他们发过誓,不单单侍奉单个皇帝,而是要守卫整个帝国。而据我所知,那还包括我们。"

他顿了顿,让大家慢慢领会这一切。剧院里鸦雀无声,所有人都看着红眼。连希望也是。他不禁享受起这一时刻。

"她就是德廉的噩梦,她就是我们的英雄!"

观众们爆发出热烈的欢呼,连舞台也被震动了。

"告诉所有人!"他喊道,"明天正午,向三杯舞厅进攻!我们要夺回我们的家!尽管阴冷又湿潮!"

"且阳光从未照耀!"大家一起咆哮。

"但它仍是我的家!"红眼吼道。

"愿上天保佑圆环!"这一句,像飓风一样回旋在剧院里,经久不息。

21

希望站在烂布朽木剧院肮脏的舞台上,看着台下上百个人欢呼着。在某种程度上说,他们欢呼是因为她。是因为他们所认为的她。她静静地站在那里,强逼自己不要畏缩。她觉得自己不是一个真正的文成。她还没有通过最后的考验,也没有许下终身贞洁、贫困、侍奉的最后誓言。没有这些,她永远都不能自称是一名文成武士。

但她明白为什么红眼要说这些。这些人需要一个信念,相信他们能与生物法师抗衡。在南方生活那么久,希望现在才知道北方人是多么地崇拜文成武僧团。当她听到自己的大宗师的名字被誉为传奇的时候,她的心中涌起一阵骄傲，同时又有点悲伤。她要努力保持冷酷而强大的样子，因为她知道红眼希望她这么做。

"你只要摆出平常那副酷酷的样子就行了。"红眼之前说，"大家肯定会很买账的。"

事实上也是这样。这就让她更难以承受了。不过即使她不是真正的文成武士，她也希望自己至少能够将他们从生物法师的阴谋中解放出来。新列文下城的所有人——成千上万条生命——都被宣判了死刑，落得和她故乡与摩吉西亚的人同样的命运。这根本让人无法理解。是哪门子的皇帝会允许这种事发生？会下令让这种事发生？她一直都同意河洛的想法，文成武僧团最好远离斯通匹克的政治。她不禁在想，如果他们没有离得那么远的话，他们是不是就能提前制止这种过度的、残忍的权力滥用？现在这样的局面又是不是可以避免？

但现在想这些已经太晚了。希望多想当初能够多带一些同门武士过来，虽然肯定没有人愿意听她召唤。就算他们来也是为了杀死自己。她必须让这次行动成功，不管她的同门来不来。现在至少还有红眼、内特尔斯和菲勒支持她。其余的这些人更像是一群冲动、无纪律无组织的乌合之众，根本不像是红眼所承诺的"军队"。她心里希望大块头西格带来的人会稍微有纪律一点儿。

第二天，希望发现，她所预期的"稍微"果然一点都没错。

天堂圆环和锤子角的军队约好了在落汤鼠酒馆会合。现在天堂圆环的所有人都聚集在那儿了，每个人都躁动不安，一副随时应战的模样。虽然现在才中午，有很多人甚至已经喝醉了。他们当中，只有一些人带了刀子或斧头，还有最常见的狼牙棒，但是绝大部分人都只有铅管、碎玻璃、板砖，还有其他根本就不能算为武器的东西。

"终于啊，"内特尔斯说，"锤子角的人来了。"她指了指远方的街道，大家看到一大群人在向他们走来。"红眼，你最好过去那边，免得闹出什么误会。我不想把大家的战斗精神浪费在错误的人身上了。"

"懂。"红眼看了看希望。"去吗?"

"当然。"希望从来都没有参加过这种规模的战斗,但她学过战术与策略。她不指望其他人有学过,不过也许经过无休止的明争暗斗,锤子角的首领们至少会有些经验吧。不管怎样,她和红眼总能想出一个行得通的战略吧。

红眼和希望走在马路上,天堂圆环和锤子角两方的群氓越走越近。等大家走得足够近了,大块头西格举起了巨掌,大声下令让所有人停下脚步。过了一会儿,所有人都站定了。

西格把刺头比利的手下纳入麾下了,同时他还招募了黑皮肤帕拉和他的黑帮。希望在想,帕拉会不会跟卡迈克尔船长的爸爸一样,也是来自黑暗之海另一端的。在事情结束后,她想亲口问一下他。

现在所有人都站在鹅卵石街上,大块头西格的队伍中升起了一团团烟雾,一直上升到寒冷而刺眼的正午上空。

"德廉躲在哪里?"帕拉问,"他知道我们要来吗?"

"他现在肯定知道了。"红眼说,"运气好的话,早上你们过来之前他都没有收到风声,这样他就没有很多时间加强三杯舞厅的防御了。"

"如果不走运的话呢?"大块头西格问。

"我昨晚号召大家的时候他就知道了,现在的三杯舞厅就是他妈的一座堡垒。"

"那到时候我们可以围城了?"希望问。

"主意不错,但我们没时间等到他们饿死。"红眼说,"皇兵不会纵容大规模暴动的,就算是我们的自相残杀。不到几个小时,他们就会派一个排的重兵来要了我们的小命。"

"那如果我们遇到防御工事了怎么办?"帕拉问。

"那我们就——破除。"西格说,"快速地。"

内特尔斯发现，她身后站着的是她见过的最大规模的群氓。这帮流氓正在大街上前进，组成一波又一波愤怒的巨浪，势要把三杯舞厅冲垮。红眼在前头领着，希望在他的身旁，手放在剑柄上。他们身后是帕拉和大块头西格。再后面便是天堂圆环和锤子角的两支黑帮军队，分成两排前进着。

一开始，两边的人都还有一些敌意。两边都有一些喝醉的人对对方破口大骂，但内特尔斯马上向他们甩出了锁链刀。

"把力气都留给那个叛徒吧！"虽然内特尔斯是人群当中最矮的，平均比别人矮了几个头，但大家还是敬畏地后退了几步，连连道歉。她瞪着他们说："现在可不是玩过家家！这是新列文的正义！我们今天都有同样的目标，就是让生物法师去死，让叛徒去死！"

"让我们一起大声喊！"菲勒喊道。

"生物法师去死！叛徒去死！"

"大声点！"菲勒吼。

"生物法师去死！叛徒去死！"这一次，一群人都跟着喊。

"再来一遍！"菲勒咆哮。

"生物法师去死！叛徒去死！"两支军队都喊了出来，像雷鸣一样震撼。

"你上去跟锤子角的首领站在一块儿。"菲勒对内特尔斯说，"教教他们怎样才叫并肩走。"

她狠狠地瞪了菲勒一眼。如果她是一个柔弱的女子，光听到这个提议甚至就会让她窒息。然而她只是说："好吧，菲勒。你帮我让他们排整齐一点。"

"遵命，将军！"菲勒笑着说。

内特尔斯大步赶上前去,走到帕拉的旁边。

"好主意。"帕拉只是说了这么一句,便继续向前走。

内特尔斯一直以来都对领袖或名望没什么兴趣,但当她走在前头,后面还跟着一支真汉子军队,她不得不承认这还是挺诱惑人的。

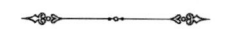

希望发现,人们开始站在街道两旁,一边看着军队经过,一边交头接耳。现在,她已经足够了解天堂圆环了,知道人们大概都知道他们在朝哪里进军。大多数人都只是站在原地,但也有的人跟上了队伍——或出于好奇,或出于顾虑,或只是想看热闹。等他们来到三杯舞厅门外时,他们的队伍又壮大了不少,而在外围看热闹的人更多。

"这帮人愤怒得就像火药大厅的炸药桶。"希望低声说。

"这就对了。"红眼对她眨眨眼。

希望评估了一下他们的进攻目标。三杯舞厅跟其他建筑没什么两样,同样是三层楼,同样每一层都有窗户。不同的是所有窗户都用木条封起来了,只留出几条缝隙。"他们会从那些缝里开枪射我们。"

红眼点点头。"但我们这么多人,他们射不完。我们只要想办法设法打开那扇门就行了。"

"还有一楼的窗户。"大块头说,"总不能让大队人马都从一扇门里挤进去吧。"

"我们有足够的斧子手。应该不成问题。"

"只是他们会一直射击我们。"帕拉说。

"为什么他们不现在就开枪?"希望思考着说,"我还以为他们一看见我们就会开枪呢。"

"感觉是个陷阱。"大块头西格说。

"要不回家,要不干架。"帕拉说。

"那里有后门吗？"希望问。

"有，不过现在肯定封住了。"红眼说，"而且后门在一条窄巷里，容不下那么多人。"

"我可以带几个人从后面打进去，然后干掉窗户边的枪手。这样你们突破时就能把伤亡降到最低。"

"好主意。"帕拉说，"我跟你去。"

"算我一个。"内特尔斯说。

希望很意外。她之前还以为内特尔斯会待在红眼和菲勒身边。"我们以寡敌众，风险会很高。"希望说。

"正面冲突不是我的强项。"内特尔斯眼里有一种希望之前从未见过的光芒，"不过偷偷摸摸、背后捅刀却是我的绝活。"

"就这样？"红眼问，"就你们三个？"

"再多一个人就会妨碍到我。"希望说。

"好吧。"红眼说，"你看……我知道你想杀掉德廉。可是——"

"他已经出卖了圆环，你也想杀掉他。"希望帮他说完，"我知道。"

"你真的知道？"红眼怀疑地看着她。

"我们都有自己的理由。所以，我们来比一比谁先找到他。"她试着摆出那种红眼一直挤给她看的笑容。"里面见。"说完，她转身和帕拉、内特尔斯向建筑的后门走去。就在这时，她听到红眼在后面哈哈大笑。

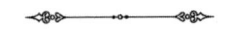

———◆◆◆———

红眼深刻地意识到，现在自己手中竟然掌握着几百个人的生命，不禁心跳加快，十分不爽。所以他尽量不去想这些。现在，他和菲勒还有大块头西格就站在三杯舞厅对面。

"这个文成女孩，"大块头西格问，"真的和看上去一样厉害吗？"

"更厉害，真的。"红眼说，"谦虚是文成武士的优点之一。"

"你不觉得我们需要她在这里吗?"

"我们哪里都需要她。但她不可能做到。至少我不认为她可以。而且,如果要派一小分队突击进去,我倒希望她在里面。她一个人就抵一支军队。"

"我们能做的就是稍微减轻她的负担。"西格说,"只要我们从正面进攻,所有敌人就会聚到窗户后面。这样她就更容易成功了。"

"大家也开始有点不耐烦了。"菲勒说,"反正就算我们继续按兵不动,他们自己也会忍不住冲上去的。"

"但现在枪手还在窗户后面。"红眼说,"我们不是要避免任何人中枪吗。"

"错了。应该是尽量减少中枪的人数。"西格说,"不管怎样,大家都是会中枪的。她自己也说了会很危险。我们不能等着她们成功了才行动,更何况她们成功的概率很小。再说了,现在每过一秒皇兵都会收到风声,我们时间紧迫,懂木?"

"我不喜欢这样。"红眼说。

"这就是领袖的代价。"大块头西格说,"你是要继续抒情,还是要振作起来?"

"不。我懂。"红眼低声说。

大块头西格点点头,神情坚毅。"那么,我们开始吧。"

红眼转身对菲勒说:"帮我一下,老伙计。"

菲勒听到后,便帮红眼爬上自己的肩膀。

"大家知道我们今天为什么要聚在这里吗?"红眼对那群躁动的流氓说。

"生物法师去死!叛徒去死!"他们立即喊道。

"我和内特尔斯稍微给他们热了热身。"菲勒承认。

红眼看着大家说道:"今天,圆环和锤子团结了起来,一起对付共同的敌人。生物法师偷走了我们心爱的人，让他们承受了无法想象的苦难。现在是时候让他们知道，让叛徒德廉知道，我们不会再纵容这种事了！"

暴徒们齐声高喊，激动地挥舞着大刀小刀，还有铅管、木棒和板砖。

"那你们还在等什么，等他妈的邀请函吗！"红眼吼道。

暴徒闻声便立刻向前冲去，红眼连忙从菲勒的肩膀上跳下来，免得被这帮愤怒的人撞倒。他们涌向舞厅的前门，疯狂地砍着大门和加固的窗户，不管手里拿的是什么东西。

然而直到现在，里面竟然还没有打出一发子弹。

"德廉究竟在等什么？"红眼问。

菲勒耸耸肩，把挂在背上的狼牙棒取下来。"你有什么抱怨吗？"说完，他也冲到门前，加入砸门的行列之中。

这时，红眼无意中看到舞厅对面的大楼里有一扇窗户反射出一道光。"等一下！"

菲勒停下来，回过头奇怪地看着红眼，握着狼牙棒的手稍微放松了些。

"让我先……"红眼眯着眼，试图透过窗户看进漆黑的屋里。然后，他的眼睛猛地睁大了：在对面的大楼里，每一扇窗户都伸出了一支枪口。

"趴下！所有人趴下！"他尖叫道。

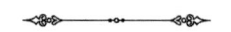

———❦———

三杯舞厅后面的小巷真的很窄，希望、内特尔斯和帕拉只能一个一个地走进去。

"难怪他们不怕后门被突袭。"内特尔斯说。

"不过他们还是加固了这里的窗户。"帕拉说。

"除了顶楼的。"希望抬头看着上方，估算了一下三杯舞厅和相邻建筑之间的距离。看来情况比她预期的还要好。

"因为没有人能上去。"内特尔斯说,"就算有抓钩,这里也没有投掷的空间。"

"不需要抓钩。"希望说完轻轻一跃,跳到后面的墙上,接着又猛地一蹬,跳上了三杯舞厅的后墙。她就这样来回跳跃在两墙之间,来到顶楼的窗户外面。随即她用剑柄敲碎了窗户的玻璃,爬了进去。

让她意外的是,里面竟然空无一人。房子是长方形的,里面摆满了便床。这里肯定就是德廉手下的宿舍。这真的就像一支常备军队的样子。不过人都去哪里了?都挤到大楼前部了吗?

看到这些便床,希望想到一个主意。她飞快地把床上的厚被子扯下来,绑成一条长绳。她之前还没想过怎样帮内特尔斯和帕拉上来,还以为不得不就这样扔下他们。不过,这是对他们的侮辱。所以,当想到这个方法的时候,希望简直松了口气。她把绳子的一边绑在铁床上固定好,把另一端从窗口扔了下去。她不知道这张床能不能撑住,于是又把床顶在背后,自己抓着绳子,用脚蹬着窗户下面的墙。这时,绳子突然一紧,不出一会儿,内特尔斯就出现在窗户外了。

"唉,好吧。我对你刮目相看,天使婊子。"她一边爬进来,一边喃喃地说。

两人合力拉着床,好让帕拉也爬上来。

"我们从这里扫荡大楼。"希望说,"目标是干掉枪手,越多越好。不过别发出声音,不然所有人都会跑来对付我们。"

"如果我们遇到德廉或者生物法师怎么办?"内特尔斯问。

希望冷酷地笑了,"那就说明幸运之神站在我们这边了。"

突然,舞厅前方响起了一阵猛烈的枪声。"看来德廉的火力很猛啊。"帕拉说。

"是时候去摆平它了。"希望说。

红眼的脸被紧紧按在鹅卵石街上,菲勒巨大的身躯死死地压着他,周围的枪声有如雷鸣。当第一枪响起时,菲勒就立即把红眼推倒在地上,抱着他一起滚到最近的马舍里面。

"你没事吧?"红眼快要窒息了。

"没事。"

"很好,那拜托你不要把我压死。"

菲勒翻过身,红眼马上大口地呼吸起来。稍作调整之后,他借着掩护看向外面。三杯舞厅和对面的大楼枪声四起,他们就像被困在绞肉机里一样,人们一个接一个地倒下。这一切都是拜德廉所赐。

这时,枪声停止了,想必是枪手们在重新装填弹药。

红眼立刻从马舍里爬出来,看着身边的尸体。"叛徒!"红眼依次朝两栋楼喊,"竟然对自己的同伴背后开枪!"

"趴下!"菲勒喊,"他们很快就会再次开枪!"

红眼不肯。他不能。他已经受够了。

"你毁了圆环,德廉!为了权力和领地出卖自己的同胞!"他吐了一口口水,伸出双手。"出来和我战斗!男人对男人!懦夫!"

"红眼!快趴下!"

菲勒抓住红眼的脚,但被他踢开。他看到枪口又举到窗户上,对准了自己。那一刻,他真的不在乎了。已经太多人牺牲了。太多了。如果他也要牺牲,那就牺牲吧。如果世界被德廉这种人统治了,那么这个世界也根本不值得留恋了。

"红眼!"菲勒恳求道。

可能是红眼的想象,但他仿佛听到了五十把枪"咔哒"地上了膛。

"去死吧,叛徒!"一个小男孩喊道,从两旁看热闹的人群中走出来，然后使劲把一个玻璃瓶扔到其中一扇窗上，碎了。

不知道是谁，或许是意外，窗户里有个人扣下了扳机，小男孩随即"扑通"一下，倒在了地上。

霎时间，整个地方一片寂静。

接着，整个社区一下子沸腾了。成百上千个人——老的、少的、男的、女的——像炸开了一样，被长久以来埋在心中的愤怒煮沸。他们曾经遗忘的愤怒现在都记起来了。他们冲到两栋大楼前面，疯狂地把任何能拆的东西都拆了下来。

期间不断有枪声响起，但没有红眼预料的那么多。可能有的枪手良心发现了吧。也可能是有好多人已经被文成的宝剑干掉了。

红眼从长外套里抽出飞刀说道："走吧，菲勒。把德廉揪出来，免得希望抢先了。"

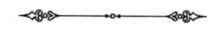

希望迅捷地走在昏暗的舞厅里，双手握着出鞘的宝剑，随时准备迎敌。内特尔斯和帕拉跟在后面，他们的步伐不像希望那样安静，但在枪声的掩护下也没有关系。

在前面，希望看到德廉的一个手下匆匆忙忙地跑过，手里拿着弹药。她悄悄地溜到他的身后，利落地由下往上地把剑插进他的脑袋。剑尖从他的两眉之间冒出，他抽搐了几下，便无声地倒下了。希望拔出剑来，静静地看着他。

"我还以为会遇到更多敌人。"帕拉轻声说。他拿了一根尖矛，矛尖是铁做的。

"可能德廉的手下并没有我们想象的多。"内特尔斯说。

"也可能是一部分人去别的地方了。"希望说，"跟上，我们快到了。"

他们来到舞厅前部，三个伏在不同窗口的枪手同时被宝剑、尖矛和锁链刀干掉。

"我们要肃清这一层的每间房子"希望说,"然后再杀下去。"

虽然一开始腹背两边的火力都很致命,但由于红眼的警告,很多人都及时找到了掩护。现在,加上这支意料之外的增援,他们又重新展开对大楼门窗的攻击。而这一次,大家的决心更加坚定了。只要一个人被击倒,就会有更多的人补上,而且攻击更加猛烈。

在红眼挤到门口的路上,他发现顶楼已经没有人开枪了。他很确定那都是希望、内特尔斯和帕拉的功劳。

"还记得以前我们还想打劫这里吗?"菲勒跟在后面,喊声盖过了其他噪声。"然后我们就被终身禁止再来这里了?"

"我们不是说好别再提这件事了吗。"红眼喊回去。

"只是说说而已。我打赌,你从来没想到我们竟然会带着一支军队回来。"

红眼突然站住了。"回来……"他突然抓住菲勒的肩膀,激动地摇着说:"我们就该这么做,老伙计!回到犯罪现场!"

菲勒很困惑。

"上一次我们之所以搞砸,是因为我们都没想到保险箱里面居然大得可以装下一个人!"

"是啊,很意外。"菲勒的脸突然变得十分苍白,但红眼已经沉浸在他的新策略里了,竟然没有发现。

"我敢用莎蒂剩下的每一颗牙齿来打赌,德廉就躲在那里!如果我们杀了德廉——"

"战争就结束了,再也不会有人死了。"菲勒说。

"没错!"红眼兴奋地喊出来,用力拍在了菲勒的背上。

菲勒呻吟了一下，双脚一软，倒在了地上。直到现在，红眼才看到，他最好的朋友身后已是血迹斑斑。

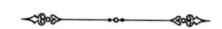

希望、帕拉和内特尔斯轻松地肃清了顶楼的每一间房子。二楼则有点难度。那里的房子更大，窗户更多，希望觉得这里肯定是赌场，每间房都有八到十个枪手驻阵。头三个轻松地就搞定了，但剩余的就不得不花点力气了。

希望起初对帕拉的武器还抱有怀疑。文成对矛战没有进行多少训练，他们认为用矛并不优雅，只有那些普通的赤脚战士才会用矛。那是因为他们都没有见过帕拉使矛。尽管在如此剧烈的近身战，帕拉依然把矛使得十分优雅，同时又极具破坏性。木质的矛身十分柔软灵活，帕拉像甩鞭子一样舞动着它，但力量更足。希望也想学这门武功。只要学会了，连最普通的东西都可以用来做武器了。

虽然战斗很激烈，但很快就结束了。

"有没有人受伤？"希望一边问一边擦着剑。

"谁也不用担心，"内特尔斯说，"我们去下一间房吧。如果动作够快，在他们破门之前我们就能搞定所有人啦。"

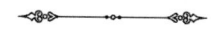

鲜血不断地从菲勒的右膝渗出来，染红了他的厚毛裤。

"发生什么了！"红眼一边说一边艰难地把他拉到安全的地方。

"中枪了，掩护你的时候。"

"你说你没事的！"

"骗你的。"

"去你的。"红眼说，"好了，先止血。"他从皮外套的下摆撕出长长一条。

"喂,你……弄破了你的……帅外套啦。"

"你闭嘴。"他用布条扎住菲勒的大腿,就在伤口的上方。"我在书里读过。这样就能止血了。不过每隔一段时间就要把它松开,不然你的腿就保不住了。不用担心,我最好的朋友。我很快就能治好你。"

菲勒摇摇头。"你必须去找德廉。"

"菲——"

"你闭嘴。我需要你……杀掉他。不要……让我们……死更多人。答应我。发誓。以你妈妈的画发誓。"

"菲勒,求你——"

"发誓!"

红眼看着他世界上最好的朋友。"我以害死我妈妈的画起誓,我会为了你杀掉死脸德廉。而你给我好好地活着,等我回来亲自告诉你。你懂不?"

很快,第二层也清理完毕了,他们正向一楼进发。希望在想战争是不是快要结束了。想着想着,他们就来到了一楼。

"我的天。"内特尔斯咕哝道。

一楼是宽敞的舞厅,整个地方都挤满了德廉的手下,个个都盯着前面,等着门被突破。

"注意后面!"一个熟悉的声音说道,声音潮湿且低沉。在那群流氓的中央,站着那个杀掉刺头比利的生物法师。他正举起手指着希望、内特尔斯和帕拉。

帕拉举起矛,脸色沉了下来。"我们的优势到头了。"

德廉的手下一窝蜂地向他们涌过去。幸运的是,他们的装备只有砍刀、木棒和板砖。德廉的枪肯定是用完了。

"我们还有优势。"希望说,"退到楼梯中间,他们一次只能上来两个人,而且我们还占据着高地。"

他们努力地在楼梯抵挡攻击,砍、刺、镣犹如行云流水。希望从来没有和别人如此无间地合作过。他们以完美的节奏配合着,谁也没挡到谁,一切攻击都是那么平衡。不用一会儿,他们就干掉了很多人,但敌人数量实在太多,连希望都怀疑他们到底能不能挺住。

就在这时,大门倒下来了。大块头西格第一个冲了进来,拿着巨大的锤头向四处挥打,每一下都把好几个人同时击倒。在他的身后,一群人也涌了进来,每一个人似乎都到疯狂边缘了。

红眼跟着人群冲进舞厅,随着两方开始混战,他溜到一边,直奔地下室。他感到一点愧疚,大家都在战斗,他却独自走开。可是他答应过菲勒要杀掉德廉,并尽可能干净利落地结束这场战争。不过当他看到希望正在舞厅的另外一端厮杀时,心中却有一点点窃喜。就算她知道德廉躲在哪里,她也不可能比红眼更早去到那儿。德廉是他的了。

他打开地板门,跳到地下室,由于地上厚厚的污泥,他落地时没有发出一点声响。接着,他俯身潜行,溜到黑暗之中。地下室的两旁摆满了麦酒、葡萄酒和白酒的酒桶。上一次来这里的时候只是两年前,那一晚也是他与内特尔斯的第一次见面。可是现在想起来仿佛已经是上辈子的事了。保险箱的大门就在地下室后端,这一次,门锁已经没那么容易打开了,因为它没有做好保养,已经变得锈旧了。然而十分钟后,红眼就打开了它。

他把门打开,站在门后作为掩护。不出所料,保险箱内立即连续开了三枪,巨大的声音在密室里不停回荡。

红眼从大门与墙壁连接的缝隙里瞟进去，果然是德廉。只见他瞪大了眼睛，四处张望。一直以来，红眼在夜晚的视力都比其他人好，好像他红色的眼珠在黑暗中更好使一样。根据德廉的表情来看，他应该什么都看不见，刚才也是在胡乱开枪。为了验证推断，红眼把一个木桶推倒，让它在门口滚过去。德廉又开了两枪，一发打偏了，一发打中了木桶。

　　"剩下一发了，德廉。"红眼说。

　　"红眼？"德廉眯眼在黑暗中使劲看，"是你吗，小子？"

　　"是我。答应了一些朋友今晚杀死你。想了想还是守守承诺吧，改变一下自己的形象。"

　　"你这个机灵的小鬼啊，"德廉的声调平稳，装出一种称兄道弟的语气。"可惜了，竟然和那个南方婊子厮混。我刚还想着是时候让你加入了。"

　　"对于跟皇兵和生物法师同流合污的黑帮，我不感兴趣。"红眼说。

　　"听我说，这都是误会。你也知道圆环的谣言有多厉害了。"

　　"我不需要谣言。我亲眼看到你和杀掉刺头比利的生物法师在一起。我还亲耳听到了你那个荒唐的计划。你不配做圆环人，叛徒。"

　　"你觉得那重要吗？"德廉的声音沉了下来。"你一辈子都生活在这条臭水沟里。这个世界比你能理解的大多了。到了明天，整个圆环就会被夷为平地，而且根本不会有人在乎。"

　　"在这里生活的人在乎。"红眼平静地说，"那是你的问题，德廉。你以为渺小就是一文不值。我告诉你，我们不是一文不值。"

　　"噢，你错了，我们就他妈是一文不值的，蠢货。你根本不知道你们是多么渺小，多么可悲，多么——"

　　德廉的话中断了，因为他的喉咙已经鲜血喷溅。一把飞刀插在了他的脖子上，他喘着气，发出"咯咯"的声音，绝望地把最后一颗子弹打了出去。接着,他跪倒在地上,发出最后一声"咯咯",咽气了。

红眼一直在琢磨自己能不能够投出反弹飞刀,现在看来效果还不错。虽然根据粗糙的伤口来看,飞刀被保险箱的墙壁打钝了,而且红眼本来是瞄准德廉拿枪的手的。看来他还需要练习练习啊。

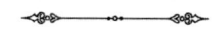

暴怒的人群涌进了门里,冲散了敌人对希望、内特尔斯和帕拉的包围。这样,三人便有了足够的空间杀到舞厅下面,加入到大规模的厮杀之中。

希望扫视人群,寻找那一顶白色兜帽,最后在舞厅中央看到了他。他手里没有武器,每当有人握着匕首或木棒攻击他,他只是掌心向外地伸出手去。当他的手碰到武器的一刹那,武器便化为灰烬。如果有谁被他碰到,那个人也会马上枯萎,退化,最后粉身碎骨。很快,人们都刻意避开他。希望不知道怎样才能打败他,但她心里明白,如果她不去试的话,就没有人去了。

她一路杀过去,视线从未离开生物法师。向她袭来的人都显得十分笨拙,希望只需用余光就能把攻击一一化解。等希望靠近时,生物法师十分惊讶。显然他没有料到在这种地方也会遇到文成武士——更不用说是一个女文成。希望向他发起进攻,他很快回过神来,冷酷地笑了笑,把手举了起来。

让他意外的是,悲歌剑没有化成灰烬。只见它继续唱着悲歌,从生物法师的手心干脆利落地切下去。他的脸上充满了惊讶和恐惧,但也只维持了一瞬间。瞬间之后,悲歌剑便将他的头部齐颈切断。鲜血立即从他的脖子迸溅而出,染红了希望的身体。又过了一瞬间,尸体倒下了。

希望低头看着手里的悲歌剑,从刀柄到刀尖都染满了鲜血。生物法师的力量对这把剑无效!难怪它如此珍贵。现在她终于明白了,河洛之所以如此坚持把剑传给她，是因为只有这把剑才可以帮她报灭族之仇。

"谢谢你，大宗师。"希望轻声地说。

这时，大块头西格也从人群中杀了过来。他挥出锤子的力道是如此巨大，被他打中的人都飞出去好几米远。西格停下来，用衣袖擦了擦浸满汗水、鲜血和灰尘的额头，低头看着被斩首的生物法师。

"干得好。"他说。

希望点点头。

"继续吧？"西格问。

两人转过身，重新加入到战斗之中。看得出来，看到生物法师被杀死之后，德廉的人都泄气了。逐渐地，他们由攻转防，开始望向出口的方向。

"别打了！德廉已经死了！"

红眼站在吧台上面，肩膀上扛着一具尸体。他把尸体甩到地上，所有人都退了开来。

希望原本以为，只要看到德廉死去，失去卡迈克尔的痛楚便会消失。至少会减轻。但当她盯着他的尸体，看见尸体双眼无光地睁着，喉咙裂开一道深深的伤口，她感到的就只有那股一直徘徊在意识边缘的黑暗，依然饥渴。她不知道这种饥渴到底能不能被满足。

她转身面对德廉的余党，随时准备出剑。可是敌人纷纷扔掉了武器——战斗结束了。

突然，街上传来雷鸣般的爆炸声，紧接着大家都听到了石头破碎和玻璃炸裂的声音。

菲勒出现在门口，他艰难地靠在门框上，虽然脸色苍白，但神情坚定。

"我们有麻烦了。"他说，"皇兵来了。还有大炮。"

22

红眼的想象力很丰富。对于这次三杯舞厅的战争,他曾想象过无数种最糟的下场。他没想到的是,就算他们赢了事情还可以变得多糟。

他跑到大街上,马上被眼前的景象吓了一跳。整个天堂圆环仿佛堕入了可怕的地狱。他亲手煽动起来的暴乱现在已经升级,变得漫无目的,完全失去了控制。多栋大楼浓烟滚滚,店铺的玻璃支离破碎,里面的商品遭到哄抢。更糟的是,每隔几分钟,远处就会响起爆炸的声音,还有一连串密集的枪声充斥着街区,玻璃、木头招牌、墙壁纷纷被打烂,甚至那些来不及躲避的行人也遭到屠杀。

"这不是我想要的结果。"他对大块头西格说。

"我知道。"西格平静地说,"但现在我们已经无能为力了。我们的起义已经变成一场彻头彻尾的暴动了。我要带我的人回锤子角了。帕拉应该也会这么做。"

"你们就这样抛下我们?"红眼指责道。

"不然你想我怎么样?让我的人制止你的人?你想引发社区战争吗?还是说你想派我的人去堵枪口?"

"不,当然不是。"红眼说,"我只是——"

大块头西格把巨掌按在红眼的肩膀上,手大得完全把肩膀包裹住了。"我们今天干了一件了不起的事。不管接下来发生什么,都改变不了这个事实。我们为自己站起来了。这能震慑他们。"

"那我们不是更应该好好利用一下它吗?"

"一个领袖应该知道什么时候前进,什么时候后退。我们有很多人都加入抢劫了,其他的在第一声炮响就跑了。留下来的已经战斗了好几个小时。他们都累了,很多人也受伤了。而皇兵刚刚才来,而且武装更精良。所以,选择很明显。"

"红眼!"希望从三杯舞厅里喊,"快来帮忙!"

红眼看了看大块头西格。"好吧。那,改天再见?"他伸出了右手。

大块头西格紧紧地握住。"一言为定。"

红眼点点头,便跑回舞厅里面。几乎所有人都撤退了,不是躲了起来就是去抢劫。只见菲勒平躺在吧台上,脸色苍白,看上去十分痛苦。希望和内特尔斯分站在他的两旁。内特尔斯拿着一瓶威士忌,希望则拿着一根大的弯针和线。

"帮我们按住菲勒。"内特尔斯说。

"他怎样了?"红眼过去按住菲勒的脚。

"失血过多,但子弹取出来了。"希望说,"我们得先帮他消毒,再缝合伤口。不能让他再失一滴血了。"

"那他……会没事的吧?"红眼问。

希望凝重地看着他。"他会活下来的。"

"是不是绷带的问题?我是不是绑得太紧了?我在书上读到的,但从来没有实践过,我也不太清楚要怎么做。"

"多亏这条绷带,他才保住了性命。我觉得还能保住他的腿。可是他的膝盖被子弹打碎了。"

"好不了了吗?"

希望摇摇头。"很抱歉。膝盖伤得很严重。他以后都只能用拐杖走路了。"

"是我的错。"红眼的心都空了,"亨尼说得对。我的疯狂迟早会害了我最好的朋友。"

"狗屎。"菲勒虚弱地说,"是我自己要为圆环起义的。是我自己要为我最好的朋友挡子弹的。别想把我的功劳都抢了。你敢?"

"好的,小菲。好的。"红眼安静地说。

"演完悲情剧没有?"内特尔斯说,"还不赶紧把伤口缝上。"

"来吧。"菲勒说。

于是,内特尔斯按住他的手腕,红眼则按住脚踝,希望把威士忌倒到伤口上,菲勒立即痛得猛烈抽搐,力气大得差点踢中了红眼的下巴。红眼不得不把整个身体压上去,才能重新把菲勒的脚按平。接着,希望开始缝合伤口。

"外面有多糟?"内特尔斯仍然按着菲勒的手腕。

"很糟。"红眼承认。

希望用针穿过伤口周围红肿的肉,菲勒呻吟起来。

"我们惹怒了那个傲慢的皇帝,"红眼继续说,"所以他派重兵来教训我们了。还有,我们的同盟已经撤了,连再见也省了。"

"我到现在还是很惊讶,你居然能团结他们这么久。"内特尔斯说。

菲勒又开始呻吟,这一次又长又沉,仿佛像在哼歌,又好像在呜咽。

"快好了,菲勒。"希望说,"你表现得很好。"

红眼看着希望,只见她的手指灵活地在菲勒的伤口上来来回回。"你的技术真好。"

"我年纪还小的时候,文成兄弟们经常会进行对打练习,所以经常会受伤。那时候我的工作就是帮他们缝合伤口。"

"那你肯定很受欢迎吧。"内特尔斯说,"尤其是只有你一个女孩。"

"不。他们恨我。"希望说,"只有我的导师对我有感情,而且他还不得不把这种感情隐瞒起来,不然其他人就会怀疑他在偷偷地传授文成武功给我。"

"你这样生活了多久?"内特尔斯问。

"八年。"

"见鬼。那你一定很孤独。"

"可能吧。"希望一边缝合伤口一边说,"那时候我没想那么多。所以我变得……不习惯温情或同伴了。"

"不过我们今天的组合真是绝配。"内特尔斯说。

"是啊。"希望说。

"我不敢保证能有多温暖,不过你和我,我们相处得来。"

希望害羞地笑了,但手上的活儿也没落下。"那我们是搭档了?"

内特尔斯咧嘴笑了。"学到精髓了嘛,天使婊子。"

希望把线头扎好。"好了,菲勒,缝好了。应该不会再流血了,不过注意别弄断了缝线。"

"谢谢你,希望。"菲勒虚弱地说。

希望点点头走到一边,用布擦净手上的血。外面的炮声越来越频繁,一分钟就有两三次。"此地不宜久留,他们的火力更猛了。我们得把你移到安全的地方。"

"火药大厅。"内特尔斯说,"没死的、没被抓的人都会去那里。"

"那是唯一一个皇兵管不了的地方。"红眼说,"但要去那里不容易。通常情况下,我会建议走后巷,这样就能躲过炮击。但菲勒这种情况,我们不可能直接把他背过去。我们需要一辆货车。这就意味着我们要走大路,变成大炮的靶子。"

"那我们就先废了那些大炮。"希望说。

"怎么废?"内特尔斯问。

"我们走屋顶。"红眼说,"这样我们就可以潜行到炮台那里,而且不会被发现，或被打得稀巴烂。内特尔斯，你看好菲勒，我带希望过去。"

"为什么不是你看好菲勒，由我来带希望呢。"内特尔斯暗示道。

"因为你没有我那么了解屋顶。"红眼说，"在上面又不是一条直线就可走到大厅。有的屋顶很陡，就算我已经在上面跑了那么多年，都不能轻松翻过去。"

"那我们赶快出发吧。"希望说，"我知道该怎样爬上这栋楼的屋顶。"

希望带着红眼来到三楼，走进了一个有两排睡床的房间。

"我们就是从这里进来的，"她说，"从那扇窗。"

红眼把脑袋探出窗外，看了看好几层楼下面的小巷。"你是怎么上来的？"

"巷子够窄，我就这么来回地顺着墙壁跳上来的。"希望答道。

"易如反掌……"红眼咕哝道。他扭头看向上方，发现屋顶太远了够不着，只能从窗台上跳上去。自孩童时期后红眼就没干过这么鲁莽的事，但听到希望刚才的轻描淡写，他又不好意思就此退缩。所以，他爬到窗外，在窗台上站直，不及多想便纵身一跃。他超过了屋顶边沿，并在下落时紧紧抓住。接着，他使劲把自己往上拉，直到两只手肘都架在边沿上，然后翻身提脚钩住，终于攀上了屋顶。

红眼站了片刻，对自己的表现甚是满意。尔后他俯身往下喊："上来没？"

希望把头探出窗口，看着红眼说道，"马上。"说完，她抓住窗户上沿，轻轻一拉，在空中翻了个筋斗，轻盈地在屋檐降落。"走吧？"

"显摆。"

红眼领着希望来到屋顶的另一边。他看到不远处有一股浓烟在余晖中升起，片刻之后炮击啸声便响彻大街。要是坐货车的话，他们全都得死。红眼转向炮声传来的方向,眼睛扫描着屋顶,寻找最佳的路线。

"啊。"希望突然叹了一声。

"怎么了?"红眼警觉地问。

"没什么。"希望凝望着西边,视野越过屋顶。落霞染红了她一头黄发,她的面容变得平静下来。"天空好美,你不觉得吗?"

红眼感到一刹那烦躁。"现在真的不是时候。"

"作为一名文成武士,要用心体会身边所有的美好事物,"希望平静地说,"这样才能懂得自己要守护的事物的价值。"

红眼愣住了。仅仅因为她做了一件他也做过无数次的事,他就恼了吗?他想起那一天,他带着内特尔斯来到屋顶,兴奋地和她分享着这一美景。结果她却毁了那一刻。而现在,红眼也差点毁了这一刻。他决不会让这种事发生。所以,他深呼吸了一口,默默地站在希望身旁,和她静静地看着夕阳缓缓地降落到参差不齐的屋顶背后。

希望转向红眼说道,"趁着夜色的掩护,我们有一定的优势。"

"所以你才想缓一缓?"

她耸了耸肩。"美景和掩护,都是不错的理由,而且它们又不矛盾。"

红眼凝视着希望片刻,心想这女人一点都不简单。他意识到这也是自己喜欢她的原因之一。"说得没错。走吧。"

由于没人去点亮路灯,整个街区显得异常黑暗,而流连的暮光把万物染成了浅褐色。两人从一个屋顶蹿到另一个屋顶,沿着一条蜿蜒曲折的路径,逐渐靠近大炮。炮火变得更加频繁了,红眼推测,敌人大概是想尽可能肃清街道,好让大队士兵进驻扫荡。

等他们来到放置大炮的十字路口时,夜幕已正式降临。这时,他们看到,敌人一共有五门大炮,平均地分布以便瞄准每一条街,每门大炮各有四名士兵把守。

"要想迅速夺取所有的大炮,我们只能极速击破每一个点,不给他们发出警告的时间。"希望小声地说。这时他们已站在离第一门大炮最近的屋顶上。"你可以精准地同时投出两把飞刀吗？"

"两把可以，四把不行。"红眼回答。

"你负责两边的士兵，中间两个我来搞定。"

红眼点点头，随即掀开外衣，准备拔刀。

"行动。"希望说。

红眼迅速地用两手各投出一把飞刀，希望则从屋顶高高跃起，在空中拔出悲歌剑，像陀螺一样旋转。剑光闪烁，中间两名士兵相继倒下，几乎同时，两侧的士兵也应声而下，紧紧地抓住脖子上的飞刀。

希望轻盈地落在大炮上，示意红眼向对街的建筑进发。

红眼估算了一下跳跃的距离，有点畏缩。他不确定自己能不能跳过去，不过他不打算告诉希望。他深呼吸，向前助跑，然后奋力一跳。虽然姿势并不优雅，但好歹是成功了。但他的上腹狠狠地撞在了屋檐上，不得不停下来挂在屋檐上休整片刻。直到呼吸调整后，他才慢慢爬起来。他看到希望仍然站在大炮上，歪着头好奇地看着自己。于是他朝希望招手示意继续前进，心里却有点尴尬。

希望点点头，压低宝剑，俯身继续朝下一门大炮进发。这时，红眼发现对付下一拨敌人的最好方法是，希望去制服较近的两名士兵，他自己则负责较远的两名。可是他没法与希望进行沟通而不引起敌人的注意，只好暗暗祈祷希望也明白这一点。

希望跳到前面两个士兵之间，左右挥砍。与此同时，剩下的两名士兵也闷声倒下。她抬头看了看红眼，点头微笑表示赞许。希望小小的认可让红眼感到很满意，他让自己沉浸其中片刻，然后喃喃对自己说："千万别迷上这个独身主义的女人。"因为菲勒不在，所以只能由他自己来说了。

两人继续用同样的方法对付剩下的敌人，可是在拿下最后一门大炮时出了点麻烦。火炮手与大炮的旁边有一队皇兵,在他们发动进攻前,红眼率先发现了敌情。他不知道希望有没有看到敌人,只能向她挥手并指向皇兵以示警告。希望简洁地点点头,并挥手示意继续前进。

与此前无异,二人轻松地解决了大炮的四名守卫,但皇兵发现了他们,随即呼声四起。皇兵们转向希望,慌乱地操起步枪一阵乱射。红眼连忙伸手探进外套摸刀,里面却空空如也。飞刀在刚才已经用完了!于是他攀下建筑,虽然不知道自己能发挥什么作用,但他也不打算在袖手旁观着希望被乱枪扫射。可是等他来到地面时,一半的士兵已经一命呜呼,剩下的都溃不成兵,落荒而逃。

希望喘着大气,看着逃兵走远,才用死去士兵的白色外衣把宝剑擦净。"飞刀用完了?"

红眼不好意思地点点头。

"等会儿再取回飞刀吧,"希望说,"我想回去把大炮毁掉,确保帝国的增援军再也用不上它们。"

<hr />

红眼从未见过火药大厅如此拥挤和压抑。这里的氛围让人神经紧张。他到达大厅后,和内特尔斯还有希望合力把菲勒抬了进来。红眼发现这里已经快挤不下了,可是却不见有人在交欢,或者过瘾。大厅内没有推杯换盏,抑或欢声笑语。每一个人都坐着低声交谈,愁容满面。

"见鬼,这太怪异了。"内特尔斯说着,与伙伴们把菲勒安顿在帅哥亨尼与双胞胎的桌子上。

"兄弟们还好吧?"红眼一边说一边与亨尼握手。

"起码比菲勒好。"亨尼回答。

"我没事,小亨。"菲勒虚弱地说,"希望帮我包扎好了。"

"谢谢你喽。"亨尼说着,从小麻袋里掏出一个苹果丢给希望。"红眼,内蒂,你们要不?"

"那还用说。"内特尔斯回答,感激地拿了一大块面包。

"我整天都没吃过东西了。"红眼也拿了一些面包。

"你知道吗,红眼,"亨尼说,"当时在烂布朽木剧院看到你的时候,我觉得你就是个蠢货。那时我在想:看啊,又一个疯狂的计划。"他的眼睛随着火炬闪烁着,"不过我真没想到,你他妈真的做到了。团结了社区的人,就像你说的,还狠狠地重创了皇兵,打了他们个屁滚尿流。"

"是啊,但看看我们现在落到什么田地。"红眼说。

亨尼摇摇头。"凡事都是有代价的,哥儿们。贫民窟内没有什么是免费的,这道理你本来就懂。但现在他们也懂了,那群该死的废渣。他们把我们惹急了,现在我们要反击了。"

"那现在我们该怎么办?"红眼问。

"我也不知道,"亨尼坦承,"我想我们就在这里等着,看他们会不会强攻这里。"

大厅的窗户都用木板封死了,仅留一条缝隙来观察外面的情况。商人们都把货物拖到大厅里,有粮食的把食物分给大家,有武器的则把武器分派下去,尽可能多地武装起强壮的人。红眼曾听说,虽然天堂圆环是残酷且自私的,可是在遇到困境的时候,人们就会团结起来。他以前从来没有亲眼看到过,所以很难相信这样的事情。但现在,在他津津有味地嚼着面包,看着贫民窟的人们慢慢团结起来,互相扶持着迎接无可避免的战争时,他不禁为这个第二故乡感到前所未有的自豪。

"怎么没看到莎蒂?"希望咬了一口苹果,略显忧虑。

"她和芬恩留在码头了。很可能在船上藏起来了。皇兵们应该不会去到那么远的,所以她会没事的。"红眼看着她,"我说,如果船修好了,你大可以走的。远离这一切。"

"你会这样做吗?"希望反问。

红眼摇摇头。"不是说我想永远留在这里,但在这个时候离开,还有那么多事情没有解决……我觉得很不该。"

"我也一样。"希望说。

这一夜过得很煎熬,人们不时进进出出,补充供应品,顺便侦察皇兵的行动。敌人大军正在朝大厅进发,虽然尚有一段距离。时间像蜗牛般爬过,紧张的情绪逐渐蔓延,大厅里开始出现了小打小闹。为了熬过时间,同时让大家保持乐观,红眼开始夸张地给大家说起了"三杯舞厅的风暴"。许多人都是从那里回来的,但没人了解整件事的来龙去脉。当被问到他是怎么知道德廉躲在那里的时候,红眼更是夸张地说起两年前在三杯舞厅的抢劫未遂案。但他决定在说到亲吻内特尔斯之前就把故事卡掉。有些事情还是留在过去比较好。

等他讲完的时候,大厅里响起了热烈的掌声。

"你讲故事的天赋和你飞刀一样好,"希望说。

"他吹牛的天赋也是。"内特尔斯说,"我绝对没有干掉三十个人。"

"好了好了,内蒂。"红眼眼睛闪着光。"夸张一点又不会让故事变假。反正这又不是用来记入史册。我只是不想大家都老想着下面要发生的事罢了。你不会抱怨的,对吧?"

"只要没人真的认为我用一条小锁链就能干掉三十个人。"内特尔斯说。

红眼笑了。"到时你可以告诉他们你已经老了嘛。"

"我也可以一拳打肿你的小白脸,这样你就不会再到处撒谎啦。"内特尔斯提议。

红眼大笑起来。

到了第二天下午,一个十三岁的侦察兵男孩慌张地冲进火药大厅,他满脸通红,喘着大气说道:"快关门!皇兵快到了!"

大厅里立刻响起一阵低语。有几个人用木棒把门闩好,而红眼则赶到加固的窗边,内特尔斯、希望和亨尼跟在后面。他们从缝隙里往外瞧去,看见一整营的皇兵正向大厅进军。他们一排十人,共五排,每个人都带着步枪。

"没有大炮?"亨尼惊讶地问。

"来这里之前,希望和我已经把所有大炮毁了。"红眼狡猾地说道。

红眼看见一名司令官,他戴着一顶金灿灿的头盔,头盔上还竖着一根羽毛。只见他骑着一匹白色良驹来到队伍前面,举高一只手,士兵们便立即停下了脚步。

"非常有纪律。"希望赞许地说。

"你是站在哪一边的?"红眼问。

"只要值得,文成武士就会给予赞美,尽管那是他的敌人。"她说。

"她的敌人。"内特尔斯嘀咕。

"天堂圆环的人们!"司令官透过一个金属喇叭喊道,声音被放大后响彻整个火药大厅。"我们不希望再看到有人受伤或死掉了。把穿着文成制服的女人交出来,你们就能完完整整地回家!"

大厅里突然陷入了沉寂。那可能是火药大厅有史以来第一次真正的寂静。

"选择很明显了。"希望大声说,好让所有人听见。"牺牲小我,完成大我。一名文成武士应该随时准备自我牺牲,保护帝国的好子民。别误会了,你们都是不完美的,但你们都是好人。"

"希望,你他妈敢?"红眼说。

希望没有理会,而是转过身对内特尔斯说道:"很感激你能接受我,把我当成朋友。我从来都没交过女性朋友,很高兴我能体会到这种喜悦。"

内特尔斯点点头。

希望走到菲勒身边,他依然昏迷在桌子上。她抚摸了一下他流汗的额头。"照顾好他。他的忠诚和我见过的所有勇士一样伟大。"

"希望,我不会让你这么做的!"红眼说。

她的脸紧绷着,蓝色的眼睛是他见过最坚毅、最冷酷的。"红眼,与你并肩作战是我的荣誉。而且……"她迟疑了一下,"而且很快乐。"说完,她便转身向门口走去。

"不!"红眼伸手抓住她的手臂,但他突然两眼发黑,全身无力,瘫倒在地上,头痛欲裂——是希望迅速地击了他脑后一掌。他挣扎着站起来,努力地整理思绪,却眼睁睁地看着希望走了出去,把门关在了身后。

他踉跄地向大门走过去,但内特尔斯一把把他转过来面对着她。

"你这是想去哪里?"她问。

"当然是去追希望了!"

"你自己一个人?"

"必须的话。"

"真的必须吗?"

这一句让红眼愣住了。"什么意思?"

内特尔斯转过身面对大厅的所有人。"好了,不要一副难以置信的样子。她走了。我们的暗淡·希望。是的,我是说我们的。她也许不是来自天堂圆环,但她已经好几次为了我们而不顾性命。所以,我要把她誉为圆环的英雄!有谁不同意?"

内特尔斯扫视了一遍大厅,没有人说话。

"可是现在,"她继续说,"我们的英雄跑去送死了,为了我们!而我们就这样让她走?难道圆环已经变成这样了吗?"

23

希望走出了火药大厅,金黄色的余晖洒满了大地。她在火药大厅憋得实在太久了,竟觉得新列文的空气有点清新,于是贪婪地呼吸了起来。她抬头看了看马背上的司令官,司令官也好奇地俯视着希望。在他后面,五十个士兵全都举高步枪,对准希望。

"你现在就要杀我了吗?"她平静地问。

"有人想跟你说句话。"司令官说,"把剑交上来,我带你去见他。"

"你要放过其他人。"

"我会叫我的人撤退。"对方答应道。

把悲歌剑递给这个司令是希望做过的最困难的事。虽然她有过比这痛苦一百倍的经历,可是她以前孤立无援,阻止不了它们发生。但现在,她却不得不主动放弃这件文成武僧团最重要的圣物之一,这把由大宗师河洛亲自传承给她的宝剑,交给一个根本不了解它也不在乎它的人!虽然内心充满了冷酷的仇恨,但她还是双手平举起入鞘的悲歌剑,把它递了出去。司令官坐在马鞍上,弯下腰,漠然接过宝剑。

"把她绑起来。"他说。

两名士兵快步上前,用铁链绑住希望的手腕,锁上锁。一个士兵把钥匙递给了司令官,另外一个则把锁链的另一端交给他,司令官随即把锁链绑在了马鞍前面。

"跟我走。"司令官调转马头,用力拽了一下铁链,带她离开火药大厅。士兵们让开一条道让他们通过,等他们过去后又重新合上。希望回头看了一眼,等着士兵也转过身跟着他们离开。但他们一动不动,依然拿着枪瞄准了火药大厅。

"你说过会撤兵的。"

"我知道文成对于荣誉简直到了迷信的地步。"司令官说,"可是躲在那里面的是小偷,是杀人犯,是妓女和叛徒,是帝国里最废的渣滓。他们没有荣誉,也不值得别人给予荣誉。我不能让他们以为自己今天胜利了,一刻也不能。我要把他们困在这里,直到修好昨晚被你弄坏的大炮。不过等不到那时候,他们大概就已经饿得开始自相残杀了。如果没有,那就由我们去肃清那个肮脏的大厅。"

"你告诉我这些,还想我乖乖合作?"希望平静地问。

司令官嗤之以鼻。"你没有武器,还被绑着。你还能做什么?"

这时,火药大厅里传来一阵怪异的咆哮,仿佛有几百号人在喊口号一样。

"这究竟是——"

司令官还没说完,火药大厅的门便猛地打开,红眼和内特尔斯冲了出来,一大群人跟在后面。士兵们没料到会受到正面冲突,慌乱得居然忘了开枪。希望十分清楚,在红眼和内特尔斯冲过来之前,士兵们很快就会回过神来,到时就会是一场屠杀。除非有人阻止他们开枪。

"这就是我能做的。"希望使劲拽了一下铁链,白马立即失去了平衡。就在司令官抓稳马鞍的那一秒,希望跳到了他的身后,用绑住的双手套住他的头,用力勒住他的脖子,夺过了缰绳。她调转马头,用力夹紧马腹,让这个庞然大物冲进士兵堆里。士兵们见状慌乱地四处乱射,但还来不及重新上膛,天堂圆环的人便撞了进来。

如果司令官还能讲话,他应该会命令他的士兵保持阵势,指挥他们对付这帮小偷、杀人犯、妓女和叛徒。可惜他现在连呼吸都成问题,更别提说话了。他挣扎着控制白马,希望趁机从他的腰带里拿到钥匙。过了好一会儿,他终于稳住了坐骑,可是希望已经打开了锁甩掉锁链,抓起悲歌剑,把自己连同司令官一起拖下了马。在落地前的一瞬间,她扭转身体,让司令官重重掉在鹅卵石街上,自己则摔在他的身上,毫发无损。她把司令官拉了起来,但他已经摔得不省人事了。

"希望!"红眼在战斗中喊,"你没事吧?"

她只是笑了笑,抽出悲歌剑,投身到恶战之中。比起德廉的手下,这些士兵训练有素,更有纪律,而且武装也更好。他们没有逃跑,就因为这个原因。希望给予了和她对峙的每个士兵一次痛快而荣誉的死亡。

没花多少时间,大部分士兵已经死的死,伤的伤,躺在鹅卵石街上。就在这时,希望看到一个穿白袍的人站在了大街的另一端。她用脚下士兵的衣服擦干净宝剑,坚定地向这个戴兜帽的人走过去。

"当我第一次听到有个女文成在三杯舞厅起义的时候,我还以为是误报。"生物法师说,声音干得像柴火。他的头微微压低,希望看不清他的脸。"毕竟,女人已经不被允许加入武僧团了,也不能加入生物法师。可是后来我又听到报告,说我的大炮被一个女文成拆了,我就知道我必须得调查清楚。"他抬起头,和希望对峙。

他就是那个脸上有烧疤的生物法师!希望多怕西格搞错了,担心是另外一个脸上有疤的生物法师。现在真相大白了,没有搞错。虽然他更老了,头发几乎全白,但希望第一眼看见他,就认出了他就是毁灭了她故乡的那个杀人凶手。

"虽然我找到了这个传闻中的女文成,"生物法师继续说,"我还是没料到悲歌剑居然会在她的手上。那是我的祖父帮忙为真知玛纳伊打造的。你是怎么得到它的?"

希望体内充斥着冷酷和愤怒。她咬牙切齿地说:"这把剑是我的老师,狡猾者河洛托付给我的。它将带来你的末日。"

"或许吧。"生物法师说,"但不是今天。"

他打了个响指,突然亮起一阵刺眼的光芒。希望不得不眯着眼抵御强光,果断地朝着生物法师猛刺过去。但是太晚了,她的宝剑只刺到了空气。过了一会儿,她终于恢复了视力,可是生物法师已经像个懦夫一样,逃到了好几条街以外。

"不!"她咆哮了一声,拔腿追赶上去。

作为一名文成武士,需做到衡万物、融于境、静于心。当外界极速变化,内心更需趋于平静。不管经历何事,都要立足当下,不因过去记忆或对未来的思绪而分心。

以上这一切,暗淡·希望一项都做不到。

她在生物法师身后全速奔跑,潜藏在心底长达十年的愤怒和痛楚像燃烧的焦油一样灌满全身。她只模模糊糊地听到近乎咆哮的声音从自己紧咬的牙关里迸发出来,可是与心中复仇的怒吼相比,那声音简直小得不值一提。今晚,她将完成复仇。今晚,她将得到解脱。

生物法师不停奔跑,穿梭在弯弯曲曲的小巷之中。希望不知道他是不是有特定的目的地,或者只是在盲目地乱窜。不过,他聪明地避开了大街,因为天色黑得很快,汽油灯的光会暴露他的行踪。不过即使在昏暗的后街里,他一身白袍在灰墙的对比下还是很显眼。希望有好几次都跟丢了,但随即看到转角有影子晃动,便知道就是他。

然而,太阳即将下山,到时再想捕捉到他的身影就难了。她必须尽快追上他。她大可以继续在他后面追赶,期盼他在天黑之前就耗尽体力。她也可以采取一个完全不同的策略。卡迈克尔船长曾经说过,希望丫头啊，有时候你做事太直接了，只顾埋头冲进去，却一直在原地踏步。这时你就要从侧面下手。有些事从另外一个角度解决会更合适。如果希望想要及时追上生物法师，正需要另一个角度。

她跳到雨棚上，再跳到窗户边缘，最后来到屋顶。虽然她所有的本能都在催促她立即追赶，但她却静下心来，在坚硬的木质屋顶上单膝跪下，闭上眼睛，凝神倾听。她听到了自己的呼吸和心跳，因为奔跑和愤怒变得又快又重。还有呢？她想象着河洛对自己说。她听到了一只鸽子"咯咯"的叫声和老鼠"沙沙"的脚步声。还有呢？河洛会说。她听到有人打开了窗户，往街上倒了些什么液体。她听到了一匹马的嘶叫声。再远一点呢？找到了。急速的喘息，还有软皮鞋踏在蜿蜒凹凸的鹅卵石街上。

她把自己弹射出去，跃过屋顶，一间又一间。生物法师不知道希望没再追了，所以还是在不停地绕圈子，而希望则像一支箭一样直插过去。又跑了六个街区，生物法师刚拐过一个街角，希望就突然降落在他的面前。

他猛地停下了脚步。"你跟我以前见过的那些文成一样厉害。但想要杀了我还差点火候。"

"你的名字是什么，生物法师！"希望咬牙切齿地问。

"泰尔多·肯。"他似乎有点被逗乐了，"如果你是想举报我的话，那你也——"

希望像闪电一样抽出宝剑并向前一挥，他的前额便裂开了一道伤口。他吃惊得眼睛都睁大了。

"十年前，你屠杀了暗淡希望村。我要为它报仇！"

泰尔多·肯深深地叹了口气。"文成和他们的复仇。没用的。我当时在进行重要的工作，研发新武器来保护帝国。寄生蜂是我们其中一个最有前景的——"

"随意抛弃子民生命的皇帝不配统治这个帝国!现在,如果你有武器,就拿出来吧。我赋予你勇士的礼节,虽然你根本不值得。"

泰尔多·肯的眼神越来越不安。他瞟了一眼落日,说:"就算你真的杀得了我,你也活不了一天。他们不会饶了你的。他们会用天底下最恐怖的方法杀死你。"

"无所谓。"希望说。在那一刻,确实不重要了。只要杀了泰尔多·肯,所有的债就能偿还,所有的誓言都能兑现。如果能过上没有复仇的生活,希望觉得什么都值得了。

泰尔多·肯皱着眉,说:"我知道了。"他把手伸进袖子。"可惜了,你选择背叛皇帝。虽然你是女人,但无疑你对皇帝很有价值。拥有如此坚定决心的人很罕见。不过恐怕我要拒绝你的人生目标了。"

他向前伸出双手,露出烧痕,跟脸上一样。他的两只手腕上各戴着一个银镯,在落日的余晖下闪着微光。

希望举起剑,不知道他要施展什么法术。

然而他却没有进攻,而是飞快地合起手腕,两只银镯碰撞在一起,发出低微的鸣响。接着,鸣响逐渐变大,他的手和脸也开始发出光芒。希望这才反应过来,用悲歌剑猛地刺向他的胸膛,可是太晚了。他消失了,只留下空荡荡的白袍,软绵绵地挂在剑尖上。希望站在那里,呆呆地看着白袍。就差那么一点了。如果她直接把他当场杀掉,现在一切就都结束了。但她非要坚持勇士的礼节:知道对方的名字,表明原因,给对方战斗的机会,就像河洛教她的那样。现在她又重新回到起点了,连他在哪里都不知道。更糟的是,他现在知道她的目的了,肯定会更加谨慎。

希望突然觉得很沉重,很脆弱,很疲惫。就连悲歌剑也好像重得拿不起来。她垂下剑尖,任由白袍滑落到鹅卵石街上。大地好像要把她拽下来一样,她跪倒在地,把头垂得低低的,直到下巴贴着胸脯。落日的最后一束光芒逐渐褪去，一切事物变得像浮雕一般。城市的喧嚣在希望周围响起，但在这条空荡荡的小巷里，却什么都没有。没有光芒，没有声音，没有希望。

她看着悲歌剑，即便天色昏暗，它依然闪着光，剑刃上附着一丝泰尔多·肯的血液。她失败了。她不配拥有这把剑，也不配拥有这一生。她把剑翻转，让剑尖对着自己。她将剑柄固定在地上，把剑尖移到心脏的位置。她也许不是一个真正的文成，但至少她可以像一个文成一样死去。

"没想到你这么轻易就放弃了啊。"红眼说。

她抬起头，看到了红眼。他双手抱在胸前，斜靠在墙上。他的态度和语气跟平常一样轻松，甚至有点轻浮。可是他的眼神却坚毅得像红色的钢铁。

"我失败了。"她的声音十分空洞，就像她的内心一样。

"怎么失败了？"他问。

"他逃跑了。"

"那我们就再把他抓回来呗。要是你胸口多了一把剑，那样会挺吃力的。"

"他知道我在追杀他了。我唯一的优势就是出其不意，可现在已经没了。我不可能再靠近他了。"

"你唯一的优势？"他问，"先不说你是世界上最厉害的武士，还有另一个巨大的优势怎么算？"

"什么优势？"

"我啊，你这个南方蠢材。"他走到她的身边，摩拳擦掌地说："好了，看看咱们有什么线索，这是他的长袍？"他跪下来，把长袍由内而外地翻了过来，在上面拈出几根头发。"这是他的？"

希望点点头，稍稍放下了宝剑。

他指了指剑刃问道:"这是他的血?"

她又点点头。

"很好,那我们只要查出他的名字就行了。"

"他叫泰尔多·肯。他刚刚告诉我的。"

听到之后,红眼咧嘴笑了。"这样的话,亲爱的,我们就万事俱备了。"

"我不明白。"

"你可能没注意到,你刚才像一个疯婆子一样到处跑,现在我们已经不在天堂圆环了。"他摊开手指着周围,好像一切都很明显似的。"我们在银背镇。"

"所以呢?"

"生物法师不是唯一会魔法的人。银背镇也有很多人会一些奇怪的法术。占卜啊,巫术啊,还有问血。"

"我还是没懂你的意思。"

"你要看到才会相信。"他伸出手,"这一次你愿意相信我吗?别再自残啦。就一会儿?"

红眼依然相信希望可以完成她的誓言,即使她刚才失败了。她这么快就失去决心了吗?当然了,泰尔多·肯知道她在追杀自己,就算这样也还是对希望有利。他可能落荒而逃了,这样就更容易犯错。而红眼说自己是一个重要的优势,这确实一点不假,不仅是因为他了解新列文和他准得可怕的飞刀。他刚才在希望最沮丧的时候支撑了她的信念,这个优势是无法衡量的。

希望接过他的手,任他把自己拉起来。

"我们就试试你说的问血吧。"

"棒极了。注意不要擦掉剑上的血液哦,她会用到的。"

"谁?"

"老亚米。帮我们走回正道的人。"

✦━━━✦━━━✦

天堂圆环和锤子角的区别在于程度上的不同。如果说天堂圆环是贫穷的，那么锤子角则赤贫如洗；如果天堂圆环是肮脏的，那么锤子角则脏得烂臭；如果说天堂圆环的人是刚毅的，那么锤子角的人则刚如磐石。

希望以为银背镇也会是这样，大概是比天堂圆环更好，毕竟它是下城贫民窟和上城富人区的过渡地带，镇子又窄又长。可是当红眼带着她走在银背镇傍晚的大街上时，她发现完全不是这么一回事。银背镇简直可以说是独树一帜。街上到处都是电影院和艺术馆，还有各行各业的工匠。色彩鲜艳的商品铺满了大街，人们在讨价还价。

"银背镇的艺术气息很浓。"红眼说，"很多帝国最出色的画家、音乐家、诗人和表演家都是在这里出生的。"

"他们好喜欢打扮得五颜六色啊。"希望说。她周围的人就像一场色彩的盛宴，有的色彩协调，有的则对比鲜明，但几乎所有人都明亮鲜艳。街上几乎每一个角落都能看到街头艺人的身影，有表演乐器的，玩杂耍的还有演杂技的，人们聚在一起观看，有时喝彩，有时嘲笑。

"银背镇的街灯更多。"红眼说，"还有卫生员收垃圾。"

"为什么？"

"富人们经常会过来看画展、看话剧，他们不喜欢这里脏兮兮的。这里巡逻的皇兵至少是天堂圆环的两倍，不过他们不是来保护这些艺术家的，而是为了让富翁们有安全感。"

"这些富人肯定很惨。"希望说，"整天都提心吊胆的。"

红眼给了她一个滑稽的表情。"这个看法挺有意思的。我想你是对的。"

希望和红眼走在银背镇繁华的街道上，心情平复了不少。

"到啦!"红眼最终说,"命运夫人的真相之屋!"

"你不是说要找一个叫老亚米的人吗?"

"是啊,但是用那样的名字就吸引不了生意啦。来吧,我打赌,她肯定会表现得仿佛早就知道我们会来的样子。我一直都不知道她是不是唬人的。"

红眼把门打开,里面正好有一个女人走了出来。希望从来没有见过像她这样的女人:长长的棕发扎成高高的复杂辫子,脸蛋化了一层很不自然的橙色妆,眼睑上黏着一片金粉,重得眼睛都快睁不开了,而嘴唇则涂成了鲜蓝色。她穿着长长的蓝色丝绸裙服,似乎还是掺着金线编织出来的。长长的脖子和纤细的手腕上都戴着金饰。希望只能吃惊地看着这个古怪的、不实际的女人,微微感觉到女人也正不高兴地盯着她看。

红眼连忙把希望拉到一边。

"很抱歉,夫人。"红眼露出一个比街灯还要亮的笑容。

女人没有回答,匆匆地走了。

"那是什么?"希望问。

"那是一个活生生的上城富翁。"

"他们都穿成这个样子?"

"他们来下城的时候就打扮成这样。"红眼说,"估计他们在家里也不用亲自打扮,双脚一翘就万事无忧了。不过我也不确定。"

"她为什么要化成橙色啊?"

"我哪里知道?我虽然有富翁血统,那也不代表我会理解他们的时尚嘛。好了,进去吧。别让老亚米等那么久。"

希望一开始想象不出真相之屋里面会是什么样的。可能摆满了水晶球,还有异族风情的挂毯,色彩斑斓的地毯,还可能在门口挂着几根骨头。所以当她和红眼走进去的时候,她有点点失望。那里就是一个普通的厨房,跟盖尔默尔的没什么两样。一个木柜,上面摆着粗粗的竹节花；一个水盆，还有一个大肚子铁火炉。唯一明显不同的是那里摆着一排排玻璃瓶，上面没有标签，装满了树叶、粉状物，还有其他说不出来的东西。

一个女人站在厨房中间。希望还以为老亚米会很老，但眼前这个女人最多不超过四十岁。希望还想她会不会是助手，就在这时红眼走到她身边，高兴地展开双臂。

"老亚米！"红眼热情地拥抱她。

她淡定地看着红眼，象征性地回抱了一下。"我工作的时候要叫我命运夫人，里希邓特朗。"

"是，而我和朋友一起的时候要叫我红眼，懂木？"

"里希邓特朗？"希望好奇地问。

"他出生的名字。"老亚米说，"已经不适合他了，可我习惯了。可能是让我想起了以前的快乐时光吧。"她眯眼看着希望，慢慢地梳着耳朵后面的一束黑发。"你想知道这些事的，对吧？"

"为什么这样想？"希望略带防备地问道。在老亚米的目光下，她有种完全暴露自己的感觉。

"我是命运夫人。我知道很多事。"

"是啊是啊，别闹啦。"红眼说，"我们有很重要的事情找你。"

老亚米宽容地笑了笑："你哪一次不是？"

"我们要找一个人。我们有他的头发，他的血，还有他的名字。这些就够了，对吧？"

"够了。"老亚米走到一个柜台旁边，示意让他们过去。"拿过来吧。"

红眼把那缕头发递了给她。希望只用白袍松松地裹着剑，怕用剑鞘会把血迹擦掉。她小心翼翼地打开白袍，避免碰到剑尖上已经发黑的血液。

看到悲歌剑之后，老亚米倒吸了一口气。"这把剑！我从来没有见过这样的剑。"她迟疑了一下,伸出手指去碰了一下剑身。"它蕴含着一种力量,就融入在钢铁里面。"

"打造它的人有一个是生物法师。"希望说。

老亚米又用手指碰了碰血迹,放到嘴里舔了舔,又吐了出来。"你们也是在找一个生物法师。"

"有问题吗?"红眼问。

"找他?一般来说,有难度。不过这把剑有魔力,可以增强问血的力量。"

"会不会伤害这把剑?"希望问。

老亚米笑了。"在这个世界上,没有任何力量、也没有任何咒语可以伤害到这把剑。它很安全。不过我得提醒你,一旦它碰到其他人的血,问血的魔法就会马上消失,你再也不能用它找到那个人了。"

"就是说你不能再用它去战斗了。"红眼说。

"我不出鞘就可以了。如果要战斗,我也可以用别的武器。"

"铁定要了。"他转过身对老亚米说,"麻烦总是跟着俺们。"

老亚米翻了个白眼。"不难想为什么。"她拍了拍柜台,"把剑放在这里。"

把剑放下的时候,希望觉得很不安,虽然老亚米保证不会伤到这把剑,但她还是像一个忧心忡忡的家长一样。

老亚米把头发放到血迹上面,轻轻地叨念着什么。她拿出一瓶黄色液体,滴了几滴在头发和血迹上面。接着,她拿出一瓶白色粉末,撒了厚厚一层在剑的上面。"火焰升起的时候,"老亚米说,"喊出他的名字。"

"火焰?"希望问,十分警惕。可是还没等她反应过来,老亚米拿出火石,打出一星火花在剑尖上。一瞬间,整把剑,从剑尖到剑柄,就燃起了熊熊烈火。

"泰尔多·肯!"希望喊道,声音比预料的还要大。

火焰突然一下子熄灭了，剩下宝剑躺在柜台上，剑身的粉末、血迹还有头发全都已经消失不见。

红眼清了清嗓子："有没有——"

"嘘！"老亚米说。

他们盯着剑，过了一会儿，它慢慢地开始转动了，仿佛有一只透明的手在拨动它。最后，宝剑停下来了，剑尖指着西北的方向。

"那就是你要去的方向。"老亚米说，声音里充满了自信。

"它会一直指着他吗？"希望问，"就算他在走动？"

"只要问血的魔法还在。"

希望一直都很怀疑，但自从看到宝剑自己动了起来，心中不禁升起对她的敬意。"我要怎么报答你？"

"里希邓特朗知道。"

希望用揶揄的眼神看着红眼。

红眼翻了个白眼。"一幅画。"

"谁的画？"

"我的。"

"我不知道你还是一个艺术家。"她又发现了他的另一面。

他瞪了瞪老亚米，"我不是。"

"胡说。"老亚米说，"艺术家就是创造艺术的人。而你，也能创造艺术。"

"只有你叫我的时候才会。"

"那是一件好事。你妈妈也会希望你这样。"

听到老亚米提到自己的妈妈，红眼有点退缩了。"好吧。我画就是了。"

"你认识红眼的妈妈？"希望问。

老亚米笑了笑，"是啊。是我的荣幸。他们两个人一起创造的画作……直到今天也是无人能及的。"

"亚米,别这样。"红眼说。

"海景画廊正在举办一个关于她的作品的画展,你知道吗?"老亚米问。

"海景画廊?"红眼问,"对她的作品来说不会有点太花哨了吗。"

"一点都不。去看看吧,既然都来了。"

"没时间。"红眼随口说道,"还是赶紧把画搞定吧,我们还要去找人呢。这次你想要我画什么?"

老亚米皱着眉思考了一会儿,最后说:"就画一个肖像吧。"

"画谁?"

老亚米指了指希望。"她。"

"我?"希望问。

"她?"红眼也问。

老亚米点点头。"这就是我的报酬。"

红眼看着希望,"抱歉。你介意吗?"

想到有人要全神贯注地盯着自己那么长时间,希望马上起了鸡皮疙瘩。可是她能想到的借口听上去都很幼稚很虚荣。如果这是追踪泰尔多·肯的代价,那她也只能忍受了。当然了,更难受的她也经历过了。所以,她撒谎道:"不,不介意。"

"太好了。"老亚米笑着说,"我喜欢在阳光下的肖像,不要在灯光下的。你明天一早就给我画出来吧。"

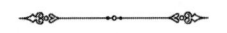

老亚米就住在她店铺的二楼,那是一个小小的卧室,根本容不下红眼和希望。所以,老亚米在厨房的大肚子火炉旁边铺了一些厚垫子给他们过夜。除了火炉的橙色火光,厨房里一片漆黑。希望听到附近的笑声

和音乐,不禁想这个社区的音乐是不是永远都不会停下来。奇怪的是,她也不想音乐停下来。

"这里让我想起了那天晚上,我们在失踪芬恩的棚屋里也是这样子睡觉。"红眼说。

"那其实是白天。"希望说。

"对。然后我们当晚就去了锤子角。然后操蛋的事就一窝蜂地发生了。"

他们沉默了一会儿,肩并肩地躺着。

"谢谢你杀了德廉。"希望静静地说。他的死虽然没有减轻失去卡迈克尔的悲伤,但她还是很庆幸他的仇已经报了。

"那是我的荣幸。我当时也希望你在场的,看着我那惊天动地的一击,简直可以载入史册啊。"

"卡迈克尔应该会喜欢你的。虽然你一直都装成一个流氓和小偷的样子。"

"我就是一个流氓、一个小偷。"

"你从来都没提起过老亚米。"希望突然说。虽然只是一个很小的细节,但不知怎地,她似乎很重视。老亚米似乎也更欣赏红眼身上更高雅的品质,比如读书,还有算术。

"我不怎么喜欢提起她。还有过去的那些人。"

"但你还是会来探望她。"

"呃,当然了。她是我认识的最厉害的人之一。"

"你会跟菲勒和内特尔斯说起她吗?"

"不怎么会。"他承认。

"他们见过她吗?"

"菲勒见过一次。她上次来天堂圆环找我。"

"你看,这就是我想说的。"希望说,"你可能是一个流氓,一个小偷。但你身上不止这些。你还是一个学者,一个故事家,而现在我又发现你还是一个画家?你干吗要把这些都藏起来啊?"

红眼沉默了很长一段时间。希望开始想他究竟能不能回答。或许连他自己也不知道答案。

"我想,是因为,"最后,他说,"我从来没有遇到一个可以真正了解我的人吧。"

希望想起那时,她刚知道红眼也和自己一样,八岁就成了孤儿。他们的人生虽然一直都天各一方,但这个共同点却像一支箭一样把他们串联了起来,成为他们所有梦想、恐惧和欲望的中心。直到现在,希望才知道,她可以跟一个人如此不同,同时又能对他如此了解。

"希望?"红眼问。

"嗯?"

"早些时候,在那个巷子里,你不会真的会把自己杀了吧?"

希望叹了口气,闭上眼睛。"文成戒律上说,只有杀死仇人才算真正的复仇。一个勇士如果复仇失败了,宁愿死掉也不能背负耻辱苟活。我当时以为自己失败了。"

"荣誉对你来说就那么重要?"他问。

"不。"她说,"可我的复仇是。"

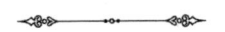

泰尔多·肯在新列文西海岸附近的一个昏暗小巷里醒了过来。他浑身赤裸,不住地打战。他感到皮肤干燥,全身仿佛被一把钝剃刀刮过一样。他摇摇晃晃地站起来,寒风吹得他皮肉刺痛。

这次穿越糟透了。根本没有时间准备,没有缓冲,也没有保镖。而且他也不年轻了。再来一次这样的穿越,他甚至可能连皮肤都跟衣服一起留在那里。

然而，这是必要的。他万万没想到，河洛这么守规矩，居然也会破戒收一个女人为徒弟，太极端了。可能人到黄昏就会特别反常吧。原因是什么不重要，重要的是这个女文成确实训练有素。必须得好好处理才行。

泰尔多·肯低头看着自己发颤的身体，虽然很瘦，但肌肉紧绷。要事第一，他先要找点衣服。

他淡然走到大路上。镇子这一边没什么街灯，人也很少，人们从他身边经过时，都假装看不见这个全身赤裸的老人。泰尔多·肯觉得有点好笑。

终于，他看到一个跟他身高体型差不多的男人，穿着一件白色的农民衬衫，一条马裤，还有一双到处都是洞的靴子。虽然不是很理想，但现在没时间挑剔了。等男人经过，泰尔多·肯从隐蔽处走了出来，碰了一下男人的脖子。

"去死吧你。"男人愤怒地骂了一句就走开了。

泰尔多·肯看着他走出了三步。当他踏出第四步的时候，他的脚"咔"一声断了。男人痛苦地尖叫起来，用仅有的一只脚支撑着，摇摇欲坠。接着，另一只脚也断了。掉下去的时候，他伸出手想撑住自己，但一碰到地面，两只手也断了。男人躺在地上，四肢异样地弯曲着。泰尔多·肯继续站在一旁看着，只见男人发出极度痛苦的哀号，不停地扭曲着身体，而每一次扭动，更多的骨头就被折断。最后，男人已经不成人形，虚弱地呜咽着。泰尔多·肯跪下来，拍了一下男人的额头。男人的头骨凹了进去，便一动不动了。

泰尔多·肯把衣服从尸体上扯下来，每扯一下，尸体就发出"啪啦"的碎裂声。很快，他穿好衣服了，终于不用受寒了。

河洛的这个女徒弟发誓要向他复仇。按照河洛的秉性，他肯定把徒弟教得很好；要说他给弟子最重要的教诲，就必定是完成使命。河洛一直都是使命必达的人。如果她继承了大宗师的信念,哪怕只有一点,她肯定会再次找到他,而且很快。他必须得要有所防备。下一次再与她对峙时,他已经准备好了。

24

红眼很难向一个非艺术家解释他在画肖像时感受到的微妙的亲密感。他不知道是不是所有艺术家或多或少都有这样的感觉,还是说只有他自己是这样。这不是说他是一个艺术家啦……

第二天刚天亮,他们就开始画了。希望坐在一张高椅上,靠近窗边。她的金发一般都是扎着的,但在老亚米的要求下,现在都放了下来。晨曦照耀进来,她的头发真的像天使一样。虽然看上去很美很恬静,但她依然散发着一种致命的危险气息。而这,红眼不得不承认,就是她的魅力之一。

随着他画下去,红眼发现自己已经不是单纯对她有冲动了。他发现自己被她的细节吸引住了,一些平常不可能注意到的细节。微微上翘的鼻子,弯弯的嘴唇,和发色一样淡的眉毛,鼻梁上浅浅的雀斑,线条分明的下巴,脖子上优雅的曲线,还有那双眼睛,多么深邃,多么蓝啊。他觉得再多看几眼就会眩晕过去。可他必须要看。他必须在画布上完美地把它们表现出来。如果其他部分都画得不好,眼睛一定要画好。

希望忍不住动了动，问："要画多久？"

"你动得越多，就画得越久。"红眼简单地说。

"但是——"

"说话也是动。"他这么说有点不公平。他从来都没有遇过像希望这么稳的模特。有好几次他都不确定她有没有在呼吸。过了一会儿，他问希望要不要休息一下，她说不用。他从来都没有见过一个人可以一动不动地坐那么长时间，仿佛元神出窍了一样。

红眼自己也元神出窍了，不过他知道。他画画的时候总会这样，时间静止了，心里所有的思绪和担忧全都烟消云散。他的世界里只有画布、画笔、颜料和模特。她。

到了傍晚，红眼终于画完。他站起来休息片刻，对希望说："好了。"他的声音很梦幻，仿佛刚睡醒似的。"画完了。"

老亚米仔细地检查着成品。"这是你目前为止最好的作品。配得起模特了。"

"谢谢。"他知道，等天堂圆环的好汉——红眼——重新占领这副躯壳时，他心中的激情和欢愉就会很快消退。所以他得好好地品味这一刻。

"给我看看。"希望从高椅上站起来，似乎一动不动地坐了八个小时也没有一点倦意。她走过来，在红眼背后仔细地打量着肖像画。

"嗯。"她说了一句就走开了。

红眼的心好像被一把冰刀刺中了一样。"你不喜欢吗？"他来不及阻止自己便问了出口。

"不是。画得很美。"她白皙的雀斑脸上泛起一丝红晕，"你把我画得太美了。"

"我只是把眼中的你画下来而已。"

"嗯。"她又说了一句，然后对老亚米说："这个报酬足够了吧？"

"噢，当然了。"老亚米调皮地看了红眼一眼，"跟我期待的一样。"

红眼不喜欢她的表情。他骗人的时候也是这副表情。其实也不意外了，毕竟老亚米是红眼的导师之一。几年前，她曾经去找过他。就在他做完海盗、还没遇到内特尔斯的时候。她想红眼回银背镇，可是红眼已经太融入天堂圆环了。不过红眼还会隔三差五地去探望她，看看可以从她身上学点什么东西回来。虽说她在血魔法以及各类药剂和毒药上有很高的造诣，但最受顾客欢迎的是她的算命服务，不过很多人都认为这种东西只是故弄玄虚。在她这行，欺骗和诡辩是必须的。她也一直在教导红眼，敏锐的头脑比敏捷的手指有用多了。

不过这些都不会让红眼觉得烦。他最烦的是不知道她究竟在搞什么花样，或者在捉弄谁。不过十有八九都是针对红眼的。可是这一次到底是什么呢？他说不准。至少现在还不知道。老亚米实在太聪明了，不过她的奸计最后总会真相大白的，虽然为时已晚，已经不能改变什么，但又总能让人发现那是她搞的鬼。

"好吧……"红眼眯着眼看她。过了一会儿，他对希望说："咱们走吧？"

"傻啊你。"老亚米说，"你们整天都没有吃东西了。我不会让你们饿着肚子出去的。"

"那也好。"希望说，"虽然我不想让泰尔多·肯逃远了，可是我们都没钱了，谁知道什么时候才能吃上一顿呢。"

红眼"噘"的一下笑了。"想找钱还不容易。"

"我还是希望尽量别偷东西。"她瞄了一眼老亚米，又对红眼笑了笑。"再说了，这可能是我唯一的机会去了解里希邓特朗啦。"

"我突然间不饿了。"红眼说。

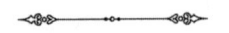

✦ ━━━━━ ✦ ━━━━━ ✦

正如红眼所害怕的那样，吃饭的时候，她们聊的绝大部分都是红眼童年的事。他们坐在厨房中间的大桌上,喝着浓浓的炖菜汤,听着老亚米说着一个又一个令人尴尬的童年趣事。红眼不知道哪一个更糟,是老亚米说得饶有兴味呢,还是希望听得津津有味。希望肯定已经记住了大量细节,以后只要她想让他难堪,就能拿这些事来揶揄他了。

"所以你从一开始就认识他啦?"希望问老亚米。

"那时我还没有开这个店。在他小时候,我和他一直都是邻居。他父母去世后,我本来要收养他的,不过那一年我进监狱了。"

"监狱?"希望很惊讶,"为什么?"

"邪术。那是生物法师的说辞。只要合他们心意,或者对帝国有利,他们就可以随意改变自然规律。可如果是其他人呢?尤其是女人?呵,那当然就是来自恶魔的邪恶力量了。他们每过五年就要清查一次,看有没有人有类似能力。如果你是个男人,他们就会招募你加入,可如果你是个女人,那就去空虚峭壁蹲一年号子吧,或者直接判死刑。从那以后,我就学会了怎样侦察他们什么时候过来,还有隐藏能力。可惜呀,在我年轻的时候,我一有机会就总想让别人刮目相看。"她看着红眼,拉长了脸。"我真希望当时能够在你身边。听说那一年你过得很艰难。"

"是啊。"红眼平静地说。

大家沉默了一会儿,红眼默默地祈祷这两个女人都别再提起他往事了。还好,老亚米接着说的话让红眼松了口气。她说:"幸好的是,几年后我就找到了他。不过他已经变了。他已经是一个叫红眼的男孩了,脑袋里净是羊头莎蒂灌输给他的流氓观念,简直疯了。那个老婆娘。"

"你见过莎蒂?"希望问。

"当然了。虽然她惹了很多麻烦,我还是很感激她救了这个小鬼的命,或多或少地帮他摆脱困境。"她戳了一下红眼的肩膀,继续说:"这个小鬼还是会时不时过来这里,跟我学这个学那个的。"

"那你教他什么了?"希望好奇地问。

老亚米大笑了起来，嗓子都沙哑了。"你不会想知道的。"说完，又继续笑。

红眼很意外她居然没有说出来。他学的不是什么厉害的东西。他没有学习血魔法的天赋，所以老亚米教了他别的东西，例如怎样忽悠人。不过她回避的原因也挺明显的，正如她经常跟红眼说的那样，魔术师绝对不能说破自己的秘密，除非是自己的学徒。

然而，红眼还是有点担忧。从昨晚开始，老亚米就在耍着什么长线把戏。不管是什么，红眼真有点害怕它的真相。

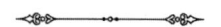

但也许是他多虑了。因为直到他们离开命运夫人的真相之屋，什么意外都没有发生。要么是这个把戏实在很长，要么就是红眼一直在瞎担心。

"能帮我捎句话给莎蒂吗？"红眼问她，"她最近都在码头，和失踪芬恩维修一艘叫女士诡计号的船。就告诉她我们没事，让她知道我们在做什么。不过也不要说得太详细，我不想她担心。"

"我懂分寸的啦。"老亚米说完，张开手抱着红眼。这是很少见的。"再见你估计是很久之后了。到那时你肯定已经成长了很多。答应我别忘了你的老亚米，行吧？"她用力地挤了挤红眼。

"好的，行啦。"红眼说，有点不好意思。

他们出发的时候，太阳刚刚下山。希望把剑别在身边，手一直放在剑柄上，以便感受它的动静，防止它真的指了出去。

"老亚米是什么意思？"希望问，"她说很久都见不到你了？她是要去哪里吗？"

红眼摇摇头。"她就是在装而已，装得好像能看到未来一样。其实都是骗人的啦，谁也看不到未来，因为我们还没有把它创造出来。"

"据说黑暗马赫可以看到未来。有的人认为就是这个能力让他疯了。"

"你能怪他吗？"红眼说，"我的意思是，如果他真的能看到未来——虽然不可能——却又无能为力，是谁都会疯掉的。"

"那如果我们真的可以做点什么呢？"希望问。

"那样就不是未来了，不是吗？"

"有道理。"希望承认。

他们静静地走在大街上，每个街区都有不同的音乐家演奏着不同的旋律：有鼓手，笛子演奏家，弦乐器演奏家，歌唱家，每个人都在为几个钱币而卖力。富翁们会扔几枚铜币到他们的帽子里，有时候是银币，甚至还有金币。红眼在想这是不是富人之间的一种较量，比比谁最能挥霍。因为如果你只是因为喜欢他的音乐就愿意给他一枚金币，就说明你很有钱。

"这些灯光，这些音乐，还有这些色彩……"希望说，"我从来没见过这样的地方。感觉很不真实。"

红眼看着街灯的光芒洒在希望的身上。她又重新扎起头发，但依然透着淡淡的天使光芒。她身体上的光与影不停摇曳，红眼不禁觉得手指发痒，想要再画一次她的肖像。

"干吗？"希望说。

"哎？"

"你在盯着我看。"

"噢，对不起。"他窘迫地把视线移开，重新看着前方。就在这时，他突然明白了老亚米的把戏。她在扮演一个媒婆，想让红眼爱上希望！之前，他确实被希望吸引住了，跟所有血气方刚的少年对着漂亮的女孩一样。可是他已经不是单相思的可怜虫了。当他知道了自己不可能和希望滚床之后，他就成功地把她当成一个哥儿们了。但现在呢？他控制不了自己去关注她，所有他画过的细节都在吸引着他的注意力。红眼很烦躁，也很沮丧。可除了忍受，他又能做什么呢？唯一的方法便是尽快远离她，可是光想想要离开她就让他心如寒冰。红眼知道老亚米的计划成功了，他完全爱上希望了。当然了，亚米不会知道他和希望永远都不会有结果，就因为那该死的贞操誓言。

希望微微抬起下巴吸了一口气。"我闻到了大海的味道。我的剑正指着海的方向。难道说他离开新列文了吗？"

"前面是木匠湾，湾口深入内陆，几乎把新列文切成两半了。在海湾的另一边是钥匙镇。他可能去了那里。"

"很好。"

"哪里好了。我们得绕过整个海湾，不然就只能坐船。我们可以捎句话给莎蒂，让她把船开过来，前提是船修好了。就算船已经修好了，她开过来大概要一天的时间。"

"我们已经落后很多了，我真的不喜欢这样。"

"是你说要吃完饭再走的。"红眼指出。

"作为一名文成武士，要知道身体的极限在哪里。"

"意思是说，你之前快饿死了。"

"是啊。"她说，一点都没有不好意思。

"好吧，不管我们要怎样过去，一旦我们到了钥匙镇，我们肯定很不受欢迎。那里是皇兵的总部，泰尔多·肯应该已经把你的外貌特征散播出去了。这里的皇兵可能还没收到消息，但是那里不同，你肯定已经被通缉了。所以在过去之前，我得帮你伪装一下，藏住你的明显特征。"

希望扬起了一边眉毛。"是哪些特征？"

"金色头发和文成制服。"还有那超脱凡俗的美貌，他在心里嘀咕，有些自嘲的意味。

"要怎样伪装？你有什么主意吗？"

"既然我们要去上城，那就打扮成富翁吧。"

她皱着眉问:"难道我要把自己涂成橙色?"

"不是所有富翁都是这样的啦。不过大多数富翁都会戴傻乎乎的帽子,穿臃肿的连衣裙。"

"好极了。"她无精打采地说道,"那我们去哪里找这些衣服呢?"

"你非要问吗?"红眼把手按在胸膛,假装很伤心地说。

她眯起了眼睛。"你打算去偷。"

"自然是。就算我们有钱,也远远买不起整套富翁衣服。这些东西值的钱啊比你我一年看过的钱加起来还要多。我们只要找到一个跟你身形差不多的女人就行了。"

于是,红眼开始寻找合适的目标。他们一边找一边向海湾走,来到悬崖边上的时候就没路了。在悬崖下面,黑漆漆的水被月光照得波光粼粼。海上飘着很多富翁游艇,时不时挡住了海面的反光。红眼隐隐约约能听到游艇随着海浪摇曳而发出嘎嘎吱吱的声音。在海岸上,他听到了古典音乐的旋律。那不是粗俗的街头艺人能演奏出来的,那是正统的贵族管弦乐队。他循声望去,找到了声音的来源:那是一座矗立在悬崖边缘上、俯视着海湾的大型建筑。

红眼似狼地笑了笑。"海景画廊啊。跟我来,我突然有种重温童年的欲望。"

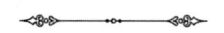

海景画廊在银背镇享有盛名,是新列文最有名望的画廊,很可能在整个帝国也是。它有四层高,建筑浑然天成,弯弯的拱门,腾空的扶壁,圆顶的阳台和礼堂,一切设计都相当精妙。当红眼和希望走近画廊的时候,上面的无数窗户就像一盏巨型的灯笼,光靠它就能照亮整个街区。当然,那里还有街灯,数量比其他街区多出两倍有余;还有忽明忽暗的火炬,但都只是为了衬托出艺术的气氛。

"我想不通,为什么你要在妈妈的画展偷别人的东西?"希望问。

"我妈妈讨厌这里,银背镇其他正统的艺术家也一样。她说,如果作品被挂到海景画廊里面展览,它就跟艺术无关了。"

"就算是,人们来这里是为了欣赏你妈妈的艺术啊,肯定是有意义的吧。"

"为什么?就因为他们花了这点臭钱去买卖她的画?我妈妈因为热爱画画而死,有的人却因此变成富翁。要我说的话,这里就是最肮脏的地狱。"

希望没再说什么,红眼很满意。他要冷静下来,平复心境,这样才能得手。没错,在妈妈的画展里抢劫富翁确实有点任性和炫耀的意味,但不论怎样,他确实是个专业小偷。

那里灯火通明,红眼和希望很难溜进去。就算他们想,也会马上被两个虎背熊腰的保安拦在门前。

幸好的是,仆人们在食品贮存室与画廊之间来来往往,忙碌地为贪婪的富翁们奉上美食美酒。红眼和希望悄悄地潜到食品贮存室里,一人一边地提起一桶麦酒,然后一声不吭地跟在一个一手托着一盘熏肉,一手托着一盘芝士圈的银发仆人后面。他们尾随他走过开阔的草坪,穿过仆人室入口,一直走到厨房里面。两人刚踏进去,便被眼前的景象吓了一跳。那简直是一个美食的天堂,猪肉、芝士、鲜鱼,还有水果,都被切成小小的一块,精致地摆在巨型的银盘子上。虽然刚吃过饭,可红眼还是忍不住咽了咽口水。

"红眼,别。"希望说,"你会引起更多注意的。"

"更多?"红眼看了看周围,才发现仆人们都盯着他俩,窃窃私语。当然了,除了他和希望,其他人都穿着仆人制服。"你说得对。走吧。"

别人还没来得及拦住他们,他们就蹿进了最近的一扇门里。他们沿着通道走,来到一个长长的走廊,天花板也是拱形的。走廊的地板是白色大理石,墙上贴了壁纸,酒红色的天鹅绒窗帘像瀑布一样倾泻到地面。那里一个人也没有,也没有任何展品,而楼上的演奏似乎正值高潮。红眼猜,大部分"艺术爱好者"应该都在上面了吧。希望至少还有人在这一层欣赏真正的艺术作品吧,红眼暗暗祈祷。当然了,这样他才能偷走他们的衣服。

他加快了步伐。"走吧,主展厅应该在这边。"

"你已经计划好了的,对吧?"希望一边走一边问。她不停地四处张望,似乎比第一次去火药大厅的时候还要焦虑。红眼在想,她以前有没有见过这么奢华的地方呢?应该是没有了。她才刚刚适应了圆环,现在又被红眼拉到这个怪异十倍的地方。红眼不得不承认,他觉得这样挺有意思的。

"呵,业余的人才会计划。"他尽量让声音保持轻松。

"实际上,"希望说,"我很确定计划才是专业的象征。"

他们走进了一个大房间,还有另外两条走廊也连着这里。在他们的头顶上,挂着一个巨大的水晶吊灯。"它是怎么亮起来的?"希望问,眼里充满了好奇。

"有煤气管穿过墙壁给它供气。"

她摇着头说:"厉害。"

"是啊,是啊。"红眼看了看其他两条走廊,发现其中一条里面有人。现在他要寻找一个跟希望身形相仿的女人,还得是戴帽子的。他还不知道要怎样偷衣服,但这一部分还是晚点再想吧。根据目标的性格来判断,从忽悠到钝器等等,任何手段都可以用。

红眼和希望走在走廊上,经过一个又一个盯着画作的富翁,听着他们评论着妈妈的作品。

"太震撼了!"

"雅致脱俗,你说是不是?"

"太迷人了!我简直移不开眼睛。"

"这一个倒有点可怕,不觉得吗?"

这让红眼难受得咬牙切齿。他不喜欢这帮土豪盯着妈妈的作品,仿佛这些画是他们的一样。他加快脚步,匆匆地走过他们,努力让自己专心寻找猎物。他逐渐意识到,这一切就是个错误。他不应该来这里的。不过现在已经太晚了。

就在这时,他看到了那幅画。他没想到会看到这幅画。实际上,他一直都尽量不去看任何一幅画,因为他知道,那些画蕴含的回忆足以让他内心仅存的平静消失殆尽。但是现在,他的目光无可救药地被走廊末端的那幅画吸引住了,再也移不走了。他的双脚已经不听使唤,磕磕绊绊地把他带到那幅画的前面。他呆呆地站在那里,盯着那幅画,紧紧地握住拳头。

"红眼?"希望出现在他旁边。红眼模模糊糊地感到希望的目光在他和画之间不断来回。"你还好吧?"

不,他一点都不好。被埋藏在心底多年的记忆现在已化成旋涡,一点一点地把红眼吞噬。她的妈妈是多么美丽啊,灰眼睛,黑卷发。她总会露出得意的笑容,又恬静又淘气,总会让人觉得她知道了一些你不知道的事情。红眼花了一辈子的时间去模仿这种笑容,但一直都没有成功。

他是那么地爱着她。即使到了后来,她已经控制不住发抖的手了,甚至不能握住画笔了,他也依然爱着她。生活只是到最后才变坏的,在她开始语无伦次的时候。她会拿红眼来发泄,会诅咒他,骂他又蠢又笨。每到这种时候,他就会哭,却只会让她更加生气。这时,他的爸爸就会过来,用他那修长、强壮的手臂抱着他们,用那慈爱的眼神和温柔的笑容哄他们,直到一切都过去。

直到后来,他的爸爸再也没有时间哄他们了。红眼知道爸爸又开始卖身了,还用赚来的钱去买她那些没人要的画。红眼知道不应该告诉妈妈,因为会让她很伤心。可是没有了爸爸的安慰,她的挫折感和红眼的伤心就无从宣泄。直到有一天，他妈妈严厉地苛责他是如何地脆弱，如何地没天赋，骂他是她一生中最糟糕的东西，红眼再也忍不住了。他想让她伤心，让她像自己一样受伤害。于是他告诉了她爸爸所做的一切。听完后，她一句话也没说，静静地躺在沙发上，闭上了眼睛。红眼站在那里，被自己说的话吓坏了，心里如千刀万剐般痛苦。他不知道要怎么办，于是他便拿起画笔，开始画画。那是他第一幅、也是唯一一幅由自己创作的画。

而那一幅画，就是他眼前的这张。

"多么醉人的画作啊，你说是不是？"身后传来一个声音。说话人是一个年长的男性。从声音和优雅来判断，是个富翁。"她逝前最后的作品。这是她与世界的道别，跟之前的画作完全不一样。人们不禁会想，这是不是对未来的一个预示？当然了，前提是她还活着。很多人猜测这是她的自画像。一边画，一边想象着自己躺在那里，任由生命流逝。"

红眼的目光一直没有离开那幅画。在淡淡的棕色与灰色的旋涡中，还有丝丝缕缕的米色线条里，他的妈妈躺在沙发上，一只手垂了下去，一缕黑发拂过脸庞，憔悴、安详。这是红眼所希望的安详，仿佛只要画出来了，它就会变成现实。

红眼开口了，声音浑浊："这不是她画的。是我画的。"

"你说什么？"男人问，语气有点被冒犯的意味。

红眼转过身对着男人，任由眼泪落下脸庞。男人看到红眼的脸后，表情里的不信任马上消失了。他激动地抱着头，又捂住自己的嘴巴。"这双眼睛！"他轻声地感叹，"这双红眼睛！你……你就是那个失踪的儿子！里希邓特朗！"

"红眼，我们该走了。"希望静静地说，保护性地抓住他的手臂。

"噢，求你别走！"男人向他们伸出手。"我愿意做任何事情，只要让我和你说几句话。"

即使泪如泉涌，心如刀割，思绪翻滚，但那个让他活到现在的红眼还是嗅到了男人语气里的绝望。机会来了。

"为什么？"红眼装出猜忌的样子，一副害怕了这个穿着得体的富翁的模样。"你想说什么？"

"当然是你的母亲了。"他双手发抖，眼眉渗出了大滴大滴的汗珠。"我的名字叫多里斯顿·巴格沃尔希。她应该有提起过我吧？"

红眼摇摇头。

"很久之前我就认识她了，那时我们还是小孩。我和她经常一起玩耍。我爱她爱得无可救药！可是比起恋爱，她更喜欢艺术。知道她离开堕落谷的时候，我的心都碎了。我以为我永远也放不下她了。"他古怪地笑了笑，"也许我到现在也没放下。毕竟，这一切，"——他摊开手指了指周围——"都是我的。"

"你什么意思，全都是你的？"红眼问。他不喜欢他那占有的语气。他也不喜欢每次回到银背镇都会无可避免地陷入到里希邓特朗的世界和回忆之中，虽然他也没回来过几次。可能天堂圆环最好的地方就在于，根本没有人会在乎什么著名的艺术家。

"这些收藏品，"多里斯顿说，"她画过的每一幅画都是我的。我找遍了整个新列文，终于把所有的画集齐了。我会让你的母亲成为世界上最著名的画家！看着吧！"

红眼想告诉他，他的妈妈从来就不在乎什么名誉。虽然他不知道男人说的是不是实话，可他就是不喜欢这个男人说得好像他的妈妈和作品都是他的一样。他的另一个自己及时制止了他。于是他问："你想知道她的什么？"

"她的一切！我想写一部她的传记。如果你愿意把和她生活的童年事迹都告诉我，这对我的作品和她的遗产来说都是无价之宝啊！"

"我们还有事要做，赶时间。"红眼说完便转身要走，"而且，说起以前的事对我来说太痛苦了。"

"且慢！我求你了！"他使劲地搓着手，"我知道我的要求很过分，要你回忆那么悲惨的过去。如果有什么是我可以回报你的，尽管说出来，只要我力所能及，我都会满足你！"

红眼假装考虑了一会儿。"我们需要衣服。正式的衣服，像你穿的这些。"

"衣服？"他看上去十分疑惑，仿佛他们是野生的果子，等着大家去摘一样。

"我们两个都要。"红眼继续说，"还有，我们要渡海去钥匙镇。"

多里斯顿给了红眼一个顿悟的眼神。"噢，我明白了。你们想回堕落谷和你妈妈的家人重聚，可你们不想穿着这身旧衣服去见他们，是吧？"

"你真聪明。"红眼平静地说，"没想到你这么快就猜到了。"

"啊，但你们知道具体怎么去吗？"多里斯顿说，貌似对自己很满意。

红眼假装很羞怯。"不太清楚……"

"我可以告诉你呀！我知道你外公的地址，我可以为你们指路，直达他的大门口！"

直达外公大门口是红眼最不想要的，不过他还是逼自己挤出一个笑容。"那真是帮了大忙了。"

"太好了！终于见到你，太高兴了！"多里斯顿像个孩子一样兴奋地拍了拍手掌。

"毫无疑问。"希望嘀咕道。

"好，让我想想……"多里斯顿挠着光滑圆润的下巴说道："画展期间，内人和我就住在隔壁的日落酒店。可能腰部有点松，不过我的衣服应该适合你。"接着他皱着眉看着希望。"你的话可能有点难度，亲爱的。内人的衣服对你来说太宽松了，你这男孩般的身板根本架不住那些衣服。"

红眼感到希望像要发作,便用手肘戳了戳她。于是她简略地点点头,"如你所说,先生。"

他继续盯着希望看。"你可以穿她女仆的衣服。不过女仆的母亲刚刚去世,所以她的衣服都是悼念服。"

"反正我也更喜欢黑色。"希望说。

"啊,是的……"他看了看希望的黑色皮制服。"我看到了。"然后他对红眼说:"你们换好衣服,我就亲自带你渡海。你就在船上跟我说说你母亲的事,这样也不浪费你的时间。"

"太好了。"红眼这一次是真心的。

多里斯顿带着他们走进酒店的大堂。红眼尽力表现得不那么笨拙,因为酒店比画廊更加奢华。那里每一个房间都有煤气灯,水晶吊灯,丝绸刺绣的壁挂,还有厚厚的毛皮地毯。每个房间闻起来都像鲜花和蜂蜜一样香。他瞟了一眼希望,看到她的眼睛睁得几乎都要从脑袋里蹦出来了。

多里斯顿带他们来到他的房间,那里跟大堂一样豪华。

"你的妻子呢?"希望扫视房间后问。

"噢,可能还在画廊吧。"他说完,走进卧室里开始翻衣柜里的衣服。"她很喜欢那支管弦乐队,所以我才请了他们来演奏。我对帕斯汀纳斯女士的艺术那至深至久的热爱,恐怕她是体会不了了。"

"不难想象。"希望干巴巴地说。

希望和红眼在客厅里等着,多里斯顿则飞快地翻着衣服,把卧室弄得乱七八糟。红眼想,之后大概会有人帮他收拾吧,他应该连穿衣服都不用自己动手。

"找到了!"他的语气里充满了胜利的喜悦。他把衣服递给红眼之后,对希望说:"那里有女仆宿舍。我肯定那里随便一件衣服都适合你。"他顿了顿，突然有点迟疑："呃……你们需要仆人帮忙穿衣吗？我可以叫——"

"我们自己穿就可以了，谢谢。"红眼说。

红眼穿好衣服后，欣赏着镜子里的自己，满意极了。他穿了一件上好的棕色礼服大衣，金镶边，铜纽扣。里面还有一件马甲，一条西裤，还有一条丝绸领带。红眼从来没有戴过这种东西，多里斯顿不得不帮他系上。如果红眼的老朋友看到了，他们会说什么？帅哥亨尼肯定会笑得四脚朝天，莎蒂甚至可能会惊讶得翘了辫子，菲勒应该会不忍直视，而内特尔斯……红眼估计要听她揶揄一辈子了。但现在，没有他们的冷讽热嘲和鄙夷的目光，红眼可以一边等希望穿好，一边享受这个奇怪而梦幻的世界。

然而希望一点都不像红眼那么兴奋。

"这些裹在我脚上的布，"她扯着腿上厚厚的衣服说，"我根本就不能正常走路了。"

"我认为这是很大的进步。"多里斯顿说，"它让你的女性特征更加明显了。"

红眼不得不赞同。她那白皙、稍有雀斑的肩膀在灯光下泛着光，黑色的紧身胸衣托着她娇小的乳房，微微显出一条乳沟，而那纤细的腰部线条则显露无遗。但红眼不会那么笨，把这些都说出来。

希望扯了扯胸衣，喃喃地说道："这一点都不实用，又不舒服。而且我没地方挂剑了。"

"我可以帮你拿着。"红眼提议。

她把一顶圆形的小黑帽戴到头上。"不。你不能。"

"要不要叫仆人把这些……处理掉？"多里斯顿指着他们的旧衣服说。

"不！"希望和红眼异口同声地说。

"呃，我们还要用到这些衣服，谢谢了。"红眼说完，把那些衣服卷起来,夹到腋下。

多里斯顿带他们出了酒店,来到悬崖边的步道上。月亮和星星都爬上夜空了,照耀着远处的海湾。走了一小段路后,他们来到了一个之字形的窄梯,便顺着往下走,一直来到码头。

"我可以自己驾驶游艇。"多里斯顿自豪地说,领着他们来到一只小帆船前。"不会出远海,当然了。只是沿着海湾走。内人说我是个疯子,还不肯跟我上船。可我觉得游船挺振奋人心的。"

他的小游艇跟红眼在野蛮之风号上抢劫的那些船没什么两样。红眼想象,如果海盗女王莎蒂登船了,多里斯顿会有怎样的反应。一想到这,红眼就忍不住想笑。不过话说回来,多里斯顿确实知道怎样航船。不出一会儿,他们就已经平稳地驶出了海湾。

"好了,"多里斯顿惬意地靠在船尾,一手握着舵柄。"现在告诉我所有关于她的事吧。"

"啊,帕斯汀纳斯女士的悲惨故事,是吧?"红眼问,用着说故事的语调。这样能让他稍微远离那些不堪的往事,同时也能让他的听众更有兴趣。

"是的。"多里斯顿深深吸了一口气,眼神期盼得像个小孩子。

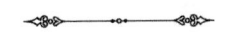

等他们来到海湾的另一岸的时候,已经快天亮了。在钥匙镇皇家要塞整齐的屋顶后面,一缕金红色的晨光爬了上来。红眼几分钟前刚刚说完了故事,时间算得很准。多里斯顿听得眼泪汪汪,用手帕擦着泪水。

"真是个不幸的家庭。"他一边把船绑在码头,一边喃喃地说。

"你已经做了很多事情去弥补了,"红眼紧紧地握住他的手,"不仅为我妈妈的事迹增光,还帮我与外公重逢。"

"我只是尽我所能。"多里斯顿抽泣着说,"你母亲的画赋予了我人生的意义。"

"说得对。"红眼露出最真挚的笑容,拍了拍老人的手背。

多里斯顿开始告诉红眼怎样去帕斯汀纳斯庄园,说得很详细。而红眼则小心翼翼地做着笔记,确保自己不会找不到。最后,他和希望上了岸,一起站在码头上目送着多里斯顿的船驶出了海湾。

"你没有告诉他所有的事。"希望的语调少有地顺从。

"当然啦,"红眼说,"说故事不能什么都说,说了多少就要省略多少。"

"可如果他真的要把这些事都写成传记的话,就没有人知道有很多的作品都是你画的了。"

红眼真希望老亚米没有告诉希望那么多,不过他惊讶地发现自己同时又有点感激。

"一个故事里只能有一个英雄啊,希望,老朋友。我也没理由让一个好故事被可怕的真相毁了呀。再说了,我们都要为自己有所保留才是。"他转过身,看着钥匙镇那冷酷的、不友善的边境。"现在,你的宝剑能不能告诉我们,下一步该怎么走?"

25

希望知道女孩子都是穿裙子的。她知道。然而,当她和红眼徘徊在钥匙镇整齐的大街时,她还是很难接受这个事实。光是穿上这鬼东西就已经很折磨人了。当她穿到一半的时候,她反手伸到背后想把胸衣扎紧,差点就把肩膀弄脱臼了。她这才明白为什么多里斯顿提议要人帮她穿衣了。干吗要设计这种衣服?靠自己根本穿不上去。简直就是个天大的笑话。扎紧胸衣以后,她一点都不舒服。现在她明白了,在她以前读的书里,那些女人总是一遇到真命天子就马上晕倒。那不是由于震惊或是惊慌失措,而单纯是因为呼吸困难罢了。这可是大问题。呼吸,正如河洛所说,是我们的根本,是我们的灵魂。掌握呼吸是她学的第一课。一想到上层社会的女人连自己的呼吸都要受到限制,希望瞬间明白了为什么总是男人占了优势。

她本以为至少腰部以下可以轻松活动,可惜这些并不是她妈妈穿的那种宽松的农民裙子。这些裙裤很紧,用了太多的布料填充,又用了更多的布料包裹起来。那双窄小的尖头鞋也是一无是处。现在,希望光是走路就已经很难了,跑步?如果希望不得不跑步,那就糟透了。

可是她又不得不感谢这套服装。钥匙镇到处都是皇兵,整个社区就像一个巨大的兵营。仅有的一些平民不是上城富翁,就是他们干净整洁的仆人。如果希望和红眼穿着那身破衣服的话,皇兵们肯定会马上起疑。尽管换了这身打扮,他们也两次被士兵拦下来,询问是否见过一个穿着黑皮甲的金发女人。希望把剑垂下来,隐藏在那可笑的裙子下面。那顶小圆帽遮不住她的金发,她担心会被皇兵发现。可是一个人都没有发现。可能是因为现在时间是早上,也可能是士兵们的调查能力太差了——红眼说得一点都没错。他们继续走在钥匙镇宽敞而笔直的路上,希望开始觉得他们可以安然无恙地走出钥匙镇了。

然而,就在他们第三次被拦下来的时候出了点小麻烦。拦路的皇兵和同僚一样穿着标准的白金制服,一脸百无聊赖。"打扰了,好心人。你们见过一个穿着黑皮甲的金发女人吗?"

"没见过呢,先生。"红眼热情地说,"她危险吗?"

"极度危险。"士兵的视线略过希望,一点兴趣都没有。"如果你看到她了,千万不要靠近。马上找最近的……"

他定睛看着红眼,声音越来越小。"我是不是认识?"

"不认识。"红眼对希望说,"走吧,亲爱的,我们还有急事要办呢。"

他们刚想绕开皇兵继续走,皇兵的眼睛"唰"的一下亮了。"是你!你就是那个抢劫我卡车的混蛋!就是你害我被贬到街上巡逻的!我要——"

没等他说完,希望用剑柄一招打在他的眉眼之间,皇兵立即晕倒在地上,瘫成一堆。

"他死了吗?"红眼盯着他看。

"失去知觉而已。"

"他多久会醒来?"

"至少一个小时。"希望说。

"我本可以用嘴巴摆平的。"

"我觉得你对自己的认识有偏差。"她说。

"可是现在我们多了一样东西要烦了。"红眼说,"这里到处都是皇兵,要不了多久其他皇兵就会过来的。"

"这倒没错。"希望承认。她环顾周围,但实在没什么地方可以把士兵藏起来。街上是那么干净,连把他盖起来的东西都没有。这时,她发现地上有什么东西。

"那边的是不是什么舱口?"她指了指嵌在鹅卵石街上的一块圆形铁盖。

红眼皱着眉说:"我哪知道。"

他弯下腰,把手指塞进铁盖的边缘。

"好重。"他咕哝道,"能帮我一下吗?"

希望想弯下腰,但穿着胸衣根本办不到。于是她只好直着腰板蹲下来，直到够得着铁盖。不过就算她蹲了下来，她的大腿还是挤着裙子，直接把裙子撑破了。显然，上城的女士是不用自己捡东西的。

"把它打开，慢慢来。"她说，"还不知道下面有什么。"可等他们一打开铁盖，一阵恶气便冲鼻而来，他们马上知道下面是什么东西了。

"简直臭得难以置信！就像把天堂圆环最臭的东西堆在一起！"她皱着鼻子，把头别开，一边和红眼合力把铁盖拉到一边。

"也没多大区别了。"红眼指着洞里面，那是一条粪便河，在下面缓慢地流过。"难怪街上那么干净，原来他们把所有东西都放到地底下了。不得不说这种做法还是挺聪明的。"

"对我们也很有用。"希望说，点头指了指晕倒的士兵。

"哦，所以说，他刚刚被我害得被贬职，然后又被你打晕，现在又要被我们扔到一堆屎里面。"红眼说，"你还不如直接杀了他算了。"

在新列文的其他地方，社区与社区之间的过渡是循序渐进的，很难分清哪里是起点哪里是终点。但是钥匙镇与堕落谷的过渡却十分突兀，仿佛是故意为之。

一边就像整齐干净的皇家兵营，另一边却像个世外桃源，整个世界都是连绵起伏的山丘，有漂亮的木围栏，有涓涓细流的小溪，小溪上还有雕琢精美的小桥。华丽的宅邸化成装饰点缀着大地，宅邸周围全是大片大片的绿草地。相比在下城，所有的人和物都是挤在一起的，希望突然醒悟到，在新列文最珍贵的可能是空间。这么多的开放空间，就这么样地放在那里，不用来耕作，也不用来存放东西，真是糜烂到了一个新高度。

"你确定宝剑指的是这个方向？"红眼问。

希望点点头。

"有钱人没那么恐怖啦。"他仿佛是想让她放心。

"我又不怕他们。"她说。

"也对。我也不怕。"

希望很少见到红眼这么不自信。几天以前,她还可能觉得好笑,但通过这几晚对红眼的童年和家庭的了解,希望明白了在他流里流气和自擂自夸的背后究竟藏着什么。现在看到红眼这么挣扎,她觉得很心痛。

"那就继续走吧。"她温柔地说。

"好!"他的笑容回来了,只是还有点紧张。"如果他继续往北逃,那他很快就无路可走了。我们甚至可以在天黑前就赶上他了!"

"除非他坐船走了。"希望说。

"放心好了,老朋友。在他上船之前我们就能抓住他!"他拍了拍希望的背,把她当成哥儿们了。希望猜他是不是想菲勒了。她看得出来,有了菲勒这样高大、安静的人在身边,红眼也会自信一些。她很意外自己竟然也有点想他。还有内特尔斯。没事做的时候,有一个人听听自己抱怨上城这些可悲的衣服也是挺好的。可是,她不知道自己还有没有机会见到他们。

"那就赶紧行动吧。"红眼说,"毕竟生物法师是不会自己把头砍下来的,对吧。"

他们穿过街道,来到了堕落谷社区。这里是如此空旷,希望简直觉得走在路上都是犯罪,她甚至还希望有士兵从灌木丛里冒出来,把他们拉回去。当然了,什么都没有发生。事实上,他们走在小路上,看着小路弯弯曲曲地穿过一片片草地,却没看到多少人。唯一遇到的几个人不是在马车里就是在马背上,经过的时候都礼貌地点点头。有的人甚至还祝他们有一个美丽的下午。

看久了下城毫无生气的灰色和棕色之后,这里的色彩还是让人觉得挺舒服的。鲜绿的小草覆盖着连绵的山丘,青葱的叶子挂在纤细、优雅的树上,还有鲜艳的花朵,红的、蓝的、黄的,精致地洒满了修剪过的灌木。围栏都油上了白色,明亮得能反射傍晚的阳光。

但最让人惊讶的不是广阔的空间和鲜艳的颜色,而是那份宁静。希望一直在宁静中长大,不管是在家乡,还是在盖尔默尔。即使在女士诡计号上,只要习惯了大海的声音,还是很容易找到宁静的。但自从来到新列文,就没有哪一秒是不吵的。那里充斥着各种各样的声音:说话、叫喊、音乐、马车颠簸、枪声,甚至连睡觉时都有人在旁边打鼾。反正就是没有安静过。但现在,他们周围一片宁静,在如此辽阔的大地上,声音反而成了一种打扰。

她看得出来,红眼没有在这份寂静中找到宁静。他不停地东张西望,眼睛乱串,紧张得双手僵硬。他想跟她说话,然而她只是耸耸肩点点头,红眼似乎明白了希望的意思,便不说了。

小路继续蜿蜒地向前伸展,偶尔会与容得下马车的侧道相交。侧道都是直接通向那些奢华的宅邸。大多数宅邸都有好几层楼,周围被密密麻麻的花园包围着,花园里种满了各种罕见的植物,希望只在书里见过。虽然不及海景画廊或日落酒店雄伟,但这些宅邸依然大得离谱,希望真不敢相信那里仅仅是一户人的家。

现在已经是傍晚了,太阳已经降到了地平线。突然,悲歌剑在希望的手里跳动了一下。她马上停下脚步,心跳突然加快。

"怎么了?"红眼问,长时间以来第一次打破宁静。

"宝剑正指着那座宅邸。"

"他是在宅邸里面,还是在越过宅邸的方向?"

"试试就知道。"希望继续往前走,脚步更快了。随着迈出去的每一步,她的脉搏就跳得更快,心中更是汹涌澎湃。要是河洛在,他肯定会批评她,让她停下脚步,在行动之前让心境恢复平静。可她控制不住。如果不是这身打扮,她可能已经跑起来了。她把剑举在身前,当她经过宅邸，宝剑便开始慢慢地扭转，剑尖始终对准宅邸。

希望停下脚步，对红眼说："他肯定就在里面。"

"好。"红眼说完，便仔细观察这个地方。

"找一下有没有突破入点。"希望说，"阳台是个不错的选择，那里很可能没有上锁。房子周围都没有高树掩护，我们得从侧边爬上去。"

"呃，希望？"红眼的声音低得几乎听不见。

"那就意味我们得等到晚上。我不想给他那么多时间，到时他很可能就溜了。或者我们可以找个地方监视，可是又没东西可以掩护。不过他也有可能等到晚上，趁着我们溜进去的时候逃走……"她眉头紧锁。这个计划一点都不理想。

"希望。"红眼说。

"干吗？"她不耐烦地说，语气很重。

"根据多里斯顿的描述，我觉得……那就是帕斯汀纳斯宅邸。"

希望好一会儿才反应过来。帕斯汀纳斯这个名字听起来好熟悉。噢，对了。那是红眼妈妈的姓氏。

"那是你外公的房子？"

"是的。"他平静地说。

希望试着想象他走进外祖父的家里会怎么样。对他的亲人来说，他可能是一个不速之客，甚至是一个多余的人。红眼站在那里盯着宅邸，脸上微微透出一丝恐惧。

"那，"希望说，"你打算怎么办？"

他慢慢转过身，逐渐回过神来。"什么意思？"

"以友谊之名许下的誓言不能超越亲情的羁绊。如果你的家人窝藏生物法师，那他们就是我的敌人，我也不会收手。如果你想收手的话，我可以理解。我……"她顿了一下，自私地不想继续说下去，但她知道必须要说。"我解除你的誓言。"

红眼皱着眉头看着希望。"家人?"他啐了一口唾沫,"他们根本不是我的家人。莎蒂和老亚米才是我的家人。菲勒和内特尔斯才是我的家人。"他向希望伸出手,"比起这帮富翁,你才是我的家人。操他的血缘关系!懂木?"

一种从未有过的情感在希望心里翻滚。很久都没有人把她称为"家人"了。她看着红眼坚定的红眼睛,终于明白到,他便是她一生中最亲密、最重要的人。

她接过红眼戴着手套却依然温暖的手,紧紧地握住。"谢谢你。"

他们两个站在那里,手握着手,深情地看着对方,不知道要说些什么。

"我说,那边的朋友!小心!"

希望和红眼马上跳开,只见一架由木头和金属组成的四轮机器摇摇晃晃、"咔啦咔啦"地冲了过来。机器上面坐着一个年轻人,只见他正用力地拽着类似操控杆的东西,同时紧紧地踩着踏板,神色十分慌张。那架怪异的东西继续往前冲了一点,突然转了90度,最后"轰"的一声翻倒了。

希望和红眼站起来,警惕地看着那堆机器。过了一会儿,年轻人从残骸里跳出,眼神十分兴奋。他有一头长长的黑发,一半扎着马尾辫,另一半像窗帘一样耷拉在脸前。他一身优雅而高档的富翁打扮,只是马甲已经撕烂了,裤子上到处都是黑色的污点。但最让希望惊讶的是,他长得实在太像红眼了!简直可以做红眼的哥哥了。

"大家都没事吧?"他磕磕绊绊地从那堆东西里走出来。"我对医术略有涉猎,若能尽绵薄之力,将感激不尽。"

红眼评估了一会儿现状,随即看着希望的眼睛说:"噢,天啊!"他模仿着年轻人的富翁腔调,"恐怕我的同伴在摔倒的时候弄伤了脚!"

希望没什么演戏的天赋,但还是捂住脚踝,尽量装出一副痛苦的样子。

"我的天啊,太糟糕了!"男人惊叫道,"你必须马上进来寒舍,让我照料你的伤势!"

"您真好心,但我们不想为您带来不便。"红眼对富翁的语气越来越有把握了。

"胡说,我坚持!"他匆匆跑到希望身边,"鄙人名叫阿拉斯·哈沃伦,倘若对受伤的女士袖手旁观,将是对家名的一大侮辱!若能告知贵姓芳名,将是我的荣幸!"

"我的名字叫暗淡·希望。"希望一说出口就马上后悔了。她应该用假名的。起码是听起来比较贵气的、而且是泰尔多·肯没听过的名字。

"如此可爱的女子怎么会有这种名字呢。"说完,阿拉斯伸手要扶希望的右手,却发现她握着一把剑。他盯着那把剑好一会儿,脸上尽是惊讶。

"而我叫里希邓特朗。"红眼立即说,抓过他的手热情地握住。"这便是您的宅邸吗?"

"事实上,我的外公才是帕斯汀纳斯庄园的主人。"

"是吗!"红眼的表情控制得很到位,一点都看不出来他是刚刚才发现眼前这位就是他的表兄。"我们刚路过,看到如此华美的庄园,便禁不住留步欣赏。"

"你能喜欢寒舍,我真是不胜喜悦!"阿拉斯一边说着一边把头发梳到后脑。不像红眼,他的眼睛是浅灰色的。

"当然。显然是这里最精美的。"红眼说,"真是赏心悦目。"

"不如等我处理好希望女士的伤之后,我带你们参观一下吧?"

红眼露出欢欣鼓舞的笑容。"那就真的妙极了!"

"太好了!"阿拉斯把手肘伸给希望,"请允许我护送你进去,希望女士。"

"当然。"她试探性地伸过手去,抓住了他的手肘。

阿拉斯困惑地看着她。

"希望小姐不太了解我们的习俗,"红眼说,"她其实是来自南方群岛的。"

"难以置信!"阿拉斯倒吸一口气。

"不过你倒不必害怕。"红眼说,完全融入了角色。"不管你听到什么传闻,并非所有南方人都是食人族呀。"

阿拉斯大声笑出来,声音如钟声般悦耳。"我确实听过这般传闻。"他接过希望的手,和她手臂扣在一起。"我从来不相信这种无稽之谈。要知道,我是个信仰科学的人。"

阿拉斯稳稳地抬着手臂,好让希望可以把重心靠在上面。幸好有这个提醒,由于刚才险些被误认为是食人族,希望差点忘记自己应该是瘸着腿了。

"我不会再妄自猜测了,希望女士。"他接着说,"你千里迢迢、远离家乡而来,请务必让我好好招待你。"

希望悄悄回头看了一下红眼,发现他正咧嘴笑着。但在他的笑容里还有别的东西。看起来像是妒忌。不过他却向她肯定地点点头,鼓励她继续演下去。

"恕我冒昧,希望女士。"阿拉斯说,"在南方,女士佩剑是一种习俗吗?"

"是的。"希望说,很意外自己居然那么容易就撒了个谎。可能她也开始进入角色了吧。"所有的南方女孩到了一定年龄都要配武器。群岛可不像这里这么安宁。"

"总是把剑拿在手里肯定很麻烦吧。"阿拉斯同情地说。

"我们通常会把剑鞘挂在旁边的。但你们北方人的衣服没有预留位置。"

"噢,所以说你身上的都不是你们本土的服装?"他看上去深深地着迷了。希望觉得阿拉斯对不知道的事情都十分热心。

"不,不是的。"希望真诚地说。

他若有思索地皱着眉。"嗯,我觉得我有一个办法可以帮你解决这个问题。我还是挺聪明的,哈哈。"

红眼在后面轻轻地咳了一下。

"你说你是个信仰科学的人?"希望问。

"是的!科学是我的热情!不管是哪个领域的科学,机械、自然、哲理等等,我全都热爱!"

"你刚才骑的机器是什么东西?"希望问。

"啊,那个!"阿拉斯眉开眼笑,"我称它为踏板马车。它是靠一个齿轮系统运行的,就像钟一样,只是体型更大。有了这个系统,我们只需踩一下踏板,车就能动了,根本不需要马来拉了!"

"操纵性如何?"红眼热心地问。

"嗯。"阿拉斯微微脸红了。"正如你看到的,操纵还不是很完善。"

"刹车也是。"红眼说。

"刹车也是。"阿拉斯承认,然后拍了拍希望的手,"不过我向你保证,希望女士,科学就是这样。测试,犯错,改进,循序渐进,直到完美!"

"一切事物都是这样,不仅是科学。"希望说。

"噢!"阿拉斯惊叹,"你显然是哲学科学的实践者!没想到南方也会有科学研究,不过我很高兴你们有。要是人们愿意花多点时间去思考哲学,世界将会变得多么美好啊。"

"同意。"希望发现自己在笑。红眼的这个表兄还是有种天真烂漫的魅力的。他身上的这种活泼,希望只在小孩子身上见到过。从很多方面来看,他正与红眼完全相反。亲切,坦率,真实。

希望跟着阿拉斯走过起伏的草坪,来到了帕斯汀纳斯庄园。一想到要把暴力带到这里,她心里感到一阵愧疚。

不。他们在包庇那个无耻的生物法师,泰尔多·肯。阿拉斯可能是无辜的,但里面肯定有人不是。

阿拉斯领着他们穿过包围着宅邸的茂密花园,然后走上雄伟的石阶,来到前门。"我们到了。欢迎来到帕斯汀纳斯庄园!"

宅邸的大门由黑纯木制成,看上去十分凝重,门面上还雕刻了金色的鱼和水獭,十分精致。阿拉斯把门推开,宽阔的大厅马上呈现在他们面前。白色的地板闪闪发亮,铺着厚厚的地毯,每一面墙上都挂着精致的雕塑。客厅中间是一条雄伟的楼梯,直通第二层。在楼梯的顶端是一幅巨型的肖像,里面画着一个老人,黑发稀疏,脖子像蜥蜴一样,双眼狰狞地瞪着他们。

"那就是外公。"阿拉斯说,"没错,他就是如此阴沉。"他拍了拍希望的手背,"我想我们应该直接去我的工作室,让我帮你处理伤势,顺便发明点小东西来给你挂剑,好吗,希望女士?"

"真是不胜感激,阿拉斯。"希望说。

阿拉斯打开大厅一侧的门,带他们走进了一条窄廊。窄廊十分朴素简洁,与大厅形成了鲜明的对比。希望奇怪为什么会这么不同。走廊尽头是一间小房子,地板全是木头铺设,四面墙下排满了工作台。整个房间堆满了金属齿轮,皮带,防水帆布,小木块,还有其他小零件。

"抱歉这里这么乱。"阿拉斯心不在焉地说,弯腰在一堆东西里面翻出一个木盒。"希望女士,我必须要请你坐在这张椅子上。十分抱歉我没有准备更舒服的椅子。"

"这样就好,谢谢。"那是一张矮小的木椅,希望坐下来,看着他从木盒里拿出一卷绷带。

"坦白说,我研究得更多的是机械,而非医学。"阿拉斯说完,跪到希望前面。"不过正如你们所见,我的机械实验经常会引起伤病,大多都是我自己受伤。所以我对脚踝扭伤还是有点经验的。"他举起绷带继续说,"请允许我用绷带帮你包扎受伤的脚踝。有了额外的支撑应该能缓解你的疼痛,还能让伤势更快康复。"

由于经常与机械为伍,阿拉斯的手变得很粗糙,手心长满了茧。但他的触碰却是那么温柔,慢慢地把希望的脚踝裹在柔软的棉质绷带里。这时,她在余光里看到红眼正不停地转换重心脚,身体不断地微微前后晃动。不知道他心里是什么感觉,毕竟他正站在祖辈的屋子里呢。

"可以啦。"阿拉斯站起来,把医疗箱放到一边。"现在该帮你找一个舒服的方式挂剑。"

"这真的是一个工作室。"希望评论道,看着阿拉斯在一堆堆物料中四处翻找着。

"自然是。"

"我没想到这里会这么……"

"正派?"红眼朝她狡黠地笑了笑。

希望没有理会他。她在想红眼是不是想通过揶揄自己的表兄来减轻自己对这里的不适。可是如果他不注意点的话,他与阿拉斯的关系就会疏远了。

"噢,没错。"阿拉斯咯咯地笑了起来,十分和善。"家人虽能容忍我的热情,但也仅此而已。正如里希邓特朗所说的那样,这里对他们来说实在太正派,而我就如一名苦工。我的热情只能在这里宣泄,而且我从不带客人进来……"他声音逐渐变小,突然看了看希望,又看看红眼。"噢,苍天啊!我真是个差劲的主人!我很少有客人来拜访。呢,应该说从来没有。所以我对迎宾没什么实践经验。请原谅我的无知,你们肯定更喜欢到屋里更漂亮的地方参观吧!"

"实际上,我觉得这里就是我最喜欢的房间。"希望说,"南方人很欣赏有意义的房子——任何事物也是。"

"你真好心。"阿拉斯转过身去,脸都红了。

"好了,我们可以继续了吗?"红眼简慢地说。

"所言甚是!"阿拉斯说,又埋头去翻那一堆堆的垃圾。

"你们家里现在还有别的客人吗?"希望装出很自然的语气问。

"噢,是的。"阿拉斯心不在焉地点点头,"家里的客人来来往往,外公认识很多人,不过都与我毫无关系,所以我也不甚搭理。哈!"他拿出一把形状奇特的平头钳子,还有一些薄的皮带。"这样应该可以了。"他走到希望身边,"可以请你举高手臂吗?"

他把薄皮带编成一张又窄又长的小网,并连接到一根围在希望腰部的长皮带上。

"好啦。"阿拉斯往后站了一步,检查着他的随手之作。"告诉我感觉怎样。"

希望把剑插到皮网里,让它挂了一会儿。"重量分布得很均匀,而且也不会妨碍我走路。"

"如果材料充足,我可以把它做得更华丽。"

"不,我更喜欢这样。"希望灿烂地笑了笑,"你跟你说的一样聪明。"

"你真的这样想吗?"阿拉斯露出得意的神情。"那你看看这个!我一直想让一个懂得欣赏的人看看它。"说完,他拿出一个皮袖套,尾部还装了一根金属管。"这是我最近的发明。你要像这样穿上它。"他把手套进袖套里,整个前臂都包裹在里面,金属管一直从他手肘处向前延伸。希望仔细地检查着这个东西,发现袖套两边有很多小弹簧,还有很多细小的金属丝和滑轮。

阿拉斯举高手臂。"看着。当我扭转手腕,像这样……"他旋转前臂,金属管里便弹出了一根尖尖的铁柱,一直延伸到他的手指之外。

"很有意思。"希望说。

"再看好了！"阿拉斯一副得意洋洋的模样。他拉了一下袖套侧边的一根小杆，铁柱便又收回到金属管里面。"它会自动复位，这样就可以把它弹出来无数次了。"

"了不起。"希望说。

"确实了不起！"红眼说，虽然十分热情，希望却觉出一点挖苦。"但这个东西有什么作用呢？"

"作用？"阿拉斯眨着眼。

"是啊。正如希望女士说的，南方人都喜欢有意义的东西。"他淡淡地说。

"呃……我真还没……柱子弹出来的时候还挺有劲儿的，我想……可以用它来……打孔？用来建造……什么东西的时候？大概吧？"

"不管怎样，我相信肯定会有人找到它的用途的。"希望生气地瞪了一下红眼。她正在努力拉拢阿拉斯，而红眼呢？他却在坏好事。

红眼畏缩了，垂头丧气地盯着地板。"你说得对，希望女士。如此精妙的发明，我相信比我聪明的人已经想到一百种用途了。"

"你真的这么认为吗？"阿拉斯期盼地问，"我整天在这里东搞西搞，从未想过我发明的东西真的会有什么用处。肯先生叫我别再浪费时间了，该学学实际的技能。"

"肯先生？"希望的声音不由得尖锐起来。

"你认识他吗？"阿拉斯问。

"是。"她的声音像焦油一样又黑又稠。

"他是……你的朋友？"阿拉斯问。

"不。"希望说完才想到，如果阿拉斯喜欢肯的话，那么她之前的努力很可能就会化为泡沫。可是有些事情她就是不能撒谎。

可是阿拉斯却笑了，明显松了一口气。"太好了！每次见到他都让我毛骨悚然。他一直都想劝我加入在斯通匹克的皇家机关。"

"但你拒绝了?"希望问。

"家父在我十岁的时候加入了,在肯先生的推荐下。"他顿了顿,捣弄着手上那个奇妙的装置。"一年后,我们埋葬了他。"

"十分抱歉。"希望说。

阿拉斯露出一丝苦笑,所有属于富翁的轻浮气质都消失了。"他们说能为皇帝而牺牲是无上的荣誉。可我一点荣誉都没看出来,只知道我与母亲为家父的死而终日以泪洗面。这还不是全部。我们被告知,如果一个人在服役期结束之前就提前牺牲了,他就欠了皇帝的债,必须用他留下的金钱和房产抵债。倘若外公没有收留我们,我们真的不知何去何从。"

希望从来没有想到,竟然连富贵人家也是皇帝残酷统治的受害者,根本和其他人没什么两样。

"我不知道为什么我会跟你们说这些,"阿拉斯安静地说,"我只是……没什么朋友。而你们看起来都很友善。"

希望很同情他。一个住在富贵之家的乞丐,终日生活在不安宁之中,每天担惊受怕,害怕外公终有一天会厌倦了自己。希望觉得他很孤独,困在这个狭小的房子里,只能与机械为伴。这让她觉得更加难受了,他们不应该骗他的。她很想对他坦白。也许,她说到底不是骗人的料。

然而让希望意外的是,红眼伸手按住阿拉斯的肩膀,用正常的口吻说:"我误解你了,朋友。我很同情你的遭遇。"

阿拉斯意外地看着红眼,张开嘴刚想说什么,一个年长的女性声音便从附近的房间里传来。"阿拉斯·哈沃伦,草坪上那堆破烂是做什么的?"

阿拉斯畏缩了一下。"马上就来,妈妈!"他看着他们问道:"你们究竟是什么人?说真的。"

"咱们去会会你的妈妈吧,"红眼说,"她肯定可以告诉你。"

26

当红眼见到她的姨妈时,他简直惊讶得无法呼吸。她实在太像妈妈了!当然了,比妈妈更老一些。还有,妈妈穿的是大长裙和颜料斑斑的工作服,姨妈则是整洁而优雅的礼裙。还有,他妈妈总会一脸狡猾,而姨妈则十分坚毅。不过无论是动作还是神情,她们简直一模一样。

阿拉斯带他们来到会客厅,里面都是些豪华的沙发和用黄金与毛玻璃做成的桌子。姨妈米娜拉坐在一张椅子上,不满地看着窗外,悠闲地品着茶。红眼记得,在他小时候,姨妈经常会偷偷跑来探望妈妈,就算外公再三禁止她来。就是因为她带过来的昂贵药品,红眼才活了下来。

"呃,妈妈。"阿拉斯紧张地看着红眼和希望,"我有些客人想让你见见。"

"客人?你?"她依然看着窗外。"哎,真希望你没有就这样把机器乱放在草坪上。"

"他们是希望和里希邓特朗。"

"你是说——"她转过头,手中的茶杯跌落到地毯上,发出沉闷的声音。"这双眼睛……"她慢慢地站起来,目光一直定格在红眼身上。

"妈妈?"阿拉斯问,"你没事吧?"

"不可能……过了这么久……"

"你好,米娜拉姨妈。"红眼平静地说。

"姨妈?"阿拉斯十分惊讶。

红眼一直不知道姨妈会有什么反应,毕竟从六岁以后就没见过她了。他曾想过她会排斥自己,也想过她会不认得自己,不管是装的还是真的不认得。他甚至还想象过她装出一副高兴的样子。可是红眼万万没有想到,她竟然会紧紧地抱着自己,歇斯底里地抽泣着。

"你这个可怜的、受诅咒的男孩儿啊,你到底去哪儿了?你是怎么活下来的?你怎么找到我们的?你为什么要来?"姨妈发出一连串问题,红眼根本来不及回答。而就算他想回答,他也办不到了,因为他的脸正紧紧地被抱在姨妈那裹着丝绸的肩膀上。过了好一会儿,她终于放开了他。"你长得这么高啦。"

"好多年了嘛。"红眼说。

她用戴满指环的手摸了摸红眼的脸。"你也长得很英俊啦,跟你爸爸一样。"她打量着红眼的衣服,"看起来你生活得还不错。"她皱了皱眉,"可是你要找个新裁缝了。这件夹克一点都不合身呀。"

"其实,呃,这些不是我的衣服。"红眼坦承,"是我借来的。"

"借来的?"她惊讶地问,仿佛这是她听过的最离谱的事情。

"从一个叫多里斯顿的人那儿借的。"

"多里斯顿?噢,我的天。"她翻了一下白眼,"他还喜欢你的妈妈?"

"他在海景画廊举办了一个她的画展,所以应该是吧。"红眼说。

"但你为什么要借他的衣服啊?"她问。

"因为我平常穿的衣服不太适合这里。"

姨妈一脸苦涩。"你不会是当上一名男妓了吧?跟你爸爸一样?"

"呃,不是。"红眼发现自己很难保持镇定。感觉他的姨妈一下子就知道哪些问题最能让红眼难堪似的。

"噢，真是谢天谢地。"可随即她又一脸担忧，"噢，亲爱的，你不会是成为一名画家了吧？嗯？"在姨妈眼里，画家和男妓到底哪个更糟呢，红眼不知道。

"红眼——里希邓特朗在他的社区里很受敬重。"希望说。

米娜拉姨妈的灰色眼睛聚焦在了希望身上。"这位严肃的女士是谁呀？你的爱人？"

"是我的，呃，好朋友。"红眼磕磕巴巴地说。真是一个又一个的尖锐问题啊，真不知道姨妈是故意的还是什么。

米娜拉姨妈走到希望身旁。"嗯，我知道为什么。其实你还有很大的潜力呀，亲爱的。真的。换上一身鲜艳的衣服，化化妆，再做个迷人的发型，准能追到喜欢的人！"

"如果我要追一个人，根本不需要这些东西。"希望冷酷地说。

"呃，我亲爱的妈妈。希望是从南方群岛来的。我觉得化妆应该不是他们的习俗。"

"南方群岛！"阿拉斯刚知道希望的故乡的时候，他表现得很兴奋，而米娜拉却是迅速站了开去。红眼开始有点明白为什么阿拉斯大部分时间都把自己关在一个堆满机器的工作室里了。

"她不会把野蛮传染给你的啦。"红眼酸溜溜地说。

"她很聪明很甜美的，我向你保证，妈妈。"阿拉斯又添了一句。

红眼对甜美这一部分持保留态度，想了想还是觉得不说为妙。

米娜拉姨妈将信将疑，小心翼翼地回到希望身边。"是的，当然了。淡淡的发色，白皙的皮肤。我早该想到的。"她更仔细地打量着希望。"南方女人都像你这么瘦吗？你看上去有点营养不足，跟里希邓特朗的妈妈一样。"她叹了口气，"我想这就是他们都被称为饥饿的艺术家的原因，是吧？你不会是个艺术家吧？嗯？"

"不是。"希望静静地说，手掌打开，慢慢移到剑边，仿佛是想拔剑的样子。

"也是。我估计南方群岛也没什么文化吧。"米娜拉说。

"啊我亲爱的妈妈。"阿拉斯赶紧说,"不如我们邀请这位失散多年的表弟和他的朋友共进晚餐吧?"

她忧虑地咬了咬嘴唇。"你外公有说过什么时候开完会吗?"

"他说估计要开到很晚。"

"那样的话,他们留下来吃晚餐就应该没问题了。不过吃完之后他们就要离开。"她对红眼说,"实在很抱歉,亲爱的。如果外公发现你在这里,他肯定会很生气的。好了,请允许我失陪一下,我要去告诉厨师们多准备些食物了。"说完,她优雅地离开了房间。

"真是不好意思。"阿拉斯说着,坐到一张椅子上。"她很怕我外公。她担心一旦惹怒了外公,他就会赶我们出去。"

"他会吗?"希望问。

"不知道。"阿拉斯说,"坦白说,直到现在我才知道我有一个表弟。"

"你年纪比红眼大,"希望说,"至少听过他的出生吧?"

"我必须坦白,关于古莉亚姨妈,我听到的全都在说她又任性又鲁莽,"阿拉斯说,"还说她经常给家里蒙羞。她跑到银背镇当艺术家后外公才得以解脱。从此以后,我们就再也没有谈起过她了。"

红眼走到窗边,不想看到任何人。他望着草坪,星星点点的萤火虫轻盈地飞舞着,原来外面已经天黑了。"我的妈妈去世后,曾经有个男人找上门来。他穿着上好的衣服,就像这一件。"他扯了扯自己的衣服,突然间觉得很不喜欢。"那个男人说只要爸爸在一张文件上签字,就给爸爸一笔钱。那文件是一份声明,声明我和帕斯汀纳斯家族毫无瓜葛,声明我不是古莉亚·帕斯汀纳斯的儿子。"

"上天诅咒。"阿拉斯说,"太过分了。"

"那是我唯——次看到爸爸生气。"红眼说,"他一句话也没说,生气得眼睛鼻子嘴巴都拧在了一块,然后狠狠地一拳打在男人的脸上。男人一手攥着文件,一手捂着流血的鼻子,灰溜溜地走了。"

"那是你外公派来的人?"希望问,"他为什么要这样做?"

"我妈妈去世后,帕斯汀纳斯老头想抹去我妈妈犯过的所有错误,这样就不会有人回来烦他了。而在他眼里,最最最错的就是我。"

"你们北方人还说自己更文明呢。"希望说,"在我的家乡,祖父母是绝对不会和自己的孙子断绝关系的。"

"那肯定是一个很好的地方,你的故乡。"阿拉斯说。

"是的。"希望说。

"你还有家人在那里吗?"

"不。他们全都死了。"她的声音低得几乎听不见。

红眼不知道她是怎么忍得住不抓住阿拉斯逼问他泰尔多·肯在哪里的。他肯定就在庄园的什么地方。很可能是和他的外公一起。她的控制力让红眼十分佩服。他伸手握住了希望的手。希望一开始还很紧张,但片刻之后她对红眼点点头,轻轻地握住他的手。很快就会结束了。然后他们就可以离开这个美丽而令人窒息的地方了。

晚餐的时候,他们坐在一张长长的餐桌上,上面铺着纯白色的桌布。仆人们进进出出,仿佛不知道从哪里冒出来似的,捧来了一盘热腾腾的烤肉,各种各样的新鲜果蔬,还有面包和奶酪。光是闻闻那美味的鲜汤,红眼就已经垂涎欲滴了。他和希望一整天都没有吃过东西了,而且他一辈子都没有吃过这么丰盛的晚宴。结果就是,他和希望两人狼吞虎咽地把盘子上的食物一扫而空。

一阵大吃大喝之后,红眼注意到桌子对面一点声响都没有。他瞟上去,看到米娜拉姨妈和阿拉斯正盯着他们看,表情与嫌弃也相差无几了。红眼悄悄用手肘戳了戳希望,她马上停下来看着红眼。

"我觉得我们,呃,用餐的礼仪不是很到位。"红眼轻声地说。

"噢。"希望说,"我读过一本关于上流社会礼仪的书,不过是很久以前的事了,我都忘记了。那我应该怎么做?"

"你以为我知道吗?"红眼说,"或者我们就吃慢一点试试?"

希望对他点点头,腰板坐直了一点。

"所以说,里希邓特朗。"米娜姨妈依然有点反感,不过看得出来她正在试图忽略它。"你来这里到底要做什么?"

"什么,我就不能偶尔来探望一下上城的富贵家人吗?"红眼反问,尽量保持着平常的语气,不过他发现真的有点难。

"当然可以了,亲爱的。"她赶紧回答,"但过了这么久,我只是在想你是不是有什么困难?是不是需要钱?"

"我不需要你的钱。"他冷漠地说。

"希望女士,"阿拉斯赶紧救场,"又是什么风把你从南方群岛吹过来的呢?"

"我从小在一个很偏僻的地方长大。我在书上读到很多关于世界的事情,可是从来都没有亲身经历过。所以我加入了一个船队,决定亲自去看看这个世界。"

"了不起。"阿拉斯渴望地说,"我也想在大海上驰骋,我也想去看看这个世界。"

"那干吗不去呢?"红眼问。

"因为不太可能。"他说。

"为什么不可能?"红眼追问。

"呃……"阿拉斯犹豫不决地说。

"那有什么意义呢?"米娜姨妈打断道,"他需要的所有东西都在这里了。帕斯汀纳斯庄园才是他的归属。终有一天,他将会是这座房产的继承人。"

"我确实对这个地方负有责任。"阿拉斯说,"当然了,对我那可怜的寡妇妈妈也是。"

"我不知道啊,不过我看她过得还挺好的。"红眼说。

"他整天都把时间花在那些该死的机器上面,从来不去参加同龄人的社交聚会,这已经够糟糕了。"米娜拉姨妈说,"所以别再给他灌输什么航海冒险的想法了。"

"绝对不会的,姨妈。"红眼向她露出一个胜利的笑容。

米娜拉姨妈严厉的面容褪去。她微笑着说:"你真的太像你妈妈了。迷人得无可救药。"她用手帕轻轻地点着眼泪,"我很……高兴你来了。"

"当然了,我们也不会在晚餐之后就把他们送走的,对吧,妈妈。"阿拉斯说。

"可是你的外公……"她不再流泪,忧虑又爬上了她的脸庞。

"你知道他的,"阿拉斯说,"他也许会闷在房间里好几天呢。"

米娜拉咬着嘴唇。"大概吧。不过我们要把他们安顿在房子北翼,这样外公就不会碰见他们了。"

阿拉斯抱歉地对希望说:"北翼的房子有点简陋,很抱歉。"

"如果需要,我睡地板都可以。"希望说。

"噢苍天啊!"米娜拉姨妈惊叹,"睡地板?南方人可能会这么做,但我们绝不是野蛮人。阿拉斯只是说那里的床没有四帷柱,房间里也没有浴室,而是在走廊的另一边。"然后她转向红眼,锐利地看着他,"除非你们俩结婚了,否则的话你们要分房间睡。"

红眼看到希望脸红了,于是咧开嘴笑着对米娜拉说:"当然了,亲爱的姨妈。我们都不想在帕斯汀纳斯的屋檐下闹出什么丑闻,对吧?"

姨妈试着挤出一个笑容,责怪地对红眼摇了摇手指。

"不好意思,哈沃伦女士。"希望说,"你说到的'浴室',是指浴缸吗?"

"是啊,当然了。"米娜拉说,"经过了长途跋涉,你今晚肯定想好好沐浴一番吧。等我们用完餐后,我会吩咐仆人帮你热水的。"

"还有热水?"希望问。红眼甚至感觉她都快哭了。

"我当然不会让你洗冷水澡了,亲爱的。"米娜拉姨妈说。

希望发出一声感叹,大家都听到了。"有热水澡真的是太好了,哈沃伦女士。"

现在,希望去享受她的热水澡了,米娜拉姨妈也回房间休息了,只剩下阿拉斯和红眼。他们来到另一间奢华的房间里坐下来休息。房子的空间稍小,由于摆满了皮革家具,光线也显得更暗。阿拉斯让仆人在壁炉里升起了一堆火。

"这个就是给男性富翁用的房间,是吧?"红眼问,接过了阿拉斯递过来的一杯棕色饮料。

阿拉斯微微笑了笑,在一张椅子上坐下来,手里也拿着一样的饮料。"你肯定觉得我们很浮夸吧。"

"所有富翁都很浮夸。"红眼说,"不是你的错。因为你就是在这种环境长大的。"

阿拉斯盯着自己的杯子,摇晃着里面的饮料。"可是当一个人长大了,就不可以再被动地让所受的教育决定我们的一生。我们必须做出选择和取舍。"说完,他啜饮了一小口。

"你又在说哲学吗?"红眼一口咽下整杯饮料,不料这东西比想象中烈多了,只好强颜欢笑,眼睛和喉咙却像被火烧一样。

"我真希望可以跟着你还有希望小姐去冒险啊。"阿拉斯平静地说。

"其实你真的可以的。"红眼说,"不过现实不会总像书里写的那样。它有时候很艰苦、很难过,让人筋疲力尽。有的时候你只会想放弃。"

"但你不会。"阿拉斯说。

"因为啊,表哥,放弃就等于死亡。"

他们静静地坐在那里,凝视着燃烧的火焰。

"不过,"阿拉斯说,"你说现实不会总像书里写的那样,那是不是有的时候就像了呢?"

红眼本想说点什么安慰阿拉斯,让他觉得被囚禁在这个死板的、严肃的地方还不算太惨。可是红眼有时候就是个脆弱的人,特别是在面对讲故事的诱惑的时候。所以,他露出灿烂的笑容,眼睛里又闪起了熟悉的光芒。

"你想不想听希望和我是怎样在新列文下城引发起一场帮派斗争的?"

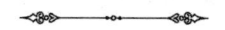

等红眼回到自己的房间,他才发现阿拉斯所说的"有点简陋"的房间简直比他见过的所有房间都要好。床是用锻铁架起来的,铺了一张厚厚的床垫,一堆毛毯,还有数不清的枕头。红眼甚至有点担心睡在上面会不会有窒息的危险。在床的旁边是一扇窗户,从那里可以看到外面的草坪。还有一张小书桌,上面还配有纸墨。红眼心想,要是给天堂圆环的朋友写一封信,那该有多逗啊。"嗨,朋友们!我只是想远离一下下城的烦嚣。帕斯汀纳斯庄园真的是太棒了!"但鉴于他们一个字都不认得,所以这个玩笑只有他自己能理解了。

突然,传来一下敲门声。红眼打开门,发现是希望。她的头发湿漉漉的,一束一束地搭在肩膀上,白皙的脸蛋和脖子都洗得干干净净。她穿了一件红色的丝绸长睡衣,看起来比之前的女仆装优雅多了。

他笑了。"颜色很适合你嘛。"

希望宽容地笑了笑。"是你姨妈给我的。"她在床边坐下来,"你觉得我们要等多久?"

"等你的生物法师现身?"红眼问,"很难说。我知道这对你来说很不容易。坦白说,我很佩服到现在你还能保持理智,吃晚饭时还能这么礼貌地聊天。毕竟杀害你父母的凶手可是在同一屋檐下啊。"

"确实很不容易。"希望承认,"是热水澡舒缓了我的情绪。"

"我从来没想过你是个喜欢洗澡的人。"红眼说。

"在修道院的时候,那里有个温泉,我们几乎每天都洗澡。每次训练完,我们又酸又疼,洗个热水澡就可以缓解疲劳了。你应该试试的。"

"什么,今晚?"红眼问。

她耸耸肩。"水还是热的,倒掉太浪费了。"

"我考虑一下吧。"他说,"好了,说回你的生物法师。"

"泰尔多·肯。"希望马上沉下脸来。"估计他是在和你外公会面吧?"

"应该是。我们要么等到他们开完会,要么直接去找他们,不管姨妈和表哥帮不帮我们。"

"我不想让他们伤心,更不想他们有什么危险。"希望说,"最好是你去支开他们,我自己去找泰尔多·肯。"

"不用我帮?"红眼极力掩饰住话语间的伤心,但希望全看透了。

"你已经帮我很多了。"她伸过手牵着红眼的手,"这次战斗只属于我。我会尽量避免让你外公受伤的。"

"外公我倒不在意。"红眼说,"我只是……"他抓住希望的肩膀,透过薄薄的丝绸睡袍可以感到她结实的肌肉。"你不能抛下我。"

"我没打算抛下你。"她说。

"也不能死掉,懂木?"

"我不能保证。"

"你可以保证不自杀。"

"红眼,我——"

"我要求的事没那么难。"红眼把希望拉近自己,坚定地看着她的眼睛。"别她妈自杀。"

"可如果——"

"你不会失败的。因为如果这次不成功,我们就找别的方法。我们只要坚持下去。我和你,红眼和希望。不管怎样,我们都不会放弃,永远都不。"

希望想要说什么,但话到喉咙便咽入腹中。最后,她轻轻地点点头,说:"我答应你。"接着她皱起鼻子调皮地对红眼说:"只要你答应我去洗澡。马上。"

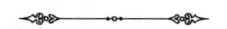

———◆———

第二天早上,红眼穿上了平常的衣服,终于松了一口气。现在不用再掩饰了,而且如果事态不妙,他也需要这些飞刀。昨晚不知道什么时候,有人把他的衣服和裤子拿去洗了,洗完后又挂回了他的床边。一开始他还有点担忧,可是洗完澡总不能又穿脏衣服吧,不然洗澡来干吗呢。昨晚的热水澡也还不错,虽然只是把自己泡在一缸热水里,但还是不习惯。

他醒来的时候,还看到了床边已经准备好了一碟早餐。热面包、香肠,还有一个煮鸡蛋。他不习惯这么早就吃东西,可想到不知道什么时候才能再吃上饭,便一口气把早餐吃完了。

尔后,他来到客厅,发现希望也穿上了她的皮甲。皮甲上的血迹没有了,而且比以前更亮了。红眼猜她应该会抛光皮革的手艺。

这时,米娜拉姨妈走了进来,阿拉斯跟在后面。姨妈穿了一件宽松的绿色泡芙礼裙,阿拉斯则朴素多了,只穿了一件灰色的礼服大衣和领带。米娜拉盯着希望和红眼:"这就是你们平常在下城的打扮?"

"那里的潮流确实有点不同。"红眼说,把皮大衣的衣领立起来。

"是的,当然了。"米娜拉姨妈走过去,又把红眼的衣领放下来,然后由上而下地扣上红眼衬衫的所有纽扣。接着她转向希望。"连裙子也不穿?亲爱的,我肯定能找到一条合适你的。"

"谢谢了,帕斯汀纳斯女士。"希望说,"但这套皮甲更加实用,而且它是由养我的恩师亲手打造的,它对我有特别的意义。"

米娜拉姨妈叹了口气。"你们都吃过了吧?"

"吃过了,谢谢。"希望说。

"我们已经冒太多险了。你们还是在家父发现你们之前离开为妙。"

"发现谁?"红眼身后传来一个虚弱的、充满鼻音的声音。

米娜拉姨妈整个人都僵住了,不过她很快就挤出一个笑容:"噢,您好,父亲!"接着,她嘴巴不动地对红眼说:"闭上眼。别睁开。"声音小得刚好只有红眼能听到。

红眼赶紧闭上眼睛,转身面对发出声音的那个人。

"阿拉斯昨晚在外面碰到这位可怜的盲童了,"米娜拉说,"我说得没错吧,亲爱的?"

"没错!"阿拉斯说,"对不起,外公。我昨天开着机器不小心把他的看护人弄伤了。我觉得很对不起他们,于是把他们请进来了。"

"是啊。我知道您很讨厌看到这些麻烦。"米娜拉说,"我知道您会不高兴的,所以我刚才就在跟阿拉斯说赶紧把他们送走,这样您就不用烦了。"

"我知道了。你真贴心。"帕斯汀纳斯外祖父说。老人的语气很谨慎,红眼从里面什么都没听出来。如果能看到他的表情,他就知道了。直到现在,红眼才发现原来自己是多么依赖眼睛去评估一个人啊。

"为父亲着想永远是女儿的责任。"米娜拉姨妈说,"好了,阿拉斯,快去带——"

"这位……一身黑衣的年轻女士又是谁?"帕斯汀纳斯问,"从她的肤色来看,她应该来自南方群岛吧。"

"噢,是的,外祖父!"阿拉斯说,"她是这位男孩的向导和保镖。您知道吗,南方的女士都要佩剑的!而且按照她们的风俗,女人是从来不穿裙子的哦!"

"嗯,这样。"帕斯汀纳斯说,"那就解释了为什么这个女士在我家里竟然还拿着剑。"

"是的,父亲。"米娜拉姨妈说,"我们不想冒犯她。"

"你真是个贴心的人。"帕斯汀纳斯说,"但是,你还是没有解释,为什么你们会以为我看不到他的红色眼睛就认不出我亲生女儿的私生子了?"

红眼猛地睁开眼,第一次看到了他的外公。他长得枯瘦,眼睛水水的,嘴唇挂着一丝冷笑。他的白头发零散地披在头上,手部微微颤抖。红眼深知恐怖的事还在后头。

"我不想看到这个卖身养的来到我家,或者我的庄园。我一百米范围以内都不欢迎他!"老人说,愤怒地揪着脸。"我已经让他活得够久了,只要他不来打扰我。看来我还是太仁慈了!"

"不,父亲!求你了!"米娜拉姨妈哀求道,一边把红眼拉了过去。"他只是个孩子!"

"不要伤害他!"阿拉斯恳求道。

"闭嘴!"帕斯汀纳斯厉声道,"我会决定他的命运,既然他斗胆回来争夺这座庄园的继承权,我要惩罚——"

"不好意思,我们倒回去一点好吗?"红眼挣脱了姨妈的手,"你凭什么决定我的命运?"

"我是——"

"你不用回答,那是反问。"红眼打断,"世界上只有一个人可以决定我的命运,那个人就是我。懂木?而且,这座庄园我一点都不稀罕。这里唯一让我觉得有用的就是我这个聪明的表哥,而你们却嘲笑他的才华。以前没有你的臭钱,我都挺过来了,现在我更不需要!"

老人瞪着他,十分震惊。大概是从来没有人这样跟他说话吧。虽然只是一点点,但红眼心里觉得爽极了。

"那么,"帕斯汀纳斯咬牙切齿地说,"你来这里究竟要做什么?"

红眼看到希望把手移到剑柄上。难道她为了这个老头就要拔剑?她不会认为这个老头会攻击他们吧。他就是一只纸老虎而已。这时,红眼才发现希望一直看着老头身后的走廊,剑柄也一直在微微地颤动。

"别管了,帕斯汀纳斯!"走廊里传来一个干裂的声音。"我们时间紧迫!你非要在这种时候做这些无谓的争吵吗……"

一个穿着金镶边白袍的男人走了进来,虽然戴着兜帽,但红眼还是看到了他脸上有一块烧疤。男人一开始只注意到帕斯汀纳斯,可随即当他看到房间的情况时,他马上愣住了。

红眼听到希望拔出了剑,发出嘶嘶的嗡鸣。

泰尔多·肯猛地把帕斯汀纳斯抓到身前当掩护,另一只手瞄准老人干枯的脸。

"只要碰一下,丫头。"生物法师眼看着希望,"只要碰一下,他就会惨死在我手下。想清楚了。"

"正好回答你的问题,外公,"红眼说,"我们之所以来这里,就是为了他。"

"放开他,肯!"悲歌剑剧烈地颤动着,指着眼前的生物法师,仿佛就要从希望手上发射出去了。血魔法在渴求着它的猎物。

"肯先生,我要求你解释清楚!"老人厉声道。

泰尔多·肯没有理他,继续瞪着希望。"我承认,虽然我早就料到你会再次找上门来,可我没想到会这么快。我再一次低估了你。不过我保证，以后再也不会低估你了。"

"因为你不会再有以后了。"希望逐步迫近，剑刃在阳光下闪着冷光。"挟持着他，你不可能穿越了。"

"你说得没错。"生物法师坦承，"不过我有别的打算。我特别为你准备了一样礼物。"

他突然吹了一声哨子，随着刺耳的声音快速扩散，外面传来一声怪异的怒吼。希望马上警觉起来。

泰尔多·肯笑了。"是你的一个老朋友。"

突然，一个黑色的庞然大物从窗外撞了进来。幸好红眼及时发现，迅速地把姨妈扑到地上，才没有让炸开的玻璃伤到她。黑影从窗户跳到沙发上，把沙发砸成了碎片。它蹒跚地站了起来，红眼终于看清了它的真面目——是兰金，出卖希望和船长的那个人。或者说曾经是他。红眼最后一次看到他，他还躺在落汤鼠酒馆的地板上，痛苦地捂着自己的残肢。而现在，他断手的地方重新长出了一个像蝎子钳一样的棕色巨爪，而且体型也大多了，全身的皮肤就像不合身的衣服，有的地方松弛地垂着，有的地方却被撑破了。他的眼睛黑得离谱，透出瘆人的光芒。长胡子下面的嘴巴已经腐烂，只剩一个大大的洞，长满毛的上颚尖尖地凸了出来。

米娜拉姨妈见状，吓得尖叫了起来。

"你竟敢把这个丑陋的怪物带到我家！"帕斯汀纳斯愤怒地对泰尔多·肯喊道。

生物法师大笑起来，把他扔到地上。

"下次再会！"他对希望说，"祝你们玩得开心！"

"不！"希望咆哮着，可她刚想去追，怪物已跳到空中，向她袭来。说时迟那时快，希望赶紧把宝剑收回鞘里，在千钧一发之际，举起剑挡住了怪物的攻击。怪物的利爪插进了剑鞘，离希望的脸只有几寸之远。

"快他妈拔剑!"红眼大喊。

"我不能跟掉他!"希望大喊着,用力把怪物推开。

"他逃不掉的。"红眼把姨妈拉起来,对阿拉斯说:"带你妈妈去安全的地方。"

阿拉斯点点头,虽然已经吓得脸色苍白,但还是迅速拉住她妈妈的手。

红眼冲向走廊,在帕斯汀纳斯的身上跳了过去。

"别去,红眼!你会被杀死的!"希望喊。

可是红眼已经冲到房间外面了。他看到一个白影在掠过走廊的拐角,二话不说跟了过去。红眼这时才想到,自己可是在追一个生物法师啊,我是不是疯了?

没想到刚转过拐角,红眼就看到了生物法师稳稳地站在那里,脸隐藏在兜帽里,白袍在昏暗的走廊里闪着暗光——他在等红眼!红眼马上刹住脚步,可是来不及了。

"你的死期到了,笨蛋。"泰尔多·肯说,把手伸向红眼。

但就在他的指尖碰到红眼的额头之前,他顿住了。

"怎么可能?是救世者?"他慢慢地把手抽回来,诡异地对红眼笑了笑。红眼马上浑身起了鸡皮疙瘩。

"我们会再见面的,小子。现在,睡吧。"

他吹了一口气到红眼脸上,接着一切都变黑了。

27

虽然希望憎恨兰金,但现在却很同情他。这还是第一次。兰金虽然做了很多坏事,但就算是他也不应落得如此下场,变成一个没有思想的怪物。他用畸形的身体死死压着希望,嘴巴不停地淌着口水,拼命向她咬去。他那黑色的眼睛如玻璃弹珠一样,已经完全看不出一点人性或者思想。她能做的最仁慈的事,便是一剑插进他的头颅,帮他解脱。但她不想失去唯一一条确定能找到泰尔多·肯的线索。

希望用入鞘的剑挡住他的利爪,他却用更大的力气把希望按到墙上。希望提起腿狠狠地踢中他的裆部,却发现那里什么东西也没有,他也没有任何反应。于是她腾出一只手,握紧拳头用力砸在他裸露的腹部。可是他的肉身十分坚硬,肚子也只是破了点皮,露出像虫甲一样的硬壳。

她使劲一旋,从巨爪里挣脱出来,随即反手用剑狠狠地拍在他的眼睛上。被砸中的眼睛凹了进去,发出清脆的碎裂声,里面黑乎乎的液体渗了出来。他狂暴地龇牙咧嘴,又一次甩出利爪。希望再一次用剑挡住了攻击,心里却惦着每被这头怪物多耽误一秒,泰尔多·肯就逃得更远。还有红眼……

在天堂圆环,他从来都没有干过这么鲁莽的事。可能是这个宅邸让他有点不自在吧。他肯定知道自己根本不是泰尔多·肯的对手。希望必须速战速决才来得及救他。可是如果她一剑把怪物捅死，她还能找到他们吗？

怪物再一次发出震耳欲聋的怒吼，更加疯狂地压着希望。她的手臂开始发软了，可是怪物却越来越有劲。希望迅速地扫视了一下房间，寻找其他武器，可是这个精致的客厅里没有一样东西可以刺穿他的兽皮。

怪物使出狠劲，抡起手臂把希望击倒在地上，随即扑过去，试图用身体砸扁她。希望的手不住颤抖，快坚持不住了。为了救命，她不得不考虑拔剑了。

在千钧一发之际，希望听到了一下尖锐的铿锵声，接着一根铁柱从怪物的额头上刺了出来。只见阿拉斯站在怪物身后，手臂伸在怪物后脑的地方。他拉了一下手腕上的小杆，铁柱便弹回到前臂的铁管里面。怪物抽搐了一下，轰然倒下。希望艰难地把尸体从身上推开。

"这就是它的用途之一。"希望说完就夺门而出。

"等一下，希望小姐！"阿拉斯喊。

希望踏过了震惊得不知所措的帕斯汀纳斯，心里突然为阿拉斯感到悲哀。他被囚禁在这个奢华的监狱里，却没有人欣赏他。她希望自己可以多留一会儿，给予他最需要的鼓励。但她必须要走。

"保持真心，阿拉斯。"她说完，就离开了。

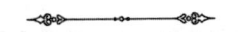

阿拉斯回到隔壁的房间看他的妈妈。她躺在一张沙发上抽泣着，不肯说话，阿拉斯只好又回到客厅。他环视着凌乱不堪的房间，慢慢地理解这一切。自从父亲去世后，他就住在这栋房子了。从那以后，他几乎每天都会在这个房间里，一直如此。直到今天。他感到震惊，不是因为这里一团糟，而是因为他从不相信这里会有任何改变。直到今天。

他穿过房间，靴子轻轻地踩在玻璃上，发出清脆的声音。他的外公看来开始恢复了，阿拉斯伸出手想拉他起来，他却冷笑一声，一下把阿拉斯的手拍开。

"好了，外祖父，"他平静地说，"现在究竟是谁把邪恶丑陋的东西带到屋里了？"

"小子！你竟敢如此不敬！别忘了，这里仍然是我的房子、我的钱——"

"尊敬？"阿拉斯觉得好笑。"我一直都爱着你，因为你是我的外祖父。但我从来没有尊重过你。请你照顾好母亲。她是对你最忠诚的人，一直如此。"说完，他在外公身上跨过去，向门口走去。

"该死的，你这是要去哪里？"

"是时候改变了，外祖父。我要去看看这个世界。"

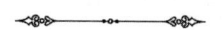

希望没走出多远，就看到红眼躺在走廊的地板上，一动不动。她的心立即"咯噔"一下跌倒了冰点。这是她最害怕看到的场景：她一生中最重要的人，被生物法师杀害。

就在这时，她看见他的胸膛还在微微起伏，搁着的心总算放了下来。他还活着。

不用问，肯定是生物法师故意不杀他的。这个拖延战术真是高明。如果红眼死了，希望肯定会更快地追过去。但现在红眼还活着，她就不能这样把他留在这里，被一个讨厌他的老头任意摆布。

希望把红眼抱起来，扛到肩上。在修道院的时候，她经常要用扁担挑着满满的两大桶水来回跑。当然了，红眼更重，所以希望走得很吃力。她扛着红眼走出了大宅，来到外面的草地上。大片大片的鲜嫩小草，竟沾满了晨露。

希望不知道自己跟着悲歌剑的指引走了多久,扛在肩上的红眼重得像一块磨石。阳光从清澈的蓝天照射下来,草坪仿佛永远看不到尽头。希望咬紧牙关,呼吸十分沉重,头发已经被汗水浸湿了。

她仿佛听到人在叫她的名字。一开始她以为是幻觉,便没有理会。然而叫声却越来越大,越来越迫切,希望开始怀疑是不是真的。就在这时,阿拉斯从后面赶了上来。他已经上气不接下气,脸都涨红了。

"希望小姐……"他费劲地说,"我可以……与你同行吗?"

"为什么?"

"我想去大海驰骋!看看这个世界!"

希望想告诉他世界其实是很残酷的,大海也比他想象的恐怖得多,他这样抛弃奢华的生活简直是疯了。

"不如我帮忙背一下我表弟?"他提议道。

而这对希望来说却是极好的提议。她简直是把红眼扔给了阿拉斯。

然而,阿拉斯接过红眼后却不堪重负,膝盖直接被压弯了,难受地呻吟着。"噢,天啊,他真重!我不能……"他看起来又痛苦又羞愧,"恐怕我不如你强壮,希望小姐。运动从来都不是我的强项。"

希望叹了口气。"那我们一起抬吧。"说完,把红眼的一只手挂在脖子上。

阿拉斯也跟着把另一只手挂在脖子上。"噢,这样好多了,谢谢。"

"我们走吧。"希望咕哝道,"不能让泰尔多·肯跑了。"

阿拉斯看了看红眼不断晃动的脑袋,一脸忧虑。"他会没事吧?"

"在我扛了他这么远之后?他最好是没事。"

他们没再说话,继续赶路。世界静悄悄的,只有他们沉重的呼吸声。过了一会儿,希望问:"这个方向前面有什么?"

"跟我外公的大宅差不多的房子。"

"没有了吗?"

"呃,再下去就是辐射港,当然了。"

"前面有港口?"希望问,迸发的肾上腺素把疲劳一扫而空。

"噢,是的。那是新列文第二大港口。"

"那我们得抓紧了。"希望说完,加快了脚步。

阿拉斯发出一声呻吟,两人便匆匆赶路。

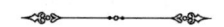

泰尔多·肯已经走了。还没赶到码头希望就知道了。悲歌剑奇怪地颤动了一下,就渐渐缓和了下来,就像正在快速远离一样。可是希望不愿接受,逼着自己和阿拉斯继续赶路。等到他们来到堕落谷那广阔的码头时,已经差不多正午了。

码头上挤满了商船,水手们忙着装货卸货。希望突然想起之前德廉打算让卡迈克尔干的私活,不禁怀疑这里的船会不会装着毒品。可能自从德廉死后,毒品的交易就停止了。也有可能有人已经接过德廉的交椅了。

她举起剑,只见它坚定不移地指着港口外面的大海。顷刻之间,身体的疲劳一下子又扑了回来,像一张重重的毛毯盖在了希望的身上。"我们停下来休息一会儿吧。"

他们找到一堆板条箱,把红眼放了上去。阿拉斯一屁股坐到码头上,大口地喘着气,满头大汗。希望想叫醒红眼,但他依然一动不动。"你有没有船?"她问阿拉斯。

他摇摇头,还没缓过气来。

"那你有没有钱收买船长,带我们上船?"

他再一次摇摇头。

希望盯着那些船，咬牙切齿，又很快松开，心里的挫败感逐渐化为愤怒，却又无能为力。

就在这时，她看到了她。就在三个码头以外。女士诡计号。

"起来！"她对阿拉斯吼道。

他吓了一跳，惊恐地看着希望。"可是，希望小姐——"

"马上！"她拉起红眼，把一只手挂在脖子上。

"遵命，希望小姐。"阿拉斯温顺地说，把另一只手挂在脖子上。

阿拉斯已经站不起来了，希望就拉着他俩，艰难地向女士诡计号停靠的码头走去。

莎蒂站在船首上看着大海，脸庞被阳光照亮。当希望看到她的时候，心中涌起一阵感动，差点哭了出来。"嗨——！"她声嘶力竭地喊，"莎蒂船长！请求登船！"

莎蒂没有转身，而是微微把头侧到一边，露出一个无牙的微笑。

"船长？不是我。船长可比我更年轻、比我更白。"说完，她这才低头望向他们，假装很惊讶的样子。"噢，你终于来啦，暗淡·希望船长！"

"我觉得我不应该——"

"你扶着的是我的红眼吗？"莎蒂问。

"他没事，"希望说，"可他好重。"

"啊，那赶紧上来吧。"她把踏板放下去，皱着眉看着他们登上了船。"还有这位是谁？看起来好眼熟。"

"红眼的表哥。"希望说。

"很高兴认识你，女士。"阿拉斯努力撑起一个笑容。

"他是个有钱人，对吧？"莎蒂拍了拍他满是汗水的脸蛋，"不用怕，小哥。跟红眼血统一样的人都是好家伙。"

"你怎么知道我们在这儿的？"希望问。

"老亚米捎话来了。她有时候能预见未来。虽然有点含糊，只是叫我来这里等,然后你们就会出现的。我们在这里快两天了。"

"红眼说她不能预见未来。"

"红眼说过很多事,不是吗?真真假假,你自己看吧。"莎蒂说,"好了,我想你现在赶时间?"

"我们在追一个生物法师。"

"你先把红眼带到客舱,我去召集船员。"

"船员?"希望很惊讶。

莎蒂咧嘴笑了。"噢是的,丫头。你不会以为凭我自己就能把船开到这里吧?虽然规模不大,不过与其找些来历不明的混蛋,我宁愿找些信得过的人。"

和阿拉斯一起把昏迷的红眼送到客舱的途中,希望觉得自己在做梦。回到这只船比她想象中舒服多了。从船上走过时,她发现有很多地方都改进了。船上更干净了,所有的裂痕都修补好了,生锈的铁也重新抛光了。在船舵的地方,她看到了改进这一切的功臣。"失踪芬恩!"

老人低头看着他们,那只仅剩的独眼闪着光,灿烂笑颜里面的牙齿稍微比莎蒂多一些。

"嗨,希望船长!"他喊道,"莎蒂告诉我你上船了。我正在调整舵轮,方便你操作。"

"给我?"

"当然喽!我们人太少了,你只好自己掌舵啦。"

"我真不确定我是不是船长的最佳人选。"

失踪芬恩挥了挥那伤痕累累的大手:"我只是按大副的吩咐办事而已,船长。你自己跟莎蒂说吧。"

"不如我们先找个地方把里希邓特朗安顿下来吧?"阿拉斯痛苦地问。

"好。"希望重新迈开步子向客舱走去,"但你应该叫他红眼。"

"他不用本名了吗?"

"对。"

"为什么啊?"

希望一开始没有回答,但接着她看到一个熟悉的身影从客舱里走出来,便笑了笑说:"因为圆环就是这样。"

内特尔斯向他们走过来,灿烂地笑着。"嗨,天使婊子。他这次又捅什么娄子了?"

"追杀生物法师。"

"他会没事的吧?"

"他应该只是昏迷了而已。"

"我帮你们抬一下这个大笨蛋吧。"

于是他们三人合力把红眼抬了起来,向客舱进发。希望问:"你最近怎样?很抱歉那时候什么都没说就离开了。"

"我们都还好。你去追那个生物法师之后,士兵们也跑了。我们还以为会有第二轮攻击,可是什么都没发生。现在应该一切都回归正常了吧,至少快了。"她看了看阿拉斯,"他是谁?"

"红眼的表哥。"希望说。

"阿拉斯·哈沃伦。"他笑得更灿烂了,因为身上的重量又减轻了不少。"请问小姐芳名?"

"叫我内特尔斯。我不是什么小姐夫人。就叫内特尔斯,懂木?"

"懂木?"他问。

"她问你明不明白她的意思。"希望解释说。

"噢,当然了。在你们眼里,我肯定太正式了吧。"

"还好啦。"内特尔斯说完,又问希望:"这个呆子还不错,对吧?"

"她觉得你很帅。"希望对阿拉斯说。

"噢,呃,谢谢?你也很美,小姐,呃,我是说内特尔斯。"

"别想歪了,"内特尔斯说,"不然我就把你的小弟弟塞到你屁眼。"

阿拉斯惊讶地看着她，说不出话。

"慢慢习惯吧。"希望说。

他们小心翼翼地走下狭窄的楼梯，来到客舱。

"发生什么了？"菲勒扶着拐杖，一瘸一拐地走过来。

"你的膝盖好点儿了吗？"希望问。

菲勒耸耸肩。"还是那样。"

"本来不想他来的，但他死活不听。"内特尔斯说。

菲勒有点不好意思。"你们不是需要人手嘛。我的脚虽然不好使，不过我还是可以拉帆缆的。红眼发生什么了？他没事吧？"

"我想应该没事。"希望说，"我不知道泰尔多·肯对他做了什么。看上去他只是把红眼打晕了来拖延我，让自己脱身。"

"而且成功了。"内特尔斯说。

"暂时而已。我有办法追踪他，不管他在哪里。"

"所以说红眼会像平常一样醒过来的，对吧？"菲勒问。

"应该是的。"希望笑了笑。也许新列文唯一教会她的便是怎样一边笑一边撒谎。但在这种情况下，那是善意的谎言。现在没理由再让菲勒担心了，也没必要。或许红眼会没事的。虽然根据希望的经验，与生物法师杠上了不可能什么事都没有。

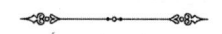

"船长，我们可以起航啦。"莎蒂说。

她和希望站在船舵旁，阳光把海面照得波光粼粼。

"我觉得你才应该做船长。"希望说，"你以前就做过。"

"我在船上的时间加起来还没有半年呢。而且我也没出过远海。这只船于情于理都是你的。如果你要追那个生物法师，我们也会跟随你。可是必须由你来领导我们。"

"可我从来都没有当过首领。"

"这又不是什么大团队。而且你肯定会让自己刮目相看的。来。"她指了指舵轮,"干吗不试试握着船舵呢?也许会让你振奋起来呢。"

希望握住舵轮上的木钉,就像卡迈克尔做过无数次的那样。"我觉得很傻。"

"你只是听了太多什么女人就不该做船长这些屁话而已啦。"

"你就做过。红眼跟我说过了。"

"你以为我就不觉得傻?每做一件新的事、或者一件大胆的事,就会有这种感觉。感觉跟妓女去念经一样不可靠。"

"那你是怎样战胜这种感觉的?"

"一开始没用。虽然是假,但你别管它,直接做就是。等你做得够久了,你就不觉得假了,因为那时你已经是真材实料了。懂木?好了,试一下召集大伙儿吧。"

"现在?"

"必须的。"

希望深吸了一口气。她回想起卡迈克尔以前的样子。那是一种从丹田里爆发出来的声音,语调既严肃又愉悦。"全体听好了,伙计们!升帆!起航!"

"是,船长!"失踪芬恩喊道。感谢他。

希望把船驶出了港口。她感到卡迈克尔就在身旁,用声音引导着自己,亲手指引着她。德廉和兰金,这两个害死船长的人已经死了,然而奇怪的是,他们的死并没有让她内心平静。真正让她平静下来的是现在这个时刻。驾驶着他最爱的船,听海风呼啸,看阳光普照。这是卡迈克尔生前最爱的事情,希望知道,他肯定会很开心。

实际上,文成戒律说了那么多为亡者复仇,却从来不说向生命致敬,希望感到很奇怪。

"全速前进!"希望喊道。女士诡计号迎风飞驰,向远海奔去。

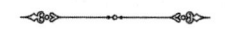

希望独自站在船舵上,任凭烈日照耀,任由海风拨乱头发。现在已经是傍晚了,她已经掌舵了好几个小时,渐渐熟悉了这种感觉。

"哈哈,不装得挺像个大爷的嘛?"内特尔斯走了过来。

"像个大爷?"希望问,"你瞎说。"

"你们南方没有这种说法吗?"内特尔斯十分意外,"就是装腔作势,装得自己很重要的意思哦?"

希望笑着摇了摇头。

"哈。"内特尔斯说,把手肘靠在栏杆上,仰起头,闭眼对着太阳。希望发现,她乌黑的卷发里有几缕颜色较浅,棕色的皮肤里透着红润。

"大海接受你了。"希望说。

"是吗?"内特尔斯继续闭着眼睛,"我从来没料到自己会离开圆环。连想都没想过。那里曾是我的整个世界。可是当莎蒂问我要不要跟她出海时,我却想都没想就答应了。"

"因为你担心红眼?"

"一部分是吧。好多年以来,我就等着看到红眼横尸街头,又或者直接蒸发掉,都习惯了。但这次不仅仅是因为他。毕竟他已经有你来盯着他了,而且你也几乎有我这么聪明。"

"谢谢。"

内特尔斯点点头。"不过,自从你、我,还有帕拉一起对付德廉手下的那晚以后,我看东西就开始不一样了。我们都很棒。"

"是啊。"希望赞同,"帕拉怎样了?"

"回锤子角了呗。还在跟大块头西格和莎恩闹着呢。现在西格吸收了刺头比利的势力,估计他很快就会登顶了。不管怎样,那晚之后,我觉得圆环变得……好小。我又回到妓院工作了——我一直都很感恩自己有一份工作,你懂的。可是,我就在那里,教训一些不尊重妓女的蠢货,我自己也感觉蠢透了。我是说,这有什么意义?你懂木?"

"你想要更多。"希望说。

"没错。更多的世界。更多的生活。更多的我。"她扭过头看着希望,眼睛闪着光,笑了。"当然,更他妈多的阳光!"

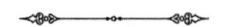

日落之后,女士诡计号遭遇了一场风暴。刹那间,乌云滚滚,电闪雷鸣,风雨交加。船体浮浮沉沉,波涛汹涌。

希望经历过更可怕的风暴,但她的船员没有。以前遇到风暴的时候,卡迈克尔不用说太多,因为他的船员都知道该干什么。可是希望却不得不口述每一个行动。更不妙的是,菲勒行动不便,内特尔斯和阿拉斯对航海术语也一窍不通。所以希望不得不从船头跑到船尾,从一个岗位跑到下一个岗位,迎着巨浪吼着一个又一个的命令。

好不容易,风暴终于过去,阴郁的紫云消散开来,露出一轮明亮的新月。这时,希望已经声嘶力竭了。

"干得好,船长。"失踪芬恩说,和希望一起站在船舵旁。

"谢谢。我们会越做越好的。"

"肯定的,船长。你看上去快累死了,不如让我帮你掌舵吧?"

"好。"希望说,"船舵是你的了,芬恩先生。"

芬恩笑着接过舵轮。"教你的人很懂大海啊。"

"卡迈克尔船长是个伟大的人。"希望平静地说,"不完美,可是很伟大。"

"啊,如果有人都这么夸奖我,我就心满意足了。"

希望笑了笑,满脸倦容。"是啊。"说完,她转身向船首的客舱走去。

"你不是应该去船长室吗?"芬恩点头指指船尾。

"我不喜欢与其他人隔离开来。"

"浪费了,不觉得吗?"

"那你要了吧。"

"我不行,船长。那不合适。你的卡迈克尔船长也会这么认为的。"

希望叹了口气。"好吧。不过我要先去看看红眼。"

希望来到客舱,那里又暗又静,其他人都还在上面。她很开心能再见到他们,比想象中还要开心。可是现在,她很感谢这里能够这么静谧。

她站在红眼身边,看着他整个人被裹在吊床里,只露出一张脸。他的呼吸很有力,也很平稳,看起来很安宁,近乎纯真。

或许希望不该担心的,毕竟他看起来什么事都没有,甚至比希望的状况还好。至少他还可以休息嘛。

这么一想,希望的身体像是受到了提醒,一阵倦意席卷而来。她应该在累倒之前回到自己的船舱的,可她又不想这么快离开红眼。昨天晚上,她自己睡一间房间,发现自己竟然睡不着。她已经习惯了红眼在身边了,甚至在睡觉的时候,有他在她会更安心。真奇怪啊。或者就多陪他一会儿吧。

对,听起来还挺合理的。她在旁边的吊床上坐下来,感觉比以前舒服多了。难道是芬恩把吊床换成更好的了吗?应该不是。可是,躺在里面真的好舒服啊,舒服得让她忍不住想把脑袋也埋了进去。当然了,就躺一小会儿,躺完她就会回去了。船长室就在船的另一边嘛。啊,这么一想,突然觉得好远啊。这张吊床那么舒服,而且既然已经躺在身下了,那就不回去了吧。

她看着红眼轻轻地呼吸,胸膛缓缓地一起一伏,这样的节奏让人十分宽心。突然,他的嘴角微微地扬了起来,希望看到心里暖暖的。

"我和你,"她轻声说,温柔地抚摸着红眼的脸。"希望和红眼。"

那一刻，既然身边没有其他人，而且也已经累得不行了，希望就任由自己享受地看着这个男孩——不，这个男人。他一直追随着她，一直这么忠心。他已经证明了他的忠诚，他的能力，还有他的勇气，是的，还有他的慷慨和善良。她对红眼的感觉就像她对河洛和卡迈克尔一样强烈，可是他既不是导师，也不是老师，也不是船长。他是完全不一样的。希望不确定是什么，她只知道，只要看着他，她就会感受到那种她以为再也感受不到的情感。她感受到了归属感。

28

布力加·林的机会来了。今晚，她两年的训练、学习和牺牲终于要开花结果了。

她站在接待室里，等着轮到自己向委员会提交报告。她裹着厚厚的白袍，拉低兜帽遮住脸。她改变的不仅仅是胸部和生殖器，现在她的身体已经变得更柔软更精致，更有女性特征了。经过几番挣扎，她还决定把头发留长了，现在她的样子就跟预期的几乎一模一样。她必须更加小心，避免暴露过早而造成……误会。

可是她一点都不担心。目前为止，她的时间都算得很准。她刚刚掌握了新能力，就被传召去参加斯通匹克的生物法师委员会年会。很明显，这是一个信号，委员会和世界已经准备好接受她将要展现的东西了。

她要展现给委员会的不仅仅是一样武器，更是一种可以让生物法师团强大十倍的秘法。的确，她的方法并不正统，但只要大家见识到她的能耐，委员会肯定会抛下这些腐旧的规矩的。他们很可能还会邀请她加入委员会呢。这么年轻就能加入委员会，不是很了不起吗？她的父母绝对会后悔与她断绝关系的。那天，当她向父母坦白的时候，她的父亲这样说："我的儿子死了。你不是我的孩子。"看到她的转变之后，他们已经听不进任何解释了。这让布力加·林心如刀割，就跟转变的时候一样痛。经过这一次，她学会了宝贵的一课：在向委员会展示她获得的新技能之前，她绝对不能暴露自己。等他们感到敬畏，甚至谦卑的时候，肯定会用更平和的心态去看待她的转变。

所以，布力加·林在昏暗的接待室里等待着，强迫自己保持镇定，避免来回踱步，或搓着手，或其他显得焦虑的动作。

这时，一个生物法师新手从走廊里走进了接待室。他的兜帽放了下来，神情异常兴奋，快步走到了布力加·林的前面，白袍啪啪作响。

"下一个是我！"她咆哮道，一把抓住了新手的肩膀。

"我奉泰尔多·肯之命向委员会禀告一件急事。"新手目不转睛地盯着委员会室的木门。

"肯不是委员会的成员。"布力加·林尽量保持声音低沉，因为她的嗓音也变得女性化了。

"即使这样，我也是有命在先。"新手说。

他的目光开始移向布力加·林，她只好放他走。现在还不是时候让任何人近距离看到她。"好吧。不过快点。"

新手拉开木门，走了进去。不管泰尔多·肯的急事是什么，都不会比她的发现更重要，布力加·林很自信。

"布力加·林。"阿蒙·赛特说,声音干巴巴的。他是生物法师委员会的主席。"你可以展示你的成果了。"

布力加·林松了口气。之前,新手进去后几分钟就离开了,她还以为委员会很快就会叫她进去。没想到他们却针对泰尔多·肯的消息讨论了好几个小时,她都开始担心今天会不会就这样结束了。一想到还要再多隐藏一晚,布力加·林心里就觉得难受。但现在,她终于可以向委员会证明,向所有人证明,她成就伟大的决心到底有多大。

她推开厚重的木门,走进了会议室。里面十分宽敞,几乎什么都没有。地板和墙壁都是砂岩做的,跟皇宫用的材料一样。委员会就站在会议室里面。委员会是由全帝国最聪明、最有权势的十二个人组成。他们站成一排,手拉着手,脸庞藏在兜帽的阴影里面。他们的兜帽和袖口都有金线镶边,象征着他们无上的地位。

布力加·林平复了一下焦虑的情绪,走到会议室中心。她向委员会鞠了个躬:"大师们,感谢你们的宝贵时间。"她尽可能沉下嗓音,但声音却意外地难听。

"见到委员会为何还不放下兜帽?"西弗特·梅克问,声音像生锈的铁。

"很抱歉,大师们。我很快就会跟大家解释,恳请各位容忍在下片刻。"

"你的声音好像变了,布力加·林。"阿蒙·赛特问。

"回大师们,是我的实验造成的。"她本想着在展示成果的时候会占据主动,但没料到大师们却马上就提出质疑。可能是因为戴着兜帽引起了他们的好奇,所以才想快点知道她要说什么。

"这种事迟早都会发生的。"普洛格·伯恩的声音像冰冷的炼油。"魔法会在我们的皮肤和声音上留下伤疤。如果你是因为这样才害怕以真面目示人，那么放心好了，我们早就见惯各种畸形了。"

"谢谢，大师们。不过我是来告诉大家，我已经找到问题的解决方法了。它不仅是一样新武器，而且能大大增强我们生物法师的法力。"

委员会成员没有表现出任何反应，但布力加·林也不指望他们会。他们只要牵着手就能用意念交流，十分高效。

过了一会儿，阿蒙·赛特说："是吗？愿闻其详。"

"如果大师们还记得，两年前我请愿去莫拉克·托尔遗迹探索，而你们同意了。"

"你还想带士兵一起去。"西弗特·梅克说。

"是的，当时您非常明智地反对了。"布力加·林快速地接上，"现在我知道当时自己是多么愚蠢了。士兵只会妨碍我的探索。"

"这么说你确实找到什么了？"普洛格·伯恩问。

"是的，大师们。我在一个隐秘的地方找到了《生物魔法大实践》的古代版。它的内容跟现在的版本几乎一样，只是它多了一节我们从未见过的最终章。上面记载了让生物法师获得前所未闻的强大力量的秘法。只要拥有这个力量，奥克邦塔也将不足为惧了！"

布力加·林的声音不自觉越来越响亮，等她说完的时候，会议室里显得更加寂静了。不用说，他们肯定是在通过传心术激烈地讨论这个令人震惊的消息。她站在那里耐心地等着，准备给他们充裕的时间消化。毕竟，生物魔法失落之章的发现是地震级的，看泰尔多·肯的事能有多重要！

"布力加·林，过来。"阿蒙·赛特说。

布力加·林简直不敢相信自己听到的。她移步向前，直接走到生物法师委员会主席的面前，心脏快要跳出来了。没想到连新能力都不用展示，他们就邀请她加入委员会了。

阿蒙·赛特伸出右手，说："把你的手给我，布力加·林。"

她被允许加入传心术交谈了，这简直比她预期的还要好。马上，她的思想就可以与这些帝国伟人连在一起了。

她深深地呼吸一口，把手伸出去，努力控制不让它发抖，最后放在阿蒙·赛特那干枯的手掌上。

"连你的手也变得精致柔滑了。"西弗特·梅克说，生锈的声音突然有种厌恶。

"大师们？"布力加·林的身体突然被定住了，只能呼吸和眨眼。

"我们早就知道《生物魔法大实践》有最终章。"阿蒙·赛特说，"是伯恩尼斯·维把它从书里删掉的。非常明智。我们知道女生物法师的力量，但再强大的力量也不可以让法师团蒙羞，更不能允许女人加入！过去也有人发现过这个秘密，但是从来没有人像你这么堕落，做出这种龌龊的事！"

他伸出手翻开布力加·林的兜帽，露出了她的脸。她的外貌更女性化了，皮肤光滑柔软，嘴唇丰满，浓密亮泽的长黑发轻轻地披在肩膀上。

"恶心。"西弗特·梅克说。

"我倒要看看你堕落到什么程度。"普洛格·伯恩说。

阿蒙·赛特伸出一根手指，点到她的衣领上，然后慢慢地从她的左锁骨的位置向下划，经过左胸，一直到大腿的地方才停下来。随着手指划过，布力加·林的衣服被整齐地割开，连她的肌肤都留下了一道长长的口子，鲜血不停地渗出来。接着，阿蒙·赛特又把布力加·林右边的衣服割开，直到把布力加·林的袍服割成碎片。布力加·林赤身裸体，鲜血直流，疼痛万分却喊不出来，只能艰难地喘着大气。

"竟然把自己完全变成一个女人。"普洛格·伯恩拉下兜帽，露出一张像融化的烛蜡的脸。他用水汪汪的眼睛盯着布力加·林，"从头到脚都变成了女人。了不起。"

"丑陋。"西弗特·梅克也拉下兜帽，他的脸贴满了一片片金属补丁。他向布力加·林的乳房吐口水，唾液混在血液里流到了她的小腹。

"异端分子。"阿蒙·赛特说，"必须以一儆百，确保以后没人再做这种愚蠢恶心的事。把这个……怪物带到地牢，等候发落。"

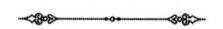

━━━◆━━━

布力加·林不知道自己被扔到这个地牢有多久了。这里没有一盏灯，大小刚好够她坐下，躺下是不可能了。残留的白袍碎片被凝结的血液黏在了伤口处，只要她动一下，伤口就会被衣服撕开。

她不清楚为什么他们还没有处决自己。她很可能会被处以铁蜘蛛刑，或者大山椅刑，也有可能为她量身定制一种新刑罚。当她还是学徒的时候，一名叫斯佩尔德·默克的同学为了加入法师团，谎报了家族的血统。后来委员会发现了，当即把他的腿齐膝切断，以讽刺他的身份与他们相比是多卑微。然后，他们逼他用残肢在皇宫花园的岩石小路上走，直到流血致死。他们把这个新发明的刑罚叫作默克的旅行。布力加·林在想，到时候会不会有一种刑罚是用她的名字来命名的。

然而到目前为止，他们似乎挺满意就这么让她在皇宫底下的黑洞里腐烂。难道他们想饿死她？应该不可能。饿死实在太便宜她了，生物法师的刑罚远要复杂得多。可是自从被关进来后，布力加·林一个人也没听见，一个其他囚犯也没有。可能这也是故意安排的。毕竟，他们知道她的能力。她竟然天真地认为自己可以说服他们。实在太愚蠢了。

不，是他们愚蠢。一群愚昧、懦弱、死到临头的老头。她要让他们血债血偿。就算不择手段。她一定可以逃脱，而且变得更强大。然后，她就会回来向委员会复仇，向整个法师团复仇。

她暗暗发誓，并在心中默念一百遍、一千遍、一万遍，一直到数不清。她也无法判断自己被关了多久。好几个小时是肯定的，但有好几天吗？她不知道。由于不能躺着,她只能倚着墙打盹儿。这样还要多久?她也不可能知道。阳光透不进牢房里,也没有守卫送吃的过来。这里没有光明、没有声音,一切都没有变。

又过了好久,她终于听到一点声响了。不知道为什么,刚听到声音的时候她十分警觉。大概任何声音都会让她警惕起来吧。渐渐地,她听出来了是脚步声。两个人的脚步声。

"你觉得他们真的找到一个救世者吗?"一个略带气喘的声音说。

"我觉得他们是这么认为的。"另一个声音说,听起来有点轻浮,"不过泰尔多·肯到底有没有弄错,谁又说得准呢?"

他们越走越近了。

"反正很快就会知道了。"第二个声音继续说,"肯随时会回来。"

"那么快?他不是从新列文来吗?"

"听说他被一个誓要杀光所有生物法师的文成武士追杀。女文成哦,不是我吹。"

"女文成?"

"他的信里是这么说的。"

"那就没什么好担心的啦。只是个女人。"

他们绝对是越走越近了。既然他们如此评价女人,那杀掉他们也不会受良心谴责了。

突然,布力加·林的前面出现一束亮光。在黑暗中待了这么久,这束亮光竟让她眼睛刺痛,睁不开眼。

"好了,你。吃饭吧。"

她能看到的就只有火炬光下的两个黑影。接着,她听到门上的一块嵌板被滑开,一个盘子向她的脚挤了进来。她必须要看到他们。如果他们在她的眼睛适应之前就走了,那一切都太晚了。她慢慢地呼吸了一口,极力保持镇定,等待视力恢复。

"她又是为什么进来的?"轻浮的人问。

"天知道。"气喘的人说。

"她为什么穿着生物法师的袍服呢。"

"起码是袍服的一部分。"

"我不是在抱怨啦。"

他们一起笑了起来。布力加·林的眼睛已经适应了,而现在她看得一清二楚,四只好色的眼睛正在牢笼外盯着她看。

"我好冷啊。"她温顺地说。

两个人互相对视了一下,接着其中一个咧开嘴笑了。"我们来给你取暖吧,小妞。"

牢门的锁打开了,布力加·林继续装出又困惑又天真的表情,而双手则悄悄地在黑暗中比画着咒印。她现在随时都可以攻击了,可是她想好好地品味这一刻。牢门打开来了,两个人在门框挤成一块,争先恐后地想进去。

"我先。"轻佻的人抓住气喘的人的手臂,想把他推开。然而,他们的手却融在一起了。

"放手!"气喘的人说。

"不行啊!"

他们挣扎着想分开黏住的手,但身体却开始慢慢融合,同时像融化的烛蜡一样往下滴。

"这究竟是……"轻佻的人不再轻佻,声音里充满了恐惧。

布力加·林挣扎着站起来,身体因长时间没有活动而发麻。"这是地狱。"她说,"我就是撒旦。"

两个人继续融合到一起,就像两根蜡烛在慢慢融化。他们痛苦地挣扎,拍打着还仅存的手臂,但无济于事。两人发出凄厉的尖叫,眼睛和耳朵慢慢凹陷,最后只剩下一团只有两张嘴巴的肉堆。接着,连两张嘴巴也凹进去了，地牢里马上又恢复寂静。

布力加·林捡起盘子，把食物吃了。毕竟已经饿了很久了。吃完后，她把手插进肉堆里，把钥匙翻了出来。接着，她跨过那团肉，在黑暗的走道里摸索前进。她一边走，一边琢磨着他们刚才说的话。一个誓要杀死生物法师的女文成武士。一个计划渐渐在她的脑海里浮现出来。

不过首先，她得换一套衣服。

29

这一切似梦非梦。在无尽的黑暗中，隐隐透出一丝光明，越来越亮，越来越刺眼。直到再也无法直视这片光芒时，红眼睁开了双眼。

第一个映入眼帘的是希望，在他旁边的吊床上睡着了。希望睡着的时候，身上有一股纯真，这是她清醒的时候从来没有显露出来的。阳光透过船舱窗户照射进过来，落在她那柔滑、略有雀斑的脸颊上。她的嘴唇微张着，又软又淡，像粉色的丝绸一样。

红眼也在吊床里面，可他不知道。所以当他靠向希望的时候，吊床立即翻转过来，红眼重重地摔在地上，发出了一声巨响。

希望马上站了起来。"红眼？你没事吧？"她四处张望，好像不知道他就躺在地上似的。

"哎哟。"他慢慢站了起来。

其他人也相继在吊床里坐了起来。红眼显然没准备好一下子看到这么多挚爱的脸。"内蒂？菲勒？还有莎蒂？"接着他皱了皱眉。"等等。难道我死了？"

"你还活着。"希望说。

"真是出乎意料。"内特尔斯说。

"那是什么意思？"红眼问。

"竟然单枪匹马去追生物法师？"莎蒂说，"教了你那么多年，没想到你还是这么笨。"

"噢，那个。"与泰尔多·肯对峙的记忆又浮现在脑海，"他本来就要杀掉我了。"

"但他没有。"希望说。

"就在最后一秒他停手了。他看到我的脸之后，就说什么我是一个救世者，还说我们很快就会再见。接着我就失去知觉了。"

"可能他看到了你眼睛的颜色？"希望问。

"可能吧。"红眼说，"我妈妈生前珊瑚香上瘾，所以我的眼睛天生就是红色的。他一个生物法师干吗要在意这个？"

"我不知道。"希望说，"杀他之前我会帮你问他的。"

"不管怎样，你现在没有哪里不对劲吧？"菲勒问。

"我好得很。"红眼说，"倒是你们，大中午的干吗睡觉啊？"他看了看四周，"我们在船上？"

"现在是午夜啊，红眼。"希望的语气很谨慎。

"这么亮？不可能。"

"你自己看吧。"希望指了指通往甲板的楼梯。

"看就看。"红眼说，不喜欢希望这种中立的神情。

他一蹦三级地跑上楼梯。他感觉身体棒极了，被迫休息了这么久，反倒是个好事。他来到甲板上，看了看周围，失踪芬恩把女士诡计号照料得真不错。当然了，红眼说现在是中午也是对的。

"看到了吗?"他对刚刚走上来的希望说,"亮晃晃的。"

希望什么都没说，只是指了指天空。

红眼抬起头，过了好一会儿他才反应过来自己看到了什么。天空是浅蓝色的，星星跟月亮一样明亮，而月亮则像太阳一样刺眼。

"这天空到底出什么鬼毛病了?"他严正地问道。

"什么毛病也没有。"希望说。

内特尔斯站在他的旁边，表情异常忧虑。红眼指着刺眼的天空问道:"内蒂，你也看到了，对吧?"

她不安地和希望对看了一阵，说:"看起来跟平常一样啊，红眼。"

莎蒂也上来了，菲勒挂着拐跟在后面。"他看到什么了?"莎蒂问。

"红眼，过来灯这边。"希望的声音里虽然透出不安，但依然很镇定。

她带着红眼来到舵轮的地方，那里挂着一盏灯。可是灯光太亮了，红眼不得不眯起眼睛。在灯的另一边，他看到了失踪芬恩站在舵轮旁，身边还有一个人。"阿拉斯？你在这里干什么?"

"看看这世界啊，表弟!"阿拉斯说,"寻找属于我的路！寻找我的人生目标!"

"看来你和失踪芬恩聊过了。"红眼说。

"红眼，"希望说，"往灯这边靠一点。"

"太他妈刺眼了，希望。还不够近吗?"

"再近一点。"

他不情愿地走近了一些，用手遮住灯光。"这样够近了吗?"

所有人都盯着红眼，从表情看来不是什么好事。

"你的眼睛，"内特尔斯说，"好像变成红色的猫眼睛了。"

红眼的心都凉了。"这怎么可能?"

"泰尔多·肯的生物魔法。"希望说，"但问题是，为什么?"

虽然很奇怪,但能在黑暗中看见东西好像也不是什么坏事。直到第二天早上,当他走到阳光下的时候,红眼才知道不妙了。

"哎哟见鬼!"他赶紧跌跌撞撞地跑回昏暗的客舱里。阳光就像千万根针扎进了他的眼里。其他人刚刚起床,由于昨晚的事,大家才睡了几个小时。"外面太刺眼了!我的眼睛适应不了!"

"我昨晚就在想会不会有问题。"希望说。

"难道我以后都不能在白天出去了?"红眼的心情非常焦急。

"我想我可以帮到你。"阿拉斯说。

希望点点头。"那就赶紧动手吧。我需要芬恩。其他人,吃完早餐后各就各位。"

大家纷纷走上甲板后,红眼说:"什么,你们就这样把我孤零零地留在这里?"

"当然不是了。"菲勒重新坐下来,把拐杖横放到膝盖上。

"谢谢,好哥儿们。"红眼说,看着伙伴们全都走到甲板上面。等客舱里只剩下他们俩,他说:"我们的希望做船长挺上手的嘛。"

"不是她的本意。"菲勒说,声音里几乎有种防备。

"当然不是了,是我的主意。"红眼咧开嘴笑,"我只是没想到她会这么淡定。"

"圆环确实不是她的菜。但说到航海,她可拿手了。起码比我厉害。"

"是啊,不过你也来了,而且干得也不错嘛,总的来说。"红眼说。

"是吧。"

"你为什么要来呢,菲勒?我不是抱怨啊。"

菲勒耸耸肩。"没了你、内蒂和莎蒂,感觉圆环都不像圆环了。"

"你走的时候圆环怎样了?"

"还是那样。圆环里什么都不会变。"

"你想它变吗?"

"才不呢,"菲勒说,"是我们变了。"

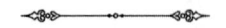

等阿拉斯回到客舱的时候,已经是下午了。他手里拿着一副眼镜,镜片是黑色的。

"镜片用烟熏黑了。"他一边把眼镜递给红眼一边解释,"很抱歉没把它弄得更好看,而且它很重、很厚,我不喜欢这样。可是我手头的材料有限,没法改进了。不管怎么说,它应该能让你适应阳光了。你就先戴着,等我弄一副更好的再给你。"

"或者等我们强迫那个生物法师治好我。"

"对。"阿拉斯赞同。

红眼把眼镜戴上,然后问菲勒:"怎样?帅吗?"

"还不错。"菲勒说,"还真有点帅。"

"你该去阳光下试试效果。"阿拉斯说,"看看镜片够不够黑,还是说太黑了看不见。"

红眼小心翼翼地挪向舱口。"目前还不错。"接着,他深呼吸一口,一口气爬到甲板上。

"怎样?"阿拉斯焦急地问。

红眼低头看向客舱,咧嘴笑了。"我的好表哥啊,我没偷外公一分钱,却把帕斯汀纳斯庄园最重要的东西带走了。"

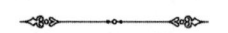

多亏这副墨镜,红眼才能在当天剩下的时间里在室外晃悠,让自己熟悉熟悉女士诡计号。虽然他之前也花了好长时间帮忙修理,但他对于

船帆和索具却一无所知。

他也很享受看着希望干着船长的角色。看到她的表现，红眼心中有着一股莫名的温暖。自豪，可能是？由于他再也不用掩饰对希望的爱了，一切都变得很轻松。不是说他会向希望表现出来，这样毫无意义。但当他望向莎蒂，时不时就会看见她抛来一个心领神会的眼神，就跟老亚米的眼神一模一样。要说世界上哪个老太婆最爱管闲事，就是她们俩。

虽然墨镜帮了大忙，但等到太阳下山，红眼脱下眼镜后，明显感到松了一口气。他一开始不明白阿拉斯为什么想把眼镜做得更轻，但戴了一天之后，他完全明白了。他的耳朵和鼻梁都被压痛了。

现在已经是晚上，大伙儿都聚到厨房里吃饭，还有朗姆酒喝。这是失踪芬恩带来的，真贴心。

菲勒和阿拉斯正在弄一个金属支架给菲勒的脚用。有了阿拉斯的机械知识和菲勒的铁匠经验，他们进展飞快。现在，他们正在铸补支架的铰状关节，这是代替菲勒的膝盖用的。在他走路的时候，关节会自动锁上，当他想坐下来的时候，关节也可以弯曲，这样菲勒坐着的时候就不用一直把他的大粗腿撇出去了。

桌子的另一边，莎蒂和芬恩在小声交谈。毫无疑问，他们看对方的眼神都十分来电。红眼真搞不懂他们在磨蹭什么，竟然花了这么多年才在一起。不过他心里更多的还是替他们高兴。

在厨房的角落里，希望和内特尔斯在聊天。她们之前的敌意已经完全消失了，红眼觉得十分欣慰，还有一种说不清的紧张感。

他靠在椅背上，身体因朗姆酒逐渐温暖起来。他从舱口里望出去，还不习惯夜空这么明亮。不过不得不承认，这样的夜空有种怪异的、超尘脱俗的美。他突然想到，他现在已经不在新列文了，而且离得很远。这是他人生中第一次在别的地方。可是他一点都不觉得想家。可能是因为他在乎的每一个人都跟着来了吧。也许正是因为有了他们，他才有家的感觉。

"你知道吗，"阿拉斯放下铰状关节，和红眼一起望向窗外。"像这样驰骋在大海上，我想起了家父在我小时候跟我说的每一个海盗故事呢。"

"富翁也有海盗故事？"菲勒意外地问。

"当然！大海盗铅心肝、稻草胡子船长。所有的海盗都有。"

"当然还有戴尔·贝恩。"内特尔斯说。

"谁？"阿拉斯问。

"没听过戴尔·贝恩？"莎蒂问，"历史上最伟大、最可怕的海盗哦？"

"恐怕是没听过。"阿拉斯说，怀疑大家是不是戏弄他的。或许作为船上唯一一个有钱人，他也不容易吧。

"没听过也不奇怪，"红眼说，"毕竟大多数海盗都是些想出名、想寻求刺激的有钱人罢了。可是戴尔·贝恩是人中之王。大家说他摧毁的皇家战舰比帝国历史上任何人都要多；还说皇兵军官光是听到他的名字都吓得大小便失禁；还说他比帝国历史上所有人都要高，拳头像一个人的胸围那么厚，声音足以让一群杀人海豹惊慌逃亡；还说他从来没有输过一场海战，还有，他是杀不死的，因为他对帝国的仇恨是如此之深，只要他一受伤，伤口就会马上愈合。"

"又开始了。"内特尔斯说，"他又打算吹牛了。"

"啊，但是戴尔·贝恩故事的魅力是无法抵挡的！"红眼说，"其中我最喜欢的是，一艘皇家战舰追上了他的海盗船，海怪猎人号，准备登船。海军的人数是戴尔·贝恩的三倍之多，形势急速恶化。那贝恩怎么办？他把自己船上的主桅连根拔起，当成狼牙棒一样挥打起来，把所有皇兵都扫到海里了。然后，他把主桅插回原位，拿走战舰上所有值钱的东西，开船走了。"

"根本就不合常理。"阿拉斯说。

红眼耸耸肩。"人们就是这么说的。"

"那雪茄那个故事呢?"菲勒的眼神中充满渴望。

"那又别有一番魅力了。"红眼同意。"一天晚上,他刚登陆了天堂圆环。不用说,那是他最喜欢的海港。后来,他听说有一整支皇家舰队正从钥匙镇南下,火药足以把圆环夷为平地。因为只要能抓住戴尔·贝恩,帝国已经不惜任何代价了。"

"仅仅为了杀一个人,皇家士兵就可以把社区里所有无辜的人杀光?"阿拉斯将信将疑。

"说句老实话,"红眼说,"天堂圆环里没有谁是无辜的。不过你放心,因为皇兵们没有这个机会。戴尔·贝恩走到舰队将要登陆的码头,拿出一根雪茄。那可不是一般的雪茄,人们说,那根雪茄有成年男人的手臂那么长!他长长地吸了一口,然后吐出一层巨大的烟雾,把整支皇家舰队都笼罩住了。皇家舰队迷失在烟雾里,还被戴尔·贝恩吐出来的气吹回了远海。他们的船被吹得晕头转向,差一点就把钥匙镇给炸了。到最后,他们终于发现自己偏离航线了,可是那时候戴尔·贝恩已经逃之夭夭了。"

"这些故事简直就是荒谬。"阿拉斯不屑地说。然后过了一会儿,他问,语气有点愧疚:"那么……他们最后有没有抓住他?"

"皇兵没有。"红眼说,"最后,是皇帝亲自求当时最伟大的文成武士去将戴尔·贝恩绳之以法的。那个人叫作狡猾者河洛。"他突然皱了皱眉,然后对希望说:"那不就是……"

"是我的导师最后把戴尔·贝恩抓住的。"

"那么,你来告诉大家故事的结局吧。"红眼提议。

"我讲故事没有你那么精彩。"

红眼耸耸肩。"我只是很好奇故事的真相是什么。"

她看了看大家,眼睛里充满悲伤。"他只是一个普通人。一个杰出的、有激情的、绝对忠于自己原则的人。他认为帝国已经变得腐败不堪,而且不再关注民生。所以他决定要摧毁它。"

"摧毁整个帝国?"内特尔斯问,"真是疯狂。"

"戴尔·贝恩的勇气无法估量。"希望说,"任何出于荣誉而敢于挑战整个世界的人都值得最真挚的尊敬。不过你说得对,那确实是不可能完成的任务。而他也不是什么巨人或不死之身。实际上,他更老了,更慢了。尽管他深知自己的时日将近,但是他还没有放弃。我的导师,在那时只是一个年轻人,在"乞丐的祷告岛"上的七彩洞穴里把戴尔·贝恩逼到了绝境。他们进行了一场激烈的、荣誉的战斗,最后我的导师打败了他。当时的皇帝要求把戴尔·贝恩的尸体绑在他船上的桅杆上,在整个帝国游行来警告世人,向皇帝挑战的人都有什么下场。但导师说那毫无荣誉,断然拒绝了。"

"他可以这么做吗?"阿拉斯很意外。

"自从真知玛纳伊的时代起,文成武僧团就宣誓侍奉帝国,为大局着想,不受任何人的制约。"

"那你的导师是怎样处理戴尔·贝恩的尸体的?"内特尔斯问。

"他把尸体放到海怪猎人号上,把整艘船都倒满沥青,然后一把火烧掉。据说人们从几百里以外都能看到那浓浓的黑烟和熊熊的烈火。到最后,不管是人是船,都一点不剩,灰烬和烧焦的钢铁永远地沉入了海底。"

"你说的没错。"红眼说,"我的结局精彩多了。"

第二天早上,红眼走到女士诡计号的甲板上时,隐隐约约看到远处有一座岛。

"斯通匹克。"失踪芬恩站在船舵上说。

希望站在芬恩的旁边,什么都没说,只是沉着脸。

红眼不知道那里会是什么样子。那是风暴帝国最宏伟的首都，是帝国最大、最北的岛屿，在它之上便再无大陆，只有无边无际的黑暗之海。据说那里有帝国最高的山，而皇宫则建在山的最顶端，这样皇帝就可以俯视所有的臣民了。除此以外，红眼就别无所知了。如果要他来想象，他就只把它想成新列文的样子，只是在岛屿中部多了一座高耸的巨峰。可能很少有天堂圆环那样的社区，更多的是像堕落谷那样的吧。

至少，他没有想错那座山。那是一座极其巨大的岩石山，不偏不倚地坐落在岛屿上半部的中心，山的底盘几乎占据了岛屿的四分之一。其余一点都不像新列文。哦不，可能像新列文其中一个社区：钥匙镇。斯通匹克就像一个放大版的钥匙镇，干净整洁，只是规模大得超乎红眼想象。中午的阳光照射着米色的建筑墙壁，把窗户照得亮晃晃的，就算戴着墨镜，红眼也不得不眯起眼睛。

"去他的，要建起这么大的城市，得花多少人力物力啊。"红眼说。

"是啊。"失踪芬恩说。

希望依然没有说话，但红眼注意到她的指关节由于紧握宝剑都变白了。

"我们快要抓住他了。"红眼想让希望放心，"快要结束了。"

"是吗？"希望问，"可是在我看来，我们是快要让他跑了。斯通匹克有一个地方可以让生物法师逃命。"

"生物法师委员会？"

"而且它就坐落在皇宫高墙的后面。如果我们没有及时抓到他……"

红眼明白她的意思。在这些高墙后面，几乎整个帝国的生物法师都在里面了。当然还有皇帝的锦衣卫。一旦让泰尔多·肯逃到那里的话，他们就不可能再伤他一根头发了。

"我早就应该想到他会来这里的。"希望平静地说。

"那又能改变什么呢？"

她没有回答,但红眼了解她,她现在肯定是在怪责自己"掉以轻心",或者其他类似的原因。

他们一靠港,希望就喊道:"莎蒂,船暂时归你管!"说完,她便优雅地向前跳了三大步,落到岸上后拔腿就跑。

"希望!等一下!"红眼喊道,也跟着跳了下去。

显然,希望并不打算等他,也没有慢下脚步的意思。她在大街上快速穿梭,像跳舞一样轻松地避开了来来往往的货车、马匹还有人群。红眼也没有被她拉开距离。老实说,连他自己也没想到居然这么容易就跟上她。他感觉自己可以一下子看到所有事物,眼前的境况全部映入脑海,分毫之间便算出了最佳路线。虽然红眼一直都很灵活,但现在简直就是到了另外一个境界。

他跑在拥堵的大街上,不禁在想,一座城市怎么可以这么繁忙。不过他现在没机会去深究。他必须去阻止希望做傻事。

最后,他终于在皇宫的大门前赶上了希望。只见她跪在大街中间,低垂着头,入鞘的剑指着前面的白色高墙,不停颤动。

"我辜负了他们。"希望平静地说,眼睛盯着手中的剑。"我发誓要向谋杀我整个家乡的凶手报仇,可是现在,我连靠近他都做不到了!"

红眼在她身旁蹲下来,同时敏锐地发现高墙上有一个守卫在盯着他们,手里还有步枪。"或者我们可以……想办法溜进去?"他低声说,"乔装一下,然后混进厨房里,就像海景画廊那时候一样。"

"这不是画廊,这是皇宫。"

"好吧。那我们就等到他出来。"

"如果他会出来的话。"

"他当然会了。他不可能永远待在那里。"红眼抬头看了看雄伟的皇宫。那里最外面是一圈高墙,接着是宽敞的花园和庭院,最后就是宫殿,倚着山体逐渐攀升,比红眼见过的所有建筑都要高,比他所能想象的建筑都要高。"呃，他可以吗？"

"你没读过帝国史吗？这座皇宫可以挺住十年围城。"

"别这样，希望。肯定有别的方法的。"红眼绝望地说。希望现在的眼神他只见过一次，就在上次劝她别用剑捅死自己的时候。"我们总会找到办法的。"

"会吗？"她反问道，眼睛依然盯着宝剑。

"当然了！我和你！红眼和希望！我们是无敌的！"

"可我们刚刚才被打败了。"

"不，别说这样的话。"

"为什么不？这是事实。你又可以拿它来吹牛了。"

红眼脑海里闪过一个绝望的念头。那是他想过的最疯狂、却又最合理的主意。"如果……我们抛下这一切呢？然后开始一个全新的旅程？"

"什么？"希望终于抬起头看着他，红眼认为这是个好兆头。

"我们不要管什么誓言和复仇还有这一切鬼东西了！我们重新开始吧！"红眼越说越喜欢这个主意。"斯通匹克看起来很不错，而且又干净。我们可以在这里开始新生活呀。没有杀戮、没有偷窃、没有一切鬼东西的美好生活！"

"美好生活？"希望感到很困惑。

"又或者，嘿，如果你不喜欢这样，我们也可以去别的地方啊。任何地方都可以！我们有自己的船呢！我们喜欢什么就做什么。"现在他十分清楚了。他们不必是小偷或勇士，只要喜欢，他们可以成为任何人。"唯一阻碍我们的，是我们的过去。如果我们把所有的事都一口咽下呢？没有复仇，没有生物法师，只有你和我。永远在一起。"

红眼向她伸出手。"在这个世界上，只有一样东西是我想要的。那就是你。"

"我……我不知道我能不能做到。"希望的蓝眼睛布满了血丝。"放下一切？抛弃我的誓言？我的目标？那是我十年来的唯一精神支柱啊。我不能就这么丢掉它。"

"可是它正在侵蚀你。这种对复仇的执迷，它在渐渐把你变得……我不知道，可是现在还不算迟。我在你眼睛里看到了，那个被关在复仇牢笼里的人挣扎着要获得自由。"

"那就是你所画的。"她终于接过了红眼的手，"另一个我。"

"你远远不止是一个生物法师猎人。你远远不止是一个杀手。"他把希望的手放到自己的胸膛。"求你了，希望。让我帮你。"

"你想帮她？"他们身后传来一个声音，是女性的声音，但一点都不温柔。"那就别拦着她。"

他们转过身，一个女人正站在他们后面。她是红眼见过最高的女人，留着一头长黑发，褐色的眼睛十分敏锐。她穿着白色丝裙，上身是白色紧身衣，袖子长得像翻滚的波涛，把她的手包在里面，另外还有一顶放下的兜帽。虽然很奇怪，但也不失优雅。

"你想干什么？"红眼十分警惕。

女人抬头指了指墙上的士兵。现在那里有两个人了，而且在谈论着什么，其中一个人还举枪对着他们。

"如果你想进去，"女人说，"就跟我来。"说完，她转身向附近的一间酒馆走去，白色裙子在身后飞舞。

希望立马站了起来，跟着女人走去。

红眼正想要喊她，但他瞟了一眼高墙，发现已经有三个士兵了，只好快步跟上她们。

女人带他们走进了酒馆。那里比新列文任何一家酒馆都更干净、更明亮。每张桌子都擦得干干净净，中间都摆着一个盆栽。女人指了指角落里一张桌子。"放松点。我去叫点小吃。"

希望在桌子上坐下来。

"我真的感到这样很不妙。"红眼在希望身边坐下来。

"如果这个女人有可能带我们进入皇宫,哪怕只是一线希望,我都要听她说说。"希望说。

"可能是个陷阱。"

"谁还会设陷阱?我们已经对泰尔多·肯造不成任何威胁了,而且在这里我们一个人都不认识。"

"正是!"红眼说,"我们不认识这个女人。我们对她一无所知!"

"我的名字叫布力加·林。"女人把三杯装满红酒的高脚杯放到桌子上,"只要是发誓向生物法师报仇的人,都是我的朋友。"

"为什么?"希望问。

"因为,"女人一边说一边坐下来,"我发誓要向整个生物法师团复仇。"

"你?"红眼问。

布力加·林对他笑了,丰满的红唇内露出洁白的牙齿。"我看起来不怎样,对吧?"她优雅地抿了一口红酒,"可是作为生物魔法的大师,我的外貌想怎么变都可以。"

"等等,你是说你是——"

"一个生物法师,没错。"她翻了翻白眼,"或者说我曾经是,直到最近。"

希望皱着眉说:"我以为他们不会接受女生物法师。"

"我也以为他们不会接受女文成,可你的打扮无疑就是一个文成武士。"

"我们怎么知道你真的是——或曾经是——一个生物法师?"红眼问。

她没说什么,只是碰了一下桌子中间的盆栽。那株植物本来只是一朵苍白的、快要枯萎的菊花。可是当她向后靠在椅子上,又抿了一口红酒的时候,盆栽里突然开出了茂盛的花朵。

"好吧。如果你是个生物法师,"希望说,"你为什么要摧毁法师团?"

"曾是。"布力加·林说,"不要忘了重要的时态啊。"

"他们为什么要驱逐你?"红眼问。

她扬起一边淡淡的棕色眉毛,优雅地示意了一下自己的胸部,仿佛在隆重地展示它们一样。"还能为什么?因为我是一个女人。"

"可是如果他们的戒律是禁止女人加入的,"希望说,"你当初是怎么——"

"怎么成为一个生物法师?"布力加·林问,"很简单。我以前是个男人。"

"不好意思,"红眼说,"什么?"

"虽然没有什么男子气概,但男人该有的我都有。为了成为一名生物法师,我努力学习,艰苦训练,好多好多年。不过坦白说,我的能力最多只在中等水平。可是我不满足。远远不能满足。然后几年前,在探索莫拉克·托尔寺庙遗迹的时候,我找到了一本最原始的圣神秘本。它阐述了生物魔法的分支,男人是无法掌握的,只有女人才能驾驭。我认为这是个震惊世界的发现,它一定会为法师团带来巨大的改革。可是我得先证明那是行得通的。"

"所以你就用生物魔法将自己变成了女人?"希望问。

布力加·林耸了耸肩。"不这样做的话,就得花上好多年去教一个真正的女孩学习生物魔法了。谁会有这样的时间和耐心呢?还有一点,我只向你们坦白,我之前也不相信女人有足够的智力去学习生物魔法。"她淡淡地对希望笑了笑,"希望你会原谅我这一点。跟大多数男人一样,我曾是个傻瓜。"

"所以秘本上写的都是真的?"红眼问,"你能做到其他生物法师做不到的事?"

"噢,是的。比如说刚才这个。"她指了指开满鲜花的盆栽,"他们永远都办不到。男人的生物魔法只能改变生命物质,却不能创造生命。如果这都不足以说明他们是大错特错的话,我真不知道什么才可以了。"

"而你觉得你可以说服他们?"希望的眼神里充满同情。

"我就是个笨蛋。"布力加·林的脸沉了下来,"他们说我是异教徒,向我吐口水,还割伤我。我差点就死在地牢里了。"

"我的导师秘密地训练我长达八年,"希望平静地说,"可是当他的兄弟发现的时候,他们却攻击我们。可是他还是让我发誓不要和他们对峙,他说这是他的因果报应,他愿意接受。"她握住布力加·林的手臂,"我为你的遭遇感到抱歉,但在这件事上面是你错了,就跟我一样,违反了他们的戒律。而这也是你的因果报应。"

"违反了他们的戒律?"布力加·林眼露金光,"是他们违反了生命规律。当我告诉他们,女人可以成为一个比男人更强大的生物法师的时候,他们一点都不觉得意外。委员会早就知道了。可是他们宁愿放弃这份力量,也不愿让女人加入法师团。生物法师委员会是软弱的、愚蠢的、不知廉耻的。这你肯定知道。你肯定看过他们对无辜的人做过什么样的事情,否则你也不会发誓向他们复仇了。他们是整个帝国的毒瘤。"

"所以说你要杀掉他们所有人?"红眼问,"一个不剩?"

"如果那就是改变的代价的话。"布力加·林说,"不适应,则消亡。这就是生命的规则。"

"那你打算怎么做?"

"他们现在全都在皇宫里参加委员会年会。我来这里也是为了展示我的成果。"她转头对希望说,"年会明天就结束,之后他们就会分散在帝国各地了。如果我们今晚行动,就有机会将他们连根拔起,统统灭掉。"

"希望,你不会真的考虑吧?"红眼严肃地问道。可是他看出来了,她正在考虑。

"几百年前,伯恩尼斯·维和勇者萧克就曾经合作过,生物法师和文成武士。"布力加·林俯身靠近希望,"是他们建立了这个帝国。在一起,他们战无不胜。只要我们合作,我们就有机会攻下皇宫,修正帝国的道路,让它更好。就在今晚!"

"这是自杀,希望。"红眼说。

"不,"布力加·林说,"最好的情况下,这是光荣和正义的机会。最坏的情况,也只是一次正义而荣誉的牺牲。那你有什么好建议?我听到你在劝她抛弃誓言。难道你要默许他们的腐败统治吗?还是要像个懦夫一样撤退?这都只不过是生命的阴影,卑微、毫无意义。"

"希望……"红眼在输掉这场争论。抛开一切理由和逻辑,这是他人生中最重要的一场争论,可他却正在输掉。"不要……我求你了。跟我走吧。跟我回到船上,和莎蒂、内特尔斯还有大家一起。我们都爱你。这样还不够吗?"

希望看着红眼,深邃的蓝眼睛十分清澈。这是红眼第一次看清了她的双眸到底有多深。

"红眼,我知道你很难理解,因为这跟圆环不一样。你说得好像我的生活是属于我自己的,但它在很久以前就不再属于我了。我已经立誓维护帝国和文成武僧团的荣誉,这个誓言必须高于我的生命,高于一切。"她伸出手抚摸着红眼的脸,"高于任何人。"她任由她的手滑落下来,"我希望你能尊重我的选择。"

就在这一刻,红眼知道自己已经失去她了。也许他也从来没有真正拥有过她。

"我一直都,以后也会,尊重你。"他强迫自己的声音保持平静,"但我不能眼睁睁地看着你去送死,不管它有多正义多高尚。我不能。"

他慢慢地站起来,等着希望拉住他,叫他留下,或者跟他走。但她没有。

而且说真的,他也不觉得她会。

30

月光下,皇宫的白色高墙泛着静谧的银光。希望和布力加·林两人站在了大门的前面。

"你希望他跟我们来吗?"布力加·林问。

"不。"希望现在不想去想红眼。

"有他在应该对我们更有利。"

"是。"

"你就那么在乎他?"

这个问题让希望很意外。她很久都没有遇到一个能理解她的行为准则和荣誉的人了。她或多或少已经接受了大家对她的动机一知半解,可是布力加·林可以理解。看来生物法师也有他们自己的准则和荣誉啊,虽然一样扭曲、一样腐败。布力加·林理解希望为什么没有叫红眼留下,即便知道红眼在这场战斗中的作用有多重要。可是如果她叫红眼留下,他却拒绝了,她就不会再尊重他;但如果他答应了,那她很可能就会把红眼拖入跟自己一样的黑暗命运之中。希望宁愿降低胜利的机会,也不愿经历这两样事。

"对,我想是的。"最后她说。

她们盯着墙上的守卫,两个守卫也开始注意到这对不寻常的女人。

一个女人穿着全白的衣服,头发却是黑色的,而另一个女人则刚好相反,衣服是黑色的,头发却几乎是白色。

"我还不知道你的名字。"布力加·林说。

"我已经忘记我的真名了。我的家乡被一个生物法师屠杀,后来狡猾者河洛收我为徒,他以我的家乡为我命名,这样我就永远不会忘记它,还有它的悲惨命运。"

"你的家乡叫什么名字?"

"暗淡·希望。"

布力加·林笑了,声音是如此低沉、丰满,墙上的守卫更加警惕了。"虽然这不算什么安慰,但这个世界上,我只愿意跟你共赴黄泉,暗淡·希望。"

她戴上兜帽,眼睛隐藏在阴影之中。守卫们立马警觉起来。戴上兜帽之后,她的一身白裙看起来就跟生物法师的袍服十分相像,却又完全不同。其中一个守卫对另一个人说了点什么,接着两人同时举起了步枪,瞄准了这两个女人。

"马上离开!"其中一个人喊道。

"他们准备开火了。"希望说。

"交给我吧。"布力加·林说。

"这么远也可以?我以为生物法师只能通过触碰才能施法。"

"是的。"布力加·林说,在兜帽下微微一笑。"我还记得我也受过这种限制。"她优雅地挥舞着双手,在空中画着咒印,长长的袖子飞扬着,就像在跳舞一样。

"这是你的最后——"守卫说。

布力加·林举高双手,十指张开,守卫的步枪便炸裂开来。两名守卫尖叫起来,捂着被炸伤的脸。

"火药真是令人作呕。真希望他们没有使用。"布力加·林一边说一边走到大门旁边。她转过身对希望说:"一旦我打开这扇门,里面就会有无数个士兵在等着我们,我不可能一个人对付他们。你准备好了吗?"

希望望着墙上的士兵,他们发出痛苦的哀号,脸部血肉模糊,冒着黑烟。突然间,有什么东西触动了她的内心。是同情,就像她最后对兰金的感觉一样。他们都是生物法师的受害者。而这一次,却有一个生物法师站在她的身边……

但这些人穿着跟屠杀她乡亲的凶手一样的制服。希望把注意力集中在这一点,同情感便被那熟悉的黑暗吞没。所以,她做了她一直都会做的选择。

"是。"她说,"我准备好了。"

"你的选择是对的。"莎蒂让红眼哭了好一阵子。他一个人回到船上,希望不在身边。他脸色苍白,猫眼里尽是沮丧。莎蒂马上把所有人都赶走了,只剩下他们俩坐在船长室里。希望从来没有用过这个房间,现在看来她永远也不会用了。

"可是我感觉我的选择是错的。"红眼说,"就好像我的心被留在那个酒馆了。"

"我懂的。你还年轻,你温柔的一面也不会让你好受。恐怕你只能承受痛苦了。"

红眼环抱着自己,肩膀缩成一团,头垂得低低的。"我从来都没有这么心痛过。就连跟内特尔斯分手也没有这么痛。"

"我懂的,孩子。我懂的。"

他们沉默了下来,只有红眼偶尔抽泣的声音。这种情景让莎蒂想起了以前的事。时间过得好快啊,一路走来真是有时忧有时乐。莎蒂明显变得更温柔了,但是她不在乎。她只是很高兴她的孩子还活着。"她也做了一个正确的选择。"

"什么?"红眼瞪大了眼睛,"她这他妈是自杀!"

"我是说她没有让你留下来陪她。她一定很想,我知道。因为如果要死的话,谁不想和自己的男人死在一起呢?对吧。"

"我从来都不是她的男人。"

"是这样吗?"

"是。我们从来没有滚过床单。"

"你以为滚过床单才算吗?两个人湿漉漉地压在一起就是了?"

"呃……"

"你以为女人只有向你张开腿才表示她爱你?不。爱比这个更深。那是一种发自内心的感觉。"她耸耸肩,"别误会,滚床单是好事。我年轻的时候也搞过很多男人,而我从来也不后悔。但这不是两个人相爱的必要元素。"

"你说得对。"他看向窗户,仿佛能看穿他们与皇宫之间的所有事物。

"如果她问了,你肯定会留下来的。我知道。她也知道。她一想到这里,就让你走了。因为她实在太爱你了。"她拍拍红眼的肩膀,"爱情是很珍贵的,红眼,我的搭档。你永远不要忘记它。"

他们又陷入了沉默。莎蒂发现他不再抽泣了。可能她刚才说的话让他舒服点了吧。或许经过多年的失败,她终于学会育儿经了吧。

可红眼却站起来,昂首挺胸。"你说得对,莎蒂。爱情实在太珍贵了,我不能把它留在那里。"

"等等,红眼,我不是——"

还没等她说完,红眼就冲出了船长室。一会儿之后,她听到了他跳到甲板上的声音。

好吧,所以说她的育儿经还是不行啊。

在人的一生中，有时候很难知道自己的选择是否正确。尤其是当上帝或者世界（文成武士从不区分）为你打开了一条通往成功的道路的时候，虽然十分诱人，但这条道路是否正确，却无从得知。

希望现在就有这种感觉。她和布力加·林一路杀进去，从大门，到庭院，一直到皇宫要塞。成百上千个士兵向她涌来，她则像斩草一样将他们一一击倒。此刻，悲歌剑在皇宫的白色大厅里发出悲鸣，士兵们已经学乖了，都知道要避开它。她刺出第一剑的时候，血魔法就消失了。她感到宝剑颤动了一下，然后它那微弱而固执的拖拽感便消失了。不过现在已经不重要了，泰尔多·肯不可能逃到别的地方了。

布力加·林像一只复仇厉鬼，昂首阔步地走在希望的身旁，她的双手每挥动一下，袖子每旋转一圈，远处就有死亡降临。一个士兵尖叫着摔到地上，胸腔炸裂，像一株有红、粉、白三种颜色的花朵绽放。另外一个则尖叫不得，内脏一股脑地从嘴巴里翻出来，洒在了地上。

这个选择正确吗？希望突然想到。就在这一同时她砍下一个人的脑袋，接着割开另一个人的肚皮。她们散播的这些恐惧和死亡，是正确的吗？在远处，她看到一个人正试着把眼睛抠出来，因为它们变成了两池沸腾的热水。她不知道答案。

但在她心里，她又看到了肥白的幼虫从爸爸的皮肤里钻出来。她还听到妈妈喊着已经被她遗忘的名字。她看到摩吉西亚的昂特利，嘴巴变成猫头鹰的喙，骨头啪啪作响，直到变成一只怪物。她看到刺头比利变成了冰块。她还看到了天堂圆环的人化为灰烬。

因此，她铁下心，继续战斗。

虽然斯通匹克的街道井然有序，下水道也藏在地下，但那里却几乎没有一盏煤气灯照明。与新列文相比，日落之后，这里的大街空荡得有点可怕。那些酒馆虽然有生意，却没有天堂圆环那种粗犷的热情，或银背镇丰富的热忱。所有人看上去都那么压抑，红眼不知道这里是不是每天晚上都这样，还是由于生物法师委员会年会的缘故。

不管怎样，大街上畅通无阻，省了红眼不少工夫。他以为白天的时候跑得已经够快了，但现在更是快得无法比拟。在黑暗中，他的视线甚至能看得更远，不仅可以将周围的一切收入眼底，同时还能提前几个街区计算路线。他不知道路上稀疏的行人会怎么看他，一个红色眼睛的恶魔？但在此刻，他不关心。他只想赶在希望被杀之前赶到她的身边。或许这场战争她不可能获胜，不过有了他的飞刀帮助，胜利的天平会不会稍微向他们这边倾斜？有一件事他是肯定的：他不能花这辈子剩余的时间去想它。他今晚就要知道结果，不管是对是错。这一决心让他心中充满了力量，于是他继续奔跑。

等他快跑到皇宫的围墙，他看到大门已经烂成碎片，门上的金属已经被铁锈侵蚀。下午的时候还不是这样，毫无疑问这是布力加·林做的。

庭院里横尸遍野，有的奇形怪状，有的支离破碎，有的则被刺穿。这场面太震撼了，令人难以承受，就连红眼也不得不花点时间才接受得了，所以虽然有了新的视力，他却没有发现旁边躲着两个士兵，都举着枪。其中一个人已经瞄准了红眼准备开火了。这时，红眼终于发现了他们，目光与士兵相交。就在开枪前一刹那，另外一个士兵眼睛都瞪大了，立即一把将同伴的步枪击开，枪声响彻天际，子弹飞向了夜空。

"是他，"第二个士兵说，"看看他的眼睛！"

"操！"开枪的士兵说。

"我们才刚刚从两个死神手里逃过一劫,你差点又害我们落得比死更惨的下场!"第二个士兵说。

红眼伸手去拿他的飞刀,不知道发生了什么。然而两个士兵却扔掉步枪,举高了双手。

"放过我们吧!求你了!"开枪的士兵乞求道,"我家里还有一个女儿!"

红眼又扫视了一下庭院里的尸体。不管这是对还是错,他不能再增添两具尸体了,尤其是手无寸铁的。"别跟着我。"

"以荣誉发誓!"士兵说。

红眼转身走进了皇宫。不知道为什么他们认出了他。这里肯定有什么阴谋。从现在起他要步步为营。反正潜行本来就是他的强项。

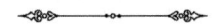

当事情发展得很顺利的时候,希望认为那是一个预兆,说明她作出了正确的选择。但如果事情变得不利,是不是说明她的选择是错的?是不是非此即彼?

这些想法不断掠过希望的脑海。她和布力加·林见敌杀敌,沿着楼梯一层一层地向上推进。士兵继续铺天盖地地涌下来,现在他们已经孤注一掷了,下有强敌逼进,上有生物法师施压。没错,生物法师终于加入战斗了。

他们一开始只是孤身一人或两人一组地应战,惊惶不安,衣冠不整,仿佛是刚起床一样。第一波的生物法师没发挥多大作用,反倒让场面更加混乱,他们叫喊着让士兵们守住阵脚,就算希望已经杀到他们眼前。

后来,生物法师的增援到了,他们开始变得有组织有计划。可是他们不像布力加·林一样可以远距离施法,也不愿冒险接近希望的宝剑,于是，他们把士兵们变成一个个无思想的、长着尖牙利爪的怪物。一旦变成了怪物，它们就很难对付，即使严重受伤了也不会停止攻击。

这时，希望发现这些怪物根本不分青红皂白，见人就咬，见物便抓。所以她马上改变策略，不再与它们搏斗，而是将它们一个个转过来，让它们对楼梯上的士兵进行猛攻。虽然攻击并不精确，但它们起码清空了道路，让希望有足够的空间来砍杀生物法师。毕竟她一开始的目的就是这个。

两个女人一刻不停，一步一步地攻了上去。终于，她们来到了第十层，布力加·林说生物法师委员会就在这里。希望意外地发现，清澈的月光从窗户里照进了宽敞的大堂。现在还是同一个晚上吗？她身上已经遍体鳞伤，每一寸肌肉都在尖叫着疼痛。布力加·林也没好到哪里去，她漂亮的白裙已经被染红，可能由于过度使用魔法，鼻子在不停流血，皮肤苍白得可怕。

现在，敌人的攻击已经退散，剩下几个留在走廊里顽强抵抗的士兵也被她们击倒。当她们来到委员会会议室的时候，里面已经空无一人。希望已经数不清自己杀了多少个穿白袍的了，仿佛怎么也杀不完。而现在，看着空荡荡的会议室，她不禁想自己的誓言是不是快要实现了。

"委员会的人在哪里？"布力加·林发现会议室有一个生物法师，于是把他喝住。她挥舞手臂划了个咒印，生物法师的脚马上从膝盖处往外折断。他尖叫起来，摔到地上，兜帽脱落。希望看到了他的脸。那是泰尔多·肯。

"等等！"希望说，"这个是我的！"

布力加·林的手在半空中定住。"他就是杀害你亲人的凶手？"

"说得没错！就是我！"泰尔多·肯咆哮道，声音夹杂着痛苦。"我把他们作为母体，用来孵化我正在完善的巨蜂！"他大笑起来，声调高亢，充满了绝望。

布力加·林退后了几步说:"他是你的了。但一定要让他说出委员会成员的下落。"

"我们刚才杀的都不是委员会成员?"希望十分意外。

"他们都只是新手,"泰尔多·肯咬牙切齿地说,"对我们来说根本就不重要,那种人要多少有多少。事实上,你们帮了我们一个大忙,清理掉很多累赘。他们大多数根本不配加入法师团。而存活下来的少数人,将会变得更强大!"说完,他再一次笑了出来。

可能是因为断腿的疼痛,他笑起来像个疯子。这时,希望心里又感到了一种同情。整个晚上,这种感觉都在不断涌上来,但每一次都被她抑制住了。现在已经很难分辨是非黑白了。过去,每当看到生物法师所带来的恐惧,她都可以毫不犹豫地指着他们的鼻子说,你是错的。可是现在,她找到了属于自己的生物法师——她恐惧的来源——一切又变得不再简单了。她低头看看自己,看到身上的黑皮甲已泛着血光,手心也沾满了黏稠的血液。如果这个选择是正确的,那她为什么会感到如此失望、伤痛?

"委员会成员在哪里,肯?"希望问,声音充满了疲倦。

"你那个红眼跟屁虫在哪里?"他四处张望。

"他不在。"

他点点头说道:"你真会撒谎,没想到文成也会撒谎。我们都知道这不可能是真的。他不可能离开你半步,就像你不可能放弃誓言一样。"

"真的,肯。他没来。"希望不知道泰尔多·肯对红眼做了什么手脚,但她很庆幸红眼没有来。

泰尔多·肯的脸上突然充满了恐惧。他猛烈地摇着头:"不,不,不可能!他肯定在这里。我告诉他们他会来的。我发过誓的!"他抬起头瞪着希望,"你知道了,是不是?你这个贱人,你是怎么知道的?你是怎么……"他绝望地转过身,扫视着房间。他的两条腿断得更多了,可他似乎没有发现。他看上去非常迷茫、惊恐、可悲。"我怎么会算错了……"

"谁都可能犯错。"希望说，她发现自己不仅是在对泰尔多·肯说，也是在对自己说。从战争一开始，她就在极力摆脱心中的疑问，而现在，看着最憎恨的人在自己眼前变得支离破碎，茫然无助，她终于放弃抵抗，让情感支配自己。作为一个文成武士，复仇是他一生最重要的事，对于这一点，文成戒律也阐述得十分明确。然而，真正让她感到正确的，不是为卡迈克尔复仇，而是颂扬他的一生。如果她杀了泰尔多·肯，她就能给予父母和家乡荣耀了吗？回想起来，河洛从来没有明确地表示过要宽恕她的复仇渴望。或许连他也在怀疑其实戒律并不总是对的。毕竟，当他收她为徒时，就违背了戒律。

"我原以为发誓向你复仇是一个光荣的誓言，"希望平静地说，"我原以为杀掉你就可以让你那些无意义的杀戮变得有意义。可是现在我明白了，那样根本不会改变什么。我的父母、我的导师都不会希望我浪费自己的生命去杀你。"

"暗淡·希望？"布力加·林疑惑地看着她。

"我立下的这个誓言，是一个受伤的孩子所许下的自私、任性的愿望。可以理解，但毫无荣誉。而且我也不再是个孩子了。"

希望垂下了剑尖。

"不！等一下！你必须杀掉我！"泰尔多·肯说，"难道你不知道吗？我辜负了他们！你想象不到他们会对我做什么，他们会怎样折磨我！"

"我不想惩罚你，也不想拯救你，"希望说，"我的人生已经跟你交叉得足够多了。我们从此各不相见。"说完，希望转身便走。

泰尔多·肯暴怒地拧着脸。"不……"他向前扑过去，伸手去抓希望握剑的手。

"希望！"红眼的声音像钟声一样传来。

就在泰尔多·肯的手指碰到希望的拳头的一刹那，一把飞刀不偏不倚插进了他的眼睛，接着他倒在地上，咽气了。

希望低头看着自己的手，她的指关节开始枯萎、收缩、渐渐腐烂。她的剑掉在地上，发出清脆的声音。

她听到红眼在叫她的名字。他最终还是来了。他自己选择来的。虽然手上的疼痛钻心，但她还是感到高兴，为他选择了跟她在一起而高兴。但同时她又很害怕，害怕泰尔多·肯给他设了什么陷阱。

很快，痛楚支配了她的全身，她再也没法想任何事情了。红眼的飞刀把生物法师杀死了，腐烂的进程稍微缓慢了下来，却没有停止。腐烂已经蔓延到希望的手指了，她能感到它们一根一根地死去，每死去一根，剧痛便从手臂直传到心里。

红眼正在向她跑来，还有布力加·林也是。可是腐烂的速度太快了，不等到他们赶到，她就会死。而即使他们及时赶到她身边了，他们又能做什么？她自己又能做什么？希望的身体开始摇晃，视线开始模糊。腐烂和剧痛已经蔓延到手掌，她感到自己的生命在一点点消逝。

"希望！"红眼尖叫道。

可是她答应过红眼。不要放弃。永远都不要放弃。就这个誓言，她决定了，值得她信守一辈子。

于是她强迫自己集中精神，低头看了看受伤的手。只见它已经变成一个弯曲的、黑色的东西，不断渗着汁液。腐烂逐渐向她的手腕蔓延，希望跪下来，用另一只手抓起了悲歌剑。接着，她向下一挥，把腐烂的手从手腕处切断。

腐烂停止了，那种缓慢的、枯萎的死亡感觉消失了。可是，随之而来的是一阵清晰的、炽热的剧痛，鲜血也跟着从前臂的伤口迸溅而出，她周围的地面立即被染成一片鲜红。她勒紧了衣袖上的皮带，减缓流血的速度。她看了看原来是手掌的地方，现在已变成一片空白。就在这时，她终于喊了出来。

红眼终于赶过来了,她一下倒在了他温暖的怀抱中。

"噢,天啊,希望,对不起,对不起!"他抱着希望,用汗湿的手抚摸着希望冰冷的脸。"没事的,我们会挺过去的。"

"你来了。"希望说,努力地保持着清醒。

"我来了。我不能离开你,不管发生什么。"

她淡淡地笑了。"就像我们承诺的那样。你和我。希望和红眼。不离不弃。"

"就是这样。"红眼微笑着说,满脸泪水。

"我能治好你。"布力加·林把希望的手放在手心,"我先帮你封住伤口。等我有材料再帮你弄好。"

希望点了点头,已经虚弱得讲不出话了。

布力加·林把她血流不止的残肢拿到嘴边,温柔地在白色骨头的地方吻了下去,动作近乎虔诚。希望的伤口马上愈合了,剧痛也随之消失,换之而来的是一种冰凉而舒缓的感觉。希望开始不住发抖。

"呵,"一个旧如尘埃的声音传来,"看来泰尔多·肯最终还是对的。"

希望虚弱地抬起头,从红眼的怀抱中看过去。一队新来的士兵从楼梯里灌进了会议室,举枪包围了他们三人。

"欢迎来到生物法师委员会。"那个声音说。希望循着声音望去,在会议室的另一端,看到一排穿着白袍戴着兜帽的人。他们一动不动,手牵着手,脸部隐藏在黑暗里。

红眼紧紧地把希望抱在胸前,双手护着她。士兵们把枪口都对准了他们。红眼之前太慢了,来不及拯救她的手。但现在,他要拯救她剩下的所有,不惜代价。

"你们终于现身了。"布力加·林怒视着远处的生物法师。她擦掉鼻子上的血，慢慢站起来。"别担心，希望。我来结束这一切。"

她举起手，快速地开始比画着一系列咒印，快得连红眼也几乎看不见。接着，她猛地把手扫向那一排生物法师。

周围的空气马上旋转起来，然而仅此而已，其他什么都没有发生。

"你真的以为，如果你对我们构成威胁的话，我们还会让你活着吗？"站在中间的那个人说，声音跟之前听到的一样旧如尘埃，只不过现在多了一点讥讽。

布力加·林后退几步，身体里所有的傲慢都烟消云散。

"让我活着？"

"不然你以为呢？那两个送饭的可怜虫是我们安排过去的。他们只是按我们的指令让你听见关于女文成的信息。我们知道你肯定按捺不住的。你肯定会杀掉他们，逃跑出去，然后去寻找这个女文成。一旦受了你的煽动，那个女文成可能就敢直接攻击我们。而泰尔多·肯断定那个红眼青年绝对不会让你一个人过来的。可惜了，泰尔多·肯没有撑住，不然他就能看到自己的成功了。这个成果肯定能让他加入委员会的。"

"好吧，你们抓到我了。"红眼继续抱着希望，然后伸手抽出一把飞刀。"不过你们肯定会后悔的。你们也许可以防御魔法，但我倒想看看你们能不能挡住飞刀。"

"你不可能把我们都杀光。"

"反正你们都要杀掉我们，我能杀一个是一个。"

"正好相反，我们并不想杀你。如果你愿意投降，我们甚至可以放走你的文成女友。"

"你说谎。"

"我们没办法说谎。"

红眼看了看布力加·林。

"生物法师不能撒谎。"她证实，"说不真实的东西会削弱我们的力量。"

红眼回头看着生物法师委员会。"你们真的可以放走希望？没其他条件？以后也不会追杀她？"

"只要她肯离开斯通匹克，并且从此不再回来的话。而且只要你一直跟我们合作，我们就永远不会直接伤害她。"

"为什么？"希望问，声音嘶哑。她挣扎着坐起来，断肢塞在另一只手下面。"你们要对他做什么？"

"训练他。帮助他发挥所有潜能。"另一个生物法师说，声音低沉。"他将会成为拯救帝国最关键的一环。"

"我有什么特别的？"红眼问。

所有人沉默了一阵。

"或许他知道真相后会更愿意配合。"炼油声音的人说。

"也可能会更加不愿意。"另一个像锈铁的声音说。

"看看就知道了。"旧如尘埃的声音说，"年轻人，你是我们一项长达二十年的实验的巅峰。我们发明了一种物质，吃了它的人会感觉自信倍增，性欲旺盛。它很容易上瘾，长期服用的话甚至会致命。我们把它命名为'珊瑚致幻物质'。不过你们都叫它珊瑚香。"

"等等，"红眼说，"是你们发明了珊瑚香？那个毒品？"

"它用起来跟开心药的效果一样，但它真正的用途是，改变孕妇吸食者肚子里的婴儿。这种改变太粗暴了，大多数还在子宫里的婴儿基本上难以承受。"

"改变？"布力加·林问。

"这种药可以提升他们的灵活性和手眼协调能力，获得比常人更高等级的行动力。受到药物影响的婴儿，眼睛都会变成红色，方便我们立即认出他们。不过我们找到的婴儿全都没撑过一个月就死了。我们以为没有一个婴儿存活下来，所以我们认定这个实验失败了。直到泰尔多·肯看到你。"

"你是说,只是为了极少数像我这样的人出现,无数条生命就这样被毁了?"红眼严正地问道。

"我们没有强迫任何人服用这个药。对于这一点,我们很坚持。"

"吃或不吃,都是他们自己的选择。"炼油的声音说。

"所以说,一直以来,我之所以手脚这么灵活,飞刀那么准,都是因为珊瑚香的关系?"

"没错。"

"而泰尔多·肯,"希望说,"他强化了红眼的能力。"

"没错。实验主体的全部能力都处在休眠状态,必须由生物法师唤醒。"

"你们要他做什么?"希望挣扎着单膝跪起,"帝国到底受到什么威胁?"

"我们没必要告诉你。只能说,单凭我们的力量是远远无法与其对抗。"

"所以我只要答应帮助你们,"红眼问,"你们就放希望走?"

"是的。"

"那布力加·林呢?"

他们又沉默了一阵。

"她要为她的异教行为受到惩戒。"

"你是说把她折磨致死,是吧?"

又一阵沉默。

"是的。"

红眼沉下脸。"那样的话,我要她和希望一起走。"

"为什么?她跟你有什么关系?"

红眼转向布力加·林。她也看着红眼,感到十分困惑,甚至有点震惊。红眼没有怪她。虽然，落到此般处境，她有很大的责任。不过现在这不是最重要的。这件事已经过去了，无法再改变。但有些事还可以。

"你要治好她。"他平静地对布力加·林说，"你要帮助她。从现在开始，你必须替我守在她的身边，明白了吗?"

"我……"布力加·林看着红眼，心里有点敬畏。"好。我明白了。我以世界真相之神起誓，我将侍奉她左右，至死方休。"

"很好。"红眼说。

"红眼，不，不要这样。"希望挣扎着站起来，表情痛苦，脸色苍白。她摇晃了一下，红眼马上扶住了她。"不要把你的命运放在他们手里。"

"听好了，老伙计。"红眼平静地说，挤出一个微笑，接着紧紧抱住希望。"事情很明显了。我们要不都在今天死去。要不天各一方。"

"红眼……"她的脸纠成一团，"很抱歉我没有——"

"嘿，只是分开一会儿而已啦。"他不知道希望想要说什么，但他再也维持不住这张勇敢的笑脸了，只怕再说一句他就会崩溃。

他轻轻地把希望交给布力加·林。"她的船叫女士诡计号。带她到我们那里。治好她。"

布力加·林挺直了身体，简练地点点头。"我会的。"

红眼转过身面向生物法师委员会。中间的生物法师举起手，然后士兵们便向两边分开，让出通向楼梯的道路。

希望挣脱了布力加·林的扶持，看了红眼最后一眼，便毅然转身，慢慢地走下楼梯。布力加·林跟在后面，展开双手，随时准备接住希望。看到这一幕，红眼便放心了。她们一定会没事的。

他一直目送着她们离去，直到完全消失在视线之外。他转过身对那一排戴着兜帽的古怪老人说："好了，你们这帮老妖怪。我是你们的了。"

31

走回女士诡计号的路显得十分漫长。等她们终于回到船上,太阳已经高高地挂在天空了。希望坚持自己走出皇宫,但现在她必须重重地倚着布力加·林,已是满头大汗。

大家似乎都一夜没睡,等着她们回来。大伙儿一看到希望,就立即纷纷跳上甲板涌到希望身边,七嘴八舌地问着。

"红眼呢?"莎蒂问。

"你他妈的手呢?"内特尔斯问。

"我、我能治好她。"布力加·林结结巴巴地说,被这群焦虑的人围得有点惊慌失措。"我答应过红眼要治好她。"

"他妈的红眼去哪儿了?"莎蒂再问一遍。

"他们抓走他了,莎蒂。"希望的声音十分虚弱,"他们抓走了我们的红眼。"

莎蒂的脸煞地白了,张着嘴巴好久都说不出话来。"笨蛋,那个死笨蛋!"

"我不想……他……来的……"希望又感到一阵眩晕,地面快速向她脸上砸来。这时,她听到一声清脆的金属声,接着两只强壮的手接住了她。希望抬起头,看见菲勒宽大憨厚的脸。

"我接住你了,船长。"他说。

"菲勒……"希望的声音沙哑。她伸手轻轻地划过菲勒毛茸茸的脸。"他救了我们。他交换了自己。"

"那我们只要把他偷回来就行了,对吧,船长?"他把希望背到船上,回到船长室里。他每走一步就会铿然作响,希望才发现原来菲勒和阿拉斯研究的金属脚支撑已经做好了。菲勒轻轻地把她放到床上。

"你怎么能治好她?"阿拉斯问布力加·林。

"我是——曾是个生物法师。"

刹那间船长室里怒吼四起。

"但现在,"希望打断了大家,声音十分坚定。她用尽力气,自己坐了起来:"现在,她是我们自己人。懂木?"

大家都不作声。

然后失踪芬恩说:"你们听到船长的话了。现在她就是我们一员。"

希望把手放在芬恩的肩膀上:"谢谢,芬恩先生。"

"那你到底要怎样治好她?"阿拉斯问。

"我只需要一只替代的手掌就行了,"她说,"用动物的爪也可以……"

"不!我不要野兽的手!"希望坚决地打断。想到兰金,想到那些猫头鹰人,还有那些被变形的士兵,她不想自己也跟他们一样。她指了指菲勒的金属脚支撑,然后对阿拉斯说:"你给我做一个出来。"

阿拉斯睁大了眼睛,神情变得严肃。"马上去办,船长。我早应该想到的。"

"现在就去吧。"希望说。

接下来的几天,希望时而清醒时而昏迷,布力加·林在船长室进进出出,喂她喝一种难闻的药水,说对她的康复有帮助。菲勒和阿拉斯也

会时不时进来,给希望测量尺寸,讨论假肢的设计元素。

等到希望身体恢复一些后,她就把当晚的事情详尽地告诉了莎蒂和内特尔斯,说红眼是怎样在同一个晚上连续救了她两次的。

"这么说你确定他们不会杀掉他或者折磨他了?"莎蒂问。

希望摇摇头,"他们说得好像红眼是全帝国最重要的人一样。"

"但你也知道这些生物法师有什么能耐。"内特尔斯说,"他们肯对会对他动手脚的,不是我吹。"

希望确实知道,但现在的她显然不是生物法师委员会的对手。

等大家离开后,希望躺在床上,看着日落的余晖透过窗户洒进房间。她之前一直都刻意不使用船长室,现在她知道为什么了。躺在这个狭小而整洁的房间里,她不禁想起了失去的人。她首先想到的是卡迈克尔,当然了。然后是河洛,然后是爸爸妈妈。现在还有红眼。和他离别的最后一幕依然历历在目。他大咧着嘴笑着,仿佛以为希望还不够了解他,看不出来他是假装的一样。想到这里,她就觉得心里一阵刺痛,从来都没有这么痛过。她已经很想他了,这比她之前所失去的都更加揪心。

这时,菲勒的话又在她耳边响起:"我们只要把他偷回来就行了,对吧?"他说得对。这是她唯一一个被生物法师夺走还能抢回来的人。她只需想出来怎么抢。

过了一阵,布力加·林又带了一支补药给她。希望喝了之后便觉昏昏欲睡,很快睡着了。在她的梦里,她和红眼又回到了皇宫围墙的外面。他用那甜蜜却痛苦的表情看着她,说:"我们可以选的。只要喜欢,我们可以做任何事情。"

醒来之后,希望便知道了要怎么做。

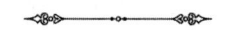

❦

第二天,阿拉斯和菲勒把大家都叫进希望的房间,自豪地展示他们的成品。

他们把阿拉斯的铁柱机械手套改装成一个皮袖套,在手腕上方的位置加装了一个铰状关节,并在关节末端焊上了一个夹钳,大小刚好可以握住宝剑。

"现在是复杂的部分了。"阿拉斯说,"关节可以全方位旋转,这是按你要求做的。"他旋转着夹钳作为示范,"同时它也可以在任意角度固定,也是按照你的要求做的。"

"目前来看还不错。"希望看着菲勒小心地把袖套套到她的断肢上,然后绑紧固定。

"接下来的部分你可能不会喜欢,"阿拉斯说,"我们可以采用跟菲勒的脚支架一样的收放系统,但这样的话你就必须用另一只手去操作。"

希望摇摇头。"我需要另一只手。想别的方法。"

"没有别的方法了。"阿拉斯沮丧得涨红了脸。

"我或许可以帮上忙。"布力加·林说。

"我不要野兽。"希望说。

"不会。"布力加·林说。她向菲勒伸出手,后者什么也没说,把希望穿着假肢的手递给了她。她指着那些金属线说:"我得先弄明白这个假肢的机械原理。只要弯曲并收紧这一条线,就可以随时随地在任何角度把关节锁住,是不是?"

"没错。"菲勒说,"但是你要怎样收紧那条线?在不用另一只手的情况下?"

"通过把它融合到她的肌腱里面。这样她就可以像平常转动手腕那样控制假肢了。动作都差不多。"

"把人和机械融合?"阿拉斯轻声说,表情既惊讶又着迷。

"动手吧。"希望说。

"融合的过程会非常痛。"布力加·林说,"还是等到你身体好些再做吧。"

"现在做。"

布力加·林看了看菲勒,后者也无可奈何地看回去。"你听到船长的话了。"

"好。"布力加·林干练地说,"给她一条皮带咬住,避免她把舌头咬断了。"

菲勒马上解开皮带,对折起来,递给希望。希望咬住皮带,对布力加·林点了点头。

接下来的痛楚简直比砍下自己的手剧烈好几倍。金属线深深地探入了她的肉体,并不断缠绕,直到所有的线和她手臂的每一根肌腱都一一连接了起来。希望紧紧地咬住皮带,发出骇人的尖叫声,声音都喊哑了。可是由此至终她都没有晕倒。她不能晕倒。她要见证着这一切,就像她见证了所有可怕的事情一样。不管遭受的人是不是她自己,她也要一直见证下去。

终于,布力加·林退开几步,轻轻擦着又开始流血的鼻子。大家让希望缓了缓,内特尔斯命令她喝了点水,阿拉斯和菲勒接着把机械的部分安装好,最后,假肢终于完成了。

希望缓缓地从床上站起来,然后用正常的手扶着床边稳住了身子。她举起了全新的手,满意地看着它。"我需要点空间。"

然后她慢慢地走向门口。菲勒想要帮助她,但她摇了摇头,继续独自走着。等她走到舷甲板时,她静静地说:"我的剑。"

大家小心翼翼地跟在希望后面,内特尔斯把剑递给她,和大家一样退到后面。

希望把剑柄握在夹钳上,然后扭动手臂,悲歌剑便划破夜空。它还会悲吟,但音调不一样了。更深沉,也更圆润。她把剑挥到一边,又扭转挥向另一边,在空中流畅地画出一个八字,鸣声长久而悲伤。接着她扭转手腕，宝剑立即定住，指着天空。现在感觉比以前更加人剑合一了，希望笑了笑，把剑举到面前。在剑身的反射中，她看到了大伙儿站在她的后面。

希望垂下剑，转身面对大家。

"我耗尽了一生去为那些早已死去的人复仇。"她摇着头，"现在我才明白，这根本毫无意义。"

大家大眼望小眼，不知道她想要表达什么。希望并不怪他们。

"我会把红眼抢回来。"她继续说，"正面交锋，我敌不过生物法师委员会。现在还不能。所以，我将会砍掉他们的爪牙。我将会把他们撕成碎片，一点一点地，一次一个生物法师，一次一艘皇家战舰。如果必须，我将会摧毁整个帝国，直至大地上再无任何事物屹立，除了红眼，自由、不受拘束。我将化身一股黑暗的混沌风暴，把一切摧毁，让更好的事物降临大地。"

"希望……"莎蒂说。

"没有什么希望。不会再有。从现在开始，世人将会叫我戴尔·贝恩。"

她依次地看着大家。莎蒂，失踪芬恩，菲勒，内特尔斯，阿拉斯，还有布力加·林。"你们愿意追随我吗？"

内特尔斯第一个单膝跪下。"戴尔·贝恩，人中之王，帝国的灾难，我愿意追随你。"

菲勒马上跟着跪下来，金属膝盖发出吱吱的声音。"我愿意追随你。"

"我憎恶暴力，"阿拉斯一边跪下一边说，"但如果能拯救我的表弟，我愿意追随你。"

"我本来还想安安静静地退休，"莎蒂说，"不过我很快就腻了。我愿意追随你。不过我不打算下跪了，不然就站不起来了。"

"如果莎蒂也追随你，那我也是。"失踪芬恩说，"加上，我有点爱上这艘船了。而且如果我们要做海盗的话，她就必须备上大炮了。"

希望看向布力加·林，船队最新的成员。

"红眼让你发誓帮我，你做到了。我们将要走的这条路会很艰难。如果你现在要离开的话，我视为你已经履行誓言。"

布力加·林漆黑的眼睛难以读懂。"虽然红眼并不认识我，甚至有充分的理由去憎恨我，但他却为我争取了生命。他给予我的慷慨和仁慈是我一生中见过最伟大的。我会继续履行誓言，直到救出红眼，至死方休。"说完，她行了个屈膝礼。

希望把剑插到甲板上。"那么，我们将成为海盗。任何挡道的人将万劫不复！"

红眼站在窗边，在斯通匹克的最高的建筑向外望去。直到现在他才知道他能看到多远。他注视着女士诡计号驶向远海，没有一只皇家战舰尾随。

"好吧，看来你们信守了承诺。"他说。

"等我们把你改造完成，你觉得你还会记得她吗？"旧如尘埃的声音说道，"你觉得你还会是你吗？"

红眼转过头看着这个戴着兜帽的人。他一刻不离地站在红眼身边，似乎从来不吃不睡。"不然我会变成什么？"

生物法师脱下兜帽，露出一张跟皇宫底下的石山一样坚硬、粗糙的脸。他那石头般的嘴唇几乎纹丝不动："等我们把你改造完成，你将会连人类都不是。你将会成为死神暗影。"

故事将在《风暴帝国》2：《贝恩与暗影》继续

致　谢

我六岁的时候,大海夺走了我左手的一根指头。这一经历足以让我永远不敢再与船和航海打交道。但我的爷爷,约翰·凯里,却不在意。相反,他向我灌注了对大海无穷的热爱。直到今天,不管我遇到了什么困难,只要待在船上,我就能找到平静。如果没有他,这本书就不可能完成。还有我的姨妈萝拉,我的叔叔皮特,我的表哥表姐,阿历克斯和莉斯。他们一直没有放弃航海的优良传统。而我则坐在这里,远离大海,只能在梦里追随。

我还要感谢我的朋友兼共事作家,斯蒂芬妮·帕金斯。从我下笔开始,她就一直支持我。她给予了我鼓励、批评和商业上的建议,感谢她付出的一切。

我要感谢我的经理人,吉儿·格林伯。当我告诉她我想写一本给成年人看的小说时,她以丰满的热情给予我很大的肯定。她和JGLM工作室的所有同僚一直都非常出色,能与他们共事是我的荣幸。感谢我的编辑,戴维·菲莱,她的严格要求让我一次又一次地超越自己。我知道她肯定想能有一天把我弄哭,我十分感谢她的督促。

我必须感谢赫伯特·艾斯伯里的《纽约黑帮:地下世界野史》。这是一本十分卓越的著作,它启发了我对新列文帮派文化,特别是羊头莎蒂这一角色的创作。根据各种流传的说法(有的甚至是可考究的),莎蒂是一个真实的人,而她也确实对哈得孙河岸实施过恐怖统治,即使只是很短的一段时间。不管是事实还是传说,我都要感谢这位"混乱艺术家。"